AMANECER, NADIE Y TÚ

Colección Narrativas Oblicuas

AMANECER, NADIE Y TÚ

Alberto Trinidad

© 2014, Alberto Trinidad
© 2014, Ediciones Oblicuas
info@edicionesoblicuas.com
www.edicionesoblicuas.com

Primera edición: mayo de 2014

Diseño y maquetación: DONDESEA, servicios editoriales
Ilustración de portada: Violeta Begara
Imprime: ULZAMA

ISBN: 978-84-16118-18-2
Depósito legal: B-8726-2014

ISBN Ebook: 978-84-16118-19-9

EDITORES DEL DESASTRE, S.L.
c/ Lluís Companys nº 3, 3º 2ª.
08870 Sitges (Barcelona)

Queda prohibida la reproducción total o parcial de cualquier parte de este libro, incluido el diseño de la cubierta, así como su almacenamiento, transmisión o tratamiento por ningún medio, sea electrónico, mecánico, químico, óptico, de grabación o de fotocopia, sin el permiso previo por escrito de EDITORES DEL DESASTRE, S.L.

Impreso en España – *Printed in Spain*

Índice

Primera parte. Ungría en Barcelona 11

Segunda parte. Ungría en Constanza 129

Tercera parte. Ungría en infinitos 283

Je est un autre.
ARTHUR RIMBAUD

PRIMERA PARTE
UNGRÍA EN BARCELONA

1

Una hoja en blanco. Tal vez todo principio pueda reducirse a una hoja en blanco. Una cuartilla impoluta, desnuda: cuatro aristas delgadas que delimitan un espacio en blanco; el más maravilloso, aterrador y estimulante de los vacíos. Aquél capaz de generar los más apasionantes contenidos, las más trascendentes de las construcciones. Una hoja en blanco, exactamente el mismo espacio rectangular que puede concentrar todos los finales, o mejor dicho, el único final, el gran final.

Al menos esto es lo que la mayoría de los escritores opinarían acerca de esta pequeña lámina pálida a la que ni siquiera me atrevo a llamar objeto. En cualquier caso, es lo que yo opino, lo que estoy diciendo yo, el autoproclamado no-escritor, con mi vista fijada sobre esta hoja blanca, cual maniquí frente al cristal de un escaparate. Solamente alguien que haya dedicado su vida a la escritura podrá entender lo que siento, lo que puede llegar a experimentar frente a una hoja en blanco quien ha decidido dejar de escribir. El vacío se destrenza. La nada se descoagula.

Pero estoy yendo demasiado deprisa. Tendría que explicar tantas cosas antes de lograr comprender qué hago aquí… Me disculpo ante mí. Vuelvo a comenzar, es la falta de práctica. Incluso para pensar es necesaria la práctica de la escritura, ¿no es cierto? ¿Hay alguien capaz de pensar sin haber escrito una sola línea? ¿En qué piensa alguien que nunca ha escrito nada? ¿En qué piensa alguien que no ha nacido, alguien que no nació, existió y desapareció sin morir? Vuelvo a irme por las ramas, lo siento. Lo siento tanto… Pero hay que comprenderme: no sé dónde estoy; literalmente, no sé dónde me encuentro ni si alguna vez saldré de aquí. No lo sé. No sé nada. Es necesario que me explique, sí:

Me hallo encerrado en un cuartucho de unos nueve metros cuadrados. Sentado a un escritorio confortable con dos flexos que iluminan con potencia una hoja en blanco. A un lado, junto a este rectángulo vacío, descansa una montaña de cientos de hojas… en blanco. Detrás de mí, en el fondo de la habitación, yace un camastro. A mi derecha, una ventana abierta me dice que es de noche y que me encuentro muy alto, muy arriba. A mi izquierda, una puerta cerrada no dice nada. Calla. Como yo, que decidí callarme cuando comprendí demasiado bien una serie de certezas. Aunque ahora me veo obligado a quebrantar ese silencio. Sólo alguien que haya entendido la importancia de lo que se pone en juego cuando uno debe abandonar la escritura podría ponerse en mi lugar y valorar lo que ocurre en mi cabeza ante esta hoja en blanco.

Debo remontarme muy atrás. Demasiado. El tiempo envejece antes que nuestros anhelos; eso es algo a lo que nunca acabamos de acostumbrarnos. El tiempo…

¿Qué fue primero? ¿Dónde situar el origen? No existe. No hay ningún origen que inaugure nada (hojas en blanco…). ¿Cómo recordar el primer destello de pasión ante la palabra (las palabras con las que rellenar el vacío, deshacer la confusión)? Viajo a una fría tarde de otoño, a mis catorce años; mi primer amor me mira fijamente a los ojos. ¿Cómo olvidar esa mirada? ¿Es posible olvidar la primera vez que alguien te mira a los ojos con esa intensidad, esa entrega, esa eternidad? La eternidad… Por fin saboreaba lo que era la eternidad. Catorce años, sentado en un banco gris de una plaza en penumbra mal iluminada por farolas viejas. En ese rincón de barrio de una capital venida a menos, la eternidad había sido capturada. Un crío de catorce años alcanzaba la eternidad con la yema de los dedos de sus ojos. ¿Cómo no escribirlo después? Estuvimos mirándonos a los ojos para siempre, ella y yo, instantes antes de darnos nuestro primer beso. La plaza desvanecida, la eternidad latiendo en mis pupilas, sus ojos en los míos, ¿cómo no escribirlo? Aquel rostro cuyas facciones ya se me pierden en el recuerdo… ¿Sitúo el origen en ese momento?

Esa misma noche, agazapado en mi habitación, solo, escribí de forma consciente mis primeros versos: unas torpes y toscas líneas que se atragantaban en la boca al leerlas. Si sitúo en ese instante el origen, dejo de un lado la infancia, los sueños, el juego, la verdadera fundación del misterio. ¿Y si retrocedo hasta mi nacimiento? ¿Es el nacimiento un verdadero origen? ¿Quién nace? ¿Quién es el que nace? ¿Dónde está el nacimiento?

Me desmadejo. No lo puedo evitar, se me desmadeja el pensamiento cuando trato de estructurar el contenido de mis recuerdos. Soy un voluble soplido. No obstante debo hacerlo: intentar rememorar cómo ha sucedido *todo* para hallar alguna solución, una explicación al hecho de que esté aquí, que me ayude a enfrentarme a mi situación actual y a la elaboración de un nuevo texto.

Estaba rememorando aquella escena de mis catorce años… Sí. A aquel primer poema de amor lo siguieron otros, no necesariamente relacionados con mis sentimientos hacia el sexo opuesto, y a raíz de estos otros versos se solidificó en mí una tendencia imparable. En mi interior creció una hoguera inextinguible que me espoleaba a la escritura, a resolver los enigmas de mi entorno por medio de la palabra sembrada sobre los campos fértiles de las hojas en blanco. La hoguera de la pasión, de la transformación de uno a causa de ellas, del mundo a través de ellas: las palabras...

Mi primer amor se esfumó, así como el segundo y el tercero... Al igual que el instituto y la casa de mis padres. Mi adolescencia se evaporó. El barrio, los primeros amigos..., todo se fue desvaneciendo excepto la escritura. ¿Cómo explicarlo? Cómo explicar el descubrimiento de hasta qué punto es inestable y pobre la materia de la que se componen las experiencias si no se escriben. ¡Menudo descubrimiento! Sin embargo, no fui realmente consciente de lo que se ponía en juego con la escritura hasta muy tarde: hasta que me vi inmerso en ello, anegado sin remedio en una vorágine de vacío.

¿Qué es la vida? ¿Dónde está la vida?

¿Para quién estoy pensando en este momento? Miro a través de la ventana que hay a mi derecha. Contemplo el crepúsculo haciéndose un hueco en el cielo. Si me levantara y me aproximara al cristal, podría ver abajo un bosque que se extiende unas cuantas yardas hasta un río que serpentea hacia el Norte. ¿A quién le importan los paisajes? Estoy sentado frente a la hoja en blanco. Media docena de bolígrafos por estrenar me esperan conformando una hilera de tinta encapsulada a un palmo de mi mano. No me levanto para contemplar el paisaje que desconozco. No sé dónde estoy. No sé, a ciencia cierta, qué recuerdo de los últimos meses.

Debo hacer un esfuerzo, por mucho trabajo que me cueste, lo sé. Debo intentar recordar. Quizás entonces pueda llevar a cabo la empresa que se me exige.

¿En qué estaba pensando?

¿Qué es la vida? Sí, eso es: ¿en qué lugar ocurre la vida? ¿Dónde se pone en práctica? ¿En quién? ¿¡En quién!? Debo recordar el transcurso de la vida, alguna vida al menos y reconstruirme a partir de ahí.

Voy a intentar comenzar de nuevo:

Los primeros años de facultad pasaron deprisa. Muchas juergas, alcohol, drogas, pocos amigos que merecieran la pena, un par de novias más, varias relaciones sexuales esporádicas... Y yo en medio de aquello: el personaje que efectúa los actos que le dicta la conciencia. En la universidad encontré dos profesores interesantes entre una caterva de vejestorios (y jóvenes envejecidos) con el título de doctor que me ponían de los nervios. Nada de lo que ocurría a mi alrededor, de lo que experimentaba en mis incursiones por el mundo, me motivó lo suficiente. De modo que escribía. Escribía sin parar y leía.

Con veintidós años acabé mi primera novela, *Pretérito imperfecto*, una historia sobre relaciones humanas, sobre cómo veía por aquella época la farsa de los sentimientos, la decadencia de la vida en la ciudad, la carencia de proyectos estimulantes de unos seres que no saben que se han acomodado a unos patrones de comportamiento que los encarcelan en vidas programadas al servicio de una sociedad estéril. Ésa fue mi primera novela tras pasarme unos cuantos años esbozando tramas en relatos inconexos y aplacando mis ansias en versos que nunca dejé de escribir.

Ocurrió muy deprisa. Antonio Heredia, uno de los dos únicos profesores que respetaba de mi anquilosada universidad, lo hizo todo por mí. Engatusado por un trabajo que le presenté sobre la hermenéutica ontológica heideggeriana, me citó en su despacho y estuvimos charlando una hora larga sobre esto y aquello. Enseguida la conversación derivó hacia mi gusto por la escritura y lo que había escrito.

—Precisamente acabo de terminar una novela, hace unas semanas —le confesé.

—No me digas. ¿De qué trata?

—Es una radiografía de cómo los seres humanos construimos a nuestro alrededor unas vidas que no nos conducen a nada, que pensamos que son fruto de nuestras propias decisiones pero que en realidad nada tienen que ver con ellas. —Por aquella época, aún disfrutaba hablando con cualquiera sobre lo que escribía.

—¿Te gustaría que le echara un vistazo? Si es buena, puedo pasársela a un par de amigos editores, a ver qué opinan. Nunca se sabe.

Fingí que dudaba, que no estaba muy seguro de exponer «mi obra» de forma pública. Hasta ese punto cultivaba mi fanfarronería pseudorromántica.

—Está bien —concedí al fin—. Pero prométeme que moverás la novela sólo en el caso de que tú, personalmente, consideres que merece la pena.

Y así fue como sucedió, sin más. Al profesor Heredia le gustó *Pretérito imperfecto*, envió sendas copias a sus dos amigos editores y uno de ellos, Francisco Swartz, decidió publicarla. Swartz era el dueño de una editorial emergente. Hacía veinte años escasos que estaban en marcha, pero habían tenido suerte con cuatro a cinco de sus últimas apuestas. Tenían una merecida fama como descubretalentos y estaban entusiasmados con la idea de haber fichado a un nuevo joven prometedor. Sin pensarlo ni consultarle a nadie, firmé todo lo que había que firmar y, en menos de un año, había carteles de mi libro en las librerías más importantes del país. La mayoría de los críticos me agasajaron (luego entendí cómo funciona este mundo y hasta qué punto los hilos del dinero fácil mueven las plumas de estos papanatas de la literatura) y en poco tiempo, sin ser consciente de lo que pasaba, me convertí en un superventas nacional que se codeaba, no con Carlos Ruiz Zafón, Dan Brown o Ken Follet, pero sí con Noah Gordon, Paulo Coelho e Isabel Allende, en cuanto a ventas en España se refiere. El primer día que vi en un vagón del metro que una persona leía mi libro, me fui corriendo a casa y me encerré durante una semana.

Luego llegaron las largas y hastiantes jornadas atendiendo a la prensa: entrevistas para programas de radio, revistas y periódicos en las que repetía hasta la saciedad las mismas respuestas pero de diferentes maneras. Cada vez que concertaba una nueva entrevista, me hacían las mismas preguntas y debía volver a hablar de los personajes, las tramas y el supuesto sentido último de *Pretérito imperfecto*, sentía que me iba alejando más y más de ellos: de los personajes, pero también de la escritura inmersa en el libro. La mayor parte de los correos electrónicos y las cartas que recibía de admiradores, lejos de entusiasmarme y enriquecerme con sus comentarios, me producían resquemor y vergüenza ajena. Me devolvían una imagen de mí mismo como escritor que no compartía y una idea general del libro que me resultaba extraña. Al final opté por negarme a acudir a foros de debate y entrevistas, pero enseguida mi editor, con muy buenas palabras, me recordó que estaba obligado por contrato a asistir a los actos de promoción. De modo que, poco a poco, tuve que adaptarme a aquello.

También debo reconocer que ese mundo tenía su parte atrayente. Con veintitrés años, los bolsillos a rebosar de dinero y las fiestas con barra libre de lo que quisiera me compensaban de tener que tratar con pedantes carcamales literatos, críticos trasnochados y lameculos aprendices de escritor.

La suma de estas circunstancias provocó que desterrara de mi conducta (de mis hábitos) la práctica de la escritura que había cultivado hasta entonces. En nada se parecían aquellas noches aislantes, encerrado en mi particular burbuja de palabras escogidas, a lo que acababa predicando de mi libro para la radio y la televisión. Ante aquellos insensatos periodistas que no hacían más que preguntarme estupideces, me veía incapaz de traducir lo que para mí significaba la traslación del mundo al papel y viceversa. ¿Cómo lograrlo... en aquel momento?

Aquella época convulsa me dejó sin tiempo ni energía para proseguir con mi particular proyecto literario y continuar zambulléndome en ese camino que había iniciado varios años atrás y que, sentía, todavía debía llevarme muy lejos. Estaba convencido de que el sentido de mi vida, literalmente, se ponía en juego en cada una de las páginas que escribía. Por este motivo, la lejanía que aquella exhibición pública había dispuesto entre mi novela y mi escritura se me antojaba poco menos que una tragedia. Cuanto más pensaba en ello, menos satisfecho me sentía con la situación creada. Y cada crítica que leía, cada correo electrónico recibido, cada nueva reseña o entrevista no hacían más que dilatar esa separación.

Hasta bien pasado año y medio desde la publicación de *Pretérito imperfecto*, las cosas no se calmaron. Durante ese período, apenas tuve tiempo para acabar de una vez la carrera y poca cosa más. Así que fue a partir de entonces cuando pude recapacitar y replantearme mi situación. Me instalé en un pequeño *loft* en La Floresta, un pueblo situado a diez kilómetros de Barcelona relativamente apartado del bullicio, y retomé la escritura de mis poemas. La cadencia de mis versos volvió a instaurar en mis actos aquella querida inercia que me transportaba por el mundo, que me devolvía la identidad: flotar a escasos milímetros de las cosas para ver las cosas, a escasos milímetros de uno mismo para poder verse uno a sí mismo. Volví a hacerme amigo del silencio, que me acogía en su seno latente cada noche, y a olvidarme de lo demás. En no más de tres meses concluí el que, sin duda, era mi mejor poemario hasta la fecha. Ciento treinta y tres poemas que desterraban para siempre esa estúpida idea de la literatura adolescente del tratar de *explicar algo* mediante la poesía. La poesía es otra cosa... y yo me estaba acercando mucho a esa otra cosa con aquel libro: *Espacios ausentes*.

¿Cómo era, qué decían aquellos versos?: «Arrojo el contenido de mis sueños / a la copa rota del mar. / Arrojo el mar entero / por entre las calientes grietas de mis insomnios». Voy a continuar; no quiero detenerme en estos detalles. ¿Para qué recordar lo escrito cuando todo se ha acabado?

Días después de concluir *Espacios ausentes*, lo metí en mi maletín y fui a ver a mi editor. Albergaba la confianza de que, si publicaba algo de lo que me sentía tan extremadamente cerca, algo que, esta vez sí, estaba convencido de poder defender con la mayor de las convicciones, podría resarcirme de lo sucedido con mi primera novela. Pensaba que quizá fuera posible fundir en una sola experiencia, en una sola actividad, mi Yo escritor y mi Yo público.

Sin embargo, Swartz prácticamente se rió en mi cara cuando le entregué mi poemario. Me dijo que no era el momento de publicar un libro de poesía. «Hoy en día casi no hay mercado para este tipo de obra. Cuando sea estratégicamente oportuno, ya nos las ingeniaremos para presentar el libro a algún concurso que nos encargaremos de que ganes. El público espera de ti otra novela del estilo de la anterior. Hemos elaborado un estudio de mercado muy completo que indica que tu segunda novela debe publicarse durante el mes de abril del año que viene. Así que más vale que te pongas en marcha».

Estuvimos hablando un rato más, quince o veinte minutos en los que, aparte de dorarme la píldora, me «sugirió» algunos temas para esta segunda novela. Además me recordó no sé qué cláusula del contrato por la que me había comprometido a escribir ese libro antes de que acabara el año siguiente.

Completamente descorazonado regresé a casa. Abrí una botella de vodka y empecé a vaciarla en mi garganta en pequeñas dosis de vasos de cristal. Se hacía de noche y sentía el calor de mis versos deslizarse por las venas del alcohol. Un calor que me multiplicaba, que me alejaba. Bebía frente al minúsculo balcón que daba a una calle desierta. Y pensaba en el restablecimiento de mi identidad por medio de ese poemario que mi editor había rechazado. Fernando Swartz lo había hojeado con una sonrisa de suficiencia que hubiera deseado estrangularle con mis propias manos, con la fuerza que me estaba naciendo de las manos. No tenía sentido darle más vueltas a eso; Swartz me dejó bien claro qué era lo que esperaba de mí. Tragué otro chupito de ardiente vodka helado y continué con la mirada extraviada más allá del balcón, mientras me iba emborrachando.

Pensé entonces en mi creciente soledad. Nunca había destacado por tener demasiados amigos: los suficientes para salir de fiesta cuando me apetecía y los que necesitaba para satisfacer mis deseos sexuales. Pero tras el éxito de *Pretérito imperfecto*, empecé a tener la sensación de hallarme más solo que nunca pese a que, sin duda, había estado más rodeado de gente que en ningún otro momento de mi vida. Bebía chupitos de vodka y entretejía palabras a ras de pensamiento. Nunca había necesitado más compañía que la escritura; ésa es una de las pocas certezas que, con seguridad, conformaban mi espíritu de juventud. Sonreía ante una frase bien escrita igual que un ludópata ante una buena mano, igual que un hedonista una fracción de segundo antes de correrse, igual que Dios durante la madrugada del Sexto al Séptimo Día. A quién le importaban mi editor, el público, el dinero o la fama en ese instante. Tropezando por los treinta y cinco metros cuadrados de mi piso, tambaleándome con la botella de Absolut en la mano, agarré *Espacios ausentes* y me puse a recitarlo a voz en grito. Un poema tras otro, ciento treinta y tres, a voz en grito, a voz en vodka, atragantándome del estupor que me producían esas líneas que competían con las de la realidad para establecerse geométricamente en el entorno. «Y si naufrago, que sea en un océano de silencio…».

Pero la noche se fue, y a la mañana siguiente desperté con una resaca espantosa de alcohol, de sentido… y de realidad. El dinero se me acababa, tenía un compromiso firmado y debía ponerme a escribir una novela en cuyas páginas el resto de la humanidad se sintiera implicada.

Lo estoy haciendo muy bien. Por fin he logrado enlazar las hebras del recuerdo y tejer lo que fue mi historia. Me estoy dedicando a ello. Voy a intentar contarlo todo; lo más relevante al menos. Porque, quién sabe, a lo mejor hay algo que entender de aquello; tal vez sea posible comprender, adquirir una certeza que me lleve a alguna parte. A coger uno de estos bolígrafos y volver a… La hoja en blanco refulge como una taquicardia en pleno sueño; un escalofrío recorre la espina dorsal de mi mano derecha.

¿Por dónde iba? Ah, sí. Mi segunda novela. Sin paliativos, debo reconocer que me prostituí. Convertí mi escritura nada más y nada menos que en pura transacción, eso sí, nada barata. Olvidé en un rincón de la existencia el corazón secreto de las palabras y me dediqué a elaborar una obra que sentí aún más lejana a mí que la anterior. *Pretérito imperfecto* al menos nació de la honestidad: construí el tipo de novela que la evolución de lo que llevaba escrito hasta entonces me había impulsado a componer; necesitaba experimentar más allá de las metáforas y llevar a cabo un proyecto narrativo donde elaborar unas tramas alrededor de unos personajes, y eso fue lo que hice. Fueron el contacto con los demás, las reacciones suscitadas por el libro y mi manera de hablar de él los que provocaron que me sintiera expulsado del mismo, ajeno a sus particularidades.

La forma de encarar *Tiempos difíciles* (así titulé la segunda novela) fue completamente distinta. Desde el principio sentí que lo que en ella volcaba no nacía de ninguna pulsión íntima e innegociable. Escribía la novela con una mano mientras la otra luchaba por ocultar de la vista el rumor de la verdadera escritura, aquel que ronroneaba entre las varillas del pensamiento de mi voz intentando hacerse presente. No obstante, en *Tiempos difíciles* la verdadera escritura no tenía cabida. Sería muy complejo analizar con exactitud la razón por la cual no me dejé embadurnar por ella en esta nueva obra. La cuestión es que no estaba preparado para desarrollar en una novela de esas características lo que la escritura, en mayúsculas, pergeñaba en mi interior. Me resultaba imposible. De modo que me dediqué a lo fácil: empleé la misma sólida estructura que en *Pretérito imperfecto*; cincelé la sintaxis, en muchas ocasiones tosca, de esa primera obra, sin arriesgar un ápice en su desarrollo; acepté la sugerencia de Swartz de centrarme en una trama impactante acerca de una generación que echa a perder su vida a causa de la indolencia y, eso sí, la aderecé con una buena dosis de imaginación y giros inesperados.

Fue un éxito absoluto. Las ventas de *Tiempos difíciles* se triplicaron con respecto a *Pretérito imperfecto* en sólo un mes, y la obra se tradujo a nueve idiomas. La bandeja de entrada de mi correo electrónico llegó al borde del colapso y entrar a según qué establecimientos o viajar en metro comenzó a resultarme un suplicio. Lo que dos años antes me habían parecido fatigosas jornadas atendiendo a diversos medios de comunicación no fueron más que pequeños pasatiempos en comparación con el aluvión que se me vino encima entonces. La misma retahíla incesante de impostura, de maquillaje astroso, de bobaliconadas, se multiplicó por cinco. El hastío que me producían las reuniones con otros «jóvenes escritores de mi generación» (que nada o muy poco compartían conmigo en cuanto a la visión de la literatura), el compadreo baboso de ciertos *lobbies* literarios, las preguntas ignorantes de los periodistas… agotaban de tal modo mis energías, lo que en algún momento había sido mi identidad, que cuando estaba en casa lo último que se me pasaba por la cabeza era ponerme a escribir. Era perfectamente consciente de que me estaba introduciendo en un peligroso círculo vicioso. Al dejar de explorar en los confines de mi escritura que colindaban con las aristas de mi espíritu, lo único que lograba era detener las inercias comportamentales y de pensamiento que me hubieran podido catapultar durante las entrevistas o las reuniones a exponerme de otro modo; a exhibir opiniones y estados que se avinieran de una forma fidedigna a lo que para mí significaba la escritura, su proceso: el proyecto de vida, de identidad, que yo iniciara siendo un adolescente con aquellos primeros versos. («Peldaños evanescentes sin barandilla ni escalera, / peldaños volubles de ascensión sin espacio ni materia»).

Sin embargo, no me detuve; continué «haciéndome un nombre» en la élite intelectual del país. Las golosinas del dinero, la fama y el reconocimiento públicos son difíciles de rechazar, sobre todo si se tiene en cuenta lo (cada vez más) lejos que iba sintiéndome de aquel chico que temblaba ante cualquier metáfora convulsa escrita en alguna burbuja atmosférica que hubiera sido capaz de diseñar, de aquel chaval que recitara, atragantado de carcajadas, sostenido por el vaho alcohólico de media botella de vodka, sus poemas estrellados contra una voluble realidad que se deshacía en sus manos como pura gelatina.

¡Ah..., el misterio! ¡El misterio! Concitar y cultivar el misterio. De eso se trataba, sí. Sembrar de misterios la realidad, como un campo de minas en territorio enemigo, y sentarse a esperar, a esperar ver brotar los frutos de esos misterios, ver explotar esas minas... Qué delicia. Eso es. Exactamente eso. Miro la hoja en blanco que reluce bajo mi rostro contrito. La veo como un estadio derruido, abandonado. Las minas han sido desactivadas. Nada va a explotar en el epicentro de esa cuartilla. Pero me estoy adelantando siglos... (o retrocediendo, según se mire). Mi experiencia con el misterio, en aquella época que relato, en realidad se reducía a un juego de niños. Un futuro gran faquir que de crío practica clavándose agujitas en el dorso del brazo, eso es lo que yo era en la época de *Espacios ausentes*: un pequeño taumaturgo asomando la cabeza por el resquicio de una cortina entreabierta que oculta otras cortinas... y que, a su vez, traslucen una quimera inalcanzable.

No tengo paciencia. Es curioso que, tras haberlo abandonado todo y no tener prisa por nada, también carezca de paciencia para relatar los hechos con parsimonia. Me sobra el tiempo... y está claro que yo también le sobro al tiempo, de modo que no tiene ningún sentido precipitarse. Vuelvo allá. Tenía veintiséis años recién cumplidos, la cantidad de dinero necesaria para mis pocos vicios y caprichos, fama, un bonito apartamento alejado del ruido… Sin embargo, aquella llama de placer desconocido que nació en mi interior al albor de mis primeros versos, y que cuidara a base de experimentos semióticos, parpadeaba entonces a punto de extinguirse, boqueando como un pez fuera del agua. Exactamente así, como un pez fuera del agua. Tan sólo la veía rebrotar cuando, esporádicamente, me sentaba en la butaca del salón, me ponía a leer aquellas antiguas páginas que escribiera entre los diecinueve (lo anterior no lo consideraba suficientemente bueno) y los veinticuatro años, y me permitía deslizarme por ese tobogán lubricado de corrientes rítmicas hacia el fondo de la entraña de lo que una vez fuera yo, rodeado de aquellos logros, de aquellos reflejos invisibles que conseguía arrancarle (sí, ¡arrancarle!) a la realidad: nutrición envenenada que mis estómagos líricos digerían para convertir lo inconvertible en… otra cosa. («Peldaños misteriosos / que sólo aparecen cuando se pisan. / Escalones delirantes / que se ciernen sobre lo que todavía no ha sucedido»). Y durante esos días, alguna vez después de leerme conseguía escribir algo. Algo nuevo que me hacía brillar y sonreír durante el día. Algo nuevo que, siempre, consideraba lo mejor que había escrito jamás. Y esa sonrisa, ese brillo que me sulfuraba el rostro, no podía pagárseme con todas las regalías del mundo. No obstante, esto ocurrió en contadísimas ocasiones durante aquellos meses. Lo más habitual era que, al llegar a casa derrotado por las miserias del mundo, me tumbara en el sofá a ver la televisión y dejara pasar las horas; como mucho, dedicaba mi tiempo a leer algún libro.

En uno de los trillados encuentros literarios a los que me obligaba a asistir mi editor, tuve la ocasión de volver a charlar con Antonio Heredia, mi antiguo profesor de la universidad. Hacía más de dos años que no sabía nada de él y sentí cierta ilusión al poder departir un rato sobre diversos aspectos de la literatura y la filosofía universal. Tras resucitar durante unos minutos a Nietzsche, Schlegel, Kafka y Genette, me acompañó hacia un rincón del salón y allí me presentó a Fernando Burruaga, redactor jefe del suplemento cultural de uno de los periódicos más importantes del país. Enseguida hice buenas migas con él, no tendría más de diez años que yo, y entre una copa y otra, un par de anécdotas y alguna confidencia, acabó ofreciéndome colaborar semanalmente con algún artículo en su magazine. Luego supe que Heredia y él habían hablado de este tema semanas atrás y que habían fijado este encuentro como el momento ideal para presentarme dicha propuesta. Ni que decir tiene que acepté encantado. Tal como decía el profesor, se trataba de una oportunidad inmejorable de adquirir unos ingresos periódicos seguros. «Nunca se sabe cuándo la gallina de los huevos de oro de la literatura va a dejar de darte beneficios. Y si eso ocurre, necesitarás un buen sostén al que agarrarte. Hoy en día casi nadie puede vivir eternamente de vender libros».

En la revista, al principio, dentro de unos límites me dejaban hablar más o menos de lo que quisiera. Incluso alguna vez pude permitirme el lujo de escribir algún artículo de opinión sin mucho que ver con la literatura en sí. Debo reconocer que aquello constituyó una bocanada de aire fresco para mi, por aquel entonces, anquilosada actividad mental. Conseguí desempolvar mis dedos de las telarañas del tedio y entretener el intelecto mediante reseñas imaginativas sobre tal o cual libro o asunto de mi interés. Hasta cierto punto, me devolvió el hábito de la escritura; si a esto se le añade que ese período coincidió con la parte final de la campaña de publicidad de *Tiempos difíciles* (cuando las entrevistas y las apariciones públicas se vieron reducidas de forma considerable), se entenderá que mi ánimo experimentara una notable recuperación. A lo largo de ese año, y gracias a esta nueva coyuntura, fui retomando el placer de inventar sobre el papel, de engarzar palabras y frases o versos hasta otorgarles una vivacidad nueva, insólita, y recrearme en ello. Los artículos para el suplemento cultural *Alter Eria* me servían como acicate para investigar obras de nuevos autores y para repasar manuales que había comprado durante mi etapa universitaria y que tenía un tanto olvidados. Mis neuronas adormiladas fueron desperezándose y relacionándose entre sí hasta adquirir un nivel de agitación sólo comparable al de mi primera juventud. Salía más a la calle, y en estas nuevas correrías me divertía mucho más de lo que lo hiciera meses atrás. Además, cuando decidía quedarme en casa consagraba la totalidad de mi tiempo a leer y, de nuevo, a escribir… A escribir y excitarme ante el acto de la escritura. Las entrevistas y demás compromisos fueron definitivamente suprimidos al cabo de pocas semanas, por lo que mi sensación de libertad cobró el estatus de plena satisfacción.

Una noche, Fernando Burruaga, el director de *Alter Eria*, me invitó a una fiesta en su casa para celebrar el cumpleaños de su mujer. Sólo un año antes me hubiera resultado un engorro relacionarme con el tipo de gente que sabía que iba a reunirse allí. No obstante, dado mi estado desabrido de ese momento, aquel encuentro me pareció una oportunidad excelente para exhibir mi libertad, mis ánimos renovados y, sobre todo, el punto de embriaguez que me proporcionaban mis nuevos escritos.

Llegué más de una hora tarde a propósito, es decir, en el momento álgido de la fiesta, cuando la mayoría de los asistentes, inducidos por el alcohol, las bromas y en algunos casos también por la coca, habían abandonado el horrible rictus de formalidad que solía atenazarles en los preámbulos de estas reuniones. Le di mi regalo a Aurora (la mujer de Burruaga) y me serví un vodka solo con mucho hielo. Saludé por aquí, por allá… y sonreí, y mientras sonreía para mí mismo con los ojos entornados hacia un cielo imaginario, me tarareaba mis últimos versos, escritos dos días atrás. «Sólo sé que siego miradas, / que mis ojos sembrados a la luz de la intemperie / retoñan miradas mudas que siego y trago y sueño…».

—Que siego y trago y sueño…

—¿Decías? —Alguien se me aproximó por detrás, invisible a mí que miraba hacia un cielo imaginario y tarareaba, al parecer, en voz alta.

—¿Acaso musito? —bromeé.

Ella rió ante mi ocurrencia. Y su risa cascabeleó en mi interior como ciertas rimas precisas que hacen temblar.

—Algo por el estilo —me confirmó ella, aún riendo.

—Disculpa, a veces las palabras se me caen de la boca sin yo quererlo —dije, animado, pletórico—. Sufro de cierta incontinencia léxica en según qué época del año.

Me venía arriba, hacía tiempo (¡tanto tiempo!) que no conseguía ajustarme a mi identidad, a lo que sabía y sentía tanto que era mi identidad, y que ¡tanto! se relacionaba con mi escritura… Actuaba, me movía, tal cual como si estuviera escribiendo.

—Me llamo Sonia. Soy amiga de Fernando.

—Yo soy…

—Jan Ungría. Sí, ya sé quién eres; no te preocupes. No he podido leer tus libros todavía, pero leí un artículo tuyo en *Alter Eria* que me encantó; en él relacionabas a Magritte y a Friedrich. —Asentí, halagado—. Soy galerista, licenciada en Historia del Arte, y lo cierto es que tu visión sobre la mirada común de ambos pintores me entusiasmó.

—Yo no soy ningún experto en pintura, pero hay cosas que saltan a la vista.

—Nunca mejor dicho.

—Sí, nunca mejor dicho. —Sonreí y mi sonrisa trepó por los cascabeleos de la carcajada de ella.

Proseguimos la conversación largo rato, entre vasos de vodka y martinis, entre risas y reflexiones agudas sobre el romanticismo alemán y el expresionismo, entre miradas incisivas y mis gestos, que enloquecían al alzarse hasta ese fulgurante andamiaje de guiños, reflejos y vértices que era su cuerpo. Mis ojos aterrizaban tanto en su boca como en sus cejas afiladas, tanto en sus pequeñas manos como en sus enormes ojos, y descansaban dondequiera hasta volver a despegar. Ella lo notaba. Yo sentía que ella notaba cómo mis ojos se instalaban en las diferentes zonas de su geografía física. Y no decía nada, y lo decía todo mientras callaba.

Su belleza me dejó acorralado, al menos en cuanto a mis pensamientos, porque aparentemente no daba muestras de sentirme agarrotado. Investigaba cada matiz de su rostro y cada uno me parecía perfecto. Pelo negro, perfil aristocrático, ojos inmensos… y esa forma de reír. Eso es lo que vi, lo que sentí. ¿Qué me olvido? Aquella noche no ocurrió nada. Nos despedimos sin más y acordamos que yo visitaría su galería al cabo de tres días, aprovechando la exposición de una pintora andaluza que estaba causando furor.

A la hora indicada del día en cuestión me presenté allí, solo. Nada más entrar quedé impresionado con la presencia de Sonia; se hallaba frente a mí, de espaldas, con un vestido negro, largo, la media melena justo por debajo de los hombros, los brazos moviéndose como pinceles en holoédricos lienzos de aire. ¿De qué me estoy olvidando? Sonia charlaba animada con tres tipos que no entendían de qué manera un hombre debe sostenerse de pie. Yo me acerqué deslizándome por el espacio de forma parecida a como lo hace una frase bien escrita entre línea y línea. Y lo hice así, en parte, para que aquellos hombres supiesen cómo debe desplazarse una persona. Pero ellos no me miraron. Yo sabía que los ojos de esas personas no estaban a mi altura. Rocé el hombro desnudo de Sonia con las yemas de dos de mis dedos y ella se giró a cámara lenta. A cámara lenta me sonrió y me besó en la mejilla. Y a cámara rápida se deshizo de aquellos tres tipos.

—¿Has tenido tiempo de echarle un vistazo a los cuadros de Mar? —dijo, sin apartar sus ojos de los míos.

Aún aturdido por su forma de moverse, dirigí mi atención hacia la obra pictórica que me rodeaba, y enseguida comprendí que aquellas pinturas no eran corrientes. Tras el impacto provocado por la elegancia de Sonia, sufrí otro parecido al zambullirme en esos cuadros de tan variado tamaño. Lo primero que me llamó la atención fueron los colores; la impresionante vivacidad de su colorido. Nunca antes había visto unos azules y unos verdes tan extraordinariamente llamativos. Mares, sirenas, omoplatos, branquias, ojos, ojos, ojos, rostros, seres inclasificables se agolpaban a mi vista y me tuvieron abstraído durante un buen rato. Aquel mundo submarino fue absorbido poco a poco por los poros de mis sentidos hasta quedarse adherido a mis entrañas.

—Estoy maravillado.

—Es una lástima que Mar no haya podido venir. Habría querido presentártela.

—No importa. Ya habrá tiempo.—Por supuesto. Quedaba tiempo. Tanto tiempo para tantas cosas… Tiempo que perder, que ganar, que transformar. En aquel momento, nada crucial había sucedido todavía.

Sonia fue la mejor de las anfitrionas. Y yo, un pez más entre aquel enjambre acuático de misterios marinos. Cuando percibió que yo no quería que me presentara a demasiada gente, fue lo suficientemente comprensiva como para mantenerme en un discreto segundo plano; y cuando se daba cuenta de que llevaba tiempo sin prestarme atención, se me aproximaba y me hablaba, me miraba o me sonreía. Lo cierto es que en ningún momento necesité una atención especial. Con los cuadros de Mar, la presencia visual de Sonia (había tanto y tanto que mirar en ella) y el eco de mis versos en mi memoria tenía más que suficiente para mantenerme entretenido.

Cuando concluyó la exposición, me invitó a cenar a un restaurante japonés. Durante la cena charlamos más, bebimos más, la miré más y me sonrió más. Muy pronto nos percatamos de que teníamos opiniones y gustos similares en cuanto a música, cine y arte en general, aunque ella apenas conocía a mis escritores favoritos y tampoco había leído casi nada de la filosofía que yo solía manejar. Por mi parte, yo desconocía la existencia de la infinidad de fotógrafos, pintores, escultores y arquitectos de los que me habló, fascinada, durante el postre. De modo que nos complementábamos de fábula; se advertía lo mucho que podíamos enriquecernos mutuamente. Verla hablar de Alphonse Mucha o de Francesca Woodman mientras se le derramaba una gota de chocolate por la comisura de los labios fue el detalle que acabó por derretirme y logró que me entregara a ella por completo.

El amor.

Justo cuando salimos del restaurante, antes de que a ninguno de los dos nos diera tiempo de proponer un local al que ir a tomar una copa, me abalancé sobre ella. Arrojé el clamor de mis labios sobre su boca y la besé dibujando gestos extraños en el aire con mi mano derecha, mientras la izquierda la agarraba de la nuca.

Me enamoré de Sonia.

¿Qué más puedo decir en este momento? ¿Cuántas cosas me dejo en el *tintero*? ¿Debería hablar de mis otras relaciones, las que tuve hasta los veintisiete años? ¿De lo que el amor significaba para mí? El amor, quimera idéntica a la escritura. El mayor de los misterios… Si no el mayor, uno de los más grandes al menos. Ninguna mujer, hasta la fecha, me había hecho sentir lo que Sonia en esas dos noches. «El primer amor» se mide, como es sabido, con un baremo distinto, y lo cierto era que a ninguna de mis parejas anteriores las había contemplado nunca como posibles compañeras para toda la vida. ¿A Sonia? A Sonia, sí. Después de que el beso nos dejara anclados en aquel rincón de la noche, ascendidos por el ímpetu de mis ansias y sostenidos por el brillo de su rostro, respiramos y nos fuimos a su casa.

¿Me detengo en la descripción de las formas delgadas de su cuerpo cuando la desnudé? Sus pechos rotundos, los pezones pequeños y duros, las caderas sinuosas… Follamos lenta pero desesperadamente, empleando las lenguas con descaro y eficacia, lamiendo y besando mucho. Treinta y siete minutos en los que descubrimos el uno el cuerpo del otro con tierna delicadeza y salvajes arrebatos.

Por la mañana, Sonia continuaba allí, desnuda, hermosa, bañada por una trémula luz que desorganizaba las penumbras de su piel. Me levanté, fui a su cocina y preparé un desayuno ligero con lo que encontré por allí. Cuando regresé a la habitación, Sonia continuaba de espaldas, mostrándome un culo tan perfecto que casi provocó que se me cayera la bandeja al suelo.

Sonia continuó a mi lado durante las mañanas siguientes de casi todas las noches. Al cabo de tres meses, decidimos irnos a vivir juntos.

2

La convivencia. Sonia y yo nos instalamos en su casa de Barcelona, puesto que su trabajo la obligaba a permanecer cerca de la galería y de su despacho. En aquel momento no me importó demasiado abandonar mi apartamento, ya que el suyo estaba ubicado en un barrio residencial bastante apartado del bullicio del centro de la ciudad. Y yo lo único que necesitaba era tranquilidad, fuera donde fuera.

Aquellos primeros meses resultaron toda una experiencia para mí. Estaba enamorado de Sonia, y cada día ella aparecía por la puerta de casa, cada día, acarreando cada uno de sus atributos. La abrazaba, la contemplaba, charlábamos acerca de cientos de temas… y nunca había follado tanto en mi vida: un sexo apacible, inercial y fresco. A pesar de todo, como era natural a causa de su trabajo, yo pasaba la mayor parte del tiempo solo, circunstancia que aprovechaba para leer, escribir y, de vez en cuando, acercarme a alguna exposición, conferencia o seminario que pudiera interesarme. Empecé a experimentar una suerte de plenitud que se aproximaba más al sosiego que a la exaltación, y reconozco que me costó trabajo habituarme a ese estado.

Por aquel entonces, concluí un nuevo poemario. Las condiciones en que fue escrito *Lento cataclismo* (así lo bauticé) distaban mucho del fragor semiinconsciente que había impulsado mi primer libro de poesía, *Espacios ausentes*; mi nueva situación dotó de una calma imprevista a mis versos, aunque, a decir verdad, aquella calma les dio una pausa y un ritmo que seguramente pedían a voces. Este poemario no perdió ni un ápice del sentido estructural del primero, ni de la grandeza que me contagiaba y, sin embargo, además, poseía una cadencia, una perfección en su pulso de las que carecía cualquier otra obra escrita por mí con anterioridad. En ese aspecto me encontraba pletórico. En cuanto Sonia regresaba a casa, la recibía recitando de pie sobre la mesa del comedor, tumbado desnudo en el suelo, o en la cocina frente a las sartenes donde preparaba la cena sin cuidado. Sonia respondía con agrado, se reía, me alentaba, pero… ¿Cómo explicarlo, aquí, ahora, a tanta distancia temporal, mental y espacial? La cuestión era que Sonia no se entregaba a mis poemas como a mí me hubiera gustado. Carcajeaba (con su cascabeleo encantador), me aplaudía, sí, pero acto seguido comenzaba a hablarme de otros asuntos. Asuntos que, por otra parte, debo reconocer que a mí me resultaban también atractivos: a decir verdad nos pasábamos horas y horas (mientras cenábamos, acurrucados en el sofá y luego en la cama) charlando de los más diversos temas: nuevos artistas que había fichado para su galería, conferencias, estrenos cinematográficos, mis nuevos artículos para la revista… Sin embargo, mi proyecto literario, lo que a mí me sucedía por dentro cuando escribía y me recitaba, las transformaciones que se producían en mi percepción del entorno y en mi fuero interno, ella no era capaz de compartirlos ni experimentarlos conmigo con la crucialidad con que se producían.

Al cabo de unas semanas de haber terminado *Lento cataclismo*, Francisco Swartz me llamó a su despacho. Yo temía desde hacía algún tiempo esa llamada porque imaginaba con exactitud lo que quería contarme. En efecto, nada más entrar por la puerta y acomodarme en su flamante sillón de piel, me soltó a bocajarro que debíamos empezar a ponerle fecha de lanzamiento a mi próxima novela.

—Todavía no he empezado a escribir nada —le respondí sin tapujos.

—No te preocupes, Ungría; no existe ninguna urgencia. Aún se están vendiendo muy bien tus dos libros. Simplemente no conviene que dejemos pasar mucho tiempo. La gente enseguida se olvida de lo que le gusta y, con una facilidad sorprendente, lo sustituye por cualquier otra cosa.

—Entiendo. Pero si te tengo que ser franco… —le dije, intentando hacerme con las riendas de la conversación—, ahora mismo estoy mucho más motivado por mi vertiente poética.

—Eso está muy bien. No debes abandonar ninguna de tus aptitudes. Puedes continuar con tus libros de poesía mientras avanzas con la siguiente novela.

Empecé a ponerme un poco nervioso, pero, por fin, estaba decidido a imponer mi voluntad, a dejar de venderme.

—La cuestión es que en estos momentos preferiría publicar alguno de los dos poemarios que tengo terminados.

Swartz me miró circunspecto, se frotó el entrecejo con las yemas de los dedos y suspiró.

—Está bien, hagamos un trato. —Se apoyó encima de la mesa y se reclinó hacia mí—. Y ten en cuenta que esto lo hago porque te tengo un cariño especial. Dentro de un par de meses publicaremos *El espacio…*

—*Espacios ausentes.*

—Eso es, *Espacios ausentes*; lo publicaremos siempre y cuando te comprometas a tener lista una nueva novela del tipo de las anteriores para dentro de un año justo, ¿de acuerdo? Y… —Francisco hizo cálculos mentales—. Y seis meses después, en pleno auge de ventas en Europa de esa novela, presentaremos tu otro *librito de poemas* en la Feria poética de Trieste. ¿Qué me dices?

Extendió su mano derecha y me la tendió. Sin pensármelo mucho la estreché y me volví a casa con una extraña sensación de satisfacción adulterada.

Sonia se mostró encantada ante la noticia de la publicación de mi poemario, de hecho reaccionó con más efusividad que cuando lo leyó. Quiso incluso que organizáramos una fiesta para celebrarlo, a lo cual yo me negué en rotundo. Sentía que me encontraba en un momento crucial en la evolución de mi escritura y quería dedicarme a ello en exclusiva, sin interferencias de tipo social.

Espacios ausentes recorrió las librerías sin pena ni gloria. Fue un duro golpe comprobar la nula atención que se le dedica actualmente a la poesía, que además de ser ignorada por la prensa y la inmensa mayoría de los lectores, se encuentra marginada por las distribuidoras comerciales. Aquellos medios de comunicación que se peleaban por entrevistarme y preguntarme sandeces acerca de mis novelas hacía cuatro días, en ese momento no quisieron saber nada sobre lo que tenía que decir sobre la parte de mi obra realmente trascendente. Y los cientos de correos electrónicos y cartas que recibí tras la publicación de las dos novelas con el poemario se transformaron en un significativo vacío en mi bandeja de entrada y mi buzón. Estas circunstancias no hicieron otra cosa que incrementar mi absoluto escepticismo ante al orbe de la cultura y provocar que me encerrara todavía más en mí mismo.

Le di la espalda al mundo más de lo que ya lo había hecho hasta la fecha, y me enclaustré en mi escritura y en la lectura. Únicamente salía a la calle para realizar las compras indispensables, y el tiempo que estaba solo en casa (que era casi todo el día) lo dedicaba a leer, escribir y recitarme.

Por aquella época leí la parte que me quedaba de *La recherche du temps perdu* de Marcel Proust, a Maurice Blanchot, Virginia Woolf, Clarice Lispector, Samuel Becket, Judith Butler, Michel Foucault, Jean-Pierre Duprey, Antonin Artaud y algunos otros. Y respecto a la escritura, comencé a investigar en las diferentes maneras de estructurar los párrafos y la sintaxis, el lenguaje dentro del lenguaje; las palabras rescatadas de sus signos estrictos. De repente, me obsesionaba con una, dos o tres palabras y las repetía hasta la saciedad combinándolas en distintos contextos con el fin de exprimirle íntegro su jugo semántico, fonético y gramatical. Las leía en voz alta, las recitaba y las absorbía, literalmente las chupaba, las gritaba, me las comía y digería, hasta que solamente quedaba la vaina. Cuando Sonia llegaba a casa, me encontraba en tal estado de excitación que empezó a costarle trabajo comunicarse conmigo. Y a mí con ella.

Pronto empecé a sentir la necesidad de escribir sólo por las noches, ya que la luz del día se me antojaba un estorbo para el estado de ensimismamiento que mi entrega a la escritura requería. Reservé las horas diurnas para leer y la noche para… lo otro. Precisamente la noche, el único rato que teníamos Sonia y yo para estar juntos, charlar y compartir nuestras vidas. Y eso afectó a nuestra relación.

Yo estaba enamorado de Sonia, sí (el amor…). ¿Cómo recordar con exactitud lo que sucedió durante aquellos días? La casa; el color, el olor, el calor de la casa ¿qué me hacían sentir, a qué me trasladaban? ¿Qué o quién era yo cuando no escribía, cuando estaba con Sonia, cuando los sábados salíamos como acostumbrábamos a tomar una copa y charlábamos de tantos de esos temas… interesantes de los que hablábamos?

Mi pasión por la escritura adquirió cotas inimaginables cuando comencé la que iba a ser mi tercera novela. Casi sin darme cuenta, supe que tenía una historia que contar y que debía narrarla de una manera determinada. Y entendí que, sin duda alguna, iba a constituir mi obra maestra hasta ese momento. Las palabras llamaban a la puerta de mi cerebro, se agolpaban calientes en los territorios de mi imaginación sin que yo pudiera hacer nada por retenerlas. Abrí el dique de la conciencia y dejé que fluyeran en tropel hacia donde tenían que hacerlo: las hojas en blanco, el cielo infinito. A medida que escribía, iba descubriendo y desvelando nuevos secretos. Ahora sí, los grandes misterios de la existencia se presentaban ante mí. Escarbaba en ellos, me hundía en su mucosa y rebrotaba diferente, cambiado, *alterado*. Y cuando no escribía, durante las demás horas del día, flotaba, flotaba sin apenas darme cuenta de qué sucedía a mi alrededor. ¿Qué importancia hubiera podido tener?

Fue entonces cuando me percaté de algo primordial. A partir de pequeñas ráfagas de sentido, destellos que emergían de pronto sobresaltándome en medio del desarrollo de mi obra, fui haciéndome consciente de lo que se estaba fraguando. Si bien en un principio la escritura me había servido para comprenderme mejor, tanto a mí mismo como al mundo circundante, y a un mismo tiempo para transformarme con ella y modificar la percepción de mi entorno, en ese momento, de modo irreversible, notaba la irreparable separación que se ponía de manifiesto en su seno. Empecé a sentir cómo, indefectiblemente, la escritura me separaba de todo: de Sonia, de mí, del mundo. Cuanto más profundizaba en la escritura, más lejos me sentía de lo que era Sonia, de su significado, de su presencia real. Cuanto más a fondo me zambullía en la certeza que suponía mi nueva novela, en la verdad que me hacía experimentar, menos real, menos *vivible* me parecía ella. De eso me di cuenta un día, de súbito. A las ocho de la tarde, Sonia entró por la puerta de casa; yo estaba sentado en el sofá sin hacer nada. Avanzó por el pasillo y me sonrió con el maletín a cuestas. Yo la miré, la miré y no vi en sus acciones lo que quería contemplar en ese instante. Qué era *eso* que necesitaba contemplar ni siquiera yo lo comprendía con exactitud. Sonia se desplazaba por las diferentes estancias y yo permanecía sentado en el sofá sin saber muy bien, de repente, quién era la persona que se movía por la casa (color, olor, calor) en la que yo vivía desde hacía… un año. Pero más tarde explicaré (me lo tengo que explicar con detalle si quiero ¿avanzar?) con mayor profundidad en qué derivó esa sensación.

Ese día a esa hora, me apercibí de esta distancia de una forma rotunda, pero la separación que acabo de relatar no fue la única que experimenté durante aquellos meses. De hecho, esta revelación sólo fue la primera de varias. Conforme escribía y me volcaba irremisiblemente en el texto, también sentía cómo con ese acto me separaba de mí mismo. La escritura me estaba alejando de mí. Yo me estaba convirtiendo tanto en lo que escribía, que luego no era capaz de reconocerme a mí mismo en el mundo. Me sentía tan proyectado en lo que dejaba plasmado en el papel que cuando abandonaba el bolígrafo no sabía quién era ese yo que deambulaba por *ahí*. Y la otra separación que la escritura provocaba era la que establecía con el propio mundo. Me sentía tan vertido en las geografías literarias que narraba que llegó un momento en que el mundo se me antojaba a una distancia irrisoria, que se me aparecía como un lugar en el que yo no podía encajar. ¿Cómo iba a hacerlo si yo estaba en el papel?

Pero seguí escribiendo, desintegrándome en la historia, en la aventura que sabía que tenía que escribir (estaba obligado a ello) y, sobre todo, en la manera como tenía que hacerlo. Destrenzaba las hebras del misterio. Investigaba qué se oculta detrás de las cosas, de las palabras, cuál es el misterio delante del cual simulan. En qué consisten esos misterios, cómo se urden y cómo se desvelan. El misterio... ¿Qué podía yo saber del misterio?

Una noche, cerca de las tres de la madrugada, al finalizar un capítulo de la novela especialmente significativo, tuve un ataque de... no sabría definirlo. Acababa de describir la epifanía del protagonista, el Señor Sch, ante su propia imagen reflejada en algo parecido al cielo. Sí, el Señor Sch descubría, en aquel momento, la impostura de su vida al impregnarse en el vuelo de algo parecido a un ave, sobre el tapiz azul de algo parecido al cielo. El Señor Sch se elevaba, sonreía y participaba de un misterio que con anterioridad ni siquiera había sido capaz de interpretar. Cuando abandoné el bolígrafo sobre el escritorio estaba sudando a chorros, un sudor frío en pleno mes de noviembre que me helaba. Los latidos de mi corazón, desbocados, se arremolinaban en los puntos neurálgicos de mi cuerpo con la intención de saltar por la borda. Mis ojos se abrían, la boca buscaba algo, algo en el aire que fuera más que aire, para respirar otra cosa. ¿Qué misterios anidan en el aire, en el oxígeno? Me mareé, sufrí un ataque, un acceso de... incontinencia vital. Yo que me alejaba de mí mismo al escribir. Me levanté de la butaca trastabillado y comprendí que tenía que irme de allí, arrojarme a las calles. Sonia dormía en nuestra habitación, ajena a mis convulsiones mentales y físicas. Sin hacer el menor ruido, aun en mi estado de desequilibrio, me vestí y me marché. Deambulé por la madrugada aspirando lo que existe en el aire de la calle: el viento, el frío... Los objetos de mi alrededor adquirían un matiz inexacto, burdo, cuando posaba mi mirada en ellos; incluso mi propia presencia me resultaba incierta. En mi mente recreaba una y otra vez la escena en que el protagonista de mi novela accedía al corazón del misterio, por media fracción de segundo, y participaba de sus secretos, siendo, por una ocasión, parte del enigma y de lo que éste aventuraba. Era consciente de que me acercaba a algo grande, o no, mejor dicho, de que *mi escritura* se encaminaba a parcelas extraordinarias del conocimiento. Yo, sin embargo... ¿Yo?

No debo entrar en disquisiciones mayores, ahora no. Si lo hiciera, me perdería sin remedio, jamás podría avanzar en la narración.

Yo caminaba. Cierto impulso (¿cierta señal debo decir?) me arrastró hacia el interior de un bar. Impulsos, señales..., ¿cómo diferenciarlos en aquel estado? Lo cierto es que, si la escritura me separaba de mí y del mundo, algo nuevo se fraguaba en aquella distancia, algo estrechado íntimamente por unos vínculos que creía interpretar sin esfuerzo (¡misterios!, ¿misterios en la vida real?). Al menos eso me parecía en esos instantes de excitación, justo después de haber escrito, con el rumor de las frases todavía repicando en el interior de mis venas, con el jugo de las palabras aún salpicando en mis pasos, mi mirada, mi voz... ¿Quién era yo?

Dentro del bar me senté a una mesa relativamente apartada y pedí un vodka solo, con mucho hielo. ¿Quién era yo, allí sentado, en un bar nocturno, a las tantas de la madrugada de, tal vez, un jueves de otoño? ¿Qué se podía hacer con la vida? ¿Para qué servía? Ésas eran las preguntas que yo me formulaba en ese momento sin enunciarlas, hasta que, de una esquina de luz, entre los focos y los fluorescentes, entre los vértices de la geometría del local y sus espacios vacíos, apareció ella.

—Disculpa, eres Ungría, ¿verdad?, Jan Ungría. —Una chica pequeña, que abultaba gracias a una desenfrenada melena de rizos caoba, con una sonrisa de dientes blancos que ceñía unas cuantas pecas de sus mejillas, me dirigía la palabra mientras me acribillaba con sus rasgados ojos verdes.

—Sí, soy yo. —Y al pronunciar esas inofensivas tres palabras tuve la sensación, como no la había tenido nunca antes en mi vida, de estar mintiendo escandalosamente.

—Ostras... —La chica vaciló y sonrió más si cabe. Rebuscó en su bolso y extrajo de él *Espacios ausentes*, mi libro editado de poesía. Detuvo el tiempo al colocarse el libro justo debajo de la barbilla y enarcar las cejas. Cuando el tiempo volvió a discurrir, ella continuó hablando—. Lo llevo siempre encima. No hago más que leer y releer cada uno de sus poemas. Hacía mucho tiempo que un libro no me impactaba tanto.

Tanto... Jugueteé con el hielo del vaso de vodka y la invité a que se sentara conmigo. Le pregunté a Melissa, así me dijo que se llamaba, sobre varios aspectos de los poemas y su relación con otras circunstancias menos literarias, y todo lo que dijo me pareció de una inteligencia y una sensibilidad asombrosas.

—Hoy en día nadie escribe desde la posición en que lo haces tú —afirmó—. Nadie se entrega al lenguaje con ese riesgo, esa honestidad. Nadie se expone tanto. Cuando leo según que versos, literalmente se me corta la respiración. —Y al decir esto me clavó la mirada en las pupilas ciertamente como si no pudiera respirar.

—Muchísimas gracias, Melissa.

La miré a los ojos y a las manos; y cuando la miraba a las manos era como si la estuviera mirando a los ojos. Ella no paraba de gesticular mientras me comparaba con grandes artistas a los que yo siempre he admirado; me contaba cosas de ellos que desconocía y cada uno de esos detalles que me desvelaba tenía una relación primordial con lo que yo sentía y opinaba acerca de mi obra o de la literatura en general.

—¿Has leído también mis novelas?

—Leí *Pretérito imperfecto*, la primera, justo después de *Espacios ausentes*. Me gustó mucho, sí, pero... —dudó.

—Habla, conmigo puedes ser tan franca como quieras.

—Pues que no es lo mismo que tu poesía. *Pretérito imperfecto* es una buena novela, pero ya está. No es un libro que te cambia la vida. A mí *Espacios ausentes* me ha transformado de arriba abajo.

Esa última frase, pensé, era lo más bonito que me habían dicho nunca. Sonreí con las palmas de las manos abiertas y vueltas ligeramente hacia delante y hacia arriba, un poco de forma oblicua y, tal vez, con las puntas de los dedos hacia el techo. E instalado en esa sonrisa pedí otra vodka.

—Entonces no hace falta que leas mi segunda novela —apuntillé.

—¿No? ¡Ya la he comprado!

—Véndela... o recorta sus páginas en trocitos y lánzalos por la ventana.

Melissa se reía y removía los rizos entre las partículas de la luz.

—¿Por cuál ventana?

—Por aquella orientada ¡hacia lo nunca más escrito! —Y carcajeé para certificar que aquella frase no tenía ningún sentido, pero que ella y yo nos estábamos entendiendo de maravilla.

Tras pedirse un segundo cóctel que contenía arándanos, Malibú y ginebra, Melissa me contó que trabajaba de administrativa en una anodina empresa, de dos a nueve de la tarde, horario que le permitía dedicar la noche entera y la mañana a lo que más le gustaba: leer, pintar, modelar en barro y deambular por las calles de madrugada.

—Como una *flanêur* del siglo veintiuno. —Hablaba saboreándose a sí misma—. Me encanta caminar sin tener un lugar concreto al que dirigirme y fijarme en detalles que, estoy segura, al resto de la gente le pasan desapercibidos. Caminar de noche me permite, además, tener un campo de visión más amplio y evito tener que enfrentarme a las prisas histéricas de los demás. Camino y dejo que el mundo se muestre ante mí. Que me muestre sus misterios. Siempre acabo por descubrir matices admirables en las situaciones más insospechadas y aparentemente cotidianas. ¿Has leído *Nadja*, de André Breton?

Le dije que sí, que por supuesto que sí. Y entonces nos pusimos a hablar del azar objetivo, del escritor-viviente como un centinela que vaga a la espera de hallazgos maravillosos, tras la belleza convulsiva. De cómo, en última instancia, nuestro entorno se reduce a un tejido interpretativo. Hablamos de las médiums, los taumaturgos, los poetas y demás interpretadores de la realidad y, finalmente, ella me dijo que yo era un privilegiado, un vidente.

—Como Rimbaud. Estás al nivel de Rimbaud, Mallarmé y Huidobro.

Yo quise decirle algo acerca de la referencialidad asintótica de Blanchot, de las musas; quise hablarle de Eurídice, de la mirada de Orfeo provocando la desaparición de Eurídice… Pero ella volvió a comandar el rumbo de la conversación.

—¿Sabes?, ahora te vas a reír, pero ya había previsto este encuentro.

No me reí.

—¿Qué quieres decir?

—Pues que ya había imaginado que un día u otro nos encontraríamos y que mantendríamos una conversación parecida a ésta.

—¿Ah, sí?

—Sí, no tenía ni idea de cuándo, pero estaba convencida de que mis pasos me acabarían llevando hasta ti. De hecho, durante los últimos días he ido recogiendo cierta información, interpretando algunas señales evidentes que me indicaban que este encuentro estaba a punto de producirse.

Bebí un sorbo de vodka, chupé los restos de un cubo de hielo que naufragaba en el alcohol y observé, conmovido, la seguridad con que Melissa me comunicaba aquello que para ella era una certeza.

Nos refugiamos unos instantes en el silencio. Asumimos, al callar durante ese breve espacio de tiempo, que lo que Melissa acababa de decir era aceptado por ambos sin titubeos.

Tras pedirme un tercer vodka, le rogué que me hablara sobre sus cuadros, sus esculturas.

—Oh, soy una pésima artista. Reconozco que no tengo talento; sin embargo, disfruto tanto con el tacto de la pintura y el barro en las manos que, pese al desastroso resultado final, no puedo dejar de dedicarme a ello.

El camarero trajo mi vodka y aproveché para pedirle otro cóctel a Melissa, puesto que al suyo apenas le quedaba un dedo.

—Pinto con pastel —prosiguió—. Deshago paisajes en el papel blanco: cielos, bosques, campiñas; mezclo colores con las manos y juego a descubrir formas a la vez que disgrego las pinturas en el cuadro. A veces, compro metros de rollos de papel, los extiendo en el suelo, me embadurno el cuerpo desnudo de pinturas de distintos colores y voy dejando huellas de mí misma por ahí. Ya te digo: lo hago más por el placer que me produce el proceso que por ninguna otra cosa. Y claro, también disfruto bastante observando el resultado final, retocándolo con el pincel, reinventando formas, imaginando figuras que no existen, adentrándome en las texturas, desvinculándome con ellas de la realidad... Pero, te repito, lo hago sin ninguna pretensión artística; soy consciente de que no tengo talento. —Melissa acabó lo que le quedaba a su copa y comenzó con la otra. Los rasgados ojos verdes se amusgaban al ritmo templado de su apacible sonrisa—. Y con la escultura me pasa lo mismo. No te puedes imaginar lo sensual y excitante que es modelar el barro con las manos desnudas, que te chorree por los brazos... —Melissa agitó entonces los brazos, sus pulseras, como si fuera una gitana húngara a punto de echar la buenaventura.

Yo la observaba estremecido mientras percibía el desorden evidente de la realidad a mi alrededor sin tratar de reubicar los fragmentos escindidos.

Melissa soltó una risotada.

—Creo que llevo demasiado tiempo hablando de mí, cuando el artista eres tú.

—Yo no soy nadie...

Río, río ahora mismo al recordar esa contestación inocente, impulsiva. ¿Dónde estaba yo? ¿¡Y quién!?

—Nadie somos nadie —respondió ella.

Nos miramos, con una profundidad que coqueteaba peligrosamente con el vacío.

—He escrito otro libro de poemas, no hace mucho —dije, cambiando de tema... O no tanto—. Lo terminé de escribir hace unas semanas.

A Melissa le brillaron los ojos.

—¡No me digas! ¿Y cuándo va a publicarse?

—Eso es algo bastante difícil de determinar. —Agité mi vaso entre los dedos—. El orden de publicación de mis libros no depende de mí, sino de mi editor. Y no sólo el orden. Como habrás podido suponer, la segunda novela que escribí y publiqué fue, por así decirlo, una imposición suya. Y ahora hemos llegado a una especie de acuerdo que posterga la comercialización de este nuevo poemario hasta dentro de bastante tiempo.

—Oh… Es una lástima. Me había hecho ilusiones de leer en breve nuevos poemas tuyos.

Bebí y le guiñé un ojo.

—Esas ilusiones no tienen por qué verse truncadas.

—¿A qué te refieres?

—Si deseas leerlo, a mí no me importa en absoluto dejarte una copia.

Melissa enarcó las cejas, los labios. Su rostro desprendía una luz indescifrable.

—¿De verdad vas a dejarme leer tus poemas inéditos?

Asentí. Y ella se tapó la boca con su pequeña mano de largos dedos.

—No sabes lo que eso significa para mí —dijo—. Es un auténtico privilegio.

—Bah, tonterías. —Garabateé un gesto con la mano para quitarle importancia al asunto—. Eso sí, debes prometerme que, cuando lo hayas leído, me darás tu opinión franca y directa de lo que te haya hecho sentir.

—Tienes mi palabra de honor. —Y cruzó los dedos índices sobre los labios, del modo más infantil que pueda llegar a realizarse ese gesto, y los besó.

Bebimos un poco más. Ella me preguntó por el título del libro y quiso saber si podía adelantarle algo sobre su contenido.

—Se llama *Lento cataclismo* y prefiero que seas tú misma la que descubras lo que se esconde en él. Sólo te diré que este libro va uno o dos pasos más allá que el anterior, en todos los aspectos.

Eso le dije, muy convencido de lo que le decía, muy entusiasmado ante mi obra. El entusiasmo es el motor de la vida. ¿Adónde me condujo tanto entusiasmo al final? La iluminación del local centelleó en la boca de Melissa cuando la abrió tanto para responder: «¡Guau!». Me detuve entonces un rato a observar sus extravagantes facciones. No respondían a los cánones de belleza al uso ni poseían, desde luego, la hermosura de Sonia; sin embargo, ese rostro, esos gestos resultaban atractivos hasta un punto que podía calificarse de atosigante.

—Estoy deseando leerlo —concluyó, y luego nos dimos los números de teléfono para concertar un encuentro y entregarle la copia (siempre he sido muy escrupuloso en cuanto a enviar mis textos por *e-mail*).

No tenía ni idea de qué hora era. El local se fue vaciando con lentitud, aunque los encargados no daban muestras de ir a cerrar en breve. Por unos instantes, pensé que quizás estaría amaneciendo y que Sonia se llevaría un buen susto si se despertaba para ir a trabajar y no me encontraba en casa. Me apresuré en volver a encender el móvil y me fijé en que todavía eran las cinco de la mañana. ¿Todavía? Lo cierto es que no me importaba demasiado la hora. De todos modos, Sonia no era una de esas personas que se asustara con facilidad. ¿O sí lo era?

—Por cierto, ¿conoces a Miroslav Mičir? —Las palabras de Melissa me llegaron desde una lejanía difícil de justificar. Me había sumido en mis propios pensamientos y la voz interrogadora de la chica me sonó como si me hablara desde la otra punta del mundo.

—¿Miroslav...?

—Miroslav Mičir, sí.

Todavía hoy tiemblo ante la recreación mental de ese nombre.

—No, no lo conozco —reconocí.

—¡Lo sabía! —gritó, contenta—. Es un escritor rumano de origen checo, de finales del diecinueve, muy poco conocido pero fabuloso. Éste será mi regalo por concederme el privilegio de leer tu poemario inédito. Mi regalo es presentarte a este poeta que, estoy segura, te va a fascinar; no puede ser de otra manera. —En cada uno de sus gestos, en cada una de las flexiones de su voz se traslucía un entusiasmo fuera de lo común, absoluta y avasalladoramente fuera de lo común. Entusiasmo, el motor de la vida…

—Miroslav Mičir —pronuncié—. Bonito nombre.

—Cuando nos veamos te traeré uno de sus libros. ¿Sabes?, en cuanto te leí, lo primero que me vino a la cabeza fueron los versos de Mičir. Supongo que es porque ante tus poemas sentí la misma impresión que cuando lo descubrí a él: que nunca antes había leído nada que se le pareciera lo más mínimo.

La curiosidad hizo mella en mis nervios, acicateados por la voz firme y grave de esa muchacha.

—No puedes dejar de leerlo.

Lo que no pude es imaginar a esas horas de la madrugada, en aquel bar, un jueves de otoño, hasta qué punto iba a cambiar mi vida a partir de ese momento. A partir del momento en que Miroslav Mičir irrumpió en mi vida, en mí, y nos trastornó para siempre.

3

Me levanto de la silla y recorro con parsimonia el pequeño cuarto en el que estoy encerrado. Miro a través de la ventana y contemplo un cielo oscuro sin luna que no muestra indicio alguno de querer aclarar por el este. Varios metros hacia abajo permanece el bosque, y entre la arboleda un sutil murmullo líquido insinúa la presencia de un río que, a estas horas de la noche, es imposible atisbar. Un paisaje del que nada sé, que pervive delante de mí como una fotografía distante que se hubiera colado entre otras conocidas y las hubiese hecho desaparecer. Miro la negrura y paladeo en mi boca el nombre de Miroslav Mičir. Lo pronuncio con detenimiento, subrayando fonéticamente las erres, la ce africada.

—Miroslav Mičir...

Me apoyo en el marco de la ventana y regreso a mis pensamientos. Debo seguir recordando, hilando el argumento que me trajo hasta aquí. Prosigo.

Melissa y yo nos despedimos cerca de las seis de la mañana. Por suerte, llegué a casa antes de que Sonia se diera cuenta, y eso me evitó tener que darle engorrosas explicaciones.

Me tumbé en la cama, despierto; escuché los disparejos latidos de mi corazón, los de las frases que todavía bullían en mi cerebro: pronunciadas por mí, por Melissa, escritas en una libreta cuyas hojas garabateadas superaban ya las blancas (mi nueva novela). Sonia se levantó al cabo de un rato y me dio un beso cálido que recibí en el centro de una encrucijada de sensaciones. Observé su cuerpo en la penumbra, cómo se despojaba del pijama, cómo se vestía, las líneas eróticas de su figura, la belleza objetiva de su cuerpo, frente a mí.

Y se fue.

Y yo me quedé tumbado, con los ojos fijos en el firmamento de un sueño que había descartado dormir esa noche, abrumado ante la insistencia de lo que me estaba sucediendo.

Espoleado por el recuerdo de la voz y la mirada y el aura de Melissa, en cuanto fue la hora conveniente, me arrojé a las calles en busca de algún libro de ese tal Miroslav Mičir; no quise esperar más tiempo. Me llevó toda la mañana, pero al fin, en una de las más completas librerías de la ciudad, encontré un poemario suyo. Sólo su título me hizo estremecer: *Periscopios en la tumba*.

Regresé a casa con premura y me acomodé en la butaca de mi despacho con la intención de leer el libro entero de una sentada, apenas ciento veinte páginas. Lo primero que hice fue echarle un vistazo a la sucinta biografía de la solapa: «Miroslav Mičir, nacido en Zlín en 1875, pasó la mayor parte de su vida en Rumanía. Combinó poesía, prosa y ensayo en los dos idiomas que dominaba: el rumano y el checo. Es considerado uno de los más destacados e innovadores poetas rumanos. Murió en Constanza (Rumanía) en 1905 en extrañas circunstancias».

Es decir, poca cosa. La destartalada reedición de 1976 que había adquirido no aportaba más información al respecto de la obra y el autor. No había prólogo y, curiosamente, en la contraportada no se especificaba comentario alguno del volumen. De modo que ataqué los poemas a pelo, directamente; abrí el libro y comencé con el primero… Y a partir de ese instante nada volvió a ser lo mismo para mí.

Ese primer poema lo leí hasta la saciedad, me lo repetí una y mil veces, sin querer pasar al siguiente por temor, supongo, de que mi entendimiento sufriera un colapso ante tanta grandeza. Sentí que si los otros setenta poemas eran de tal belleza, enormidad y exquisitez iba a sufrir una sobredosis de maravilla e iba a explotar allí mismo, en el interior de mi despacho, esparciendo versos por las paredes.

Pero lo acabé haciendo: leí los setenta poemas de forma consecutiva. Y cuando terminé, volví a empezar desde el principio y los leí de nuevo, los setenta, con más soltura, recreándome en aspectos del ritmo y la sintaxis en los que no había caído en un principio, en las extraordinarias metáforas. Me embargó un anhelo inconmensurable de conocer checo o rumano para poder leer esos mismos versos en su lengua originaria, pero me tuve que conformar con esa traducción. ¿Qué me hubieran hecho sentir esos poemas en su lengua materna, si con la sola traducción ya me hallaba al borde del éxtasis?

Aquellos versos significaban la extensión viva y decisiva de los míos. Eran la confirmación de que el camino trazado por mi literatura llevaba a alguna parte, y ese lugar estaba entreverado en los poemas de Miroslav Mičir. Estaba allí y estaba en ninguna parte, porque al fin y al cabo la poesía es inaprensible. Gracias a ese único libro, entendí mucho más a fondo la novela que estaba escribiendo. Algunas de las claves que a mí mismo se me escapaban de la aventura catártica de Sch, mi protagonista, parecían desvelarse en ciertas metáforas de *Periscopios en la tumba*. Entusiasmo, cuánto entusiasmo aquel día…

Necesitaba expandir la exaltación que me inundaba de la manera que fuera, aunque no sabía en qué dirección: leer una tercera vez el libro, escribir versos propios, ir en busca de algún otro libro de Mičir, proseguir mi novela…

Al final me decanté por esta última opción, aunque era de día y me había acostumbrado a escribir sólo de noche. Y es que para mí en aquel momento no era de noche ni de día: el cielo a través de las ventanas representaba una absurda colcha que mostraba un colorido arbitrario. Ni de día ni de noche, ni un año ni otro. La burbuja aislante de la existencia flotaba al margen de las apariencias que se me representaban alrededor. No era de noche ni de día, Miroslav Mičir estaba dentro de mí como nunca nadie lo había estado antes, ni yo mismo. ¡Yo mismo! Carcajeo. Carcajeé entonces y carcajeo ahora. Ni Sonia ni ¡yo mismo!, ja, ja, ja… Aparté conatos de realidad de mi entorno (los trastos de mi despacho), me hice con la libreta y me puse a escribir.

Había dejado al Señor Sch atónito ante la epifanía que acababa de experimentar. Su aventura llevaba apenas setenta páginas escritas, pero se remontaba mucho más atrás, a su nacimiento, al nacimiento del Señor Sch que no narré, a su infancia que no narraría… El Señor Sch, en esas setenta páginas, había aceptado su condición de inmortal, se había transformado en una mujer y avanzaba ajeno a sus recuerdos por una senda que no recorría mundo alguno, que no era una senda, que era un estado de ánimo inquebrantable. Ésa era la aventura del Señor Sch. Y justo cuando lo dejé anoche, cuando me fui a las calles en busca de (en ese momento lo tuve claro) ¡Miroslav Mičir!, el Señor Sch se dio cuenta de que lo vivido no había sido su vida, y que era, a partir de ese momento, cuando comenzaría su verdadera existencia.

Y seguí escribiendo… ¿Qué escribí?

Escribí que el Señor Sch, desnuda, arremolinaba el contorno de las estrellas como una bata de cola, las acarreaba en las caderas que bamboleaba al ritmo de bla, bla, bla y etcétera. Y el vuelo de los pájaros, al ritmo de su parpadeo y etcétera. Y reconocer que el horizonte es *algo* donde se está cuando no se está, pero que se vive y se disfruta y etcétera (cuánto me ayudó Miroslav Mičir a entender esto con *Periscopios en la tumba*). El Señor Sch llegó al fin a un lugar en el que alguien abrió las puertas de no se sabe qué clase de cielo… Y etcétera.

Existía cierta posibilidad de que se hubiera hecho de noche (¿de noche, de día?) mientras yo escribía y me escindía cada vez más de mí, de lo que me rodeaba. Porque estaba oscuro aunque no hubiera sentido necesidad alguna de encender la luz. ¿Hasta con qué grado de oscuridad era yo capaz de escribir por aquel entonces? ¿Qué se puede llegar a escribir cuando ni siquiera puedes contemplar la hoja, las letras que escribes? Llegué a la conclusión de que sí, de que la noche se avecinaba. No quise calcular el tiempo que había pasado inmerso en mi novela, porque el tiempo se me antojaba burdo e insustancial. El dolor de mi mano media con más exactitud la extensión de lo escrito. Dejé la libreta en el cajón. Mis ojos se posaron de nuevo sobre la austera cubierta del libro de Miroslav Mičir, y sonreí exhausto, justo cuando el infalible sonido de una llave al rascar una cerradura llegó limpio a mis oídos.

Sonia.

Sonia. La persona de la que estaba enamorado en aquel momento. ¿Qué clase de amor? Y sobre todo dónde, ¿en dónde ese amor?

Me abalancé sobre ella saltando como uno de esos arlequines de la Comedia del Arte, como un bufón de la corte que suplanta al rey, como un espantapájaros que cobra vida. Hacia

Sonia, la bella y sofisticada Sonia, con su impecable atuendo, su maletín, las gafas estilizadas.

—¡Qué recibimiento!

—¡Sí! —Mis ojos se abrían como bostezos quirúrgicos. Todas las cosas que deseaba explicarle, compartir con ella, se adivinaban en mis ojos delirados, tal efusión expresiva y demencial debían de manifestar.

Sonia, como pudo, fue a la habitación. Yo la perseguí.

—¿Ha ocurrido algo?

¡Qué pregunta! Cómo reaccionar ante esa pregunta cuando era ¡todo! lo que había sucedido. Traté de poner mis pensamientos en orden. Intenté organizar un discurso mediante el cual explicarle lo que sentía, lo que había acaecido desde la noche anterior. Los cambios extraordinarios que se operaban en mí, lo que yo era o imaginaba ser. Hablarle del desarrollo de mi novela, de Miroslav Mičir, de que el cielo del mundo real era un escaparate, de que el tiempo había sucumbido a mi escritura, de…, de…, de…, tantas cosas, tantas…

—¡Sí! ¡Está *sucediéndolo*!

—Cuéntame —dijo ella, Sonia, la mujer de la que me había enamorado de verdad por primera vez en mi vida, mientras se quitaba la ropa con gestos cansados, la cara demudada.

—Anoche… Esta mañana he… Anoche…

No pude. Balbucí durante un minuto y me mostré completamente incapaz de ordenar una sola frase con sentido. Fui incapaz de explicar nada de lo que tanto experimentaba en el interior de mi ser. De todo lo que estaba a punto de hacerme estallar. Me resultó inútil el esfuerzo de comunicarle a Sonia, en ese rincón del mundo, la maravilla que se fraguaba en mí, en… ¿el otro lado?, en definitiva: en la escritura.

—Estoy agotada, cielo. Si no vas a decirme nada más, me gustaría darme una ducha y sentarme a cenar.

—Claro, ve a ducharte.

Ve a ducharte, a descansar, Sonia. Esta dislocación con «lo otro» me desarmó, esta incapacidad de expresar los acontecimientos más intensos de mi vida. Esta divergencia con Sonia y el mundo real... ¿adónde me conducía?

¿Adónde?

Desistí por entero de intentar expresar con el habla aquella amalgama de experiencias que me sublevaban. Cada vez que Sonia regresaba a casa trataba de concentrarme en ella, en mi amor por ella, en las cosas tranquilas de las que hablábamos. Pero yo estaba en otra parte, mejor dicho, la lejanía que se originaba en mí estaba en otra parte y yo... Y yo...

Después de aquella noche, mis dos únicas obsesiones, las dos únicas realidades que ocuparon mi vida, fueron mi novela y leer la obra completa de Miroslav Mičir.

La primera de las tareas, aunque me supusiera en ocasiones un esfuerzo atroz, me resultó fácil llevarla a cabo. «Únicamente» debía sentarme al escritorio, abrir la libreta y... escribir. La otra, no obstante, se convirtió en una verdadera hazaña. Cada vez necesitaba más de Miroslav Mičir. Sabía que ese único libro, *Periscopios en la tumba*, no debía de ser más que un aperitivo para lo que me esperaba de él, de tal conexión catártica.

Melissa, cuando quedé con ella para entregarle impreso mi *Lento cataclismo*, tal como me había prometido me trajo un libro de Mičir. Por fortuna, no se trataba del mismo que había adquirido yo, sino de otro poemario: *Los murmullos del silencio*. Un título magnífico. ¿Cómo sonaría en checo o en rumano? Melissa y yo hablamos largo rato sobre las particularidades de la obra del escritor; pusimos en común varios puntos de vista sobre lo que habíamos leído de él y, sin remedio, volví a caer rendido ante su mirada intensa y limpia, ante el movimiento de sus manos al hablar.

En el transcurso de la conversación me comentó aquello que sabía acerca del autor; en realidad poca cosa que había descubierto indagando en Google, bibliotecas y librerías. Sus padres eran checos, originarios de Zlín, donde también él nació. Por motivos desconocidos, se instalaron en la rumana Constanza cuando Miroslav todavía no había cumplido el año de edad, por lo que se le considera, a todos los efectos, un escritor rumano, pese a que escribiera en ambas lenguas. Pasó casi la totalidad de su vida en esa ciudad y publicó varios libros de poesía, algún ensayo y dos novelas. Por lo que ella había podido saber, sólo tres de estos libros habían sido traducidos al español, y los tres eran de poesía: el que yo compré, el que me regaló ella y un tercero llamado *La derrota del inmortal*. Casi me caí de la silla cuando Melissa, con su voz de radiadora de prodigios, pronunció el título de ese poemario. Como un fogonazo de promesa epifánica, mi cerebro hiló relaciones posibles entre lo que ese libro pudiera ofrecerme y el desarrollo de mi nueva novela (que todavía, por otra parte, no tenía nombre). A medida que mi rostro se iluminaba de pura excitación, los gestos de Melissa se fueron afilando más y más hasta llegar a cortar el aire tibio de la tarde en dos, en tres, en…

En un momento dado, y acicateado por un impulso incontrolable, me levanté y la abracé; a lo que ella respondió entregada. Durante un instante pensé que lo que abrazaba era un cuerpo de agua cálida, de arena templada, y que en cualquier momento ella se me desharía en los brazos. Pero Melissa no se deshizo. Me sonrió a los ojos, con amor, con limpieza, como quien sonríe a un niño que acaba de llevar a cabo una buena acción. «Muy bien», parecía decirme su sonrisa. «Muy bien, mi niño, sigue así».

Me despedí de ella deprisa, argumentando que no podía retener el deseo de leer de un tirón el libro que me había ofrecido. Ella me entendió antes incluso de haberme excusado; me entendió como sólo pueden hacerlo los gatos entre sí, los hermanos.

Llegué a casa devorado por la ansiedad. Nunca antes había sentido tal estremecimiento por nada, tantas ganas de dedicarme a algo como a leer ese libro: *Los murmullos del silencio*. No vi las calles ni los coches, no vi nada de eso, no vi los transeúntes, nada de aquello existía en mi camino a casa. Al llegar, apartado de cuanto me precedía, me arrojé en una estancia cualquiera y comencé a leer… Y al acabar de hacerlo supe, por fin, lo que era el silencio: lo que habita en el silencio, lo que las palabras *son* en el silencio, y me derramé mudo… y tarareé una suerte de nana silenciosa para mis adentros que, en ese interior, se tradujo en una palabra íntima e infinita que jamás podré pronunciar.

Exhausto, regresé al libro y recité. Y fui capaz de declamar esos versos con una voz que no *me* reconocía (que no me reconocía ella a mí y en la que yo no podía reconocerme). ¿Adónde iba, adónde me estaba dirigiendo? Aprendí, con ese libro, el significado de los espacios en blanco que separan las palabras de muchos de mis versos. Comprendí lo torpe que había sido al tratar de forzar según qué significados para hacerles decir algo que no tenía sentido decir. Asumí lo torpe que había sido y, con ello, creí averiguar el modo de enmendar y perfeccionar mi escritura venidera. Era evidente que no podía detenerme allí. Me sentía al inicio de un camino de descubrimiento que habría de conducirme a… ¿Adónde pensaba yo que me conduciría? A colmar un proyecto literario cuya cúspide era una quimera… Sí, eso es.

Las siguientes semanas las dediqué en exclusiva a hallar y reunir, allá donde fuera, el material disponible de Miroslav Mičir. Lo primero que hice fue dirigirme a la biblioteca de mi facultad, ya que en las librerías no había encontrado nada más que *Periscopios en la tumba*. En ella encontré un ejemplar de cada uno de los tres libros que Melissa me había confirmado que estaban traducidos y otro en rumano. Cogí tanto este último como *La derrota del inmortal*, el poemario que aún me faltaba. Antes de regresar a casa y ponerme con ellos, pensé que sería una buena idea hacerle una visita a Antonio Heredia, mi antiguo profesor; tal vez él pudiera facilitarme más información.

Cuando pudo recibirme en su despacho y entablé conversación con él, me extrañé, hasta cierto punto, de la desazón que me produjo esa charla. Los primeros minutos de inevitable cortesía en los que tuvimos que explicarnos «cómo nos iban las cosas» me irritaron de tal manera que estuve a punto de dar media vuelta y marcharme. Mis habilidades sociales habían disminuido tanto que incluso charlar con alguien en cuya compañía disfrutaba hasta hacía poco me resultó un pesado trance en ese instante.

Fui al grano con celeridad y le interrogué en busca de cualquier pista que pudiera serme de provecho acerca del paradero de los libros de Miroslav Mičir. Por fortuna, y no dejó de sorprenderme, Heredia había leído al escritor rumano. «Hace ya bastante tiempo, debo confesártelo, y me causó muy buena impresión, aunque no me ocupé mucho más en él. Si no recuerdo mal, tengo una novelita suya en casa traducida al francés» (Heredia sabía que yo leo francés), «y un par de poemarios, pero creo que son los mismos que puedes encontrar en la biblioteca». Me comentó que el libro en rumano que había cogido era un ensayo titulado *Elogio de la risa*, y que trataría de buscarme una edición en español que aseguraba haber hojeado en alguna ocasión.

«Dame un par de semanas y te buscaré la novela y este ensayo. Además, por si te interesa, George Bataille le dedica un capítulo bastante interesante en uno de sus libros, *La literatura como lujo*. Lo recuerdo porque no se ha escrito prácticamente nada sobre Mičir. No hay estudios críticos ni comparativos de su obra y tampoco está incluido en ninguna generación, tendencia o movimiento de la época. Está claro que era un escritor de los "raritos"», rió, «de los que tanto te gustan a ti, vamos. Un auténtico maldito de la literatura. En su día me llamó mucho la atención encontrar un artículo sobre él y, además, escrito por el gran Bataille. Buscaré también esa crítica y en cuanto lo tenga todo te llamaré, ¿de acuerdo?».

Mi mente no cesó de edificar construcciones de palabras, sentido, silencio y misterio mientras Heredia hablaba. A la que abría una rendija de esperanza a través de la cual podía avistar nueva información sobre el escritor rumano, mi imaginación enarbolaba edificios literarios de deseo. Le di encarecidamente las gracias y le dije que me mantendría anhelante a la espera.

En el camino de regreso a casa, le di vueltas a lo que me había desvelado el profesor. En particular al hecho de que no existían estudios críticos de la obra de Mičir. Enseguida pensé en mis artículos semanales para *Alter Eria* y comprendí que se abría ante mí una oportunidad que no debía dejar escapar. Dedicaría ese espacio en la revista para exponer y enaltecer la figura de este genio de las letras. Al fin y al cabo no se trataba más que de una excusa para investigarlo más a fondo, obligarme a ir todavía más allá en cuanto a lo que significa y podía dar de sí la obra de este escritor.

Pero antes de dedicarme a ello, tenía entre manos algo mucho más importante aún: el nuevo poemario de Mičir, *La derrota del inmortal*; noventa y nueve poemas que beberme. Noventa y nueve poemas para adherirlos a mis vísceras como mucosas de placer, y eso requería de una entrega total, un ensimismamiento incondicional.

Una vez en casa cerré las persianas, abrí una botella de vodka y saqué una bolsa de cubitos de hielo del congelador, luego hice hueco en la atmósfera y me acomodé allí. Me serví un vaso, escuché estremecido el crepitar de los hielos al ser regados por el alcohol, me bebí un trago largo, reprimí un escalofrío y abrí el libro.

> *«Pero no me quejaré. Recibí la vida como una*
> *herida y no he permitido que el suicidio curara*
> *la cicatriz. Quiero que el Creador contemple,*
> *a cualquier hora de su eternidad, su abierta grieta.*
> *Éste es el castigo que le inflijo.*
> LAUTRÉAMONT

I
Dios se ha cortado las venas,
Y de la chorreante sangre derramada,
Como un aborto de muerte,
Como una tara tatuada en el corazón
De una muerte incapaz de desarrollarse,
He nacido yo,
Carente de muerte
Y excluido de vida,
Arrojado a un mundo que no me espera.
Huérfano de mí, de infinito
Y de la Fe de las masas.
Dios se venga así de sus hijos…
(…)».

Y creo que me desmayé.

Y cuando recuperé la conciencia que había perdido imaginadamente, me bebí de un trago el resto de vodka que le quedaba al vaso. Me lo volví a llenar y continué leyendo.

Leí los noventa y nueve poemas sin apartar la mirada de las páginas. Los leí con fruición, pero también con una calma pasmosa. Aquellos poemas distaban un mundo en cuanto a forma, estructura y estilo de los de los otros poemarios; poseían una estructura narrativa evidente que los otros no necesitaban. En este poemario se relataba una historia a lo largo de noventa y nueve poemas: el porvenir de un hombre ajeno a sí mismo, a Dios, al destino y a su condición; y se hacía con una grandeza de tal tamaño que eclipsaba cualquier libro del futuro que pudiera tratar de escribirse. De hecho, explicaba la misma verdad fundamental (una verdad al margen de cualquier concepción unívoca de verdad) que exponían los poemas sintéticos, experimentales y metalingüísticos de los otros dos poemarios, pero de una manera narrada, más semántica y, a la vez, más alegórica. Sentí, con una seguridad que me transformaba en sombra, que su camino era el mismo que el mío, que yo había nacido cien años después para volver a ser él o para concluir un propósito inconcluso. La trama que estaba desarrollando en mi nueva novela, lo que se estaba poniendo en juego en su escritura, adquirió entonces tintes trágicos, al más puro estilo griego. No me lo pensé dos veces, botella en mano pataleé a las sombras que se agazapaban por los muebles de mi habitación, agarré mi libreta y continué, bolígrafo en ristre y enarbolando una botella de vodka, mi trascendental novela.

Escribí que…

El Señor Sch se masturbaba con la línea del horizonte (empleé una metáfora de Miroslav Mičir: el horizonte quebrado, el horizonte partido). El Señor Sch partió la línea del horizonte y se masturbó con uno de los fragmentos bruñido con algodón de nube, de nube de luna, de luna, ah… Bruñó así el fragmento, el trozo de horizonte quebrado y, romo, se masturbó con él, se lo introducía salivoso de algodón de nube lubricado, de espuma de mar, en el interior de la vagina: labios que abrazan calientes y etcétera.

El Señor Sch disfrutaba de ese estado en el interior de las hojas del libro que yo escribía. El Señor Sch descendía por el monte al encuentro del mundo como un Zaratustra transexual y pregonaba la existencia de un nuevo amanecer y etcétera.

El Señor Sch se encontraba con la incomprensión, no sólo la incomprensión sino también el rechazo, de los aldeanos. El Señor Sch se tornaba invisible a las personas que habitaban el mundo y etcétera. Los niños y las niñas, que son ciegos y por eso ven lo invisible, se aproximaban a la orilla del lago y besaban los pechos del Señor Sch, lamían su piel de extrañas tonalidades azules y se extraviaban en los enredos de los rizos de su melena. En la orilla del lago, como una vez aquel Monstruo se comunicara con aquella niña y etcétera.

Y quizá voló. O continuó su marcha. O etcétera.

Todo eso escribí ese día, todo eso avancé de mi novela tras leer *La derrota del inmortal* de Miroslav Mičir. Y al acabar de hacerlo, agotado tras las horas, me dormí en un rincón de la nada, en el recoveco de vacío que se extendía en la distancia que mi escritura estaba provocando. Dormido, a la no espera, calmadito, ininteligible, impenetrable, incomprensible.

4

¿Qué puede llegar a aprehenderse? En última instancia, ¿a quién que no se deshaga entre los dedos? Recorro con pequeños pasos este cuarto mientras continúo rememorando *aquello*. De reojo observo el clamor de vacío que me aguarda sobre la mesilla en forma de hojas en blanco, y aparto la mirada. Los pasos no dan para mucho, tres o cuatro y enseguida llego a uno u otro confín de la habitación. Encerrado aquí o encerrado en el mundo…, ¿qué más da? Qué diferencia puede haber. La noche negra, la quietud inconmovible de cuanto me rodea. Mis alardes escribientes de aquella época: qué estados de entusiasmo, qué grado de excitación ante aquella… aventura. Qué exceso… de todo.

Incapaz de retener esos estados de ánimo, mis encuentros domésticos con Sonia conforme fueron pasando las semanas acabaron resultando cada vez más incoherentes. Aun así, de vez en cuando, había procurado hacerla partícipe de mis arrebatos, de lo que se llevaba a cabo en mi novela, de lo que me estaba sucediendo; pero no fue posible: cualquier intento mío de explicar con el habla algo de aquello quedaba rápidamente frustrado. Mis balbuceos, mis risas disonantes, la desestructuración de mis frases acababan por desesperarla a ella y agotarme a mí. Luego nos sumíamos en un silencio reparador y, al cabo de unos minutos, iniciábamos cualquier otra clase de conversación.

Por lo demás, y a la espera de que Antonio Heredia me llamara para dejarme los libros que me había prometido, me dediqué a preparar los artículos sobre Miroslav Mičir para *Alter Eria*. Le comuniqué a Burruaga que quería dedicarle una serie de reseñas a un escritor poco conocido pero con un gran talento, y con ello contribuir a su resurgimiento cien años después de su muerte. Inventé que podía ser una ocasión ideal para que su revista se pusiera a la cabeza de la conmemoración de dicho centenario, con lo que se adelantaría a las otras y, de esa manera, se ganaría un tanto a nivel comercial. Yo lo único que deseaba, en realidad, era aplicarme por entero a aquello en lo que tenía enfocada mi mente; lo demás me traía sin cuidado. Francisco Burruaga asintió en un principio y me comunicó que me dejaba dedicarle tres artículos para los próximos tres números.

También aproveché aquellos días para estudiar checo y rumano por mi cuenta. Me bajé de Internet algunos cursos con grabaciones de voz y le dediqué cada día un par de horas a cada idioma. Como lo único que me interesaba era poder entender la escritura y conocer la fonética con el fin de saborear el sonido de los poemas, confié en que podría llegar a lograr mis objetivos. El rumano, como había supuesto, no me dio demasiados problemas. Yo dominaba, hasta cierto punto, las demás lenguas romances, por lo que habituarme a las particularidades gramaticales de este nuevo idioma latino no me supuso, a la larga, un esfuerzo insuperable. El checo, sin embargo, entrañaba una dificultad mucho mayor.

Puse mi empeño en descifrar su complejo alfabeto, pero desde el principio comprendí que me iba a llevar más tiempo del que, en esos momentos, estaba dispuesto a dedicar. De modo que me conformé con aprender a leer, a vocalizar el idioma y, de ese modo, poder paladear los fonemas de los versos originales de Miroslav Mičir. En cualquier caso, cuando me puse a escribir los artículos para *Alter Eria*, lo único que tenía y había leído de él eran los tres poemarios traducidos al castellano: el que había comprado, *Periscopios en la tumba*; el que me regaló Melissa, *Los murmullos del silencio*; y el que cogí (y finalmente debo reconocer que robé) de la biblioteca de la facultad, *La derrota del inmortal*. Aun así, me dediqué con pasión a esos artículos. Ya no me bastaba sólo con leerle y luego escribir influido por sus versos; necesitaba sentir un contacto más inmediato entre lo que supuraban sus libros y lo que absorbía mi entendimiento. Y poder escribir sobre su obra, analizarla, imbuirme de ella y desentrañar sus misterios como si fuera un cirujano de enigmas, me pareció la manera más eficaz de estrechar mi contacto con él.

Empecé con un artículo genérico, introductorio, en el que no entraba en detalle acerca de ninguna de sus obras, y tracé con él un marco de entrada que sirviera de umbral a aquel que deseara arrojarse a sus poemas sin conocerlo previamente. Una suerte de puerta tallada con su cosmogonía: como una invitación aderezada al modo de Mičir para entrar en contacto directo con su poesía desde el primer paso, desde la primera palabra degustada por el lector.

Algo así como:

«Miroslav Mičir es el centinela del silencio. Aguarda, infinito, en los aledaños de las palabras en espera de la chispa que prenda al silencio, que prenda lo innombrable. Como el guardián de Kafka en "La ley", se mantiene imperturbable ante la presencia de significados que no tienen cabida en ese silencio, aunque esos significados sean los únicos que hubieran podido habitarlo. Miroslav Mičir aguarda atento, sin prisa, porque sabe que la eternidad no es más que un instante; sabe que nadie le precede, que nada le sucederá, y eso le evita tener ninguna prisa. Porque la nunca está de su lado. Porque no hay nada donde no hay nadie. Y quien no espera nada no tiene prisa. Aunque, de repente, sin saberlo, el silencio le hable.

»Y cuando a Miroslav Mičir le habla el silencio…, entonces debemos callar como nunca nada ni nadie han callado antes, y escuchar. Escuchar los murmullos que Mičir arrebata al silencio para nosotros, para entregárnoslos en cápsulas evanescentes de versos: arena entre los dedos que permanece; vaho de lluvia que tatúa su existencia para siempre, invisible, insensible…, que indefectiblemente olvidamos, pero que la tatúa para siempre.

»Miroslav Mičir nos susurra que no hay nada que decir ni que escuchar, pero nos lo susurra. Y en ese susurro reconocemos el sentido entero de la existencia; nos abre la boca del ansia, nos engendra el corazón del entusiasmo con un susurro que ni tan siquiera creemos haber escuchado, porque no hay nada que escuchar… ni que decir. Entonces cerramos la boca, dejamos de latir y esperamos paralizados a ver con qué nos volverá a sorprender en la siguiente página, en la próxima vida. Miroslav Mičir es el mesías del silencio, el profeta de lo que no se ha dicho nunca, el mensajero de lo desconocido.

»Lector, aguanta la respiración, abandona tu atuendo ontológico y zambúllete en sus proclamas. En el interior de su poesía no necesitas plegaria alguna, allí no se reza. Allí se desparece».

Algo así escribí para mi primer artículo. De una forma muy parecida acababa esa aproximación que elaboré sobre su obra para *Alter Eria*. Y cuando la acabé de escribir, como siempre suele ocurrir en estas ocasiones, me invadió la certeza de que sabía mucho más de él, de la profundidad de sus poemas, que antes de escribirla. Había avanzado, sin duda, al menos dos pasos en el camino ambivalente que me transportaba hacia él. Y esa proximidad me hizo sonreír, permitió que me acostara en el lado caliente de mi cuerpo y disfrutara de esa sensación de comprensión que me inundaba. Cada vez lo conocía más, más y mejor, y ninguna satisfacción era comparable a eso.

Las semanas que transcurrieron hasta que Antonio Heredia me llamó para prestarme los libros que me había prometido se me hicieron eternas. El profesor me dijo que había tenido problemas para encontrarlos; en especial uno de ellos, la novela. No lo recordaba cuando habló conmigo pero, por lo visto, hacía casi un año que la tenía uno de sus alumnos; éste se la había pedido para no sabía qué trabajo de una asignatura optativa y tardó bastante tiempo en localizarlo y luego en conseguir quedar con él para que se la devolviera. Cuando al fin dispuso de los tres ejemplares de que era dueño, pudimos citarnos para la entrega.

Durante esos casi dos meses, aparte de avanzar en mis clases de checo y rumano y redactar los artículos para la revista, proseguí con el desarrollo lento pero ininterrumpido de mi novela. Cada fragmento escrito de mi trascendental obra me suponía tales estados de euforia y dispersión (¡sustracción!) que debía dejar pasar, en ocasiones, varios días antes de continuar con ella. En cuanto a los artículos, tuve tiempo de escribir los tres que pacté con Burruaga, aunque únicamente se llegó a publicar el primero. El redactor jefe de la revista me comentó que, pese a lo mucho que le habían gustado las reseñas, su tono tal vez fuera demasiado «culto» para una revista de divulgación como aquélla. «Creo que son formidables, en serio, Jan, pero quizás estén dirigidos a un público más académico. Podrías pensar en hacer una recopilación de este tipo de crítica teórica con varios autores y proponérsela a tu editor. Seguro que el mundo universitario estaría encantado con un libro de estas características. Pero *Alter Eria* no creo que sea el marco adecuado para desarrollar ensayos similares». La consecuencia de aquella conversación en la que apenas intervine fue que Burruaga publicó el primer artículo y «reservó» los otros dos para algún número especial dedicado a «rarezas» del estilo.

Poco a poco iba asumiendo el lugar que debía ocupar en el mundo a base de esta clase de colisiones con lo exterior. El día que tuve aquella charla, regresé a casa con una sonrisa extraña que no me abandonó en todo el camino, una sonrisa cuya causa adivinaba mucho más allá de las palabras del redactor jefe de *Alter Eria*, y que se expandía hacia las dimensiones excitantes que se abrían ante mí en aquella época y que aún era incapaz de vaticinar. Los otros dos artículos sobre Mičir que había escrito acerca de las relaciones entre la desestructuración del lenguaje y la realidad por un lado, y el vacío y la utopía por el otro, nunca llegaron a publicarse. En su lugar, envié a la revista una aproximación superficial a la última obra de Haruki Murakami que redacté en veinte minutos, mucho más del gusto de Burruaga y del público lector de su revista de «divulgación».

Inmerso en las particularidades de mi sonrisa, en el recuerdo de los inclasificables arrebatos que mi novela me provocaba y murmurando vocabulario rumano, asistí al encuentro con Heredia, quien me recibió sonriente y desenfadado como siempre. Pese a no ofrecer ya su habitual imagen de «joven profesor universitario», pues acababa de cumplir los cuarenta, conservaba todavía un aire jovial que permitía que, en los pasillos de la Facultad, se le pudiera confundir entre el alumnado.

—Aquí tienes los libros, Jan: *Elogio de la risa*, el ensayo del que te llevaste la versión rumana; la novelita *El hombre que dejó de ser un hombre*, una fábula a lo Kafka de apenas ciento veinticinco páginas; y el libro de Bataille donde aparece el artículo del que te hablé.

—No sabes cuánto te lo agradezco.

—De nada, hombre, sabes que puedes contar conmigo para lo que sea. —Rió y se reclinó hacia mí—. He investigado un poco más sobre él y me temo que, por ahora, esto es todo lo que podrás encontrar de su obra. Por lo que parece, editó tres libros de poemas más, dos en rumano y otro en checo, pero no están traducidos a lengua alguna y los originales están completamente descatalogados. Existen otros dos ensayos que, dicen, conforman una trilogía junto con el que te he dejado: uno que trata sobre onomatopeyas y sonidos ininteligibles y otro sobre el movimiento. Espera..., he apuntado el título de este último por aquí. —Heredia trasteó entre el caos de papeles y libros que atestaba su mesa—. Sí, mira, aquí lo tengo: *La infinitud kinestésica*. Es la traducción pedestre que me han dado en el departamento de filología eslava. —Alzó las cejas—. Tampoco están traducidos a ninguna lengua que podamos leer y, de todos modos, también están descatalogados desde hace años. Esto es lo que he podido averiguar. Pero seguramente me quedo corto con esta información. Que yo sepa, nadie se ha preocupado en hacer un estudio serio y una búsqueda concienzuda de su obra, de modo que si tienes tiempo y ganas, seguro que descubrirás mucho más por ti mismo.

—Seguro que sí. —Agarré los libros como quien se incauta de un tesoro de incalculable valor, casi con reverencia—. Me has servido de gran ayuda, como siempre.

—Tonterías. Ha sido un placer. —Justo cuando me levantaba para encarar la puerta de su despacho, me detuvo—. Ah, por cierto, he leído el artículo que escribiste sobre él en *Alter Eria*. Excelente. En serio, es de una calidad admirable. Ya sé que estás muy ocupado con tu proyecto literario, pero deberías pensarte lo de volver a la Universidad y hacer el doctorado.

Sonreí.

—Muchas gracias, Antonio. Pero antes que ceñirme otra vez a las estructuras académicas, me pego un tiro.

Ambos reímos, y las dos carcajadas significaban cosas tan diferentes expandiéndose en la acústica cerrada de aquel despacho, que bien pudieran haber sido dos actos antagónicos, tales como la risa y el llanto, la caricia y el puñetazo.

En cuanto llegué a casa, palpé y devoré con ojos y manos las cubiertas de los tres libros. Ninguno de ellos aportaba ninguna información sobre Mičir que no supiera con antelación o que no me hubiera trasladado el profesor Heredia, pero el simple contacto visual con las letras de su nombre impresas en las tapas me estremeció. Reseguí con la yema de los dedos el contorno de la tipografía, hojeé las páginas sorprendiendo palabras al azar y, finalmente, coloqué los volúmenes sobre el escritorio. El orden que iba a seguir para su lectura lo tuve clarísimo desde el principio: primero el ensayo, luego la novela y por último el artículo de Bataille. Me parecía de una lógica aplastante. Así que me senté en mi confortable butaca y leí, durante las siguientes seis horas, el contenido de *Elogio de la risa*.

¿Debo reírme ahora, espantar cualquier atisbo de destino o fatalidad que me asedie con una carcajada embarazada de Mičir? No sé si mi mandíbula, ahora mismo, respondería a esos estímulos. Me froto la barbilla con la mano. Me froto la barbilla… con la mano. Todavía de pie, tan cerca del escritorio sobre el que una hoja en blanco grita silencio. (Qué silencio tan distinto…). Me froto… la barbilla con la mano.

Cuando acabé de leer el ensayo, entonces sí, carcajeé de lo lindo. Me invadió un incontrolable ataque de risa que me tuvo rebotando por las paredes quién sabe por cuánto tiempo. En ese libro descubrí, sin atisbo de duda, el significado de la sonrisa que me acompañó a casa tras mi charla con Burruaga, y las consecuencias que se derivaban de mi carcajada en el despacho de Heredia. Tal como yo había reflexionado de pasada en alguna ocasión, este estudio ponía de manifiesto lo poco que la gente conoce de la risa, el valor mínimo que se le otorga y, sobre todo, la variedad de usos y posibilidades que se desconoce que posee.

En dicho ensayo se realizaba una taxonomía detallada, con un lenguaje metafórico y embriagador, de los distintos tipos de risa, sonrisa y carcajada que existen, con sus usos, motivos y significados. Y se instaba al lector a utilizarlos sin temor alguno; se le proponía desatar la risa, desinhibirla del corsé que ha llevado ajustado durante siglos de falsa moral y restrictivas «buenas costumbres». De entre ellos, rememoro esta selección:

«Sonrisa ante la incapacidad de reír de tu interlocutor. Salvadora del influjo maligno de éste. Si no se sonríe ante estas situaciones, uno acaba por perder la capacidad de la propia risa.

»Sonrisa ante la indescriptible ternura externa. Sirve para absorberla, disfrutarla y conservarla. Si en lugar de sonreír se trata de explicar, agradecer, comentar o igualar, esa ternura desaparecerá de inmediato y con ello sus efectos beneficiosos y parte de la capacidad de desprender ternura del individuo en cuestión.

»Sonrisa ante la postura inflexible de tu interlocutor debida a un libre comentario propio. Si no se esboza, y en su lugar uno trata de flexibilizar la postura del interlocutor o de explicar de todas las maneras posibles la certeza del propio sentimiento libre, uno cae en el peligro de ver cómo se deshace y desaparece dicho sentimiento o pensamiento libre.

»Risa moderada frente a una discusión de pareja en la que tu interlocutor te recrimina acciones desafortunadas que uno considera óptimas. Si uno no ríe entonces, estará perdido para siempre.

»Risa moderada ante una discusión intelectual y muy profunda sobre aspectos relacionados con la filosofía, la metafísica o la religión. Si uno no ríe entonces, se verá sumido en una espiral de vacío estulto.

»Risa moderada ante la bronca salida de tono del padre al hijo. Uno puede ganarse entonces una buena tunda. Pero siempre es preferible a vivir permanentemente en la angustia y en el interior de un traje cinco tallas más pequeño.

»Carcajada ante cualquier declaración de amor. No podrá existir jamás amor alguno que lleve a buen puerto si su origen, su declaración, no se funda con una estentórea carcajada.

»Carcajada ante la muerte de un ser querido. O uno carcajea, o muere con él. En este caso dejo a gusto del lector la decisión que desee tomar.

»Carcajada ante la carencia de lenguaje. Cuando uno tiene la necesidad de decir algo de suma importancia y no puede verbalizarlo, debe carcajear a voz en grito y espantar con ello los fantasmas del lenguaje. O eso, o encerrarse a oscuras en una habitación oscura.

»Carcajada ante un eventual encuentro con Dios. La más grande, larga, sonora y ostentosa de las carcajadas en ese encuentro. Los motivos me parecen tan evidentes que no los desarrollaré».

Recopilo mentalmente éstos entre los noventa y nueve tipos de risa, sonrisa y carcajada de los que se compone el estudio. Pero el libro no se reducía sólo a esta clasificación, ni a considerar la risa como mero instrumento, sino que también la definía como expresión esencial del hombre, como aquella manifestación anterior incluso al lenguaje que constituye y expresa, todavía mejor y más ontológicamente que el propio lenguaje, la naturaleza humana, la identidad del individuo:

«La próxima revolución, la definitiva, la que libere al hombre de su carga cultural (y por tanto natural) que lo oprime, será la revolución de la risa. El día que el hombre pueda carcajear sin los motivos adyacentes racionales que hoy día lo impulsan a la risa, el día que carcajee desde dentro, desde lo que le sucede dentro, y no por lo que escuche de fuera, ese día el hombre llevará a cabo la revolución definitiva. La que lo salve de los significados del mundo, del universo, la que lo libere de la evolución degenerada que ha seguido hasta ahora, la que lo una con el origen desde el que nunca llegó a partir».

Cómo no carcajear ante tales afirmaciones. Cómo no abandonar los grilletes de lo convenido y arrojarse a una escalada de carcajadas sin fin. Los secretos de la risa se habían desvelado ante mí y no podía hacer otra cosa que entregarme a ellos, del modo más irracional: inscrito en las páginas, en las mías o en las de Mičir; vociferándolas, sin saber cómo, en el mundo real, en la casa donde vivía, en la casa de Sonia: la mujer con la que vivía y de la que me había enamorado, con la que compartía la vida en el mundo que encontraba más acá de la escritura. ¿Qué clase de vida? ¿Qué es la vida? Pregunta formulada entonces, ahora. ¿Desde dónde puede llegar a formularse esa pregunta si no es desde la vida? ¿Desde dónde?

Sonia entró al rato por la puerta. Cuando lo hacía, me esforzaba en concentrarme en su belleza, en sus gestos, en las frases organizadas que pronunciaba con la boca. Y se trataba de un esfuerzo, porque si me dejaba llevar era incapaz de comprender su presencia en la casa, era incapaz de aprehenderla.

Ella me encontró hecho un «basilisco de humor», espoleado por la risa que desordenaba el caudal de mi pensamiento. Volvió a preguntarme por mi estado, con una sonrisa cargada de escepticismo, con las alargadas manos metamorfoseándose en una caricia. Y yo, como de costumbre, balbucí una respuesta inconexa. Expulsé una retahíla de frases deslavazadas que poco o nada podían explicar. Y Sonia se enfadó. Al fin, se enfadó.

—¡Parece mentira que, con lo buen escritor que eres, últimamente seas incapaz de ordenar unas cuantas frases para explicarme cómo te encuentras y qué has hecho durante el día, joder!

Y se encerró en el cuarto de baño. Y tenía toda la razón del mundo. ¿Quién era el escritor y quién era yo? ¿Quién yo en ese mundo tan absurdo, tan poco moldeable, y quién el que estaba escrito, ¡inscrito!, en las páginas manchadas de tinta? ¿Qué clase de separación brutal y decisiva estaba acaeciendo?

Aquella noche dormí poco. Hacía tiempo que tenía alteradas las horas de sueño. Sonia a mi lado respiraba como si la cama tuviera un corazón y yo ninguno y a mi lado no hubiera nada: Sonia era como el corazón persistente de la cama donde yo dormía… o no dormía. Cerca de las dos de la madrugada, recibí en el móvil un mensaje de Melissa: «He leído por cuarta vez tu *Lento cataclismo*. Me extravío en tu palabra como una niña en un dédalo de fantasía. Estoy tomando una copa en el bar de la otro noche. ¿Vienes a comentarlo?».

Me vestí y salí a su encuentro. Atravesé las calles como quien atraviesa sueños que no está muy seguro de sentir como suyos. Cuando entré en el bar la vi al instante, resplandecía en una aureola de sonrisa y pelo; de cabello y gesto con brazos de pulseras. Antes de sentarme, Melissa llamó la atención del camarero y pidió un vodka con mucho hielo para mí.

—He quedado fascinada —me dijo sin preámbulos—. No podía dejar de leer los poemas, uno tras otro, sin parar. Y teniendo en cuenta lo mucho que me detengo en leer y disfrutar cada uno de ellos, puedes hacerte una idea de las horas que le he dedicado a tu libro.

Sonreí. Y enseguida busqué en mi mente el significado de esa risa según el ensayo de Miroslav Mičir.

—Tenías razón —prosiguió ella— cuando decías que has avanzado un par de pasos respecto al anterior poemario. Se te nota mucho más certero y conciso en éste. Como si hubieras aprendido a encontrar la palabra exacta en cada momento, en cada giro de cada verso. Sin embargo, lo que más me maravilla de ti es la capacidad que tienes de continuar sorprendiendo, línea tras línea. Cuando parece imposible que puedas escribir algo más sorprendente y decisivo que lo anterior, ¡zas!, vuelves a dejarme otra vez con la boca abierta. Estoy encantada.

—No sabes cuánto me alegra escucharte decir eso. —Y lo hacía. Me sentía alegre al escucharla. Al escuchar lo que mi escritura provocaba *en* la vida de Melissa.

Las luces del local repartían destellos dudosos a nuestro alrededor. Eran las tres de la madrugada y yo había perdido ciertas nociones básicas en mi fuero interno.

—Debo darte las gracias. No sólo por dejarme leer un libro que todavía no has publicado (lo cual ya sabes hasta qué punto es un privilegio para mí), sino, en definitiva, por escribir lo que escribes. Para mí no hay nada más importante en el mundo que la literatura, el arte… Y cuando digo nada, me refiero literalmente a nada. La literatura me transforma, transforma el mundo en el que vivo. Desde que te he leído, soy una persona diferente, vivo en un mundo diferente y tanto yo como ese nuevo mundo me gustan mucho más ahora.

Me quedé sin palabras; poco se podía añadir ante esas afirmaciones sin hacer el ridículo. Me bebí un trago de vodka, titubeé algún gesto al azar y contemplé el viaje de los dedos de Melissa desde el borde de su copa hacia su labio inferior.

—De veras, no sabes lo que estás haciendo por mí —continuó, mirando su vaso, dejando caer cascadas de rizos sobre la mesa, en medio del aire que no existía en ese establecimiento cerrado—. Estoy atravesando una época algo convulsa. Hace tiempo que no logro encontrar el camino que me dirija hacia un estado…, no sé. —Alzó los ojos y me clavó la mirada—. Me siento perdida. Deambulo de un lugar a otro, sin cesar, como si en alguna esquina que tuerza en un momento dado pudiera hallar un camino recto, seguro. Pero eso nunca sucede. Y tu poesía…, tus palabras son como una luz para mí. Una guía que me abre un crisol de posibilidades. —Sacudió la cabeza y medio rió—. Debes de pensar que he perdido la razón.

Cómo pensar eso, cómo pensarlo ni por un momento cuando acertaba en cada palabra que pronunciaba.

—No, qué va. De hecho, creo que te comprendo mucho mejor de lo que piensas.

Me volvió a mirar a los ojos, con una sonrisa que decía mucho más que todo lo expresado con anterioridad.

—En la escritura está la única clave para desentrañar los misterios del mundo —añadí—, de la vida. Todos somos signos.

—Y símbolos.

Simbolízame. Alegorízame. Metaforízame…

—¿Sabes? Tus palabras provocan que el valor de lo que escribo se multiplique —dije—. Cada vez que una sola persona siente lo que tú sientes ante lo que yo escribo, mi escritura crece, se revaloriza y existe un poco más.

—Igual que Campanilla y las hadas pero a la inversa, ¿no?

—¿Cómo dices? —pregunté sorprendido.

—Sí, Jan, ¿no recuerdas las palabras de Campanilla en *Peter y Wendy*? «Cada vez que alguien dice que no cree en las hadas, un hada muere en el país de Nunca Jamás». Cada vez, pues, que alguien dice creer en ti, en tu mundo, en tu escritura, renacéis, os materializáis un poco más, ¿no es así?

—Yo no hubiera podido expresarlo mejor.

—*Peter y Wendy* es uno de los grandes libros de la literatura universal, ¿no crees? Es como *La Biblia*, como *La Odisea* de Homero. Es fundadora de los mitos de una nueva época.

Melissa, como una Campanilla postmoderna, revoloteaba con sus certezas alrededor de mis ojos sedientos. Volaba sentada en su silla, agitando los brazos y las manos entre mechones de cabello cobrizo, tejiendo telarañas de sentido entre ella y yo, entre el vacío y la nada.

—Peter Pan nos enseñó a ver peldaños donde sólo hay abismo —le contesté—. Yo sólo soy un seguidor suyo, un farero que trata de iluminar peldaños en al abismo, por medio de la poesía.

—Qué bonito, Jan… Y nosotros, tus lectores, los privilegiados que podemos sostenernos sobre esos peldaños.

—Si no hubiera nadie que los recorriera, no existirían los peldaños.

Nos quedamos callados, mirando, bebiendo, yéndonos tan lejos que cuando nos percatábamos nos resultaba inverosímil la idea del regreso. ¿Peldaños en el abismo?

Continúo con el relato de mis recuerdos:

Los quiebros de la luz asemejaban hadas inventadas en la superficie de la mesa que compartíamos. Y como tales las cazábamos con los dedos dispersos, fabricando gestos que nos aliviaban de tener que hablar cuando no teníamos nada que decir.

—Por cierto, he leído tu artículo sobre Miroslav Mičir. Supongo que no hace falta decirlo, pero me ha encantado.

—Puse mucho de mí en él... —Vacilé—. De hecho, lo puse todo.

—Se nota. Se nota tanto cuando alguien se entrega de esa manera en lo que escribe. Yo soy capaz de percibirlo en cualquier obra de arte. Me da igual que me tilden de presuntuosa, pero es que me resulta evidente. —Melissa me miraba tan fijamente que me sentía parte estructural de esa mirada—. ¿Nunca te ha pasado al ver una mala película que inmediatamente te imaginas al director, tras la cámara, ordenando a los actores lo que deben hacer y a éstos, igual que autómatas, obedeciéndolo? Es como si ya no pudieras quitarte de la cabeza que lo que estás viendo son actores que interpretan un papel. Pues con la literatura me pasa algo parecido. Cuando leo libros de un autor al que me he habituado, enseguida percibo cuándo ha escrito un libro por escribir, porque toca, y cuándo se ha dejado la vida en él. Supongo —prosiguió Melissa— que cuando has alcanzado el éxito y una fórmula rápida y eficaz para escribir historias que gustan a la gente, es fácil dejarse llevar por la inercia y aplicar ese mismo patrón estructural que tan bien funciona en tus siguientes obras. Pero a mí no me vale. Enseguida me doy cuenta cuando eso ocurre. Últimamente me ha pasado con Chuck Palahniuk y, sobre todo, con Amelie Nothomb... Y cuando leo un libro de ésos, me siento terriblemente decepcionada. Siento una tristeza atroz. De hecho, es exactamente como la secuencia de Campanilla en *Peter y Wendy*. Como si, de repente, muriese algo en lo que creyera; algo en lo que ya, por culpa de ese libro, no puedo volver a creer. Como si se deshiciera un mundo entero en mis manos mientras leo, al descubrir las estratagemas frías y artificiales que lo componen.

—Espero que no leas mi segunda novela, entonces —la interrumpí. Luego reí con ganas y con esa risa la contagié a ella.

—No te preocupes. Ahora que me has explicado las causas que te llevaron a escribirlo, y después de lo que has hecho por mí, creo que jamás podré dejar de creer en ti.

—Eres un sol, Melissa.

Melissa rió ruborizada, con una risa infantil que no le había escuchado antes. Al instante se recompuso y siguió la conversación.

—Pero estábamos hablando de tus artículos…

—Cierto.

—Es fascinante cómo logras describir con tanta exactitud y precisión aquello que una ni siquiera sabe que piensa o siente. Me pasa también con tus poemas; cuando los leo, veo reflejadas en ellos partes de mí, de mi forma de sentir o de mis más recónditos anhelos, que nunca había sabido verbalizar ni reconocer en su totalidad. Por eso me gusta tanto leerte, porque voy descubriéndome a mí misma, poco a poco, en lo que leo. Es como un viaje a mis zonas ocultas… Y con el artículo de Mičir me ha pasado exactamente eso: la mayoría de las cosas que pienso sobre él, sobre lo que me hace sentir, las explicas tú de una manera que yo jamás hubiera sido capaz de articular.

Bebí y la miré.

—Me haces muy feliz con esos comentarios, sobre todo después de lo que el redactor jefe de *Alter Eria* me dijo sobre el texto. —Hice una pausa y continué—: Resulta que, en su opinión, esos artículos no son adecuados para la revista y su público; así que ha decidido «confiscar» —enfaticé con burla esta palabra— los dos artículos que cerraban mi estudio aproximativo a la obra de Mičir.

—¡No me lo puedo creer! —replicó Melissa, mostrando su indignación—. Siempre pasa lo mismo. El mundo está lleno a rebosar de mierda por todas partes; las cadenas de televisión, las revistas, las radios… no hacen más que vocear inmundicia, y cuando por fin aparece algo bueno, con verdadera calidad y que demuestra inteligencia, lo decapitan. Es indignante.

—Agradezco tu apoyo. —Acerqué mi copa a la suya y brindé con ella—. Te enviaré los artículos para que puedas leerlos. Será un placer que alguien que sí que los valora pueda disfrutarlos.

Bebimos; nos pedimos una segunda copa cada uno; advertimos los cambios que se producían a nuestro alrededor como si la Naturaleza ejerciera su voluntad más allá de sus dominios.

—¿Te cuento un secreto? —le pregunté de repente.

Melissa asintió, curiosa.

—Tengo en mi poder dos obras más de Mičir que tú no tienes.

Ella se entusiasmó al escuchar mi confesión. Le hablé de *Elogio de la risa*, de lo que había aprendido de ese ensayo y carcajeó graciosa ante mis explicaciones. Le hablé de la novela que aún no había tenido tiempo de leer, del capítulo que George Bataille le dedicaba al autor en *La literatura como lujo*. Y le prometí que se los dejaría en cuanto los hubiera leído, siempre y cuando, bromeé, no se lo dijera al profesor Antonio Heredia.

Compartí con ella la pasión por la obra de Mičir durante una buena media hora en la que divagamos sobre posibles significados y relaciones de alguno de sus versos. Y al final nos perdimos sin remedio en un bosque de conjeturas que nada tenía que ver con la lógica y de donde ninguno de los dos queríamos salir jamás.

—¿Quieres que te cuente yo un secreto a ti? —Su voz.
—Por supuesto. Me encantan los secretos.
—He conocido a alguien que conoces…
—¿Ah, sí?
—Bueno, no la conoces personalmente, pero casi.
—Cuéntame.
—Como siempre, una cadena de azares me llevó a ella. ¿Recuerdas lo que hablamos la primera vez que nos vimos acerca del azar objetivo, las señales que interpretar de la realidad, las conexiones ocultas en los acontecimientos cotidianos? Pues desde que te conocí, el enjambre de coincidencias que siempre me ha perseguido se ha intensificado de una manera escandalosa. —Yo atendía con auténtico interés mientras ella descansaba para beber un sorbo de su cóctel—. Hay algo que no te he contado… —Su tono bajó dos octavas; la atmósfera del local, el sonido, todo parecía aconcavarse en susurros para acolchar la narración de Melissa—. Algo que ha marcado profundamente mi vida, desde mi nacimiento, y cuyo influjo siempre me acompaña. Cada vez que intento explicarlo me cuesta horrores, pero quiero compartirlo contigo. Yo… Yo nací junto con el cadáver de mi hermana gemela. —Una ristra de latidos de mi corazón sollozó en forma de taquicardia. Enmudecí, tan callado como estaba—. Mi madre estaba embarazada de gemelas, pero unas complicaciones durante el último mes de gestación acabaron con la vida de mi hermana. Es decir, conviví en el útero con ella durante ocho meses estando viva, y cuatro semanas cuando ya estaba muerta.
—Se tocó la frente con la palma de la mano y prosiguió—:

Cuando era niña, siempre noté una falta, una carencia profunda a mi lado que no sabía explicar. Me sentía terriblemente sola… Hoy diría «existencialmente» sola. Cuando mis padres me confesaron la verdad, lo entendí todo. Echaba de menos a mi hermana gemela, con quien había compartido el proceso de gestación de mi alma. Durante una época, me dio por pensar que en realidad era yo quien había muerto y que había suplantado el cuerpo de mi hermana para sobrevivir. Pensaba que un día se descubriría la farsa y que me devolverían a la tumba donde debía haber permanecido, y que a mi hermana le restablecerían su vida. Cuando me hice un poco más mayor, en la adolescencia, se me quitó esta idea absurda de la cabeza. Pero me vinieron otras. —Sonrió sin humor, bebió un trago largo—. Yo siempre he sido una niña bastante inadaptada a su entorno, supongo que no te resultará difícil imaginarlo. No tuve una infancia feliz y en el instituto nunca tuve grandes amigos, lo que hacía de mi vida, del mundo que me había tocado vivir, un lugar no muy deseable. Pues bien, durante mis trece, catorce, quince años, comencé a imaginar que Isolda, como iba a llamarse mi hermana gemela, vivía en un mundo paralelo ideal aquello que yo era incapaz de disfrutar aquí. Que ella era feliz y vivía para ambas en un lugar maravilloso donde se concentraban aquellos deseos que siempre había atesorado. Me pasaba horas y horas en la cama recreando ese universo fantástico donde Isolda vivía mil y una peripecias que me hacían sentirla a mi lado, feliz, eufórica. Y esos pensamientos se fundían en mis sueños y acababa soñando con ella, con ese mundo, no te exagero, casi todas las noches.

»Pronto comencé a perder esa capacidad de abstracción, los sueños dejaron de visitarme y mi creencia en esa fantasía se debilitó hasta desvanecerse. —Melissa calló, meditabunda, con gesto ajeno, las cejas fruncidas. Justo cuando estaba a punto de hacerle un comentario, convencido de que no iba a proseguir con su confesión, ella retomó la palabra—. Aun así, desde entonces, siento su presencia a mi lado, cada día. La siento abrazarme cuando tengo frío, cuando tengo miedo, y me susurra nanas cuando no puedo dormir en mis mañanas de insomnio. Escucho las nanas, Jan. —Dijo mi nombre, pero su mirada andaba perdida en un horizonte que traspasaba mi cuerpo—. Las escucho acurrucada en el colchón. Y todas y cada una de las señales inapreciables que me guían de un sitio a otro, que me muestran lugares y personas que merecen la pena, se producen, no puedo dejar de pensarlo, porque ella lo hace posible. Del mismo modo que ella me indicó que entrara en este bar hace dos meses para conocerte.

»Ahora ya no me importa que pienses que no estoy bien de la cabeza; he visto en tus ojos, y he leído en tus versos, que eres de las pocas personas que puede comprenderme, y si piensas que he perdido la cordura…, seguro que será para bien. —Me miró de nuevo, bebió. Hizo una pausa para retomar fuerzas—. Pues bien, desde siempre, como podrás adivinar, me he sentido atraída sin remedio por cualquier historia sobre hermanos gemelos. Allá donde se explicaba cualquier cosa relacionada con esa temática, allá me dirigía yo; fueran novelas, documentales, películas… Y hace una semana, navegando por Internet, me topé por casualidad con un cuadro que me dejó boquiabierta. Se llama *Gemelas germinales*. En él aparecen dos cuerpos femeninos unidos por el vientre, de frente, y combados hacia atrás. Sus melenas rizadas caen hacia el suelo y el vientre que las une es, a su vez, un solo feto en el que naufraga el cadáver de un niño a medio hacer. El cuadro me impactó de tal manera que lloré. Sus tonalidades azules de un cielo imposible me estremecieron hasta la náusea. Y esos cuerpos lánguidos, desfallecidos, unidos por la muerte de un nuevo ser, gemelos, hermosos como pocas cosas había visto antes… me mataron. Investigué más en la página y descubrí que se trataba de una serie narrativa de cuadros que giraban en torno a la idea del amor entre gemelos. Inmediatamente busqué el nombre de la pintora y, para mi sorpresa, estaba exponiendo esas obras aquí, en Barcelona. Sin pensármelo demasiado, me dirigí a la dirección que indicaba la web y en la galería pude contemplar el resto de las obras. —Melissa negó con la cabeza, como si se sintiera incapaz de describir lo que vio—. Me quedé anonadada, conmocionada ante la belleza de esos cuadros. Y no sólo por su belleza, sino también por lo que esas imágenes despertaban en mí. Enseguida localicé el que vi en mi portátil. Nada comparable. La impresión de ver la obra al natural (un cuadro de metro y medio por setenta centímetros) fue mucho mayor. Cada obra iba acompañada de una breve explicación, a modo de relato, que relacionaba unas con otras, como si fueran episodios o capítulos de una historia que las comprendía a todas, una especie de historia de amor múltiple entre varias parejas de hermanos gemelos de diferentes géneros, híbridos incluso, en la cual se fundían los sexos, los cuerpos, los destinos, los sentidos, las almas… Y todo explicado con una sencillez rayana en lo naíf, sin ningún tipo de floritura, con un lenguaje y unas estructuras muy básicos, pero muy efectivos. —Bebió de su cóctel hasta acabarlo—. Sus otros cuadros también me fascinaron. Recuerdo en especial dos de ellos: uno en el que aparecía un hombre de espaldas con formas femeninas y el cabello largo (creo que en el texto se insinuaba que se trataba de un hombre); su cuerpo era translúcido y dejaba entrever su osamenta. Lo más sorprendente era que en el interior de ese cuerpo en lugar de pulmones había branquias, y que su vientre poseía un útero del cual escapaba una niña con cola de sirena. La niña se arrastraba por un suelo marino y besaba en los labios a otra niña idéntica a ella que emergía del agua.

»El otro cuadro mostraba un paisaje imposible, azul verdoso como el resto de sus obras, en el que explotaban extrañas esferas, cuerpos celestes en espiral. Debajo de esta especie de cielo, se derretía una tierra desolada, árida y aparentemente en llamas (llamas viscosas). En esta tierra perecía un ser con el rostro más triste que puedas imaginar, con las facciones muy marcadas y asimétricas, de género indefinido; estaba arrodillado y alzaba las manos hacia ese cielo. No obstante, las manos eran en realidad muñones de los que nacían algas resbaladizas. Y desde una de las esferas candentes del cielo, otro ser de rasgos idénticos a los de la criatura del mundo inferior, pero radiante de felicidad y boca abajo, estiraba sus brazos intentando alcanzar a la otra sin conseguirlo. Esos brazos concluían en unas manos preciosas, azules, más grandes de lo que en proporción debiera corresponder a su cuerpo, pero increíblemente finas y delicadas. El cuadro se llamaba *A una caricia (imposible) de ti*. No puedes imaginarte lo que sentí al verlo. Me sentí como ese ser del inframundo tratando de alcanzar a Isolda, viendo cómo ella se estira y se esfuerza por consolarme, por tenerme, por acariciarme… —Melissa acabó esta frase hundiendo su rostro en las manos. Por un momento creí que iba a ponerse a llorar, pero enseguida me devolvió la mirada y, con una sonrisa torva y los ojos brillantes, continuó su monólogo—. Oh, discúlpame. Me estoy enrollando como una persiana. Siempre me pasa lo mismo cuando intento explicar cualquier cosa a alguien.

—No te preocupes, Melissa —la tranquilicé—. Me encanta lo que me cuentas. No soportaría que te dejaras ningún detalle.

—Tú sí que eres un *encanto*. —Encantamientos… para escapar de… ¿dónde a dónde?—. La cuestión es que, justo cuando iba a marcharme, se me acercó una chica menuda con una melena negra, larga y desordenada. Tenía una sonrisa como pocas he visto en mi vida, tan franca y cariñosa…, y unos ojos… extravagantes. Y con acento andaluz me vino a decir lo siguiente: «No he podido dejar de observarte mientras mirabas mis cuadros, la manera como te conmovías al contemplarlos, la turbación que se dibujaba en tu rostro. Sinceramente, me has emocionado». Y se presentó como la pintora, Mar Ariam.

—Supuse que se trataba de ella. Pero tienes razón: no llegué a conocerla.

—Estuvimos hablando largo rato sobre sus cuadros, sus posibles significados, su técnica. Cuando le dije que yo también pintaba casi me obligó a enviarle un lienzo, pero me negué en rotundo. ¡Qué vergüenza! Al cabo de un rato de charla entramos en el tema de los gemelos. Me contó que, desde que tiene uso de razón, ha sentido que tiene un hermano gemelo en algún lugar del mundo, que sospecha que lo secuestraron al nacer sin que nadie se diera cuenta, ni siquiera su madre, y que, desde entonces, se buscan. Ese sentimiento se fue convirtiendo en obsesión a lo largo de los años a causa de distintos sueños, presentimientos, señales… y desembocó en estos cuadros y varios poemas y relatos que ha ido escribiendo. Yo la comprendí al instante y también le conté, por supuesto, mi propia historia. No sé cómo, sin darnos cuenta, acabamos fundidas en un largo y sentido abrazo, de comprensión mutua, supongo. Cuando nos separamos me sentí bastante ruborizada, pero seguimos la charla. Dialogamos de arte, cine, literatura… y ¿a qué no sabes cuál es uno de sus escritores favoritos? —Alcé las cejas y las manos sin querer decir nada—. Usted, caballero. A raíz de esa nueva coincidencia enlazamos varios temas de conversación que te tenían a ti como protagonista y empecé a entenderlo todo. Todo está conectado. Todo tiene una razón de ser. Supe que no era casualidad que encontrara su cuadro en Internet, que fuera a ver su exposición y que, justamente, ese día fuera el último de su estancia en Barcelona. Hay algo que supera estas casualidades; no sé lo que es, pero me encantará descubrirlo.

»En fin, me contó que la dueña de la galería es Sonia, tu chica; y también que la primera vez que expuso en Barcelona, hace dos años, estuvo a punto de conocerte, pero al final no llegasteis a coincidir. Y con tanto escuchar hablar de ti y tan bien, compró tus libros (el de poesía también) y cada semana lee tu artículo en *Alter Eria*. Al final fuimos juntas a tomar una cerveza y continuamos la charla durante dos horas. Fue una sensación... No sé cómo explicártelo. Hablar sobre un escritor al que admiro tanto (y al que curiosamente conozco) con otra gran artista fue como..., no sé, como hablar de Baudelaire con Gustav Klimt. —Soltó una risotada.

—Por favor, ¡no exageres! —Disimulé mi rubor tras el vodka y cambié de tema—. Lo que me extraña es que Sonia no me haya comentado nada sobre la exposición de Mar. La última vez estaba muy interesada en que nos conociéramos.

—No sé, se le habrá pasado... Mar te encantaría, te lo aseguro.

—Su obra ya lo hizo.

Sonreímos.

—¿Te ha gustado mi secreto?

A decir verdad todo lo ocurrido durante esa noche me trastornaba. El desajuste de algunas de mis nociones básicas se alimentaba con los estímulos que recibía. El libro de Mičir, el alcohol, el aspecto intrascendente del entorno, los gestos de Melissa, su conversación, su tono, la historia sobre su hermana gemela muerta, Mar, sus cuadros, su historia... En un segundo recordé el impacto que me produjo aquella primera exposición, la afinidad orgánica que sentí con sus cuadros, una experiencia que, reconocí, había olvidado por completo.

—Me ha encantado —le respondí.

¡Encantamientos!

Nos despedimos al cabo de otra media hora de charla y miradas, de permitir que el conjuro del azar permaneciera en vilo. *¿Qué otra cadena de azares nos llevará a dónde?*, me decía ella sin pronunciarlo con la promesa de su presencia en el futuro. O la mía, mi presencia. Yo, que no sabía muy bien dónde me encontraba ni en qué momento. Por esa razón me fui tan deprisa a mi casa, la casa que compartía con Sonia, la casa que, de hecho, era de su propiedad. Regresé allí para zambullirme en lo único que me liberaba de la carga de la incertidumbre: el proyecto en el que había concentrado la totalidad de mis esfuerzos, mi destino y mi gelatinosa identidad. En mi novela definitiva. Las nociones de mi existencia pugnaban por desintegrarse; cualquier punto de apoyo resultaba absurdo, blando hasta derretirse. Sólo mi novela me liberaba, mi novela y Miroslav Mičir, al que me había conducido… ¿quién?: Melissa, un ser del mundo real. ¿Qué clase de mensajera eres tú, Melissa, qué clase de incursión decisiva? Mensajera de Mičir. Relatadora de prodigios. Es posible que fueran ésas las cuestiones que me preguntara en aquel instante.

Abrí la libreta. Quedaba tan poco para concluir la novela, tan poco para que el Señor Sch dispusiera de un final. Un final… El Señor Sch durante esos últimos días había huido del campo de batalla, había ejercido la práctica de lo imposible de la manera más exquisita, eficiente y etcétera. Había desafiado a las leyes de la Naturaleza de un modo terminante y había construido las suyas propias, en un rincón apartado donde soñaba y etcétera. Había conocido seres inconcebibles con los que compartía juegos estrafalarios, en equilibrio sobre el lenguaje y etcétera. Eso había hecho hasta la página 231. La novela se acababa. Cogí el bolígrafo y, en esa noche que se acababa también porque cierto fulgor se adivinaba por el Este, me puse a escribir, a relatar que el Señor Sch, diamantado de prodigio, se regocijaba por lo logrado y, máxime, por lo sido, mientras contemplaba el infinito y etcétera. El Señor Sch rasgó piel y carne de ciertos habitantes para establecerse en sus cuerpos, a ratos de extravagante dominio y etcétera. El Señor Sch dibujó en su vientre una matriz, con la tinta espesa de su pincel engendró un feto visible, transparente a la luz de la noche, y etcétera. Embarazado de sí, de cientos de miles de prodigios que le nacían en la piel como poros, amamantaba estrellas durante el día, alimentaba a la criatura con una placenta de placer y verso y etcétera. El Señor Sch ensanchó los límites de su mundo al tiempo que de su conocimiento, vagó por regiones que jamás pudieron describirse y etcétera. Adquirió un nuevo lenguaje con el que ya no había nacido nunca, ni tan siquiera al inicio de la novela, ni siquiera más allá del inicio de la misma, cuando se establecía su origen y etcétera. Y el Señor Sch y etcétera.

Y yo me tiré de los cabellos al acabar de escribir. Me tiraba de los cabellos porque no podía hacerlo de mi carne ni de las hojas en blanco (en tinta) sin arrancarlas; y lo que deseaba precisamente era eso: tirarme de la carne, de la existencia, pero sin arrancarme, tirar de las hojas sin arrancarlas, para *estar* en algún lugar donde fuera posible ¿vivir? aquello que sentía. Entonces me planteé de una manera decisiva qué era la vida, dónde estaba la vida y cómo era posible llegar a vivirla. Agité el fragmento de materia que yo ubicaba en el espacio, el trozo de carne y huesos del que era dueño mi conciencia. Mi cuerpo. Agité mi cuerpo tanto como pude con el fin de poder hacer algo con él de lo que me sintiera afín, afín… Empezaba a entenderlo demasiado bien. Reflexioné ante lo que sucedía, lo que sentía. La separación que se fraguaba entre mi escritura (conforme escribía) y yo, mi yo en el mundo, entre mi escritura y el mundo, se convertía en un precipicio insalvable. La incapacidad absoluta de ser lo que yo era en la escritura en otro lugar que no fuera la escritura me aniquilaba. Y, por añadidura, la escritura (mi escritura) cada vez se iba más lejos, más y más lejos de lo que yo podía soñar alcanzar. Me explico: mi búsqueda, mi exploración de los límites habidos y posibles; la investigación profunda a la que yo sometía a mi escritura con el objetivo de sondar, desollar, exceder todas y cada una de las fronteras que delimitan la existencia, la realidad, la experiencia, me conducía a una vivencia del exceso que la daba de sí, la extinguía en sí misma. Ya no podía ser yo, no podía vivirme en mí si no me extendía más allá de los límites que configuraban mi cuerpo, mis actos, mi pensamiento. Y lo mismo me ocurría con el mundo, la realidad. Debía desgarrarla, transgredirla, excederla, pero no podía. Las paredes eran las paredes y los muebles, los muebles, y el aire… Todo tan exacto. Mis intentos por excederla tal como sucedía en la escritura eran en vano. Debía ir más allá, sin haber más allá a donde ir, y empecé a sentir miedo por conocer a dónde me dirigía ese más allá inasequible.

Lo noté esa misma mañana, o noche o mediodía. Exasperado y enervado, encendido de impulsos imposibles, me acerqué a Sonia con los ojos incendiados de sexo. La busqué, y arrebatado por una pasión inexpresable, comencé a desnudarla. Ella respondió a mi instinto y también me quitó la ropa. Empecé a besarla, a tocarla y lamerla por todas partes, todo su cuerpo hermoso y excitante, cada centímetro de piel caliente. La boca por dentro, la lengua, los hombros; mordí y absorbí los pezones, las tetas enteras, su vientre liso, el contorno de las caderas, las piernas. Me lancé con la lengua hirviendo de jugo al interior de los labios de su coño, la giré, le mordí las nalgas, las lamí, le chupé el ano, lo penetré. Quise penetrarla hasta el fondo de sus vísceras, de todos sus orificios. Desesperado, me aparté, la miré, la miré más, con las uñas y las manos inflamadas, la boca hecha agua y la polla dura como una puta piedra insignificante. Miré, observé el cuerpo que tenía frente a mí, y entonces me entró pánico. No sabía qué más podía hacerle. Con más exactitud: sentía ansias inabordables de hacer cosas con ese cuerpo que no se podían hacer. Miré su culo, su coño abierto, los pies, las tetas, la boca. Sentí que no podía satisfacer mis deseos con ese cuerpo humano y, al mismo tiempo, también sentí que esos deseos debían ser satisfechos de alguna manera. Fue entonces cuando, de una manera diáfana, entendí que ese cuerpo, Sonia, esa persona, no era *vivible* por mí, tal como había atisbado unos días antes. No podía vivirla en esta realidad. No podía follármela del modo en que yo lo necesitaba, en esta realidad. Miraba su culo, ese culo que tanto me gustaba, y sentía la necesidad de disfrutarlo al máximo, de manera integral, pero tocarlo, meterle los dedos, azotarlo, chuparlo, lamerlo, penetrarlo… Nada de eso me resultaba suficiente para disfrutar de él, para llegar a donde necesitaba imperiosa y existencialmente llegar. ¿Qué podía hacer? Ese cuerpo no era vivible para mí en esta realidad. Y eso era sólo un ejemplo del resto; de las demás experiencias de la vida. Quedé estupefacto, catatónico. Sonia se arrastró hacia mí y comenzó a chuparme la polla con devoción. Le cogí la carita, le forcé la boca con mi miembro, pero… no era suficiente. Necesitaba más, mucho más: tirarle de la piel a ella también, la voz, follarme la lengua abrazada a mi glande, colgarla del pelo y convertir su melena en una telaraña donde engendrar mis gritos… Follarme su infancia, sus miedos, chuparle el tuétano del corazón, estrangularle las nalgas con mis versos, penetrarla con cinco pollas más a la vez… No sabía… Me mareé, sudaba. Estaba asustado. No había nada en la vida que fuera vivible por mí. Nada, ni los cuerpos, ni mis sentimientos, ni la materia de la que estaba compuesto el mundo, ni mis deseos. Nada, al fin. El vacío se apoderó de mi mente y me desmayé sobre la cama cuando la mamada de Sonia hizo que me corriera.

5

Sonia no pareció haber notado mi congoja de esa noche. Los días siguientes, mantuve con ella una calma ficticia que nacía más de mi cansancio que de un verdadero sosiego. Durante nuestras relaciones sexuales traté de mantener al margen, como pude, mis deseos más profundos, de modo que ella no percibiera mi insatisfacción permanente.

Eso sí, cuando hallé el momento le pregunté la razón por la cual no me había informado de la presencia de Mar en la ciudad. Ella se limitó a recriminarme que, en el estado en que me encontraba últimamente, era imposible entablar una charla normal sobre ese tipo de asuntos. Pensé en ir a visitar la exposición aunque Mar ya se hubiera marchado a Sevilla, pero justo el día que me decidí retiraron su obra de la galería.

La revelación experimentada aquella noche con Sonia tras mi última sesión de escritura me dejó paralizado. Me sentía en el mundo como un antígeno en un organismo vivo, como una errata insufrible; de hecho, como una bomba de relojería a punto de explotar. No había nada que pudiera hacer aquí ni con nadie, salvo acabar mi novela y leer el resto de los libros que Miroslav Mičir había escrito.

Decidí aparcar por unos días la novela. Una tarde, me encerré en mi despacho para encarar la lectura de *El hombre que dejó de ser un hombre*. Abrí con cuidado las cubiertas de ese libro y comencé a leerlo. En mi interior, albergaba la esperanza de hallar en él una suerte de solución a mi estado: una respuesta que me indicara qué se podía hacer cuando se había realizado semejante descubrimiento. Aunque en el fondo, sabía que la escritura de Miroslav Mičir constituía una separación más, en consonancia con la mía: su escritura me acercaba a la mía, pero me alejaba de mí… La única solución, empecé a sospecharlo entonces, era leer a Mičir y/o escribir permanentemente, las veinticuatro horas del día. Pero eso era imposible.

Necesité la tarde entera para leer la novela. La traducción francesa no era demasiado acertada y descubrí que mi dominio del idioma tampoco estaba al nivel que hubiera deseado. Pese a todo, *El hombre que dejó de ser un hombre* me supuso tal impacto que cuando acabé de leer, sin esperarlo, me puse a llorar. Hacía siglos que no lloraba. La última vez, quizá, se remontaba al día de la muerte de mi padre, hacía más de siete años; no logro recordarlo con exactitud. Pero esa noche, cuando cerré el libro y agaché la cabeza, me invadió el llanto como un vómito desprevenido tras un corte de digestión. De súbito, las lágrimas se volcaron calientes de mis ojos, y sólo fui consciente de ello cuando noté que resbalaban por mi mejilla.

La trama de la novela es, en realidad, de una sencillez asombrosa. Recuerda en mucho, tal como me comentó el profesor Heredia, a *La metamorfosis* de Franz Kafka. No es descabellado pensar que, debido a su ciudad de origen, el propio

Kafka la hubiera leído y se inspirara en ella para escribir su magnífica obra, o que incluso se hubieran conocido. No obstante, en esos momentos, esa clase de suposiciones me traían sin cuidado.

Lo verdaderamente extraordinario del relato es, sin duda, la manera como está narrado. Su cadencia hipnótica, la forma en que Mičir va desgranando las vicisitudes del protagonista, sus sentimientos ante lo que le está sucediendo. En definitiva, el contraste trágico que se produce entre ese personaje y su entorno: la soledad frente a la desgracia de alguien que ni siquiera recibe la compasión o la comprensión del narrador que lo está aniquilando desde la más fría de las indolencias.

La historia viene a contar lo siguiente:

Andrea Lucescu, el protagonista de la novela, es un joven de veintiocho años con un oficio respetado en la comunidad, abogado laboralista, y está prometido con una bella enfermera que acaba de cumplir los veinte. Su vida, por tanto, parece ir sobre ruedas. En sólo seis meses está previsto que se produzca el enlace, tras el cual se instalarán en una preciosa casa, amueblada y repleta de comodidades, que su suegro les ha regalado. Un día cualquiera, al regresar de su despacho, se encuentra con un amigo por la calle. Apenas han cruzado tres frases, cuando éste le pregunta qué le ha ocurrido en la ceja. Andrea, sorprendido y tocándose la zona que le señala su amigo, le contesta que por lo que él sabe no le ha sucedido nada. El amigo insiste y le explica que una especie de cicatriz le cubre parte de la ceja, como si se hubiera afeitado el vello del extremo exterior de la ceja derecha. Tras unas risas nerviosas y otros comentarios sin importancia, se despiden y Andrea se dirige, con cierto resquemor, al pequeño apartamento de soltero donde vive en el centro de Bucarest. Una vez allí, se acerca al espejo del cuarto de aseo y se examina el rostro y, en efecto, comprueba que no tiene vello en la parte de su ceja derecha más cercana a la sien. La palpa por si hubiera alguna herida o un hematoma, pero no siente dolor alguno ni rugosidad que le indiquen la posibilidad de un corte, un golpe ni una lesión. Sin querer darle demasiada importancia, se prepara la cena y se va a dormir.

Al día siguiente prácticamente ha olvidado el incidente; no obstante, su imagen reflejada en el espejo al afeitarse le recuerda esa pequeña marca. La observa durante un rato, pero decide no prestarle mayor atención. Unas horas después, ya en su despacho, uno de sus mejores clientes le pregunta con la máxima educación si ha pasado mala noche. Andrea sonríe y le responde que no, que ha dormido plácidamente de un tirón. El cliente, algo incómodo, indica que se refiere a la calentura que le ha salido en el labio. Lucescu se echa la mano a la boca y nota una especie de hendidura. Se desembaraza de su cliente con rapidez y se acerca a uno de los espejos del despacho para examinarse. No se trata de una erupción, sino de una especie de sombra bajo el labio, una mancha pálida que le desdibuja la boca. Lo primero que piensa es que lleva demasiado tiempo trabajando en exceso con el fin de ahorrar el dinero suficiente para ofrecerle a Katia, su prometida, el estilo de vida que ella merece. Concluye, pues, que debe de haber sufrido una bajada de defensas y decide ir a la botica de Anselm para que le recete algún reconstituyente. Convencido de que se trata de unos síntomas pasajeros, se toma la tarde libre y regresa a su casa para descansar. Sin embargo, al día siguiente la situación empeora. Es domingo, el día que dedica a estar por entero con Katia. Cuando ésta observa el estado de su cara, se preocupa y lo convence para que acepte aplicarse ciertos ungüentos que tiene en casa. Le hace prometer a Andrea que dejará sus intensas jornadas laborales de más de catorce horas y que cumplirá con las horas de sueño necesarias. Pasan el resto de la tarde paseando por el parque Cismigiu y, a última hora, van al piso de Andrea, donde, antes de llevar a Katia a casa de sus padres, suelen hacer el amor. En pleno acto, Katia da un grito que en nada se parece a los gemidos propios del placer sexual. Enciende deprisa una lámpara de aceite y, cubriéndose con las sábanas, ilumina el pecho de Andrea. Estupefactos, ambos contemplan que le ha desaparecido un pezón.

Tras este extraordinario suceso, la trama adquiere un ritmo frenético y angustioso que, sin embargo, es relatado con una frialdad tal que deja al lector y al propio Andrea completamente desamparados. Katia lo conduce enseguida al hospital donde trabaja para que lo reconozcan los mejores médicos de la ciudad. Allí le realizan, como cabe esperar, pruebas de toda índole. Estas pruebas están descritas con tal minuciosidad que el lector puede sentir en su propia carne la humillación a la que Andrea es sometido, sobre todo por el distanciamiento con el que es tratado por las descripciones en sí. Cada vez las pruebas son de mayor envergadura, más inverosímiles y más bochornosas. A todas ellas, Andrea responde con docilidad, esperando que hallen una solución a su problema, que cada día se agrava más; cada veinticuatro horas, una porción más de su cuerpo se le borra: al pezón le sigue la ceja entera; luego, las líneas de la palma de las manos; más tarde una uña; el lóbulo de la oreja izquierda... Al cabo de una semana y media le faltan varios dedos del pie y la totalidad de las pecas del torso. Finalmente los médicos, tras atiborrarle de medicamentos cuyos efectos secundarios lo martirizan, desisten de intentar diagnosticar la supuesta enfermedad y se niegan a recibirlo más por temor a que propague una eventual epidemia en el hospital. Aquello produce consecuencias devastadoras para Andrea: los niños se mofan de él por la calle; se empieza a extender por el barrio la certeza de que está endemoniado; y, para colmo, el bufet de abogados le comunica que en ese estado no puede continuar ejerciendo su labor de colegiado y le aconsejan que se vaya unos días a descansar a la montaña, a un ambiente fresco y seco, donde seguramente pueda recobrar la salud.

Los padres de Katia, al cabo de dos semanas más, cuando su aspecto comienza a dar auténtico pavor, cancelan la boda y le prohíben a la hija volver a verlo. Al principio, Katia se escapa de casa y lo visita a hurtadillas, pero cuando a Andrea se le han borrado ya la mitad del rostro, los dos pezones, la mayoría de las uñas y los dedos, la piel de algunas zonas del cuerpo y un testículo, ambos, de mutuo acuerdo, sin casi tener que hablarlo, deciden que lo mejor es que dejen de verse. Katia sufría lo indecible al verlo de ese modo y llegó a asustarse de su aspecto, y Andrea no podía soportar por más tiempo que su novia contemplara en qué se estaba transformando. De modo que, Andrea Lucescu, embutido en un largo abrigo con el cuello levantado, y con un amplio sombrero calado, huye de la ciudad y se marcha a la montaña.

A partir de ese momento, el ritmo de la narración sufre una pausa. Tras la frenética desaparición de las diferentes partes del cuerpo de Andrea, la cadencia de la trama se amortigua. Lo que venía a ser una historia teñida de la ciencia ficción al uso de la época, adopta desde ese momento los tintes trágicos del más puro drama. Andrea Lucescu pasa unos días a la intemperie, en medio del bosque, satisfaciendo su hambre con el poco alimento que encuentra por ahí: frutas y algún pequeño animal que logra cazar y cocer gracias a unos fósforos. Pero lo más relevante de esa parte de la historia es que Lucescu va elaborando un inventario minucioso de todas y cada una de las partes de su cuerpo que van desapareciendo. Cada día apunta en una libreta, tras un exhaustivo examen que realiza con un espejo que ha llevado consigo, aquellas zonas de su cuerpo que desaparecen. Y cada vez que localiza una falta, reflexiona sobre esa pérdida, sobre lo que él es o ha dejado de ser a raíz de no tener ya, por ejemplo, el bíceps del brazo izquierdo. Y éstas, sin duda, son las páginas más interesantes de la novela. Reproduzco un párrafo del libro que muestra este tipo de análisis; se trata del momento en que percibe la pérdida (más que la pérdida, la desaparición; no es que Andrea fuera menguando, sino que la parte de su cuerpo que ya no estaba se borraba, y en su lugar quedaba algo similar a una sombra pálida) del segundo de sus ojos:

«"Hoy, día 67 tras mi antinacimiento, he perdido el ojo que me quedaba. Aun así, incomprensiblemente, puedo ver. Imagino que, quien haya programado este castigo, este ultraje, desea que pueda contemplar con detalle el proceso íntegro de mi degradación. Reflejados en el espejo, donde antes hubiera dos ojos, ahora hay dos parches incoloros que en nada se parecen a la piel. Lo veo. Mi capacidad de análisis sigue intacta. ¿En qué momento dejaré de ser un hombre para convertirme en un monstruo o en cualquier otra cosa, si es que no lo soy ya? En tanto que me borro, el mundo adquiere una mayor envergadura. Su presencia me resulta más majestuosa. Es como si a medida que me voy borrando, el mundo me tragase, me engullera en él".

»Andrea Lucescu, tumbado en la hierba, rodeado de sesenta y cinco kilómetros cuadrados de soledad, escribe en su libreta. El sol se pone. Se escucha el piar de los pájaros que regresan a sus nidos. Un lobo aúlla a lo lejos. Con lentitud, se hace la oscuridad. Andrea Lucescu no tiene ojos, mañana no tendrá boca».

Con esa extrema indolencia, el narrador computa los acontecimientos de la narración. Esa calma, en contraste con las anotaciones de Andrea en su libreta, dota a la novela de una atmósfera de fatalidad que astringe la respiración en cada frase leída. Cuanto más desesperada es la situación de Andrea, cuanto más exprime su dolor y su incomprensión en su diario ante lo ocurrido, más distante y parca es la narración de lo que le sucede por parte del narrador.

Al cabo de unos días convulsos, Andrea, fatigado y hambriento, comienza a perder la noción de sí mismo. Cuando a su rostro no le quedan facciones, su cabello se ha desvanecido y su cabeza es tan sólo una mancha ovalada sobre el cuello, escribe lo siguiente:

«"Ya no soy nadie, por fin no soy nadie. Ahora ya no tengo por qué sufrir. Ya no soy yo a quien le ocurre esto. No hay nadie ahí, en el espejo. Nadie en mí. Se me borran los recuerdos, se me borra lo sido, la vida. Por fin soy feliz, por fin no soy yo. Por fin, no a mí"».

Éstas son las últimas palabras escritas en el diario de Andrea. Durante las siguientes páginas de la novela se describen las últimas desapariciones de su cuerpo con la distancia indolente habitual. Tal como si se registraran de forma aséptica los datos de un informe forense. Hasta la última de las páginas:

«El hombre una vez llamado Andrea Lucescu permanece sin ser en medio del bosque como una mancha difícilmente apreciable entre la hojarasca. El hombre, una vez llamado Andrea Lucescu, deja, entonces, de ser un hombre. Una lombriz resigue su camino por lo que fueran sus pies. Hay animales en el bosque. Los animales siguen haciendo las cosas que han hecho siempre, como el cielo, que a la hora convenida, empieza a aclarar. La sombra pálida, inapreciable, que una vez fuera un hombre, entonces, se pone a caminar. No en el mundo. No... aquí».

Y lloré. Las tribulaciones de Andrea Lucescu me llegaron a lo más hondo: el desgarramiento de su conciencia a medida que dejaba de ser un hombre, que sus atributos y sus capacidades de integración en el mundo se borraban; la identidad de Andrea convertida en una mancha pálida que permanecía sin ser... ¿Me estaba convirtiendo yo, mi yo en el mundo, en algo similar? Las particularidades de mi devenir eran de naturaleza muy distinta, pero en aquel momento sentí tal apego por Andrea Lucescu que lloré.

Al abandonar el libro me invadió un sentimiento feroz de melancolía. En ese instante, con esa novela, había acabado de leer la totalidad de la obra de Mičir de la que podía disponer. Me sentí solo, estratosféricamente solo ante esa realidad. Como dijo Melissa, «existencialmente solo». Aún disponía de mi propia novela, eso es cierto (mi proyecto literario a punto de encarar su cúspide definitiva), pero ya no de la compañía exploradora de Miroslav Mičir. Esa soledad atiborrada de melancolía me mantuvo preso de una quietud apabullante, tanto del cuerpo físico como de los pensamientos, que se quedaron estancados incapaces de dar a luz nuevas ideas por un tiempo indefinido. Estaba solo, con el terror que había experimentado días atrás después de haber escrito el último fragmento de mi novela, frente a la revelación de las limitaciones intrínsecas que me atenazaban, de la carencia de vida vivible a mi alrededor. Ese pavor me impidió, durante días, enfrentarme a la trascendental tarea de finalizar mi magna obra. Si experimenté aquel dolor, aquella separación primordial ante la anterior sesión de escritura, ¿qué podía derivarse de la narración de su último capítulo? ¿En qué estado de indefensión, de incapacidad, de incontinencia brutal de mi ser, podría dejarme la culminación de mi novela?

Aproveché esa tregua para atemperar mis nervios adentrándome en actividades cotidianas. Ensayé un acercamiento calmado a Sonia con el fin de normalizar y mejorar nuestra relación y me concentré en redactar algunos artículos para *Alter Eria* que tenía pendientes: «La cultura de masas en relación con la literatura infantil» y una reseña sobre la última obra de Enrique Vila-Matas. Cuando tuve listos los trabajos, se los envié por correo electrónico a Burruaga; al día siguiente me respondió que necesitaba verme para comentar un par de asuntos con relación a mis artículos en la revista.

El encuentro con el redactor jefe del dominical fue esperpéntico, y supuso que cada uno de los pocos valores en los que había creído en el transcurso de mi juventud se derrumbaran sin remedio. Asistí a la cita inmerso hasta la médula en el carrusel de emociones que vengo describiendo, y debo reconocer que no hice esfuerzo alguno por evitar que esa tormenta emocional se trasluciera en mi comportamiento. Lo primero que me espetó Fernando Burruaga al verme fue, como de costumbre, que los dos artículos que le había enviado eran excelentes. «Sin embargo, el contenido de *Alter Eria* va a sufrir unas pequeñas modificaciones. Supongo que te habrás enterado de que el grupo editorial Astral ha adquirido nuestro periódico». Yo, evidentemente, no estaba al tanto de esos tejemanejes comerciales. «Pues bien…, y esto es confidencial, claro: a partir de ahora los artículos de enfoque literario deberán centrarse en autores de la casa para ayudar a su promoción, ya sabes. Los demás escritores que colaboran con nosotros, Lucía Zubizarreta, Pablo Giner y Antonio Luna, están al tanto y no les parece mal. La buena noticia es que Astral ha invertido bastante dinero en nosotros, con lo cual subiremos el caché de cada artículo un veinte por ciento». Me quedé estupefacto. ¿Tanto tiempo de colaboración con Fernando Burruaga y pensaba, de verdad, que iba a ceñirme a ese chantaje? «No te preocupes, Jan, no tendrás problemas en escoger entre el centenar de autores que publican anualmente en los diferentes sellos de Astral. O si lo prefieres, puedes buscar en el fondo de su catálogo para elaborar alguna retrospectiva o efeméride…, ya sabes». «Sí, claro», iba contestando. «Mira, tenemos pendiente una publicación acerca de la Generación Chocolate. He pensado que te gustaría escribir sobre ellos. Conociste a varios de sus miembros en aquellas fiestas a las que…», rió, «dejaste de asistir. No hace tanto de aquello».

La Generación Chocolate estaba conformada por cinco niños de papá, disfrazados de progres, que escribían con una obstinada mediocridad y se las daban de modernos porque utilizaban en sus libros muchas palabrotas y un «lenguaje directo y desnudo, el que se usa en la calle para, de esta forma, acercarnos más al público joven, a lo que sucede hoy en día de verdad en nuestras ciudades y no perdernos en los ejercicios onanistas de cierta literatura de renombre». Como si la juventud fuera retrasada mental, como si la juventud tuviera, imperiosamente, que buscar en la literatura lo que puede encontrar en su ciudad cualquier sábado por la noche de fiesta a las cinco de la madrugada. La última conversación que mantuve con uno de ellos concluyó cuando me dijo a propósito de Marcel Proust y Roland Barthes: «Yo no necesito leer a los "clásicos" para escribir mis novelas; mis influencias más directas son el cine, el rock and roll y la calle. Y tampoco creo que necesite saber nada de teoría literaria para ser escritor». «Desde luego que, para escribir los libros que tú escribes, no te hace ninguna falta». Le respondí eso y luego me marché.

Sentado frente a la cara afable y despreocupada de Burruaga, tuve la tentación de responder de forma similar. No obstante, mientras me levantaba, le dije que me lo pensaría, que le enviaría un borrador para la semana siguiente.

El mundo me aburría. La realidad se me antojaba una carga insoportable. Estaba a punto de estallar, de tirarme de la piel de los sentidos y trizarme al viento, al aire. Una bomba de relojería andante, eso es lo que yo era. Apabullado por el peso que mi propia escritura, como una espada de Damocles, ejercía sobre mí, acabé de nuevo estrellado en mi casa (la casa de Sonia).

Mi escritura me mostraba hasta qué punto el mundo era insoportable, y yo insostenible. Iba a caer. Sabía que si me enfrentaba de nuevo a ella, iba a caer sin remedio, a diluirme, a ser ¿qué? Sin embargo, reconocía también que era el único refugio al que podía acceder. Y el ansia implacable, el deseo exorbitado de acabar mi flamante obra me roía los actos. No existía más dilación posible. Sin más, con el esplendor del sol del mediodía tapiado por las persianas que bajé, con mi querida botella de Absolut a un lado y el temblor de mis manos anunciando un clamor desconocido, encaré las hojas en blanco con mi bolígrafo negro. Y narré…, ¡ay!, que mi querida Señor Sch, desnuda de cintura para adentro, aupada sobre montes submarinos, predicaba designios inconexos. Con los brazos en cruz, como un asterisco indivisible, acariciaba con sus manos de nunca a los habitantes despellejados y etcétera. El Señor Sch, convertida en conjugaciones gramaticales irrepresentables, murmuraba el secreto del universo entre dientes, al oído de los paramecios y etcétera. Embarazada, flotaba como un astro, embarazada de sí, de no y etcétera, del Norte y etcétera. La criatura en su interior absorbía los nutrientes de la placenta del Señor Sch. Una placenta de placer, verso, imposibilidad y etcétera. Flotaba. Flotó.

«El señor Sch contempla la estructura superflua de la materia, se encoge de hombros ante el significado huero de la vida. El señor Sch, inmortal, aquella que asumió su inmortalidad y etcétera. Embarazada de sus propios prodigios avanza flotando y retrocede porque no hay distancias ni espacios, flota, avanza y etcétera. Inmortal, el Señor Sch se ausenta de la vida; desnuda de cintura para adentro, repta por el universo con sus sinuosas curvas de mujer, la melena descosida de hebras de silencio expandiéndose por el infinito. Sus pechos, sus caderas. Su sexo se abre. Pasos de danzarina encinta (nunca más equilibrista), siempre danzarina y etcétera.

»El Señor Sch sufre las primeras contracciones. Las paredes del universo retiemblan. Su sexo se abre y etcétera.

»Llanto de la criatura que nace. El parto y etcétera. El Universo parpadea. El Señor Sch, inmortal, se ausenta definitivamente de la vida al tiempo que da a luz a su hermana gemela. El Universo se apaga, el parto concluye. Unas manos desconocidas desatan el cordón umbilical. La criatura, su hermana gemela, cae entre los mundos posibles. El Señor Sch, la grandeza personificada, tan Mujer, traslada su inmortalidad ya no a la vida. Es inmortal ya no en la vida, y se desaparece cuando el Universo... se apaga y etcétera.

»La hermana gemela cae. La hermana gemela abre los ojos...

»Amanece.

»Etcétera y».

Y di por terminada mi novela; en la página 313 acabé de escribirla. Siendo sólo latido y sudor, busqué la primera página y escribí el título: *Amanéceme*. Vi a Andrea Lucescu, a Melissa e Isolda. Vi a Mičir y a la pintora Mar. A mí mismo. Nos vi en ese final de esa novela como influencias que impregnaban la tinta. Y yo… Cerré la libreta. Me consumía. Estaba perdido. No cabía en mi cuerpo, en mi despacho, en esa casa, en el mundo. Tenía que salir de allí, pero para hacerlo debía transgredir, traspasar, arrancar esos límites. ¿Cómo hacerlo, cómo exceder los límites de la materia, el movimiento y el deseo? Me empecé a dar cabezazos contra la pared. ¿A partir de ahí, de entonces, qué podía hacer? ¿Qué hacer a raíz de ese final? ¿Cómo continuar viviendo así? Y lo más decisivo: ¿¡DÓNDE!? Arrojé por los aires aquello que encontré en la habitación susceptible de ser arrojado. Me hundí en los pozos de mi comportamiento. ¿Qué oscuridad, qué luz a mi alrededor? ¿Qué clase de amanecer?… Exhausto, me tumbé en un charco de sudor y desesperación, de temblor y latido, y allí dormí con los ojos semiabiertos un sueño emponzoñado de angustia, de muerte tras la no-vida. El silencio se amputó las cuerdas vocales y se abrazó mudo a mi cuello. Lloré. Volví a llorar y olvidé, como olvido ahora al rememorarlo, lo que se me pasó por la cabeza en esas horas. La escritura me había llevado a un callejón sin salida… y sin callejón. Y sólo la escritura, paradójicamente, me ofrecía la posibilidad, al menos, de regresar al callejón…

Al cabo de no sé qué clase de horas y sueños, Sonia me despertó empapado en sudor. Me miró con cara preocupada tras sus gafas rectangulares, esbozando hacia mí su rostro perfecto. Yo parpadeé con la mente: en los ratos de visión observaba su belleza, la excitación que me producía su boca, su mirada, el resto del cuerpo agachado y solícito; en los instantes de oscuridad percibía, como latigazos de agujas, la imposibilidad de llevar a cabo los deseos que esa excitación me provocaban; y, en el intersticio de cada parpadeo, sentía el temor de alargar las manos y tratar de satisfacer, como fuera, esos deseos. Tenía que salir de allí, salir o quedarme tan adentro que no me moviera ni viera ni sintiera. Nada era como debía ser.

Aquella noche disimulé como pude, y también las siguientes, pero era consciente de que deambulaba sobre una cuerda floja y raquítica. Pocas cosas me quedaban por hacer; muy poco para lograr mantener el equilibrio. Durante esos días, ocupé mi tiempo en transcribir al ordenador *Amanéceme*, mi gran obra, y a corregirla. Había rebasado en dos meses el plazo de un año que Swartz me concedió para entregarle mi tercera novela. Con desdén, me dirigí a la editorial y, sin muchos miramientos, le entregué el resultado final de la aventura más maravillosa que había experimentado en mi vida.

—Es con diferencia lo mejor que he escrito y, probablemente, escribiré jamás. —Le escupí estas palabras y me marché sin darle tiempo para entablar una conversación que mis nervios no me hubieran permitido mantener.

Como supuse, después de unos pocos días, dos, a lo sumo tres, Swartz me llamó por teléfono y me citó en su despacho. De mala gana, y ensombrecido por una incontinencia que me impulsaba a estallar por los aires, a hacerlo explotar todo por los aires, asistí a la reunión.

—Siéntate, Ungría, ¿quieres un café..., un té? —El tono paternalista del editor excitaba las ganas de mis manos de ajorrarse a su cuello y estrangularlo—. He leído junto con el resto del equipo de editores de la casa tu nueva novela, en fin, los primeros capítulos y algunos otros salteados, ya sabes que eres una de nuestras punta de lanza. —Swartz se aproximó y apoyó los codos sobre la mesa—. Jan, no podemos publicar eso. Y no podemos hacerlo por tu propio bien. —Se encendió un cigarrillo—. No fumas, ¿verdad? —Yo lo miraba con fijeza, sin verlo, contemplando sólo el desastre de mundo que habitaba, el mundo en el que yo no cabía—. Haces bien, el tabaco es una mala cosa. Bueno, Jan, publicar este libro ahora, en plena cima de tu carrera literaria, sería poco menos que cavar tu tumba como escritor. Créeme, eres joven e impulsivo y lo único que pretendes es escribir aquello que te dicta tu corazón, y haces bien. Yo, en cambio, soy perro viejo, llevo muchos años trabajando en esto y sé cómo funciona este mundillo. He visto a muchos escritores de talento estrellarse por culpa de extravagancias como ésta. Tendrás tiempo de publicar una novela de estas características de aquí a unos años, no te preocupes. Hazme caso, confía en mí; necesitas que alguien objetivo, frío y experimentado te guíe a la hora de trazar tu carrera. —Yo lo miraba a los ojos, impertérrito. Era la conversación más larga que tenía en meses (exceptuando las que había mantenido esporádicamente con Melissa) y me sentía terriblemente incómodo—. Escúchame, Jan. El público no está preparado para una novela de las características de *Amanéceme*. Ni siquiera los que se las dan de intelectuales y luego esconden bajo el brazo su colección de novelas policiacas. Los que te ensalzaron hace unos años y disfrutaron con tus dos primeras novelas leerán las treinta primeras páginas de esta última y abandonarán el libro. No podrán con ello. ¿Y sabes lo que eso significará? Que tu cuarto libro no lo comprará nadie. ¿Lo entiendes, Ungría? ¿Entiendes lo que te quiero decir?

Sonreí con ligereza ante ese último latiguillo en forma de pregunta y pronuncié: «Comprendo».

—Muy bien. Lo cierto es que no deberíamos dejar pasar mucho más tiempo. Entrégame lo que sea en tres meses, aunque sea una colección de relatos cortos, seguro que tienes algo guardado por ahí, en el cajón. Aunque sean cien o ciento cincuenta páginas, lo lanzaremos. Luego te prometo que sacaremos tu segundo libro de poemas y, mientras tanto, podrás preparar una buena novela, como *Tiempos difíciles*, ¿de acuerdo? Yo me encargo de inventarme alguna excusa para justificar este retraso frente a los medios. Una de esas excentricidades bohemias que tanto gustan a la prensa literaria y al público.

—Claro que sí, Swartz. Diles que me he ido a la India... a meditar.

—Oh —rió ampulosamente el editor—. Es una gran idea.

Me levanté y me marché.

La carencia de ciertas nociones que me acuciaba en aquel instante impide que recuerde en qué estado llegué a casa o si me entretuve paseando. Pero una idea fija comenzaba a revolotearme, y esa idea, aún en estado embrionario, palpitaba contundente en mi cerebro. Una idea que sí puedo reconocer ahora, en esta distancia. La sombra de mis otras acciones y mis pensamientos quedaba relegada ante la luz de esa nueva intención que se iba a ver alimentada, y definitivamente definida, con la lectura del artículo de George Bataille sobre Miroslav Mičir.

No sé cuántos días y sus noches pasaron hasta que recordé (si es que lo había olvidado) que todavía tenía un texto que leer que me vinculara al escritor rumano. En un estado de taquicardia y de incontinencia de mis dedos por entregarse de nuevo al abismo de la escritura, agarré el ejemplar de George Bataille, *La literatura como lujo*. Busqué el capítulo dedicado a Mičir en el índice; era el último: «Miroslav Mičir. El sembrador de misterios». Doce páginas que se iniciaban con una breve introducción a su obra, una comparativa acertada y elegante con autores como Lautréamont, Kafka y Rimbaud, y otra más difícil de aceptar: William Blake. Tras éstas proseguían las páginas más interesantes del artículo, en las que se mezclaban aspectos turbadores e inexplicables de su vida con otros de análisis teórico de su obra. Todo perfectamente trenzado hasta desembocar en un final brillante y estremecedor:

«Miroslav Mičir vino a nuestro mundo para sembrarlo de misterios. Consciente de su vulgaridad, del sinsentido de las leyes que rigen su naturaleza, sembró la tierra árida de la verdad con sus acertijos demoledores e inquietantes. Mičir es uno de los personajes de la historia que funda la aniquilación de la verdad. Si Nietzsche acabó con la idea de Dios, autores como Mičir, Lautréamont y Mallarmé cimientan una era en la que la verdad ha desaparecido. "La verdad, ángel ciego y estúpido, tirano que ha dominado un mundo que se le desvanecía indolente entre los dedos". La verdad ha sido sobrevalorada durante demasiados siglos. Su reinado ha desaparecido […].

»Miroslav Mičir ha construido con su literatura y su propia vida un laberinto de acertijos del que es imposible salir, porque ¡ay del que salga de ese laberinto! El dédalo de misterios que ha entretejido en su literatura es un escaparate, es la salvación sin la salvación. Urdimbre de mentiras para engañar a lo cierto, a la realidad (que no existe) y extraerle un poco de sentido. Porque si se sale de ese laberinto, si se desvelan los misterios, si se desteje la urdimbre, sólo queda el vacío […].

»Sin embargo, la escritura siempre exige una presa mayor. Los misterios, cada vez con más ahínco, exigen nuevos enigmas, más ocultos, herméticos y profundos. El laberinto pide a gritos nuevos entroncados pasadizos para evitar que el héroe (el lector, el escritor, el hombre) pueda salir, para evitar que pueda vislumbrar la salida fatal. La urdimbre demanda nuevas hebras, nuevas mentiras que hilvanar a otras para sostenerlas. La escritura exige una entrega, una dedicación y una honestidad trágicas, necesariamente definitivas. Ha llegado un momento en la historia del hombre, del escritor, con el advenimiento de Mičir, Lautréamont y compañía, en que la escritura, la auténtica escritura, aquella en la que se pone en juego la vida, la identidad y el sentido, sólo puede conducir a uno de estos tres destinos inevitables: la locura, el crimen o el suicidio. Y, por lo que me atrevo a aventurar, Miroslav Mičir arribó a los tres puertos que acabo de citar, y no necesariamente en este orden».

Esto es lo que leí. En ese momento comprendí, sin lugar a dudas, a dónde me abocaba. Mi destino estaba escrito en esas líneas; si proseguía mi proyecto literario, si insistía en esa entrega incondicional a la escritura, mi futuro próximo estaría vinculado inexorablemente a la locura, el crimen o el suicidio..., tal como lo había presentido desde que *aquella noche* experimentara la revelación existencial que me impedía ver la vida como vivible. La escritura me empujaría, ineluctablemente, a tratar de transgredir todos los límites, de la forma que fuera: los límites del deseo, los actos, el pensamiento... Y la forma de llevarlo a cabo, a esas alturas estaba más que claro, tenía como instrumentos la locura, el crimen o el suicidio. Probablemente no se tratara de instrumentos eficaces, pero, a la larga, era a los únicos a los que iba a acudir. De hecho, ya me estaba abocando a ellos, lo había estado notando y era inútil negar tal evidencia. Un párrafo, una palabra más, y acabaría cometiendo una... *locura*.

Me eché las manos a la cara, expulsé un llanto viscoso, sin sollozos, preñado de rabia y de un agotamiento infinito. Estaba exhausto; agotado en cada una de las acepciones de la palabra. Un rayo de lucidez descargó entonces su rutilante rumor en esa tormenta que me acaecía y tomé una decisión. No podía continuar por ese camino. No estaba preparado para enfrentarme a ninguno de esos tres destinos que, comprendía sin atisbo de duda, me esperaban a la vuelta de la esquina. Vencido y desarmado, decidí que nunca más volvería a escribir. Y un telón invisible, pero pesado como si estuviera reforzado con toneladas de plomo, cayó sobre mí, sobre *todo yo*. Y me dejó a oscuras.

A partir de ahí, tuve muy claros los pasos que iba a seguir. La idea recién gestada, que plantó su semilla en mi cerebro tras mi charla con Swartz, echó raíces y creció irremisible hasta inundar cada miembro de mi empobrecido espíritu. Iba a dejarlo todo, abandonarlo todo. Haría caso a pies juntillas a la proclama surrealista *laissez tout*, dejarlo todo, pero la llevaría aún más allá, puesto que yo también abandonaría la escritura. Los matices de ambas decisiones (la de André Breton y la mía) distaban un mundo, pero en esencia respondían a un mismo impulso redentor. Iba a dejarlo todo: dejaría la escritura, mi carrera literaria, mi puesto como articulista en *Alter Eria*, mi lugar de origen y, por supuesto, por mucho que me doliera, también a Sonia.

En la bibliografía del artículo de Bataille vi una referencia que excitó por completo mi imaginación y que acabó por decidir mi nuevo destino. *Tanatografía de nadie. Miroslav Mičir (1875-1905)*, por Vladimir Seifert. A todas luces una biografía del poeta. Me iría a Constanza (Rumanía), en busca de ese libro, de la totalidad de los datos concernientes a Miroslav Mičir. Necesitaba saber más acerca de él. Conocer si en realidad llegó a donde yo no me atrevía: a la transgresión total de los límites y, como consecuencia, al crimen, al suicidio, a la locura. Cómo lo hizo. Ver a dónde habría podido llegar yo si no hubiera sido tan cobarde. Quería vivir donde él había vivido, contemplar los paisajes que vio, pasear por sus playas, bañarme en su mar, vislumbrar su cielo. Y, de ese modo, ver si era posible encontrarle un sentido nuevo a mi vida, aunque fuera alejado de la escritura. Mi vida, pues, su sentido, la escritura, mi encrucijada de identidades fueron suplantados por esa necesidad de investigar a Miroslav Mičir. Si antes había sido su obra, ahora quería conocer su vida y vivir la mía en la suya. Buscarle así un sentido, apócrifo es cierto, pero ausente de peligros.

Laissez tout.

6

Laissez tout... Un acto valiente revestido de una cobardía infinita, crucial. Me apiado de mí al recordarme desde esta silla en la que me he vuelto a sentar, cansado de deambular de arriba abajo por esta habitación aséptica. Contemplo una vez más la hoja en blanco que me llama como una ventana abierta al vacío. Brillante como una esperanza terminal para el enfermo crónico. Silenciosa, quieta, pero en la que se puede sentir un rumor reverberante que esconde más allá de sí misma. La noche a mi derecha parece anclada a una madrugada que no debiera terminar nunca. A mi izquierda, la puerta cerrada empequeñece y se funde con la pared, el muro. Y yo me deshago en mis recuerdos como si fuera posible, por medio de su concatenación, hallar una solución, una excusa, una fe para proseguir, para perderse... Ahora que se me obliga.

La hoja en blanco: nunca probé droga más dura y decisiva. La miro, como un claro de luna sin luna en la noche, como un claro de vacío... en el abismo; eso es, qué metáfora tan ajustada y veraz: la hoja en blanco como un claro de vacío en el abismo.

Madrugada profunda.
Debo llegar al final.
Mi viaje a Constanza.

Lo más doloroso fue comunicarle mi decisión a Sonia. A pesar de lo que había ocurrido entre nosotros últimamente, ella no se esperaba en absoluto que la dejara. Pero lo hice, la dejé; no tuve más remedio. Aguardé sentado en el comedor. No sé qué cantidad de tiempo permanecí allí a oscuras, esperando su llegada, con el único motivo de abandonarla, de decirle que me iba, coger mis pocas cosas… y marcharme.

Cuando entró y me vio a oscuras, encendió la luz sin decir palabra; había aprendido a no sorprenderse por ese tipo de cosas. Deslumbrado, la contemplé con detenimiento; cada detalle de su indumentaria, de su figura. Como siempre, la encontré esplendorosa: elegante, bella, magnífica. La melena lacia y negra, sus ojos escrutadores, la perfilada boca sensual, la risa a medio camino, su silueta perfecta, la ropa que tan bien le sentaba y que siempre llevaba con una peculiar naturalidad: elegancia innata de su porte.

El corazón me dio un vuelco. El llanto se coagulaba estrangulado tras los párpados.

—Hola, Sonia. Siéntate, por favor. Tengo que decirte una cosa importante.

Y se la dije: una cosa importantísima. Ella escuchaba a mi lado, impertérrita. Le dije que tenía que irme; que no deseaba continuar con la relación. Que el problema era mío, la culpa o lo que sea que uno deba reconocer para acarrear con toda la responsabilidad de una ruptura. Que no era feliz, que necesitaba encontrarle un nuevo sentido a la vida lejos de mi mundo actual, porque éste me estaba llevando a la perdición. Que no era feliz.

—No soy feliz, Sonia. No soy feliz viviendo aquí, contigo, en esta vida.

En tanto que descargaba sobre ella, ordenada y lentamente, las razones por las cuales me iba de casa, del país, su rostro se fue crispando. La belleza aristocrática de su cara alcanzó cotas que me hicieron temblar: los ojos brillantes, los labios fruncidos, las cejas tensas. Nunca vi nadie tan hermoso.

—Es curioso que, en los últimos meses, lo único que hayas sabido comunicarme de una forma clara y racional sea esto: que me dejas.

Justo después de pronunciar esta frase se puso a llorar. Mi llanto se cortaba las venas detrás de mis párpados, detrás de mi vida, oculto tras un telón invisible a través del cual no se podía ver nada. Me desmoronaba por dentro. Sin embargo, fuera, mi presencia era fría como un témpano de hielo; mi rostro, impasible.

Sonia me insultó. Me dijo que cómo podía hacerle eso después de lo que ella había aguantado por mí. Entre sollozos y con una voz ahogada por las lágrimas, me gritaba:

—He soportado tus escapadas de madrugada, tus regresos a las seis de mañana apestando a alcohol, todas tus malditas manías. Me he esforzado en comprender y asumir tus rarezas, tus incontrolados accesos de enajenación en los que era imposible razonar contigo. He dejado que me hicieras cosas en la cama que no le he permitido a nadie. —Se atragantaba de llanto y dolor—. ¿Cómo puedes abandonarme después de eso?, de lo que me he esforzado por ti para gustarte, para no mandarte a la mierda cada vez que te ibas de casa a las tres de la mañana vete a saber dónde a emborracharte. He aguantado días enteros sin verte porque te encerrabas a escribir toda la puta noche. Todo eso sin decirte nada, sin quejarme una sola vez, sin pedirte explicaciones de ningún tipo.

—Yo nunca te he pedido ese esfuerzo… —le contesté.

Llanto. El llanto. El dolor. La tristeza… El tiempo lento, arrastrándose lento por el lodo del llanto, el dolor, la tristeza… ¿Cuánto hace de eso?

—Mira, Jan. Vete. Vete a donde quieras. Pero puedes estar seguro de que nadie va a aguantarte lo que yo he aguantado de ti… ni te va a querer tanto.

—No estoy buscando a nadie.

Silencio. Tiempo. Hasta que cogí mis cosas y me fui definitivamente.

—Si te vas ahora, no vuelvas nunca, ¿me oyes? Espero que tengas lo que hay que tener para no volver nunca a buscarme.

Adiós, Sonia; adiós.

Me instalé un par de días en un hotel a la espera del vuelo que me llevaría a Rumanía. Lo único que me quedaba por hacer en esta absurda y decrépita ciudad era despedirme de Melissa. Ella era la única persona que me apetecía ver antes de marcharme, y a la que deseaba explicarle los motivos de mi partida. A Antonio Heredia le envié un escueto correo electrónico donde le precisaba que había decidido hacerle caso e investigar a fondo la obra de Mičir. A Burruaga y a Swartz no les dije nada. Nada de nada. Y no existía nadie más en quien mereciera la pena detenerse.

Cité a Melissa en el bar de siempre la noche anterior a mi marcha. Nada más verla aparecer por la puerta, rodeada de sus extravagantes rizos y buscándome con la mirada como quien otea el infinito desde detrás de los mundos posibles, supe que iba a echarla de menos. Su sola presencia, sus ganas, su luz, sus sorpresas. ¿Qué clase de mensajera era Melissa?

Se sentó, pedimos nuestras bebidas habituales y se lo conté todo, sin ambages, tal como lo sentía y lo había vivido. Que lo dejaba todo; que dejaba la escritura porque me estaba conduciendo inexorablemente al delito, a la locura o al suicidio. Que dejaba mi carrera literaria y mi trabajo. Que había dejado a Sonia porque no podía vivirla. Que me iba a Constanza a investigar la vida y el resto de la obra de Miroslav Mičir; que, de hecho, iba a dedicar mi vida, en exclusiva, a conocer quién fue, y qué hizo Miroslav Mičir. Y que, a pesar de todo, había acabado de escribir una obra tremenda llamada *Amanéceme*. Mi obra cumbre.

Los gestos y las expresiones de Melissa mientras yo volcaba en ella mis confesiones eran indescifrables. Variaban de la suprema atención a la tristeza, del entusiasmo al estremecimiento, con una facilidad y con tal intensidad que me desbordaban hasta el punto de no tener ni idea de lo que pasaba por su cabeza.

De repente, una exigua lágrima cayó por su mejilla y se perdió en los restos de una de las sonrisas más tiernas que he contemplado jamás.

—Yo también te echaré mucho de menos, Jan; pero está claro que es lo que debes hacer. Acabas de dejarme un poco huérfana.

Reímos sin demasiadas ganas de reír. A continuación, extraje de la pequeña mochila que llevaba encima mi novela impresa y encuadernada y la puse encima de la mesa.

—Esto es para ti.

Su cara se iluminó como la de una niña frente a un montón de paquetes bajo el árbol de Navidad. Cogió el libro y lo abrazó, y me miró a los ojos agradeciendo mi detalle con la mirada sin necesidad de abrir la boca.

—Alargaré esta lectura hasta el infinito. Y sé perfectamente de lo que hablo.

Los siguientes minutos transcurrieron con cierta torpeza, presos por la magnitud de lo que acababa de comunicarle y por la certeza de que no nos volveríamos a ver, como mínimo, en mucho tiempo. Durante ese intervalo traté de comunicarle la grandeza, el peligro y la trascendencia que encerraba *Amanéceme*, le dije que no tenía intención de leerla nunca más, por puro temor a lo que pudiera provocarme. Y ella respondió excitada ante su inminente lectura.

—Tú me has cambiado la vida. Eso es algo que te agradeceré siempre. Me has abierto los sentidos a nuevas experiencias. Has logrado que viera cosas en el mundo que antes me pasaban desapercibidas. Respiro mucho mejor desde que te leo; de una manera que duele, debo reconocerlo, pero que me hace más grande, que provoca que vivir me merezca más la pena, y ahora no pienso detenerme. Me arrojaré a *Amanéceme* sin defensas, sin precauciones, como quien salta desde un acantilado sin llegar a ver el fondo del mar, pero deseando zambullirse en él… Eso es lo que haré, no te quepa duda.

Como siempre que me decía algo similar, me quedé sin palabras, con una boba sonrisa dibujada en la cara, disimulando mi estupor tras un sorbo de vodka.

Poco a poco, el ritmo de nuestra conversación y de nuestros gestos adquirió la cadencia habitual en nosotros. Como si hubiéramos olvidado que íbamos a separarnos quizá para siempre, proseguimos una charla intensa, entregada. Volvimos a reír como solíamos hacer, desenfadados, sin rubor de lo que pudieran pensar en las mesas contiguas.

—Últimamente no paro de darle vueltas a lo que me ha estado sucediendo —me dijo—. Debo confesarte que mi encuentro con Mar ha despertado en mí como nunca…, bueno, como en mi adolescencia, el recuerdo de mi hermana Isolda. Vuelve a aparecérseme en sueños… de forma fugaz; me acuna, me habla y, sobre todo, me sonríe. Me sonríe abiertamente, con una tranquilidad que me calma de un modo que incluso me asusta y hace que piense que los conceptos de la vida y la muerte son una tontería, que no significan nada. Y me dejo llevar por esa sonrisa, en esos sueños, hacia una profundidad en la que no existen ni la vida ni la muerte… Y cuando despierto, tanta calma me asusta. Al sentir tal sosiego pienso que voy a desaparecer y no puedo evitar asustarme. ¿Crees que tiene sentido?

—Pienso que sí, Melissa. Creo que tiene mucho sentido lo que dices. La realidad no nos permite disfrutar de esa irracionalidad tan hermosa.

Melissa sonrió.

—¿Sabes? Compré uno de los cuadros de Mar. Bueno, casi me lo regaló, con la rebaja que me hizo. Es tan encantadora esa chica, en serio, tienes que conocerla. —Nos quedamos callados—. Lo tengo colgado en el salón. Es uno de los que te describí: *A una caricia (imposible) de ti*. El de las gemelas que tratan de tocarse: una hermosa, desde un cielo verde azulado de esferas imposibles, con una mano preciosa; y la otra desde un desolado páramo, con muñones…

—Sí, lo recuerdo.

—Cada día lo miro embobada, hasta que se me nubla la vista, hasta ver cómo se mueven y se tocan y se funden los cuerpos. Hasta lograr ver a Isolda en el cuadro… —Cuando Melissa se expresaba de esa manera, su cuerpo entero comunicaba pequeñas trizas de emoción, su mirada, su voz, su boca, sus manos, el movimiento de sus brazos en el aire, las flexiones de su cuello—. No puedo dejar de pensar en las conexiones que unen una cosa con otra, Jan. —Yo no dejaba de mirarla, de sorber sus frases. ¿Qué clase de mensajera…?—. Ya sé que ahora te vas, pero creo que incluso este viaje tiene un sentido en esta encrucijada. Primero, tus poemas, lo que descubrirlos supuso en mí; luego la forma en que te conocí, tan… «azarosa». —Sonrió y agachó la mirada—. Después, la similitud entre tus poemas y los de Miroslav Mičir y que, tras conocerme a mí, tu vida haya dado este vuelco al obsesionarte de este modo por él. Más tarde, Mar; que Mar supiera de ti, que hubiera expuesto en la galería de tu novia. Que sus cuadros despierten en mí el recuerdo de Isolda, otra vez, de esta persistente manera tras años de sentirlo de forma espaciada. De nuevo siento cómo urde en mí según qué caminos: el tuyo, sin ir más lejos. —Negó con la cabeza—. Creo que hay una razón para que te vayas a Constanza, y creo que ese motivo está relacionado con algo más, con alguna otra cosa que no sé lo que es. Estoy convencida de que estas conexiones, estas coincidencias, no son aleatorias. Todo tiene un sentido que todavía se me escapa, pero que tarde o temprano verá la luz.

Melissa, mensajera de… ¿Qué clase de mensajera fuiste, tú que te cruzaste en mi camino?

—Quién sabe, Melissa. Quién sabe nada.

Qué iba a saber yo, que huía de mi casa, de mí, de mis inclinaciones destructivas… hacia otra vida, hacia otro ser que corriera con toda la carga, que suplantara mis ansias, que llevara a cabo, desde el pasado, lo que yo no había tenido valor de perpetrar en el presente: igual que el padre que espera ver cumplidos sus sueños en su hijo pero con un desconocido que vivió cien años atrás: Miroslav Mičir.

Quedamos absortos, nuevamente en silencio. Era ya muy tarde; la hora de la despedida final se aproximaba, ambos lo sabíamos. No dejábamos de mirarnos, dentro de nosotros, allende las direcciones.

—Estoy dibujando algo…

Melissa volvió a hablar, con su voz de susurros ardientes, su sonrisa dislocada.

—Cuéntame.

—Algo en lo que pinto —me dijo, enseñándome las manos, las palmas, las puntas de los dedos manchadas de azul, un poco de verde, una pizca de rojo. Hasta entonces pensaba que eran los reflejos de la luz del local, o el de los sueños de ella o de mi imaginación descentrada—. Estoy pintando dibujos, colores…,, un paisaje desconocido. Es una especie de autorretrato en el que aparece Isolda en lugar de yo y…

—¿Y?

—Y también tú… sin estar, pero también *estás* tú ahí. No sé si en el paisaje o en la propia textura de los colores. O en la mirada de Isolda… Pero tú también estás presente, ignífugo, en el cuadro.

Me ruboricé. Temblé por dentro y le dije que era un honor, pero casi sin darme tiempo a decirlo, ella me tapó la boca con su mano manchada de azul, de verde y un poco de rojo, y acabó por acariciarme la mejilla y el mentón, rozándolos tan sólo, con un gesto intangible que, sin desaparecer, hacía que mi cara desapareciera.

Ella volvió a sonreír. Sus manos estaban de nuevo sobre la mesa. El bar, en otra parte. Yo, sin ser, estaba en Constanza: si hubiera estado en algún lugar, estaba ya en Constanza. Significara lo que demonios significara Constanza, estaba allí ya, aunque mirase fijamente los ojos verdes y rasgados de Melissa.

—Me encantaría ver ese cuadro cuando esté terminado.

—Lo fotografiaré y te lo enviaré, a tamaño natural.

Esa frase me indujo a prometerle que le escribiría para darle mis datos en cuanto me instalara en Constanza. Ella me contestó entusiasmada que, si me parecía bien, podríamos cartearnos, a la vieja usanza, que a ella le encantaba escribir cartas, y que aguardaría las mías con anhelo.

—No dejes de contarme tus progresos con Mičir. Yo también quiero saberlo todo de él —dijo, guiñándome el ojo—. Me lo debes.

—Por supuesto que sí. Así lo haré.

Nos levantamos, hicimos chocar nuestros cuerpos torpes al intentar pagar la cuenta en la barra, abrumados por la inminente despedida, por no saber cómo concluir esa charla, esos meses de intimidades compartidas.

Salimos a la calle y, sin ver cómo los edificios, el ruido y las personas dañaban a la noche, nos miramos y juntamos al unísono nuestros cuerpos en un abrazo permanente. Una sola silueta recortada en las sombras de la madrugada, solitaria… y asustada.

Sin más, nos separamos y la besé en la frente. Mudos. Nos rozamos los dedos e iniciamos cada uno nuestro camino. Melissa, antes de girarse definitivamente, me llamó.

—Jan, no olvides una cosa… La locura está dentro de nosotros. —Me sonrió ¡tanto!, con tanto desprendimiento e incondicionalidad—. No podemos huir de nuestra locura. Está dentro de nosotros, como el corazón, el hígado y los intestinos. Vete a Constanza, deja de escribir, pero no podrás huir de la locura. La locura, tú me lo has enseñado, Jan, está dentro de nosotros, de personas como tú y como yo.

Me lanzó un beso con la mano, se giró y desapareció. Y desaparecí. En mi lugar, un temblor tiritó donde la epidermis de la madrugada se repliega.

Al día siguiente, partí a Constanza, Rumanía.

SEGUNDA PARTE

UNGRÍA EN CONSTANZA

7

Constanza. Nada más aterrizar en el aeropuerto y deambular por sus primeras calles, respirar su aire, tuve la impresión de haber dejado un mundo atrás. El trayecto en avión lo pasé leyendo, sin darme la oportunidad de detenerme a pensar, a sufrir. Y cuando llegué y miré a mi alrededor, creí haber puesto de por medio eones de tiempo y distancia. Me había ido: de la ciudad, de la casa, de mi escritura, de mí... Me había marchado. Y estar allí, en Constanza, fue de golpe como no haber estado en ningún otro sitio con antelación, como no haber sido nadie nunca, pese a la cantidad de recuerdos y obsesiones que conservaba en la cabeza.

Los primeros días de mi estancia los dediqué a pasear. Alquilé una pequeña buhardilla situada en un discreto edificio de piedra del barrio judío, muy adecuado para mi situación, y deambulé día y noche por las intrincadas callejuelas del casco antiguo y las avenidas del centro, con sus parques y sus museos. Me sorprendí de lo mucho que había aprendido de la lengua rumana al comprobar que, aunque con cierta dificultad, eso sí, me podía entender bastante bien con los autóctonos. En cualquier caso, siempre podía echar mano del inglés, así que no tuve graves problemas de comunicación, y mi adaptación al país fue bastante rápida. Calculé que con el dinero que tenía ahorrado podría vivir durante un año. Había ganado lo suficiente con los derechos de autor de mis dos novelas y con los artículos semanales para *Alter Eria* como para poder estar tranquilo durante ese tiempo. Además, Burruaga tenía que pagarme mis tres últimos artículos y *Tiempos difíciles* todavía me proporcionaba algún que otro ingreso mensual. En cualquier caso, para cuando se me acabara el dinero, sabía que no tendría demasiadas dificultades en encontrar trabajos esporádicos como corrector o como traductor *freelance* para cualquier editorial. La cuestión monetaria era lo que menos me preocupaba en ese momento. Estaba más que acostumbrado a llevar una vida austera en la que, casi, mis únicos gastos extras correspondían a libros y vodka.

Acomodé la buhardilla a mis exiguas necesidades. Una cama grande, una butaca cómoda, una buena estantería donde colocar mis libros y muchos cojines por el suelo. Una ancha claraboya filtraba la luz solar durante la mayor parte del día y, al atardecer, confería a la estancia una tonalidad rojiza y crepuscular que me encantaba. Además ofrecía unas vistas del mar Negro absolutamente espectaculares. Qué más podía pedir.

Me dejé arrullar por ella, por Constanza. Por Constanza o lo que demonios pudiera encarnar esa ciudad. Respiré, oteé su cielo: las extrañas texturas violáceas y anaranjadas que adoptaba durante cada anochecer. Paseé por la mayoría de los rincones de la ciudad, recitándome mentalmente los poemas de Mičir. Sorbía de los cielos versos íntegros de Miroslav, trazaba letras entre las nubes de ese cielo que lo cobijaron y, sobre todo, paseé por sus anchas playas de arena fina. Cuando llegué, era otoño y podía recorrer en silencio a cualquier hora las decenas de metros de la costa sin que los habituales bañistas estivales me importunasen. Escuchaba el rugido de las olas de ese pequeño mar recluido en sí mismo. Me aproximaba a la orilla hasta tocarlo con los dedos: un mar caliente, pese a estar en octubre. Paseaba por las rocas, el puerto... hasta saciarme de aquella ciudad, absorberla, olerla. En apenas ocho días recorrí la mayoría de sus recovecos; no fue difícil puesto que se trata de una ciudad de dimensiones manejables.

Cuando decidí que me había impregnado lo suficiente de ella, de su particular arquitectura medio eslava, medio moldava, de las fragancias marinas del puerto, de sus impetuosos trastornos de luz y color según la hora del día, entonces convine que era el momento para empezar a fondo mi investigación sobre Miroslav Mičir. Visité una a una las librerías que había localizado durante mis paseos y pregunté por sus obras y por posibles publicaciones que hablaran de él. Los libreros me atendieron con la habitual amabilidad y cortesía de aquellas gentes (supongo que ver a un extranjero intentando comunicarse en su idioma facilitaba la tarea), y entre unos y otros conseguí recopilar los tres poemarios que me quedaban por leer y una edición en la lengua original de cada uno de los libros que me prestara el profesor Heredia. De modo que, según la investigación del profesor y mis propias indagaciones previas, sólo me quedaban por localizar los dos ensayos que completaban la trilogía a la que pertenecía *Elogio de la risa* y la biografía escrita por el tal Vladimir Seifert, que aparecía como referencia en el artículo de George Bataille. No era raro que, en sus treinta años de vida, no hubiera escrito más que esos seis poemarios, tres ensayos y una novela. De todas formas, si estaba allí era para saber si existía alguna otra obra escrita por sus manos, y una simple visita a las librerías de la ciudad no era, ni mucho menos, lo único que tenía pensado hacer para averiguarlo.

Decidí permanecer en mi buhardilla y disfrutar de mis nuevas tres adquisiciones. Me acomodé en la butaca, saqué la botella de vodka rumano de la nevera y empecé a manosear los tres ejemplares. Dos estaban escritos en rumano, y el otro, en checo. Me pregunté qué motivo debía llevarle a escribir indistintamente en una lengua u otra. Qué razones ocultas tendría para decantarse por un idioma u otro. Traduje sin dificultad los títulos de los dos volúmenes rumanos: *Conversaciones en el desierto de tu voz* y *El dilema de la noche*. Sin embargo, descifrar el del ejemplar checo me llevó un poco más de tiempo. Eché mano de mi diccionario y acabé por determinar que venía a decir algo así como: «Memorias sin recuerdos» o «Diario sin recuerdos» o «Diario sin pensamientos». Este poemario me produjo una curiosidad inmediata, no sólo por su título, sino también por tratarse del último de los libros que había escrito. Según la sobrecubierta databa de 1904, el año antes de su muerte. Por desgracia, una simple hojeada me sirvió para constatar que mi nivel de checo era insuficiente para leerlo y, por el momento, tuve que dejarlo a un lado.

Conversaciones en el desierto de tu voz estaba escrito en 1894 y se trataba del primero de sus libros publicados, cuando Mičir sólo contaba con dieciocho o diecinueve años. Nada más abrirlo, me sorprendió la fotografía suya de la portadilla. Era curioso, pero hasta entonces no se me había ocurrido buscar una fotografía de Miroslav Mičir en Internet y ver qué aspecto tenía. Me sorprendí de esa particularidad casi tanto como impactado quedé al ver su rostro. Lo primero que constaté fue que la imagen proyectada en esa fotografía en nada recordaba a otras que hubiera podido ver de la época. Su pelo caía hacia los lados en desgreñados mechones aparentemente castaños, mucho más largo de lo que resultaba habitual según la moda y las costumbres del momento. Sus facciones aguileñas resaltaban en una faz delgada, con los huesos de los pómulos muy marcados, y la barbilla y las mejillas cubiertas por una tenue barba. No obstante, lo que más destacaba de ese rostro eran sus ojos y su boca, enormes, mucho más de lo que esa cara afilada parecía poder contener. Los ojos, oscuros; y los labios, carnosos. La mirada, decantada hacia un lado, evitaba mirar al objetivo. Si no fuera por la textura de la imagen, propia de las cámaras de la época, la persona que aparecía en la fotografía hubiera podido pasar, sin duda, por alguien de nuestra época.

Estuve contemplándolo durante un tiempo inestimable, sin poder apartar la vista de su cara, su gesto, la mirada perdida: ese rostro joven y cansado (la foto era de 1898, por tanto tenía veintidós o veintitrés años en el momento de la instantánea), abatido y a la vez luminoso, rebosante de algo que no se alcanzaba a vislumbrar, pero también vacío, insondablemente vacío.

Al día siguiente, encargué que me hicieran una fotocopia ampliada de la fotografía y la coloqué en una de las paredes de la buhardilla; así que me encontraba allí con él, compartía mi vivienda con Miroslav Mičir. Nos mirábamos cada día, charlábamos... ¡No! Estoy volviendo a descentrarme, a acelerarme, a pensar con demasiada urgencia. Debo sosegar mi ritmo, hilar los capítulos con pericia, atar los nexos convenientemente y trazar el camino adecuado, transitarlo como debo para poder llegar hasta el final con la pertinente información recopilada y digerida. Y entonces poder..., ¿poder qué? (La hoja en blanco grita, mis dedos se inflaman. Sudo). Debo sosegar mi ritmo. Lo he estado haciendo muy bien hasta ahora, he adoptado un compás preciso, una cadencia adecuada. Los hechos se describen en orden y tal como sucedieron; debo narrármelos así, con calma, para entenderlos, para saber qué fue de mí, qué ha venido siendo, en qué lugar me hallo. Eso es. Constanza. Tras decidir dejar de escribir por miedo a arrojarme a los brazos del crimen, la locura o el suicidio, dejé también todo lo demás: a mi querida Sonia (pobrecita mía, pobre Sonia…), mi carrera, mi país, mi trabajo, para ir a Constanza, Rumanía, a por Miroslav Mičir. Eso es.

Y allí estaba, en mi buhardilla, sentado en una butaca a la luz del cielo-infierno rumano que arrancaba la claraboya de lo alto. Con mi botella de vodka y un vasito con hielo a un lado, a punto de leer, en rumano, *Conversaciones en el desierto de tu voz*, el primer poemario de Mičir.

Sesenta y nueve poemas, ciento trece páginas de poesía de clara influencia romántica. Aún no se vislumbraba al gran Mičir de los libros posteriores, pero sí se vaticinaba su grandeza, la fuerza impactante de sus metáforas, el abrigo asfixiante de su ritmo. Un libro en el que se había dejado llevar, quizás en demasía, por sus sentimientos aún adolescentes y por una clara afectación romántica, y en el que dijo más de lo que debiera (con más palabras). Pero, en definitiva, un gran libro, una extraordinaria ópera prima. Aquella noche me quedé prendado de una de sus estrofas, y con ella, en equilibrio sobre sus letras, su nana, me tumbé en el colchón y descorché un sueño alcohólico que me condujo hasta la aurora. Unos encantadores versos que decían:

> *Soy un náufrago en este mar de derrotas*
> *Y tú…*
> *Soy un náufrago…*
> *Y tú deberías haber sido una isla.*

Durante unos días, me dediqué en exclusiva a la lectura de ese ejemplar, reservando *El dilema de la noche* para cuando hubiera acabado de impregnarme por completo de cada tropo, de cada giro, de cada pálpito de aquel primer poemario. Tenía todo el tiempo del mundo. Ésa era la mayor certeza (la única, probablemente) que me acompañaba en esos días: no tenía más objetivo que permanecer en Constanza y zambullirme en la obra y en la vida de Miroslav Mičir; conocer si, a la postre, traspasó los límites que yo no me había atrevido a transgredir. Y para ello tenía la vida entera por delante. Por tanto, me dediqué con calma a la lectura y la relectura de *Conversaciones en el desierto de tu voz*, así como de sus otros libros, a recitarlos hasta que, sin darme cuenta, los aprendí de memoria. El tránsito de mis pensamientos en mi cerebro estaba cohesionado por sus versos, su sentido, de modo que éstos iban sustituyendo a mis propias reflexiones, a los restos de mi escritura en mi mente; con lo cual, me salvaban de la tentación de volver a escribir y caer en el peligro que con ello se activaba. Esta suplantación me libraba de mí, de las ansias de mí, de la expansión más allá de mis fronteras, y me calmaba. Me eximía de la responsabilidad de llevarme a cabo, puesto que Mičir lo hacía por mí (ya lo había hecho todo por mí).

Debo confesar, sin embargo, que hubo momentos en los que sentí el rugido de la escritura en la yema de los dedos. Principalmente después de leer *El dilema de la noche*. Un libro exquisito en su forma, elegante y grácil como el vuelo de un águila en medio del cielo. Compuesto con un lenguaje que se desmenuza en la boca, que deja impreso su sabor en el paladar de la conciencia durante horas. Una delicia sonora cuya delicadeza semeja a esos minuciosos barquitos en el interior de minúsculas botellas de vidrio. Las letras que lo forjan son como un ejército de soldaditos de cristal cincelados al milímetro por una mano experta y que, pese a su aparente fragilidad, resultan irrompibles. Un libro que no se acaba nunca, infinito, porque nada dice. Nada que sea comprobable, que lleve a ninguna parte. Sólo al disfrute. Y fue tras leer esa joya cuando mis dedos se agitaron estremecidos en busca de papel y *pluma*. Centenares de combinaciones sintácticas y semánticas se agolpaban en mi mente buscando una salida. No obstante, supe contenerme. Hice acopio de valor, me tumbé en la butaca orientada a la claraboya y, contemplando la inmensidad del mar Negro enrojecido, me tragué las palabras como quien traga flema caliente para que le recorra la garganta. Embutí las manos en mis bolsillos y dejé que se hiciera de noche recitando versos, bebiendo vodka…

Cuando me sacié hasta el extremo de aquellos libros y los hube exprimido cuanto pude, decidí pasar a la siguiente fase de mi investigación. Realicé una segunda batida por las librerías que ya conocía y luego me arrojé a las calles de la ciudad en busca de algún escondrijo que pudiera habérseme pasado por alto. En cualquier lugar podría ocultarse alguna destartalada librería de viejo o un almacén de objetos de segunda mano donde, casualmente, se hallara alguno de los libros descatalogados. En especial estaba al acecho de *Tanatografía de nadie,* de Vladimir Seifert, en el que esperaba encontrar los secretos de su existencia y, por consiguiente, de la mía.

Aquellos seis días de búsqueda implacable resultaron un auténtico fracaso. Anduve más horas que en toda mi vida, desde primera hora de la mañana hasta que cerraban los establecimientos, y lo único que extraje de aquello fueron unas desagradables ampollas que masacraron las plantas de mis pies. Eso y la localización de varias tabernas de aspecto medieval, confinadas en una estrecha calle del este de Constanza, donde acabé cada noche y bebí el mejor vodka que he probado nunca. En especial, me enamoré de una pequeña taberna llamada Dorinta. Toda ella estaba construida con tablones de madera que crujían al caminar sobre su superficie. Las camareras y el dueño iban ataviados con las típicas indumentarias eslavas de los siglos XIII y XIV y siempre sonreían. En un rincón, un grupo de músicos gitanos solía amenizar las madrugadas con viejas melodías folclóricas tocadas con panderetas y acordeones. Ellas, vestidas con los típicos trajes blancos y rojos de vuelo, el pelo encrespado y llenas a rebosar de diferentes tipos de bisutería; ellos, con pantalones y camisas de algodón y diademas en el pelo. Nada más entrar allí, una atmósfera de sobrecogimiento me sometía; era como atravesar las puertas del tiempo. De repente, pasaba a formar parte de un lugar donde el tiempo dejaba de transcurrir y, vodka tras vodka, esa impresión se acentuaba hasta hacerme perder por completo la noción de que el mundo exterior existía, de que el siglo XXI discurría por las venas de todos nosotros.

La última noche de esos seis días de búsqueda infructuosa, un hombre de rostro apacible que rondaría la cincuentena se sentó a mi lado y me dio conversación. Se esforzó en hablarme en inglés, pero yo enseguida le contesté en rumano, envalentonado por los vasos de vodka que había trasegado. Giorgio, así me dijo que se llamaba, se puso loco de contento al ver que un extranjero le hablaba en su idioma, me invitó a un par de copas y me habló de la historia de la ciudad: la guerra de independencia rumana, la invasión nazi y cosas por el estilo. Yo le conté que era periodista y que pensaba quedarme una buena temporada.

—¿Estás investigando sobre las costumbres de ocio de Constanza, o sobre nuestro vodka? —dijo, riendo con ganas—. Te he visto cada noche por aquí en los últimos días. En realidad, ésa es la razón por la que me he acercado a ti. Sentía curiosidad.

Acepté de buen grado su humor y le respondí, con sinceridad, que estaba investigando la vida y obra de un autor rumano del siglo xix: Miroslav Mičir.

—No te puedo ayudar con eso. Tan sólo soy un pobre e inculto pescador, y en mi vida he escuchado hablar de ese tal Mičir. Pero si hay alguien en Constanza que puede saber algo al respecto, ése es Gica, el bibliotecario.

Presté atención de inmediato a las palabras de Giorgio.

—Todos por aquí lo conocemos —continuó el hombre—. Tiene cerca de ochenta años y lleva al frente de la biblioteca desde que yo era un crío. No es que la haya visitado mucho, creo que habré entrado en ella un par de veces en mi vida, pero Gica es un hombre que se ha hecho querer y respetar por sus conciudadanos. Siempre tiene buenas palabras para quien se le acerca. Con el tiempo, se convirtió en algo así como un cura laico para los chicos de mi generación. Cuando teníamos algún problema, antes que acudir a nuestros padres íbamos a visitarlo a él; siempre nos recibía con una sonrisa y, lo que es más importante, con un buen consejo. En fin, no te voy a aburrir con historias de mi juventud. La cuestión es que hasta los personajes más afamados y cultos de nuestra ciudad lo consideran un hombre sabio. De modo que si hay algo que desees saber sobre libros, arte y esas cosas, máxime si se trata de autores locales, ten por seguro que él tendrá una respuesta para ti. Y si no la tiene él, no la tendrá nadie —concluyó.

La biblioteca municipal, de hecho, era el siguiente objetivo que tenía marcado en mi agenda. Sin embargo, esta información me proporcionó el modo de acceder a la mejor de las fuentes evitando la farragosa búsqueda por los archivos del edificio. Giorgio me indicó la hora más adecuada para encontrar al bibliotecario en su despacho e insistió en que le dijera que iba de su parte, para facilitarme las cosas.

A la hora convenida, al día siguiente, me dirigí hacia la biblioteca envuelto en un excitante halo de expectación. Gica resultó ser exactamente el tipo de hombre solícito y encantador que me había descrito Giorgio. En cuanto le dije mi nombre, enarcó las cejas y me aseguró que era un honor que un escritor de mi categoría pisara su humilde biblioteca; cosa que no dejó de sorprenderme. Enseguida cambió de idioma y se puso a hablar en español, lengua que, por cierto, dominaba con mucha más fluidez que yo el rumano o el inglés. Antes de que me diera tiempo a preguntarle nada, me cogió del brazo y me llevó a dar un paseo por la biblioteca, mostrándome cada uno de los pasillos, pisos y salas. Para alguien como yo, dedicado a la literatura, aquello constituía un auténtico privilegio. Poder ver incunables de los siglos XII, XIII y XIV, primeras ediciones de obras de Kafka, Dostoievski y Goethe... no tenía precio. Además, contemplar la arquitectura gótica de aquel edificio y moverse por sus entrañas constituía un placer sin igual. Si a eso le sumamos los eruditos comentarios y las explicaciones de Gica, se entiende que me sintiera colmado. No tardé en imaginar que el propio Miroslav tuvo que haber paseado por esas instalaciones en algún momento de su vida, más de cien años antes. Y no pude reprimir un escalofrío.

Al cabo de una hora, Gica me llevó a su despacho. Mientras lo seguía, no pude dejar de sorprenderme por la agilidad con la que un hombre de su edad se movía por entre los vericuetos del edificio y me transportaba de un sitio a otro. Se trataba de un tipo alto, más que yo, y sumamente delgado, completamente calvo y con una cara sorprendentemente infantil. Si hay algo que me llamó la atención en mis primeras semanas en Rumanía, creo que ya lo he mencionado, fue la afabilidad de los rostros de su gente, la amabilidad innata que demostraban. Y Gica no era una excepción, más bien al contrario. Su sonrisa invitaba a cualquier tipo de confesión, y el brillo incesante en sus ojos, fulgurando entre las arrugas de los párpados, llevaba impresa la promesa de muchos años más de vida.

—Ahora, sí, amigo Ungría. Cuénteme. ¿De qué quiere hablarme? —dijo mientras me invitaba a tomar asiento.

En cuanto pronuncié el nombre de Miroslav Mičir, su rostro cambió radicalmente de expresión. En aquel momento no supe adivinar si lo que denotaba su rictus era entusiasmo, duda o melancolía; pero lo cierto es que me atendió con total escrúpulo, asintió a cada una de mis frases y daba la sensación de reflexionar ante cualquiera de mis comentarios. Le conté lo fundamental, que estaba cautivado por su personalidad y su obra y que había viajado a Constanza con el único propósito de investigar todo aquello que tuviera relación con ese gran autor. Por supuesto, obvié comentarle las otras razones existenciales que me dominaban.

—Miroslav Mičir… —acabó pronunciando Gica, al cabo de unos segundos, con su hipnótico acento rumano—. Hacía mucho tiempo que nadie me preguntaba por él. En mi opinión, junto con Ionesco y Cioran, el escritor más grande que ha dado nuestro país, y si no hubiera muerto tan joven, seguramente uno de los más grandes de Europa. —Gica adoptó un tono melódico, el mismo que había utilizado mientras me explicaba las particularidades especialmente destacadas de la biblioteca, y al que muy pronto me acostumbré, como quien se sienta en la margen de un río y se deja arrullar por el murmullo de su cauce—. Sin embargo, ha caído casi en el olvido. Si tenemos en cuenta que hablamos de un país como Rumanía, cuyos genios brillan por su ausencia, la injusticia cometida, la infamia, es todavía mayor. No sabe cuánto me alegra que un escritor extranjero se interese por la obra de este genio maldito. —Se detuvo para sonreírme y prosiguió—: Voy a contarle todo lo que sé de él, que por desgracia no es mucho, y cuando acabe, le dejaré el único libro de los que dispongo que usted aún no posee. Pero le puedo asegurar que quedará satisfecho con creces.

—Estoy convencido de ello. Muchas gracias, Gica.

El anciano me habló de las dificultades a las que se enfrentó Mičir para publicar en su época. Me contó que de la mayoría de sus obras apenas se realizaron un par de centenares de copias, y que algunas de ellas, como los dos ensayos que me faltaban de la trilogía, fueron censuradas y requisadas.

—Así era la Rumanía de finales del XIX. En fin, Rumanía y el resto de Europa. De esos dos ensayos, *La infinitud kinestésica* y *La materia del sonido,* no se ha conservado copia alguna, ni conozco a nadie que los haya leído. Una auténtica lástima porque *Elogio de la risa*, como bien ha tenido la ocasión de comprobar, es una auténtica maravilla y prometía prolongar su sentido crítico y brillante en los otros dos. Sin embargo existe otra novela, escrita dos años después de *El hombre que dejó de ser un hombre*, es decir, en 1903; una novela que usted no ha mencionado y que, pese a que yo no dispongo de ningún ejemplar, sí que tuve la suerte de leer en mi juventud. —Se notaba que Gica disfrutaba con la conversación—. Durante los años cincuenta, a raíz del artículo de George Bataille en su libro *La literatura como lujo* y, sobre todo, del ímpetu de una nueva generación de poetas rumanos de vanguardia llamada Convulsie, se vivieron unos años de recuperación y reivindicación de su figura. En esa época se reimprimieron varias de sus obras y se distribuyeron de una forma competente. Las traducciones que usted maneja son todas de aquellos años. Por fin, un autor olvidado durante medio siglo comenzaba a ocupar el lugar que merecía en el panteón literario. Es curioso que hubiera pasado desapercibido entre los surrealistas durante los años veinte y treinta, tan dados a reclamar autores marginales como embriones de su movimiento. Pero supongo que no dieron con él. Sólo Bataille, como sabe, llegó a conocer parte de su obra y, como consecuencia de ello, escribió su magnífico artículo. Espoleados por él, esta generación de la que le hablo encumbró a Mičir como padre de la vanguardia rumana, y la llama de su obra se mantuvo viva hasta los años setenta, al menos por aquí. Sin embargo, el hecho de que esta generación no obtuviera demasiado éxito con sus proclamas y que, todo sea dicho, carecieran del talento necesario para pasar a los anales literarios, contribuyó a que su figura volviera a caer en el olvido. Aunque, eso sí, ahora al menos existen obras suyas traducidas a diferentes idiomas.

»En los cincuenta, me hice con un ejemplar de *El hombre que habitó la locura*. Pertenecía a una tirada de doscientos; los poemarios tuvieron más éxito, ya que esa generación estaba conformada sobre todo por poetas, lo que propició que las reimpresiones de sus libros de poesía fueran ostensiblemente más numerosas. Fue en aquellos años cuando me hice cargo de la biblioteca, y en uno de los traslados, no sé cómo, extravié los dos ejemplares que tenía de ese libro (uno mío y otro de la biblioteca). Se lo aseguro, son los dos únicos libros que he perdido en mi larga vida. Aún me duele recordarlo; por mucho que he indagado por los cenáculos más inimaginables, no he vuelto a encontrar otro ejemplar.

—¿Puede hablarme de ese libro, por favor? —le pregunté—. Ya que es imposible que pueda leerlo, me gustaría tener la mayor información posible sobre él.

—Bueno, hace más de cincuenta años que lo leí por última vez… y desgraciadamente, por aquel entonces no realizaba una ficha tan extensa de cada libro que leía como empecé a hacer a posteriori. Apenas conservo unas cuantas anotaciones, aunque durante estos años he mantenido un par de conversaciones sobre él con dos colegas que me ayudaron a refrescar la memoria. Lo más curioso es que los tres recordábamos la trama de una manera sensiblemente distinta; ni siquiera logramos ponernos de acuerdo con el final.
—Cuénteme su versión.
—*El hombre que habitó la locura* recuerda mucho en su forma y su estructura a *El hombre que dejó de ser un hombre*: el mismo distanciamiento del narrador respecto al personaje y el mismo ritmo incesante que, sin que te des cuenta, te traslada de una situación aparentemente idílica a un drama angustioso. La diferencia con respecto a la otra novela, y aquí radica la disparidad de opiniones fundamental con mis dos amigos, es que yo recuerdo un final esperanzador, no tanto un final feliz al uso, pero sí con una puerta abierta de esperanza frente al devenir.
—Continúe.
—Bien, otra de las diferencias notables respecto a su primera novela es la fuerte irracionalidad del texto, principalmente hacia la parte final. *El hombre que dejó de ser un hombre* se caracteriza por seguir un orden bastante estructurado. Sin embargo, la trama de esta segunda novela se va nublando a medida que avanza hasta conformar un caos difícil de discernir. Se cuenta, aunque no hay texto escrito que lo corrobore, que fue en el transcurso de la escritura de esta novela cuando Miroslav Mičir comenzó a perder la cabeza, es decir, el origen de la supuesta enfermedad mental que acabó abocándolo al final de su vida.

—¿Entonces es cierto que acabó enloqueciendo? —inquirí.

—No hay ninguna prueba ni estudios que lo confirmen. Las investigaciones que realizaron los jóvenes del grupo Convulsie nunca fueron demasiado exhaustivas y se centraron en su obra literaria. Como sabe, apenas nadie ha escrito sobre Mičir; aparte del artículo consabido de Bataille, yo sólo lo he visto citado por Louis Aragon en un texto de su vejez en el que se limita a lamentar la desgracia de no haberlo descubierto antes, y nombrado por Mario de Sá-Carneiro en una carta que le escribió a su amigo Fernando Pessoa. En ella instaba a su afamado amigo a leerlo y tildaba a Mičir del más interesante de los poetas que había leído en los últimos años. Aparte de eso y de las típicas referencias en los libros de texto para las escuelas rumanas en las que se dicen tonterías acerca de su obra, las únicas referencias que he obtenido sobre él se deben a conversaciones con otros estudiosos que, a su vez, habían mantenido conversaciones con otros intelectuales mayores que ellos, ya sabe… Y, por supuesto, por su biografía… Pero de eso hablaremos más tarde. Ahora estábamos con *El hombre que habitó la locura*, ¿no es así?

—Sí, es cierto. Prosiga, Gica, por favor.

—Como le iba diciendo, en la parte final de la novela se cruzan distintas voces. A la del narrador y el personaje principal se le suman otras dos: una voz interior del propio personaje, que le habla y constituye el elemento primordial de su locura; y lo más novedoso y radical: una voz que compite con la del narrador, que le hace sombra. Una voz que se aleja del tono frío, taquigráfico e implacable de la del narrador inicial. Esta polifonía a cuatro voces encierra la novela en una atmósfera caótica con la que, imagino, Mičir trataba de ubicarnos en el centro mismo de la locura. Y a buena fe que lo consigue.

La leí más de una vez, y cada vez que lo hacía me prometía a mí mismo no repetir la experiencia.

—Apasionante. ¿Puede contarme un poco más de la trama en sí, por favor? —insistí.

—Eso quizá será lo más complicado... El principio es idéntico a su primera novela. Un hombre joven está instalado en una cómoda y prometedora vida social. Conforme avanza la narración, pequeños detalles, en un principio insignificantes, denotan que algo no funciona de forma correcta en su interior: una taza que acaba de colocar sobre la mesa desaparece cuando regresa del baño, una ventana cerrada resulta estar abierta cuando vuelve a depositar su mirada en ella... Sucesos que paulatinamente dejan de ser considerados meros despistes y que, a lo largo de la narración, constituyen el desarrollo de su patología. En esas circunstancias, llega un punto en que se ve obligado a abandonar el trabajo y la vida en sociedad. Aquí es donde se complica la historia y resulta dificultoso describirla, y más después de tanto tiempo. El protagonista... Por cierto, he olvidado comentárselo, se llama igual que el del otro libro: Andrea Lucescu, ¿no le parece curioso? En fin, Lucescu empieza a distorsionar la realidad, a escuchar esa segunda voz que a lo largo de la narración va cobrando más protagonismo. Sin embargo, cuanto más dominado parece estar por la locura, cuanto más lo trastorna, más vivo se muestra el propio Lucescu, con mayor arrobo encara la vida, más energía fluye de él y mayores pretensiones le asedian, pese al sufrimiento y la angustia. La novela vuelve a dar un giro complejo cuando aparece la segunda voz del narrador. Pareciera como si la locura de Lucescu influyera en la propia narración omnisciente, en la novela, en ese mundo encerrado en el libro. El tejido de caos se hace, a ratos, inenarrable. En ese punto es donde divergían las interpretaciones de mis amigos y la mía. Mientras que uno de ellos recordaba que la trama describe los parámetros de la esquizofrenia desde el punto de vista del protagonista, de modo que la distorsión es producto en exclusiva de la enfermedad, el otro creía ver una duplicación del autor en el personaje, de modo que lo único que hacía Mičir era representar su propia locura en esa segunda voz del narrador.

—¿Y la suya cuál es?

—A mí me parecía que mis amigos se extralimitaban en sus interpretaciones. Quiero decir que en lugar de recordar lo que se desarrolla en la novela en sí, sólo se molestaron en realizar interpretaciones psicológicas del autor, ¿me comprende?

—Creo que sí.

—La trama se entreteje de tal modo que... o se lee o no se lee. —El viejo sonrió—. Creo que es imposible explicarla. Aun así, ya que me lo pide, le expondré mi versión sobre ese final. Desde mi punto de vista, el narrador principal queda suprimido por la segunda voz narrativa (la que aparece cuando Lucescu se adentra en las profundidades de la locura), y el propio Lucescu es sustituido, a su vez, por su voz interior, la que correspondería a su locura. De esta manera, el capítulo final vendría a ser el primero de una nueva narración, esperanzada, donde el narrador es la voz suplente del narrador inicial y Andrea Lucescu pasa a ser sólo la voz de su locura, en un mundo distinto del que habitaban los dos entes originales (el narrador omnisciente y el Andrea Lucescu del inicio de la novela). La novela ha sido sustituida íntegramente por el delirio de la propia novela, dando lugar a *otra* novela... Y se vive como algo esperanzador.

Me quedé sin palabras.

—Extraordinario.

—¿Imagina el disgusto al perder tal obra maestra?

Callé durante unos instantes. Cuando pude recobrarme, le pregunté a Gica por el recuerdo de sus dos colegas sobre el final de libro.

—El primero insistía en que el capítulo final describía el triunfo de la esquizofrenia frente al personaje y la realidad de éste. Y que se trataba de un final trágico en el cual Andrea Lucesu perdía su conciencia y quedaba sometido para siempre a la locura. En realidad, su interpretación no es tan distinta de la mía.

»El segundo aventuraba que el autor cedía ante la locura de su personaje y enloquecía junto a él, en un final ininteligible producto de esa locura que lo abatía.

—Puede que en realidad sólo se trate de tres formas diferentes de interpretar un mismo final, ¿no?, más que de tres recuerdos distintos.

—Sí, puede ser..., pero ¿hay alguna diferencia en ello? —A Gica se le escapó esa sonrisilla suya de bebé. Al cabo de unos segundos, se levantó de su asiento y me invitó a franquear con él una puerta medio escondida en una esquina de su despacho, entre dos enormes estanterías.

—No sabe cuánto lamento que no pueda usted mismo leer esa magnífica novela. —El anciano me conducía por unas escalerillas estrechas hacia una especie de sótano—. Habríamos disfrutado tanto comentándola...

Expresé mi aflicción tal como verdaderamente la sentía mientras seguía los pasos ágiles del bibliotecario por los inseguros peldaños. Unos metros más abajo, abrió otra puerta de madera y nos introdujimos en una amplia sala que me dejó boquiabierto. Se trataba de un inmenso salón con las paredes cubiertas por enormes estanterías que llegaban hasta el techo. Estanterías atestadas de libros ordenados con pulcritud y que se alzaban unos cuatro metros, exactamente la distancia que habíamos descendido por las escaleras. El centro lo ocupaba una ancha mesa de caoba negra rodeada por ocho sillas forradas en terciopelo rojo. El silencio olía a literatura.

—Este lugar es magnífico, Gica.

—Es mi pequeño santuario —dijo el bibliotecario, con un orgullo en la voz incapaz de disimular—. Aquí es donde guardo mis tesoros. Acompáñeme, por favor.

Me condujo hasta uno de los laterales, se encaramó a una escalera móvil y extrajo un volumen. Antes de que descendiera, pude echar un vistazo al nombre de un par de volúmenes de los que inundaban la sala: *El tercer corazón*, de Valentín Hernández y *O espelho imaginario*, de Bernardo Soares.

—Éste es el libro que le voy a prestar. —Abrazado a él, todavía sin entregármelo, bajó de la escalera y continuó su charla—. No se lo tome a mal, pero si no dispusiera de otra copia no me atrevería a ofrecérselo. No deseo que vuelva a ocurrirme jamás la tragedia de perder uno de estos libros irrecuperables.

—Me parece absolutamente lógico.

Al fin, me acercó el ejemplar: un mamotreto de unas mil páginas encuadernado en tapa dura negra. Leí la cubierta como quien se inyecta una dosis mortal de heroína, tal fue mi vahído. *Tanatografía de nadie. Miroslav Mičir (1875-1905)*, por Vladimir Seifert.

—Sentémonos aquí. Quiero comentarle unas cuantas cosas más antes de que se marche.

Nos acomodamos en dos de las aterciopeladas sillas junto a la mesa y me contó que algunas de las cosas que me había explicado sobre Mičir aparecían en ese libro, pero que, en general, se había limitado a relatarme sólo aquello que no pudiera comprobar por mí mismo con su lectura.

—En estas páginas podrá deducir lo que desee acerca de la posible locura o no de nuestro escritor. En ellas no encontrará ninguna certeza al respecto, pero sí muchas claves para formular sus propias hipótesis.

Antes de que prosiguiera, lo interrumpí. La idea de que hubiera alguien que conociera la vida de Mičir hasta el punto de escribir casi mil páginas sobre él me intrigaba. Abría una nueva vía de investigación que tal vez le hubiera pasado por alto a mucha gente.

—¿Qué se sabe del tal Vladimir Seifert? Por el nombre parece checo, ¿no? ¿Qué otras obras ha publicado?

—Ah, amigo Ungría, ya tardaba usted en hacerme esta pregunta. —Gica parecía complacido ante mis cuestiones, ante la conversación en general. De hecho, diría que estaba encantado con mi visita—. En la respuesta a esta pregunta se encierra otra de las claves de este enigmático asunto. De Vladimir Seifert no se sabe nada en absoluto. Sólo unas breves indicaciones en la edición original: su fecha y lugar de nacimiento (21 de junio de 1888, Praga); su profesión (médico y literato); y algunos detalles de carácter menor, como los muchos viajes que realizó, cierto descubrimiento de una vacuna contra un virus desconocido que atacaba a los ojos hasta cegar a los pacientes y la referencia bibliográfica de una única obra: un ensayo titulado *La muerte y sus hermanastros*. Eso es todo.

—Pero… algo más debe de saberse. ¿No se ha investigado acerca de…?

—No se esfuerce, hijo —me interrumpió Gica en esta ocasión—. El tal Vladimir Seifert no existe. Tenemos indicios suficientes, de carácter estilístico principalmente, como para determinar con casi absoluta seguridad que este libro está escrito ¡por el propio Miroslav Mičir! —Gica alzó las cejas y el dedo índice. Por un momento pensé que iba a levantarse y a gritar—. En definitiva, *Tanatografía de nadie* no es más que… una autobiografía póstuma.

Enmudecí. La decepción que sentí en un principio, cuando el anciano me comunicó la carencia de información sobre Seifert, fue suplantada de inmediato por un entusiasmo mareante: tenía frente a mí mil páginas más de Miroslav Mičir, en las que relataba toda su vida. No me lo podía creer. En cuanto logré recomponerme, me asaltaron varias dudas que fui descargando sobre el bibliotecario.

—Pero en el título del libro aparece la fecha de su muerte… ¿Cómo iba a conocer Mičir la fecha de su propia defunción?

—Ése es uno de los misterios que envuelve su muerte y que le invito a tratar de desentrañar leyendo el libro. La idea más extendida y lógica es la de que Mičir decidió suicidarse y escribió el libro antes de hacerlo, escogiendo él mismo el día en que lo haría. Para ello creó un heterónimo (Vladimir Seifert) con el que firmar la obra y, con ello, permitirse una mayor libertad ficcional para elaborar los extraños acontecimientos que narra y que envuelven las circunstancias de su muerte en el libro.

—¿Y luego? ¿Cómo publicó el libro, quién lo distribuyó?

—Eso es relativamente más sencillo de comprender. La última editorial que publicó sus textos estaba dirigida por su mejor amigo (y uno de los pocos que se le conocen), Jaroslav Bejbel. Más que de una editorial se trataba de una imprenta que se encargaba de realizar unas cuantas copias que luego colocaban en algunas librerías rumanas y checas. No es difícil pensar que le encargara esta última voluntad a Bejbel: publicar y distribuir esa biografía con el nombre inventado (y su breve biografía, para darle más veracidad al asunto) de Vladimir Seifert.

—Entiendo…

—No fue uno de los libros más reimprimido y traducido en los años cincuenta; supongo que su extensión dificultó esta tarea. Pese a ello, por lo que parece, cayó en manos de George Bataille. Ésa fue la causa, sin duda, de que se reeditara en Francia traducido al francés y algunas copias circularan por el centro de Europa a mediados del siglo pasado. Sin embargo, yo sólo he conseguido encontrar estos dos ejemplares en rumano. Espero que no le suponga un problema.

—No, no se preocupe. Me he habituado con cierta facilidad a leer su idioma —sonreí—. Y prefiero disfrutar del libro tal como lo escribió Mičir.

—Claro que sí, amigo Ungría.

—Bien, ahora sí que con este libro queda agotada la bibliografía del gran Miroslav...

Gica frunció los labios con una sonrisita infantil y maliciosa.

—Bueno, eso si no contabilizamos... *el otro* libro, ji, ji, ji...

—¿El otro? —grité casi saltando de mi silla.

—No deseo revelarle nada de lo que encontrará en las páginas de *Tanatografía de nadie*, pero al final del mismo se relata que los últimos días de su vida, antes de su culminante despedida, los dedicó a escribir una última novela, su obra póstuma y definitiva, en la que, según se cuenta, se desvelan los secretos de su desaparición (de su vida y su muerte). Es curioso, ¿eh? Escribe una autobiografía póstuma en la que se explica que, durante esos últimos meses, se dedicó a escribir una novela póstuma: *El Marinero del Cielo*.

—¿*El Marinero del Cielo*?

—Sí..., *El Marinero del Cielo*.

Un escalofrío me recorrió la espina dorsal hasta el punto de tener que sujetarme con las manos a la mesa.

—¿Se encuentra bien, amigo Ungría?

—Sí, no se preocupe…

—Ya ve. Enigma tras enigma tras enigma. George Bataille lo captó a la perfección en el título que dio a su artículo: «Miroslav Mičir, el sembrador de misterios».

Callamos durante unos segundos.

—Y… por supuesto, de esa novela no se sabe nada, ¿no?

—Lo ha adivinado. Nada de nada. De los dos ensayos de los que no ha quedado rastro, conservamos los documentos del censor que acreditan su existencia, incluso se transcriben párrafos enteros con los que se pretende probar la inmoralidad de dichos textos. Sin embargo, de esa supuesta última novela no se tiene constancia alguna. Existen varias versiones fehacientes al respecto. O bien esa novela no existió nunca y forma parte del laberinto de trampas y enigmas del propio autor, o bien sí la escribió pero en última instancia decidió destruirla; o eso o la dejó en manos de Bejbel y éste, por la causa que fuera, no se atrevió a publicarla. También cabe la posibilidad, claro, de que su amigo la extraviara. Me temo que nunca sabremos la verdad. —Separó las palmas hacia arriba y encogió los hombros—. Lea el libro y llegue a sus propias conclusiones.

Aturdido por lo descubierto esa mañana, conservé la entereza para agradecerle efusivamente a Gica lo que había hecho por mí. Le estreché la mano y me dirigí excitadísimo hacia la buhardilla. Por fin iba a satisfacer mi curiosidad respecto a Mičir, por fin iba a introducirme en su vida de forma definitiva, a diluirme en ella, a entregarme a su destino por miedo de no ser capaz de cumplir el mío. ¿Qué misterios me aguardaban en ese libro? ¿Qué vida para mendigar, una vez abandonado (desencajado) de la mía?

De camino a casa, con el volumen oculto en mi mochila bandolera, decidí que iba a prolongar esa lectura tanto como pudiera. Era lo único que me quedaba por leer de Miroslav Mičir: su vida explicada por él mismo, qué más podía desear. Y si no estaba escrito por él y ese tal Vladimir Seifert existía en realidad, lo descubriría en las primeras líneas, estaba convencido de ello; me jactaba de conocerlo hasta ese punto. Prolongaría esa experiencia cuanto pudiera, leería el libro en pequeñas dosis, con extrema lentitud, saboreándolo. Una vez lo concluyera, probablemente todo habría acabado para mí. Mi vida no tendría otro sentido. Mi tiempo, mi finalidad, estaban destinados a ello (ahora que lo había abandonado todo), a leer una tanatografía de nadie escrita por un heterónimo de Mičir. En quien yo me iba a diluir. ¿Quién? ¡Quién! Un vacío disuelto en una escala de ausencias. A eso me enfrentaba, ¡formidable!: precisamente lo que andaba buscando.

Cuando llegué a la buhardilla, me encontré una carta de Melissa en el buzón. Sólo dos semanas después de que le escribiera proporcionándole mis datos, al cabo de un mes y medio de que nos despidiéramos en la puerta de nuestro bar, recibí esa carta de Melissa. Una sonrisa tibia se me dibujó en la cara, lejana. Me había acostumbrado tanto a la soledad que mi vida en Barcelona se me antojaba como a años luz de distancia. Y de repente, de improviso, su carta.

Dejé la mochila con el libro a un lado, me senté en mi butaca y abrí el sobre. Dos folios azules con tinta negra me aguardaban en su interior:

«Barcelona, 28 de noviembre, 2008.
»Hola, mi genio.
»Pensaba que te habías olvidado de mí. Al cabo de tres semanas de no recibir noticias tuyas, pensé que Constanza

te había tragado, que habías descubierto el sentido oculto de la existencia por medio de los libros descatalogados de Miroslav Mičir y que estabas buceando en él, asfixiado por su luz, por la tuya, y transformado en un nuevo ser, ajeno a las exigencias de la realidad e incapaz de comunicarte con los demás. Dentro de mi tristeza, de mi pena por no volver a saber de ti, me encontraba feliz, porque estaba convencida de que eso es lo que te había ocurrido. Cuando recibí tu carta, reconozco que sentí un destello de desilusión aun en mitad de mi enorme alegría.

»Llevo noventa y ocho páginas leídas de *Amanéceme*. Como te dije, pienso alargar su lectura tanto como pueda. He tenido una idea al respecto, espero que no te parezca mal y que no consideres que estoy destrozando la lectura. Algo en mi interior, en cualquier caso, me dice que en realidad te gustará lo que se me ha ocurrido. Es muy sencillo, estoy leyendo cada fragmento tres veces. Es decir, leo quince páginas un día, al cabo de dos días más vuelvo a leer esas mismas quince páginas, y dos días más tarde, leo esas quince páginas por tercera vez. A continuación sigo con las quince siguientes. Me está encantando la experiencia. Es una manera extraordinaria de no perderme ningún detalle de la novela y de disfrutarla al máximo. Parece mentira, pero en cada una de las tres lecturas descubro cosas nuevas, matices que se me habían escapado y que me sorprende encontrar. Estoy disfrutando como una loca. Estoy disfrutando como una loca leyendo tu libro, Jan. Me está pareciendo una obra soberbia. La expectación que me habías creado está siendo superada con creces. Desde el primer instante he quedado enganchada, hipnotizada… Cada frase, cada metáfora, cada giro en la historia son de una belleza sublime. Sí, Jan, tu libro es sublime. Algo en mis entrañas se altera con esta lectura, te lo aseguro. Jan Ungría, eres un mago, un encantador de palabras; me hechizas. Carta a carta te informaré de la metamorfosis que tu novela está ejerciendo en mí. El Señor Sch y sus tribulaciones me tienen capturada.

»Pero hay otra cosa que quiero contarte en esta carta. De hecho, es algo que pensaba decirte el día que nos despedimos, pero me dio vergüenza. Sí, ya sé que puede no parecerlo, pero lo cierto es que soy una chica terriblemente tímida. Aunque en el fondo pienso que te has dado cuenta, que lo conoces todo de mí, o casi todo. Bueno, lo que quería decirte es que durante aquellas noches en que te conté que mi hermana Isolda se me aparecía, me acunaba y me hablaba…, pues… también me habló de ti. Así es. Y ha seguido haciéndolo durante estas últimas semanas. Hay cosas en mi vida que empiezan a encajar como nunca antes lo habían hecho. Cada noche que deambulo por la ciudad encuentro un objeto, una señal que me remiten a otro objeto, otra señal; y en esa cadena de símbolos siempre estás tú, o Mičir, o tu obra, o Isolda… o los cuadros de Mar. No quiero hablar mucho de ello, porque todavía hay demasiadas facetas que debo desentrañar. Sólo te diré que el mismo día que leí la escena en que el Señor Sch despierta con una pluma cosida en el costado, me topé con un montón de ellas en el ascensor, *dentro del ascensor*. Las cogí y las guardé.

»Pero quería hablarte sobre Isolda… Ella me habla de ti. Cada noche aparece más nítida en mis sueños, radiante, hermosa como nunca la he visto antes, como nunca lo podré ser yo. Me abre los brazos, me acoge con una sonrisa inmensa, me besa en la frente, igual que hiciste tú el día que nos despedimos, y me susurra al oído cosas que no entiendo, y entre esas cosas que no entiendo, también otras que comprendo a la perfección. Me ha dicho que tienes un camino que recorrer, que tu suerte está estrechamente vinculada a la mía y a la suya, que confíe en ti. Que el camino que tienes que trazar no lo ha transitado ningún ser humano con anterioridad, que eres el último héroe de la humanidad. Y yo creo en lo que ella dice… y creo en ti, mi genio. Creo en ti. Recuerda la historia-mito de Peter Pan. Recuerda a Campanilla. Cuanto más crea en ti, más rebrotarás, más te elevarás sobre ti mismo, y más capaz serás de alcanzar tu destino. Isolda y yo creemos en ti y Mar también, y seguro que hay cientos de personas que también lo hacen.

»Me entusiasmo cuando hablo de estas cosas. Estoy a punto de llorar. Isolda está conmigo, la huelo, escucho su respiración. Como te dije, cuando la siento veo desmoronarse las fronteras que separan la vida de la muerte, la cordura de la locura, el bien del mal. Los grandes conceptos se mezclan y desaparecen. Se relativizan y se desvanecen. Me siento tan leve en estos momentos que creo que podría salir volando por la ventana.

»Recorre los escondrijos de Constanza en mi lugar, brinda esta noche con uno de tus vodka con hielo por mí, por tu pequeña Melissa, y avanza, no dejes de hacer lo que has ido a hacer a Rumanía.

»Echo de menos la intensidad sonrojante de tu mirada.
»Un beso.
»Melissa

»P. D.: Estoy a punto de terminar el autorretrato inexplicable del que te hablé en nuestro último encuentro. Y cuanto más avanzo en él más difícil me resulta saber cómo y dónde apareces tú, dominándolo todo, aunque lo haces. Si nada me lo impide, en dos o tres semanas lo tendrás en esa buhardilla fantástica que tan bien me has descrito. Resérvale un sitio privilegiado, al lado de la claraboya que convierte el cielo en infiernos avasalladores, que te asoma al mar Negro».

La primera carta que recibí de Melissa en Constanza. Al leerla me invadieron las mismas sensaciones con las que regresaba a casa tras mis citas con ella. Un estremecimiento agudo mezclado con una alegría desconocida, con un rubor y una tensión que me astringían y me activaban, con una profunda incertidumbre. Guardé las hojas en el sobre y el sobre en un cajón. Saqué el vodka de la nevera y me serví un vaso con dos cubitos, me aproximé a la claraboya y, ofreciendo el vaso al cielo rumano, a su caricia sobre la superficie del mar, cumplí lo que me pidió:

—Por ti, Melissa, extraña mensajera de prodigios, enigmático ángel sin brújulas, luz de mis imposibilidades.

Y, trastornado, me bebí la copa.

8

Tanatografía de nadie. Miroslav Mičir (1875-1905). El libro… Apoyado con los codos en la mesa; la cabeza entre las manos; encerrado en este cuarto que me asfixia, recreo en mi mente las formas del libro, su tipografía, su olor, y un mundo entero, extenso e inabarcable, se agolpa ante mis sensaciones. Un mundo por vivir, para haberlo vivido, para sustituir una vida por otra, un mundo por otro. Un lugar donde desaparecer, en el que abdicar. Tanatografía…, qué ironía. Creo que estoy detenido en el tiempo y, por supuesto, en el espacio. Nada en el cielo que se dibuja a través de la ventana muestra indicios del paso del tiempo. La negrura es total. No se ven estrellas ni luna; como si una gigantesca nube incolora cubriera la bóveda. Sólo la silueta de los árboles a lo lejos y el murmullo de un río que adopta la categoría de fantasma salvan mi visión del vacío absoluto. Aparto los bolígrafos, la vista de la ventana que muestra una noche que no tiene nada de natural. Me echo en el catre, boca abajo, y me recreo en el instante en que abrí aquel libro por primera vez. Me pierdo en ese momento y en los ulteriores, en la hondura de sus páginas, en lo que descubrí buceando por los infinitos pasadizos secretos por los que transité en el interior de ese libro. Tanatografía…

La tentación de dirigirme de buenas a primeras a las últimas páginas y leer aquello referente a su muerte y a su supuesta obra póstuma, *El Marinero del Cielo*, fue grande. Sin embargo, supe controlarme. Tenía claro que el verdadero disfrute iba a consistir en recorrer su vida de forma cronológica, desde el principio, el nacimiento (¡qué clase de principio es un nacimiento!), hasta su muerte, y observar así la evolución de su vida, sus pensamientos, su obra. Además, había decidido alargar esa lectura tanto como me fuera posible; no llegaría a los extremos de Melissa de leer tres veces seguidas las mismas páginas (hubiera sido incapaz), pero estaba convencido de que no tardaría menos de un año en arribar al puerto final.

Era de noche; la escasa luz de mi lámpara otorgaba una atmósfera trémula al cuarto, idónea. La botella de vodka sobre el escritorio, mi cuerpo aposentado en el acolchado vacío de la butaca y el libro entre las manos. Oh, el contacto de esas cubiertas en mis dedos… Al abrirlo, tuve la misma sensación que debe de experimentar quien sube hasta el cielo y ve cómo se abren sus puertas; o Alí Babá tras pronunciar las palabras mágicas que le permitían el acceso a la Cueva del Tesoro. Sólo que yo no había necesitado de ningún sortilegio, ni morir. Bueno, morir quizá sí, un poco: había tenido que abandonarlo *todo* y marcharme a… *Constanza*. Constanza…

Las páginas de créditos y las portadillas eran de una austeridad notable, no me detuve demasiado en ellos. Sólo para comprobar el tacto rugoso (¡jugoso!) del papel ahuesado, polvoriento, la calidad de la tinta, desgastada por los años, y la tipografía. Sin más, fui volteando las hojas hasta enfrentarme a las primeras líneas escritas por... ¿Mičir?, ¿Vladimir Seifert? El impacto de ese encuentro estuvo al nivel de la obra a la que estaba a punto de enfrentarme. Me subió la temperatura, la adrenalina. Solamente necesité leer el primer párrafo para darme cuenta de que ese texto era puño y letra de Miroslav Mičir, sin duda alguna.

«Introducción.

»Miroslav Mičir. El hombre que hemos convenido en llamar Miroslav Mičir nació el 25 de noviembre de 1875 en Zlín, Checoslovaquia, y desapareció el 1 de octubre de 1905 en Constanza, Rumanía. Y digo desaparecer porque no muere quien no ha habitado su vida, pese a haber nacido. Cuándo empieza y acaba una vida, cuándo se extiende ésta en la existencia de uno, cuándo se determina lo que la muerte produce o deja de producir en esa vida, en esa existencia, son misterios que en el caso del hombre que nos concita son especialmente significativos. Éstos son los misterios que pretendo poner de manifiesto en esta obra superlativa que tengo el privilegio de intentar llevar a cabo. De ahí el título de la misma: «tanatografía» en lugar de «biografía», porque lo que voy a narrar en él es el desarrollo no de una vida sino de una muerte (una no-vida); y será «de nadie», porque tratará de los acontecimientos de alguien que nunca se habitó. No obstante, en este libro se desarrollarán las claves de alguien que, sin vivir, sin ser, alcanzó las cotas más inimaginables que ningún humano soñó jamás con alcanzar.

»Señoras y señores, pasen y vean. Bienvenidos al extraordinario y maravilloso mundo de un hombre llamado Miroslav Mičir, el hombre que dejó de ser él mismo para alcanzar*se*».

No cabía duda de que era él. De hecho, lo primero que pensé fue que ni siquiera había intentado disimularlo. Miroslav Mičir en su máxima expresión. A partir de ahí, de esa página, mi mundo anterior quedó relegado a un tercer o cuarto plano. Absolutamente toda mi existencia quedó trastornada. A partir de entonces sólo tuve sentidos para empaparme de las experiencias inverosímiles de Miroslav Mičir.

¿Cómo empiezo a rememorarlo? Desde el principio, debo hacerlo desde el principio. ¿Qué recuerdo? Cuántas páginas tan lentamente leídas. Su concepción. Su nacimiento... Sí. ¿Qué clase de principio es un nacimiento?

Miroslav, según cuenta Vladimir Seifert, fue concebido una tarde de marzo en el interior de un barreño, donde sus padres, Vilem Mičir y Baruska Woker, se bañaban ocultos de las miradas de sus familiares. Vilem y Baruska eran primos y vivían junto con los dieciocho miembros de su familia en unas granjas situadas a las afueras de Zlín. Apenas sabían lo que hacían. El padre contaba dieciséis años y la madre acababa de cumplir catorce. Ella se aseaba en un barreño ubicado tras un biombo de madera en una esquina del pajar, cuando Vilem entró a recoger unos sacos de trigo. Escuchó el chapoteo del agua e intrigado se aproximó al biombo. La observó durante unos minutos. Era frecuente que, en aquellas condiciones de vida, primos y hermanos corretearan medio desnudos por el campo y las acequias, pero Vilem miraba con ojos distintos a Baruska que a las otras. Ella, que se había percatado desde el principio de la presencia de su primo, disimulaba y mostraba su cuerpo con picardía, casi sin atreverse a enseñar, pero impulsada sin remedio a hacerlo: la espalda, la cadera, el perfil de un seno. Cuando la tensión del momento se hizo insostenible, Vilem se aproximó al barreño sonriendo tontamente. Baruska continuó frotándose el cuerpo sin decir nada, pero lo miraba de reojo. El chico le dijo lo primero que se le pasó por la cabeza: que por fin había solucionado aquel acertijo del que habían hablado la tarde anterior, que por eso se había acercado, para explicárselo. Ella le contestó que estaba deseosa de conocer la respuesta. Él, que no sabía si ella merecía conocerla. Y ella, que él estaba muy sucio, que olía muy mal, que el agua estaba muy calentita y que había sitio para los dos. Vilem se desnudó y se introdujo en el barreño. Realmente apenas si había sitio para una sola persona. El agua se desbordó, los cuerpos adolescentes se rozaban. La mano de ella tropezó con el miembro erecto de él y se asustó. ¿Qué es esto?, preguntó ella. No lo sé, respondió él, cauto, abochornado, excitadísimo. Ella empezó a tocarlo y a sentir latidos extraños entre las piernas. Abrazó a su primo con fuerza, desbocada, y sin darse cuenta, su cuerpo de catorce años había sido ensartado por el pene de Vilem. Un minuto después, con un grito sordo de placer inconcebible, Vilem eyaculó dentro de ella. Baruska no sabía lo que estaba sucediendo, sentía temor, dolor y un placer inusitado que le nacía más de la sangre, de las mejillas, que del propio sexo. Cinco minutos después, el zigoto de lo que un día se dio en llamar Miroslav Mičir flotaba en un magma de fluidos.

El escándalo familiar fue mayúsculo. Se acordó que, en cuanto naciera el crío, ambos serían expulsados y desheredados de la familia. Durante el resto del embarazo, vivieron como auténticos proscritos en su propio hogar, a la espera únicamente del nacimiento del niño y de trasladarse a Constanza, en Rumanía. Allí vivía una abuela de Baruska llamada Anna que, pese a haber roto relaciones con la familia, pudo enterarse de la situación de su nieta por medio de unos comerciantes que solían instalarse cerca de la granja de los Mičir y que hacían la ruta comercial cada año por la costa del mar Negro.

Enseguida, Anna escribió a los padres de ambos para ofrecerles su casa como asentamiento del exilio de los muchachos. Los progenitores vieron con buenos ojos la propuesta y decidieron dejarlos marchar a Constanza, pero fueron inflexibles en el hecho de que el niño debía nacer en ese mismo lugar; ésas eran las costumbres inquebrantables de la zona.

Aquellos meses fueron muy duros para los padres de Miroslav; eran expuestos continuamente a la humillación y la burla por parte de los demás miembros de la familia. Se encargaban de los trabajos más duros y eran obligados a comer junto a los animales.

Una mañana, durante el quinto mes de embarazo, Baruska se daba un baño en la acequia en una zona apartada, a casi un kilómetro de distancia de donde solían bañarse y juguetear los otros chicos de la familia. Era pleno mes de agosto y hacía calor. Cuando introdujo la barriga en el agua comenzó a notar las primeras pataditas; emocionada se sujetó el vientre y, dentro como estaba del agua, desnuda, comenzó a hablarle.

—Miroslav… ¡Miroslav! ¡Estás ahí! Te voy a querer siempre. Más que a nada en este mundo.

Baruska se palpaba las zonas que Miroslav golpeaba desde el interior de su útero, acariciaba el cuerpo del niño a través de la lámina de carne y piel que los separaba. Y… Baruska sintió que le contestaba. Se quedó petrificada, sin saber qué es lo que estaba escuchando: si el murmullo de los pájaros, la corriente del río, el viento, el crepitar de las hojas de los árboles… Baruska se concentró en ese sonido ininteligible que notaba que le circulaba por sus propias venas hasta llegarle al entendimiento. Se esforzó en escuchar lo que sentía, hasta convencerse de que era ¿la voz? de su hijo que le hablaba. Excitada, puso toda la atención de su cuerpo en esa sensación. Y lo que creyó entender la inundó de pánico; tembló, se puso a llorar y casi se desmaya. Entre el mareo, el escozor del llanto en los ojos, la rapidez en salir del agua y el alboroto que organizó, decidió que no había escuchado nada, que en su interior no había entendido la voz inmodulada de su bebé diciendo: «No, mamá; no me saques de aquí. Por favor, mamá; no me saques de aquí».

Baruska luchó por olvidar esa experiencia. No osó contársela a nadie, ni siquiera a Vilem, con quien empezaba a sentir los estrechos lazos del amor de una forma apasionada. Siguió cuidando de su embarazo como la mejor de las madres, con una entereza inimaginable en una niña de catorce años. Eso sí, nunca volvió a tratar de comunicarse verbalmente con el feto. Sin embargo, comenzó a angustiarla de forma alarmante cualquier circunstancia difícil de explicar que le acaeciera, temerosa como estaba de que se tratara de los primeros síntomas de una locura incipiente que le había mandado Dios como castigo por su pecado. Comenzó a rezar más de lo que lo había hecho nunca y a evitar cualquier actividad que pudiera poner en peligro la estructura sólida de su razón.

A los ocho meses de embarazo, Baruska sintió unas fuertes punzadas en el interior del vientre. En un principio, no les dio demasiada importancia, pero cuando los dolores comenzaron a provocarle vahídos y, sobre todo, cuando vio que perdía sangre, se asustó de verdad. Llamaron al médico con urgencia. Cuando éste la examinó y la vio en tales circunstancias, determinó que había tenido un aborto, que lo sentía mucho pero que había perdido al niño. Se encerró con ella en el cuarto y se dispuso a extraer el feto inerte del interior de la pobre chiquilla. Pero lo que extrajo de su útero, enfangado de sangre, latía… y emitió un berrido de tales dimensiones que la sangre de todos los miembros de la numerosa familia de los Mičir se congeló para siempre. El doctor no podía explicárselo, Baruska jadeaba y lloraba de alegría, dolor y espanto. Enseguida lavaron al pobre feto, al pequeño Miroslav, y lo envolvieron en mantas.

—Es inconcebible. En mi vida había visto algo así —aseguraba el médico.

—Esto es obra del diablo. Esa chica está endemoniada. ¡Mi hijo y esa ramera están malditos! —vociferó el cabeza de familia. Y, acto seguido, los echó de la granja sin importarle las precarias circunstancias en que se encontraban. El alma cándida de una de las esposas de los jóvenes comerciantes los acogió al cabo de unas semanas en su caravana y los trasladó con ellos hasta Constanza. Cómo llegó a sobrevivir Miroslav durante el viaje, en ese estado, es un auténtico milagro, no tiene explicación. Como tampoco la tiene que Baruska no muriera completamente desangrada.

La abuela Anna los acogió en su humilde vivienda, sin poder creer que fuera posible que existiera gente tan desalmada como para abandonar a unos muchachos y a un bebé prematuro a su suerte y de aquella manera.

El nacimiento de Miroslav Mičir fue producto de un aborto, y esta casuística marcó sin paliativos el desarrollo de su pensamiento; su manera de relacionarse consigo mismo. Ese hecho inscribió la primera de las claves que ayudan a descifrar los posteriores comportamientos del autor.

La abuela Anna, aparte de ofrecerles cobijo y alimento, también colaboró en arrancar la culpa que los jóvenes enamorados acarreaban en sus corazones. Los convenció de que lo que habían hecho no era nada malo, al contrario: era la expresión del deseo y del más noble de los sentimientos humanos, el amor. La primera vez que vio a Baruska rezando a los pies de su cama, pidiendo perdón a Dios y autoinculpándose de los males acaecidos, tuvo con ella una larga y decisiva conversación.

—No hay un Dios, Baruska. No existe nadie allá arriba vigilándonos, presto a arrojarnos las mallas de sus infinitos castigos, ni esperando tus ruegos y penitencias para perdonarte.

Le explicó que hay infinidad de pequeños dioses, que todos están en este mundo, la mayoría, en el interior de los hombres.

Estuvo durante buena parte de la noche hablándole de sus inclinaciones esotéricas y animistas, hasta lograr borrar de su alma parte de la ortodoxa educación religiosa que había recibido desde pequeña.

—¿Por eso te echaron a ti de la familia, abuela? ¿Por tus creencias?

—Por eso me fui yo, cariño. Por estas razones, yo abandoné la familia.

A última hora, cuando se asomaba la aurora por el ventanuco de la habitación, Baruska decidió contarle su pequeño gran secreto. Lo que la abuela Anna estaba haciendo por ellos, la tierna y bondadosa sonrisa que siempre les ofrecía, sus cuidados, facilitaron que le entregara su confianza sin reservas. Confesó sus temores acerca de su propia cordura y del posible estado endemoniado de Miroslav.

—No debes preocuparte por nada, hija. Los bebés suelen comunicarse con sus madres cuando están en su interior. Pero sólo las personas con una sensibilidad extrema, como tú, pueden escucharlos. Miroslav estaría asustado, es normal. Las vibraciones en la granja de los Mičir debían de desatar energías hasta ese punto negativas. Tienes que quererlo mucho, cuidar de él y olvidarte de una vez para siempre de demonios y pamplinas.

A partir de ese día, Baruska abandonó la religión de sus padres y adoptó las creencias de la abuela Anna, a la que, pronto lo supo, llamaban en toda la ciudad «la bruja buena».

Vilem no tardó en aprender el oficio de herrero, con lo que las penurias económicas de los primeros meses fueron solucionándose. Al cabo de un año, los cuatro vivían en perfectas condiciones en la casita de Anna. El pequeño Miroslav se repuso de su delicada salud, fue creciendo sin aparentes secuelas físicas, pese a que siempre arrastró una delgadez extrema, y enseguida comenzó a demostrar una curiosidad asombrosa, rayana en lo obsesivo. Todo lo miraba con sus enormes ojos oscuros siempre abiertos. Todo lo trataba de alcanzar y manipular. Con gran precocidad empezó a deslizarse por el suelo y a gatear; y enseguida dio sus primeros pasos. Fue un bebé apacible como pocos, apenas lloraba ni se quejaba, y sus prolongados silencios provocaron en Baruska no poca preocupación. Sin embargo, cuando comenzó a hablar, a articular unas cuantas palabras con cierto sentido, no hubo quien le hiciera callar. Siempre tenía una pregunta en la boca. Su madre no sabía qué responder a la mayoría de sus cuestiones y Vilem volvía a casa demasiado cansado de trabajar como para atender las preguntas inverosímiles de su hijo. De modo que solía ser la abuela Anna quien acababa intentando darle explicaciones al pequeño.

Con sólo cuatro años, un día Miroslav se aproximó a su madre mientras ésta tendía la ropa, y, con su rostro calmado, que a veces resultaba inquietantemente inexpresivo, le preguntó: «¿Qué es morir?». A Baruska se le cayó al suelo la blusa húmeda que estaba a punto de colgar. Aturdida, titubeó sin saber qué responder. Por aquel entonces, ella todavía no había cumplido diecinueve años.

—Pues morir es cuando los viejecitos dejan de... estar vivos y se van a otro mundo y...

—¿Hay otro mundo? —interrumpió el crío, igualmente templado, expresivo.

Baruska atisbó en ese momento la presencia salvadora de su abuela en el callejón que comunicaba la casa con la calle principal y le dijo a Miroslav que se lo preguntara a ella. Que la abuela Anna le respondería mucho mejor. Durante esa charla, la anciana le explicó al pequeño su concepción cíclica de la muerte y muchas otras cosas, con un lenguaje sencillo y simbólico, acerca de la vida en la Tierra, los animales, la Naturaleza y cómo la muerte de unos seres significa el renacer de otros.

Conforme pasaban los meses, Miroslav pasaba más tiempo con su bisabuela que con su madre y, por supuesto, que con su padre, que salía de casa a las seis de la mañana y no regresaba hasta las ocho de la noche, agotado, sin ganas de nada salvo de cenar y retozar con su mujer. La curiosidad del niño por su entorno creció en la proporción en que lo hacían sus capacidades, tanto mentales como físicas. Era frecuente verlo jugar en el pequeño jardín con los insectos y demás animalejos, o con cualquier objeto que encontraba por ahí. Conforme pasaba el tiempo iba necesitando hacer menos preguntas y pasaba más horas solo, ensimismado, encerrado en sus propios juegos, y en silencio. Cumplidos los siete años, una mañana, muy decidido, abandonó la construcción que edificaba con unos hierbajos arrancados y un pedazo de madera vieja y se dirigió hacia su madre, que cocinaba unos puerros.

—Mamá, creo una cosa.

—Dime, cariño. —Baruska no podía evitar sentirse alerta ante cualquier pregunta de su hijo.

—Creo que yo morí dentro del aborto —le espetó el niño.

La madre dejó lo que estaba haciendo, se le erizó el vello y procuró disimular.

—¿Qué aborto, cariño?

—La abuela Anna me lo ha contado. Que antes de que yo naciera *hubo* un aborto. Pues creo una cosa: creo que yo estoy muerto dentro del aborto y que ahora estoy en otro mundo.

Baruska temblaba.

—No..., no digas tonterías, Miroslav. Estás vivo, estás vivo aquí con nosotros, con papá, mamá y la abuela. —Baruska abrazó con fuerza al niño, pero éste no respondió al abrazo.

—Yo creo que el aborto me está esperando para nacer otra vez, en otro mundo. La abuela dice que cuando algo se muere es para que nazca otra cosa, una mariposa por ejemplo.

A raíz de esa conversación, Baruska y Anna tuvieron la primera pelea desde que ésta los acogiera hacía más de siete años. La abuela intentó convencer a su nieta de que no existía ningún mal en que el pequeño Miroslav conociera las particularidades de su nacimiento y de su existencia. Pero ningún tipo de explicación logró calmar a Baruska. Hecha una furia, presa de un ataque de nervios, le hizo prometer a Anna que nunca más le hablaría al niño de esos temas ni de sus creencias de bruja (era también la primera vez que utilizaba esa palabra para referirse a ella). La amenazó con marcharse de su casa y con que nunca más volvería a ver al pequeño. Anna, ensombrecida por el dolor, acató las órdenes de su nieta y le juró por su propia vida que en esa casa no se volvería a hablar ni a practicar nada relacionado con las Viejas Artes. Así fue como la propia Baruska, una vez abandonada la religión ortodoxa, también se alejó de las creencias de la Tierra.

Miroslav no fue consciente del cambio que aconteció en la casa, aunque sí notó que la abuela no le contaba tantas historias como antes, ni respondía a sus preguntas con la extensión con que lo hiciera antaño. Con el tiempo, los ánimos se calmaron y las relaciones entre abuela y nieta recuperaron el cariño y la cordialidad habitual. Sin embargo, algo en la atmósfera de aquella casa cambió para siempre. Algo de la pureza y la naturalidad que siempre habían reinado allí se transformó sin remedio. Algo de lo que nunca se habló pero que se traslucía en los gestos y las palabras de sus habitantes.

Cuando Miroslav tenía nueve años, tuvo lugar un lance crucial en el desarrollo de su vida. Era el mes de julio de 1885 y el niño paseaba por la playa con su madre y su bisabuela. Cuando por fin obtuvo el permiso de las mujeres, se adentró en el mar. Desde muy pequeño, Miroslav había demostrado unas cualidades innatas para la natación y buceaba como si fuera un pez desde casi los dos años. Por esta razón, Baruska y Anna dejaban al pequeño remojarse a sus anchas en la orilla sin demasiado temor. Miroslav nadaba bajo el sol del mediodía, inmerso en sus juegos, escalando olas como montañas, explorando el fondo marino como si fueran cuevas; desatándose al movimiento grácil que le confería la falta de gravedad. No se sabe en qué momento sucedió, ni cómo lo acabó recordando el propio Miroslav. Buceaba y, de repente, *no dejó de bucear*. No necesitó volver más a la superficie. Miroslav asegura que buceó y buceó sin parar, con los ojos abiertos, intuyendo la luz del sol en lo alto como un cielo difuso, observando maravillas subacuáticas de tonalidades pardas, peces que lo escoltaban y un murmullo hueco abrazándole los oídos. Buceó con agilidad, como si volara a ras de tierra, y pensó que eso era lo que debería haber estado haciendo toda la vida. Buceó durante lo que pensó que estaba siendo toda su vida vivida. Miraba y se zambullía en el «murmullo de silencio» que lo impulsaba por ese fondo. Sintió que había crecido, que de repente se había convertido en un hombre adulto. Sonreía con su nuevo talante de madurez. Buceó y la vio. Miroslav Mičir asegura que fue entonces, a los nueve años, cuando vivió la primera experiencia que lo unía a otros mundos. Buceó y la vio. Vio a la que más tarde dio en llamar Ondina. Vio el ser más bello, dulce y afín que jamás pudo haber imaginado que existiera, durante una fracción de segundo. Y era una niña, una niña como él, a pesar de que en esos momentos, Miroslav presentía haber ingresado en la vida adulta. Parpadeó y se encontró tumbado en la arena, escupiendo agua, rodeado de personas mayores que le gritaban, entre ellos, su madre y la abuela Anna.

Miroslav Mičir murió por segunda vez en ese instante. Comenzó a decir que ésa había sido su segunda muerte, que una cadena de otros mundos se forjaba para él en otra parte, con cada una de esas muertes, y que seres de esos otros mundos, como Ondina, acudían a visitarlo en momentos especiales. Eso es lo que empezó a decir Miroslav Mičir, a su manera, a partir de ese instante, de esos nueve años. Y con esa edad escribió su primer poema, llamado precisamente *Ondina*. Cómo sabía Mičir a aquella edad lo que era una ondina probablemente habría que preguntárselo a su bisabuela Anna. Ahí nació la escritura. Ahí empezó a reconstruir aquellos aspectos de su entorno que tantas dudas le ocasionaban, a reconstruir sus intuiciones, sus inventos, a reconstruirse… a sí. A escribir que había muerto al nacer, en un aborto, y que sus muertes sucesivas en su no-vida le recordaban su existencia… en otra parte. Miroslav, con nueve años, escribió: «Niña de ojos de agua, mira lo que yo no vi. Lo que yo no estoy».

Aquello lo leí durante un tiempo que se me antoja difícil estimar; uno o dos meses, quizá tres. Su concepción, su nacimiento y su primera infancia, 174 páginas de las 999 que componían el volumen. A pequeños sorbos deglutía el crecimiento del pequeño Miroslav, el padecimiento de sus padres, las sabias palabras de la abuela Anna. Intensifiqué la lectura alargando las frases en mi cerebro, empapándome de las particularidades de un idioma que todavía no dominaba; esta última circunstancia colaboraba en prolongar el tiempo que necesitaba para absorber por completo su significado. Leía con tres diccionarios al lado y con mi botella de vodka enfrente. Visualizaba el contenido del libro hasta ver corretear a Miroslav frente a mis ojos, entre una tiniebla alcohólica de crepúsculo, inmerso en una espaciosa burbuja de literatura de la que no era posible salir ni siquiera cuando no estaba leyendo. Miraba mi entorno y lo veía a él, a su pequeña familia; recreaba las preguntas incisivas que no cesaba de cuestionarse; me dejaba arrastrar hasta las profundidades donde nacían esas preguntas y lo acompañaba mientras las solucionaba. Las sucesivas muertes de alguien que cree no haber nacido por completo (¡el nacimiento!), sus juegos más allá de lo sensible, la epifanía salada debajo del mar, su inserción en el mundo de la escritura: esos primeros versos, de un niño de nueve años, que cortaban la respiración.

Y entonces permitía correr a mi propia imaginación en no sé qué sueños inventados, o inventos soñados. Fantaseaba con nuevas correrías del pequeño Miroslav, nuevas dudas que pudieran asaltarle, otras inexplicables experiencias… Y las acababa buscando en el libro, las leía donde, probablemente, no estaban escritas. Sin embargo, la mayoría de las veces era un episodio real el que interrumpía uno de mis sueños, o me sobresaltaba mientras comía. Entonces abandonaba lo que estuviera haciendo (dormir, comer…, poca cosa más hacía en esa época) y me abalanzaba sobre el volumen para releer dicho fragmento: una conversación de Miroslav con su bisabuela, el feto tratando de comunicarse con la madre, alguna de sus preguntas irresolubles… Y me quedaba más tranquilo; mi ansiedad se calmaba al primer contacto visual con las palabras, saber que las palabras estaban allí me daba seguridad:

el transcurso de la vida (la existencia, la muerte) de Miroslav Mičir se hallaba escrito en el libro.

No obstante, no existía ninguna sensación comparable a la de encarar un nuevo episodio, adentrarse en las tierras vírgenes del volumen y explorar las nuevas aventuras que le esperaban a Miroslav Mičir, las desconocidas secuencias que proseguían a lo ya leído.

Durante esas semanas, o meses, recorrí las calles de Constanza con un interés especial. Intenté hallar indicios de los lugares que «Vladimir Seifert» describía en el libro, pero no pude reconocer casi nada. Ni siquiera la casa, o el callejón donde ésta había estado ubicada, parecían seguir en pie. En su búsqueda por los derredores del puerto, acabé perdido deambulando con los sentidos avizorados, ansioso por escuchar, visualizar, oler a Miroslav entretenido con la basura o afanado en la composición de sus primeros versos.

Uno de esos días decidí llevarle a Gica, el bibliotecario, los tres artículos que había escrito sobre Mičir para *Alter Eria*. Imaginé que podrían ser de su interés, y además, me hacía ilusión que esos artículos pudieran ser disfrutados por alguien que los valorara en su justa medida. Solamente Melissa y Heredia habían demostrado aprecio por ellos; Burruaga los había despreciado, por muy buenas palabras que les dedicara; y Sonia, que sólo había llegado a leer uno de ellos, le había concedido un par de comentarios durante treinta segundos, sin mucha pasión.

Gica me recibió con su afable rostro ovalado rubricado por una agradable sonrisa. Cuando le entregué los ensayos, mostró un agradecimiento efusivo, lejos de cualquier tipo de fingimiento; su carácter llano y franco le impedían perderse en actitudes hipócritas. Me dijo que los leería con suma atención y que me ofrecería una opinión sincera sobre ellos. Acto seguido, empezamos a hablar sobre los capítulos que llevaba leídos de *Tanatografía de nadie*. Intrigado todavía por el callejón donde Miroslav vivió durante sus primeros años, le pedí ayuda para localizarlo en la ciudad.

—He dado una vuelta por la zona anterior al puerto y creo haber averiguado, con certeza, que la casa debía de encontrarse en un punto entre dos o tres calles que conducen al centro de la ciudad. ¿Estoy en lo cierto?

—Yo que usted, amigo Ungría, no me preocuparía demasiado por eso —me respondió el anciano, enigmático.

—¿Qué quiere decir?

—Yo leí este libro por primera vez hace cuarenta años y tampoco hallé indicio alguno de su casa cuando traté de buscarla en los años setenta. —Calló un momento y me sonrió de nuevo—. Ni de esa casa ni de varios de los lugares que Miroslav-Vladimir describe en el libro.

Por un momento quedé atónito; si bien, al tiempo que esta información era asimilada por mi entendimiento, fui encajando ciertas claves.

—¿Quiere decir con eso que inventó parte de lo que cuenta? —Hice esta pregunta desde fuera de mí mismo. Tal como si dejara que otro la hiciera por mí, sólo para observar la reacción de Gica.

—Yo sólo digo que muchos de los lugares que narra no son localizables en la Constanza en la que vivimos. —«En la que vivimos»… No pude dejar de repetirme estas palabras en el pensamiento—. Pero ¿tiene eso alguna importancia, le resta veracidad al asunto? No olvidemos, amigo Ungría, que a priori hemos aceptado leer su biografía (perdón, ¡tanatografía!) escrita por un tal Vladimir Seifert que sabemos que no existe. Hemos aceptado esa… ¿impostura? A partir de ahí, ¿vamos a preocuparnos por saber si el callejón, la casa, el colegio, la biblioteca, ciertas calles en las que se sitúa la acción del libro existieron en la realidad del modo como él los narra? En mi opinión, la Verdad que se cuenta en esta (yo me atrevería a llamar) novela está muy por encima de tales contingencias.

Supongo que en realidad esperaba una respuesta de este tipo.

De regreso a casa por las calles de Constanza, de *esa Constanza* actual, no pude reprimir la inquietante sensación de estar caminando por el reverso de la ciudad, por su doble... El doble de la que había escrito Miroslav-Vladimir, que a su vez era el doble de la ciudad donde él vivió hacía cien años. Me sumergí entonces en un pozo de ausencias y no sabía si hundirme en él me llevaba a salir, o al revés. Me sentía caminar por el fantasma de una ciudad. Tan fantasma como lo era de sí mismo el final de la novela *El hombre que habitó la locura*. Como dijo Gica, aquella novela en su capítulo final se convertía en el delirio de sí misma; y de ese modo comenzaba una nueva novela, su doble, con ese último capítulo. Al igual que Andrea Lucescu, que en *El hombre que dejó de ser un hombre* acababa siendo nadie, siendo *el otro* (¡otro doble!) que se marchaba caminando... por ¿ahí? El doble de sí mismo, como era Vladimir Seifert del propio Miroslav Mičir. Como era el propio Miroslav del aborto del que no creyó sobrevivir. ¿Como lo era Isolda de Melissa? Y yo... Y yo ¿de quién?

Aquella tarde crucé la puerta de la buhardilla ebrio de esas profundidades mareantes de pensamiento. Tambaleante, me enfrenté a la lámina fotocopiada que había encargado ampliar de Mičir y que permanecía colgada en una de las paredes, sobre el escritorio. Lo miré a los ojos, esos ojos oscuros que, en blanco y negro, todavía parecían más penetrantes; el rostro huesudo, la boca enorme, las deshilachadas greñas claras cayéndole por los hombros. Lo miré a los ojos, y él me devolvió la mirada. Me miraba en ese instante sin miramientos, me miraba sin miramientos a los ojos y sonreía. ¿Sonreía?

—¿Quién eres, Miroslav? ¿Quién fuiste tú? —le pregunté—. ¿Adónde me vas a llevar?

9

¿Adónde me llevó? Sonreír cínicamente en la oscuridad siempre se me dio bien. Lo *mejor* estaba por llegar, sin duda. Más de ochocientas páginas todavía que devorar, casi un año de lectura, qué digo de lectura, de inmersión, de implicación tenaz y estricta en un texto, de identificación mental y física con lo descrito. Yo veía, vivía lo que Miroslav era narrado en ese libro. Esta frase es perfecta, exacta: «lo que Miroslav era narrado en ese libro». Yo estaba ahí, en esa Constanza de entre siglos, siendo partícipe de su devenir, de su... destino. Al fin y al cabo, para eso había ido hasta allá, para participar de su destino.

Continúo rememorando *Tanatografía de nadie* a partir de la página 174. Los años que prosiguen al primer verso escrito por el pequeño Miroslav. ¿Qué contaba a continuación Vladimir Seifert? Río. No puedo evitarlo. ¡Carcajeo!

Después de aquella experiencia en el mar, Miroslav se fue encerrando paulatinamente en sí mismo. En parte por ese suceso y en parte por lo poco que se alargaba por aquel entonces la abuela Anna en sus respuestas, decidió callar e indagar en las profundidades de sus pensamientos. Esos pensamientos, mezclados con los juegos que inventaba en el jardín y lo que era capaz de ver en ellos, construían un decorado en su vida que trasladaba al papel con las pocas palabras que conocía. Su interés por cualquier libro, por cualquier fragmento de materia que incluyera letras impresas se desbordó, y no perdía oportunidad de leer y memorizar cuanto caía en sus manos. De repente, mostraba un interés desmedido por una palabra y la repetía hasta la saciedad por los pasillos de la casa, por el jardín, el colegio o las calles. Era de las pocas cosas que se le oía decir. Cuando le preguntaban por ello, Miroslav respondía que eran sus amigas.

—¿Te has hecho amigo de una luciérnaga? —le preguntaba el profesor.

—No, me he hecho amigo de la palabra 'luciérnaga' —respondía él, muy serio. Y lo mismo le ocurría con las demás: 'tablero', 'almohada', 'celeste', 'tremendo'…

Miroslav Mičir se hizo amigo de las palabras con nueve años y no abandonó esa amistad hasta su desaparición. Una amistad que atravesó muchas fases, la mayoría de ellas apasionantes. Los libros, sus juegos solitarios y sus procesos de protoescritura constituían los únicos entretenimientos para él. Cuando no tenía la oportunidad de conseguir un libro nuevo, leía de forma indistinta prospectos, anuncios o los rótulos de las tiendas, y parecía igualmente satisfecho. A pesar de todo, su abuela se encargaba siempre que podía de reunir algún dinero o de hablar con sus profesores para que nunca le faltara un libro que leer. Miroslav crecía entretejido por palabras, juegos y visiones; y aunque bien es cierto que no se mostraba muy comunicativo con las personas de su entorno, estaba muy lejos de ser un niño arisco o huraño: pocas eran las veces que se le escuchaba hablar, sin embargo no escatimaba gestos de cariño y sonrisas con sus padres y su bisabuela. Y ocasionalmente, cuando menos se lo esperaba nadie, preguntaba o aseguraba cualquier cosa que solía dejar boquiabiertos a todos. Sin más, decía lo que tuviera que decir y dejaba las palabras flotando en el aire. A veces, incluso oraciones sin sentido aparente como «La lluvia se ha caído por la escalera» o «La playa parece un oso». Muy resuelto entraba en el vestíbulo, desembuchaba la o las frases mirando hacia ninguna parte y regresaba a dondequiera que fuera que estuviese jugando.

Una tarde, a punto de cumplir los diez años, Miroslav permanecía sentado junto a su madre; sostenía una madeja de lana, con cuyo hilo ella le tejía un jersey para el invierno. Muy concentrado en las vueltas que el ovillo efectuaba entre sus manos para liberar la lana, el pequeño se dirigió a la madre.

—Mamá, tú tienes catorce años, ¿verdad?

Baruska rió.

—No, hijo, el mes que viene cumpliré veinticuatro.

Miroslav guardó unos segundos de silencio, tras los cuales volvió a hablar.

—Pues yo creo que tú tienes catorce años.

—Muchas gracias, cariño —le sonrió Baruska—. Pero me temo que, muy a mi pesar, hace tiempo que dejé esa edad.

Baruska continuaba hacendosa con el jersey, y Miroslav, enfrascado con el ovillo.

—Creo que no, mamá —insistió el niño—. Tienes catorce años, como cuando me abortaste.

La mujer dejó caer las agujas sobre su regazo y maldijo mentalmente a su abuela. Hacía mucho tiempo que su hijo no la atosigaba con esas ideas.

—Yo no te aborté, cielo —le dijo sosteniéndole la cara entre las manos—. ¿Me escuchas? Tú no eres ningún aborto. Eres un niño sano, vivo y hermoso.

Ambos permanecieron en silencio durante varios minutos. Hasta que Miroslav irrumpió de nuevo con sus palabras.

—Pues he estado pensando y creo que tú tienes catorce años… y yo, cero.

Baruska, durante las siguientes semanas, tuvo la tentación de impedir que su hijo leyera tanto como lo hacía. Creía que esas absurdas ideas eran alimentadas por lo que encontraba en los libros. Al fin y al cabo, nunca había visto a nadie de su familia con un libro en las manos. No obstante, tanto la abuela como Vilem y el profesor de Miroslav la convencieron de que aquellos dos hechos no estaban relacionados entre sí, y de que los libros eran buenos para el futuro del pequeño. Al cabo de unos meses, cuando pensaba que Miroslav había olvidado esa estúpida ocurrencia, el niño la interceptó en el pasillo y le volvió a decir:

—Mamá, tú tienes catorce años… —Y se rió, alegre, como cualquier niño alegre, normal, que ella hubiera visto. Gritó—: ¡Tienes catorce años, mamá! Díselo a los señores del cielo. ¡Diles que tienes catorce años para siempre!

Baruska reprimió el instinto inicial de darle una bofetada por las sandeces que profería. Al final, lo vio tan alegre que desistió de reprenderle por su conducta.

—De acuerdo, Miroslav. Tengo catorce años. Soy una niña en la flor de la vida —cedió.

—¡En la flor de las niñas!

Con cierta periodicidad, cuando ella menos se lo esperaba, Miroslav insistía a su madre con el mismo tema, de distintas maneras y con alguna variación en el significado final de la conversación, pero en definitiva con idéntica idea nuclear: «Mamá, yo creo que tú tienes catorce años».

Entre los juegos preferidos del chico por aquella época, existía uno al que denominaba «la risa-llanto». Más que un juego se trataba de una exploración de sí mismo, algo que descubrió casi sin darse cuenta. Una noche, su padre lo castigó porque no quería comerse lo que se le había preparado para cenar. Vilem se obstinó en que se comiera las alcachofas que había cocinado la madre, pero Miroslav se negó en redondo, e incluso llegó a escupir la comida en el plato. El padre le propinó una bofetada y lo encerró en su cuarto. Allí, el niño rompió a llorar de rabia y de dolor. Tras unos minutos de llanto, Miroslav se puso a pensar en lo que estaba haciendo: llorar. Pensó en la bofetada, en la impotencia que había sentido al ser forzado a ingerir algo que no quería comer y en la humillación de verse encerrado en la habitación. Pensó en eso mientras lloraba y pensó también en qué pasaría si, de repente, se pusiera a reír. Y sin darle demasiadas vueltas, lo hizo: entre las lágrimas que le caían e inmerso en las razones por las cuales lloraba, esbozó una sonrisa. Rió con una mueca hierática, tensa, pero rió. Después siguió llorando y al cabo de unos segundos repitió de nuevo la experiencia de la risa, entonces con mayor convencimiento, saboreando el sinsentido del llanto, el sinsentido, en definitiva, de aquella risa también. Comprendió, en ese instante, lo maleables y artificiosos que eran en realidad sus instintos y sus sentimientos. A partir de aquella experiencia, cada vez que lloraba (por un castigo, la pérdida de un objeto que él consideraba valioso o cualquier otra causa), pensaba en lo que estaba haciendo, rememoraba lo experimentado en aquella ocasión en su cuarto, y repetía el juego. Reía en medio del llanto, lloraba y volvía a reír en medio del llanto. Y lo que era mucho más peligroso: cuando sentía una alegría inusitada inducida por cualquier acontecimiento feliz, se habituó a recrear inconscientemente imágenes negativas en su cabeza que le producían dolor, pena o tristeza. Y, en ocasiones, hasta llegaba a provocarse el llanto con ellas.

Estos juegos pasaban desapercibidos en su familia, pero calaron en Miroslav y condicionaron sin remedio el modo en que acabaría relacionándose con su entorno. El niño seguía convencido de su muerte y no veía en sus juegos más que pruebas de que su verdadero yo le esperaba en otra parte. El llanto, la risa, las alegrías y las tristezas no pregnaban su existencia en este mundo porque él, ahí, estaba muerto. Sólo en la «otra vida» podrían llegar a desarrollarse auténticamente. Coleccionaba ya dos muertes y, por tanto, según su lógica, dos vidas le esperaban en esa otra parte que contaba con sus propios habitantes, como por ejemplo Ondina, a quien no dejaba de escribirle versos.

Una mañana al despertar, Miroslav, que tenía ya once años, se vio hablando con otro niño como consecuencia de un sueño que no recordaba. Durante su infancia nunca había tenido auténticos amigos, ni en el barrio, ni en la escuela, y poder conversar de una manera íntima y confidencial con alguien, de aquella manera franca, lo inundó de una sensación desconocida, una alegría que brillaba por sí misma en su rostro. Con ese otro niño, al que saludó como un habitante más de esos mundos que lo esperaban, habló de los asuntos que le importaban, compartió con él los secretos de sus juegos y las reglas que sólo él conocía. Hablaron del mar y de los misterios que éste oculta, del aborto, de sus madres respectivas, de nacer y de morir… y de vivir; de qué era vivir para cada uno de ellos. Después de más de dos horas de conversación, reparó en que no conocía el nombre de su nuevo amigo, y se lo preguntó.

—Me llamo Andrea, Andrea Lucescu —le dijo el niño.
—Yo, Miroslav. Miroslav Mičir.

Y de esa manera quedó sellada una amistad eterna.

El nacimiento de Andrea no se había producido en ningún momento concreto. «Creo que se trató de una aparición, más que de un nacimiento», le decía él. Y este dato le dio confianza a Miroslav. «Vivir, sólo se vive de vez en cuando, en según qué circunstancias. Cuando estoy contigo, por ejemplo. Poca cosa más es la vida», le contaba Andrea cuando Miroslav le preguntaba acerca de la vida. «¿Cómo morir, si apenas se vive?», era su aséptica respuesta en forma de pregunta cuando se le cuestionaba sobre la muerte. Andrea y Miroslav se hicieron inseparables y compartieron largas horas de conversación y juegos durante los siguientes años.

A Baruska no le importaba demasiado que su hijo tuviera un amigo imaginario. Ella misma, de pequeña, había pasado largas jornadas en compañía de una amiga imaginaria a la que llamaba Annuska, cuya amistad utilizaba para confesar cuál de sus primos le gustaba más en cada momento. En cualquier caso, de todas las rarezas del pequeño Miroslav, ésta le parecía la menos peligrosa.

De la mano de su nuevo y único amigo, Miroslav entró en los años de la adolescencia entre charlas, baños en el mar buceando tras la estela de Ondina desaparecida, palabras escritas, recitadas, juegos que se sofisticaban con el tiempo y carcajadas en la habitación que sobresaltaban a la madre y a la bisabuela. Con trece años dio un estirón que pocos habrían vaticinado: creció treinta centímetros en unos meses, con lo que su extrema delgadez se vio acentuada visiblemente. Era más alto que cualquier chico de su edad y también más delgado. En aquellos años, Miroslav evitaba en lo posible que le peinaran e iba siempre con los rizos enredados, por lo que los vecinos, entre una cosa y otra, comenzaron a señalarle y a murmurar de él a escondidas de su familia. En el barrio empezaron a considerarlo un bicho raro y solitario.

Miroslav, no obstante, no hacía caso de las habladurías, las ignoraba y no les daba opción a que pasaran a formar parte de sus elucubraciones. Él se retiraba a sus «pequeños refugios», como comenzó a llamarlos, a escribir, leer o charlar con Andrea Lucescu sin importarle nada de lo que sucedía más allá de esas fronteras. Esos refugios que frecuentaba eran un rincón concreto de la playa, sobre las rocas, de espaldas al mundo; el malecón del puerto, donde podía sentarse a escuchar el monótono tintineo del cordaje de los palos de los barcos al chocar entre sí; su propia habitación; el jardín… Y un lugar indeterminado que Andrea le descubrió, que podía estar en cualquier parte y que dependía más de un estado de ánimo que de un espacio físico. Así pasaba las horas, los días. Así fue como cumplió catorce años y comenzó el Bachillerato. La noche del día que cumplió los catorce, Miroslav tuvo un sueño, y ese sueño volvió a transformarle la vida, a cambiar su mundo interior por completo:

Caminaba relajado por la orilla del mar, sin pensamientos concretos, admirado por la belleza del cielo, de los reflejos del crepúsculo destiñendo el agua de rojo. Caminaba con la asumida convicción de haber dejado de ser un niño, pese a no haber notado ningún tipo de transición ni variación fundamental en su forma de pensar, en su manera de ser ni en en las ideas que había tenido siempre respecto a cualquier cosa. Caminaba por una orilla que no se acababa nunca, extendida hacia un horizonte que difuminaba su contorno en pos de un cielo que se apagaba, brillante de negro. La orilla continuaba recta, el tibio sonido del mar a su derecha restregaba un chirriar de perlas a sus pies. Mar, arena, cielo… y sueño. En el sueño pensó en sí mismo, en lo que él era. En el aborto de su nacimiento, en el transcurso de una vida que era una muerte, en la vida verdadera esperándolo en otro mundo. En su segunda muerte: Ondina en una fracción de segundo, como una promesa eterna agigantada por el recuerdo, inmortalizada por la escritura. Se sintió leve, ligero como una pluma delgada, y comenzó a percibir las primeras transformaciones. Su pelo se desenredó y cayó lacio sobre la espalda, las caderas se ensancharon ligeramente, un temblor húmedo entre las piernas succionó placer y sentido hacia las entrañas y sus vísceras se colorearon de grandeza. El pecho se infló inusitado para dejar nacer la brevedad de unos senos minúsculos. Entonces cantó, cantó con una voz aflautada los versos de principiante, torpes y deficientes, que había escrito durante su corta vida. Los cantó feliz, a viva voz, con las manos a ras del mar que se le abalanzaba, a ras del cielo que se le abalanzó. Y descubrió que se había convertido en mujer, en una chica. Sonrió y despertó.

Al despertar, con esa sonrisa y excitado, comprobó que su cuerpo continuaba igual que cuando se acostó la noche anterior. Lo notó enseguida porque sintió una humedad pegajosa en sus calzones, producto de una polución recién acaecida. Se tocó el pene todavía erecto, lo masajeó y lo sacudió, viscoso como estaba... Y en pocos minutos eyaculó otra vez, completando así su primera masturbación. «Soy una mujer. Con catorce años aborto al hombre y me convierto en una mujer de catorce años para siempre».

Durante el resto del día, su rostro estuvo presidido por una amplia sonrisa que le perfilaba la boca carnosa. Sus gestos se hicieron más lánguidos de lo que ya eran y se jactaron de esa laxitud. Sus pasos adoptaron cierta levedad que imprimía a su caminar una suerte de flotación llamativa que constituiría, a partir de ese momento, su habitual forma de conducirse de un lugar a otro. En cualquier caso, ninguno de estos sutiles cambios suscitó la atención de sus familiares; sólo Andrea

Lucescu le preguntó por ellos. Miroslav le respondió narrándole su sueño, su nueva condición y la excitación que ello le provocaba. Le explicó que sentía sus identidades orbitando a su alrededor como satélites, al alcance de la vista, pero fuera de sí, de aquella vida insignificante, de aquel cuerpo que vivía de su muerte. Y sonrió, carcajeó, porque creyó que era el momento preciso de hacerlo, de soltar una buena y sonora carcajada. Su amigo Andrea le secundó y ambos se entregaron al placer de la risa, al inmenso placer de la risa irracional. Después, Lucescu le confesó que él había dejado de ser lo que había sido, y que nunca había sido nada. «Y siendo *eso* que *ya* no he sido nunca, me considero tu mejor amigo, Miroslav. En el limbo de lo sido, de lo siendo y de lo que sería, me sostengo como una llama imperecedera». Y ante estas frases mayestáticas, no pudieran más que estallar en nuevas y estentóreas carcajadas que, esta vez sí, llamaron la atención de la abuela Anna, quien fue al cuarto a reprenderle por su conducta.

Al caer noche, el chico merodeaba alrededor de su madre. Le sonreía con dulzura y trajinaba con cualquier objeto que se llevaba a las manos. En un momento dado, se dirigió a ella.

—Ahora yo también tengo catorce años, mamá.

Baruska no supo cómo responder ni qué decir. Hacía mucho tiempo que Miroslav no insistía con esa historia de los catorce años. Y, a su edad, pensaba que se le habría pasado esa absurda ocurrencia. La madre medio sonrió, sin saber si le hablaba en serio o si le estaba gastando una broma. Miroslav le guiñó el ojo.

—Ahora sé lo que se siente —prosiguió él— al ser una chica de catorce años. Tengo cero años en el aborto y catorce en la mujer. ¿Y tú, mamá? ¿Verdad que nunca dejarás de tener catorce años, aunque te mueras?

—Miroslav…, pero ¿qué dices, mi amor?

Miroslav Mičir rió.

—Nada, mamá, nada. —Miroslav se acercó a su madre y le dio un prolongado abrazo como hacía muchos años que no le daba. Uno de esos abrazos que un niño indefenso y puro le da a su madre de forma espontánea para demostrarle su amor incondicional y universal—. Nada, mamá, que te quiero mucho.

Miroslav, que le sacaba más de una cabeza a su madre, se agachó y le dio un beso en la mejilla, se separó de ella y, sonriéndole, se marchó a su cuarto. Nunca más volvió a preguntarle nada acerca de su edad, de esos catorce años eternos. Nunca más le insinuó nada acerca de que él era una mujer ni le habló sobre abortos, muertes y vida en otros mundos. Miroslav Mičir nunca más volvió a atormentar a su madre con esos temas; esos temas que eran lo único que revestía una importancia verdadera para él. Se encerró en su cuarto y dejó a su madre en la cocina secándose los ojos empapados de ternura ante el abrazo recibido.

La segunda infancia; el paso definitivo a la adolescencia. Leído en pequeñas dosis de satisfacción continua, como un adicto sibarita y sabio que ha aprendido a controlar sus instintos y disfruta de su droga con un control artístico.

La revolución que se desató en mi interior no tiene nombre. Al leer el sueño de Miroslav en que paseaba por la orilla del mar y se transformaba en mujer, mis sentidos se excitaron. La coincidencia iba más allá de lo imaginable. Como el protagonista de mi última novela, el Señor Sch, Miroslav también se había convertido en mujer. Las consecuencias de esa metamorfosis habían sido cruciales para el devenir de *Amanéceme*, y del mismo modo, por lo que parecía, lo iban a ser para Mičir. La evolución humana llevada al extremo, al momento culminante de su triste existencia. Miroslav Mičir había experimentado con catorce años, en sueños, esa transformación, y seguía los pasos proféticos, ¡mesiánicos!, del Señor Sch. O el Señor Sch seguía los de Mičir sin saberlo (¡o sabiéndolo!), como yo en ese momento seguía los de Miroslav, a distancia y cobarde, oculto en esa buhardilla tras la barrera de mi mudez escribiente, asomado al libro de Vladimir-Miroslav. ¿Qué clase de misterios iban a ser desvelados? ¿Tal vez los de mi propia novela? ¿Se abriría, ardiente como una semilla, el sentido final irresoluble de mi novela cuando leyera la Tanatografía de Seifert entera? La desaparición inmortal de Sch, el nacimiento de su hermana gemela amanecida. *Amanéceme*... «¿Serás capaz de amanecerme, Mičir? Amanecer ¿a quién?», pronuncié frente a su retrato, auroleado por las sombras rojas de la estancia. Entonces sus rasgos más femeninos se adelantaron en el rostro y suplantaron a los otros. Me miraba, y mirándome fijamente a los ojos, me traspasaba y se perdía en un horizonte inexistente, en el infinito mudo de las dimensiones. Sentía mareos, y yo espoleaba esos mareos con alcohol, penumbra, bailes, cerrando los ojos con ligereza, dibujando círculos en la buhardilla. ¿Qué clase de sueños llegué a tener? ¿Qué me decían esos sueños? Demasiada soledad en tantos meses. ¿En tal estado de soledad se puede distinguir qué son sueños y qué no?

Tardé aproximadamente tres meses en leer esas nuevas 193 páginas. No puedo saberlo con exactitud; las únicas maneras que tenía de medir el tiempo en aquel lugar eran la luz solar y la temperatura. Poco a poco los días se hacían más largos y el frío intenso del invierno se desperezaba de sus temblores. Pero yo no le concedía ninguna atención al tiempo. Disponía de muchísimo más del que me iba a resultar necesario para leer las 632 páginas que me quedaban. Jamás miraba la hora y mucho menos el calendario. Fui sin reloj y sin teléfono móvil. Sin mí. Nada me importaba el tiempo. Sólo leía, leía y releía y me emborrachaba y dormía. Contemplaba a Miroslav Mičir, crecido, alto y delgado como la llama de una vela en una habitación cerrada que aspira al cielo, erguida, en busca de oxígeno. Lo veía moverse por la estancia, undoso como esa vela en que me lo había imaginado, con esos movimientos gráciles y ligeros que le describiera pseudo-Seifert, como una mujer que danza a cámara lenta, bajo su retrato, y se desvanece de tanta levedad. Lo contemplaba a todas las horas del día y de la noche. Y cuando mi buhardilla me asfixiaba, me arrojaba a las calles de Constanza. Buscaba los «pequeños refugios» de Mičir sin suerte; me los inventaba y me quedaba largas horas en ellos, sobre una roca de la playa releyendo mentalmente párrafos íntegros, versos; en un punto del puerto al azar a altas horas de la madrugada, cuando no había nadie y los bares habían cerrado; por las calles, con la vista apartada de los transeúntes, que dejaron de existir para mí por completo. Por las calles de Constanza, por sus amplias plazas... y por las tabernas de aspecto medieval que tanto me atrajeron desde un principio y que producían en mí la consoladora sensación de estar fuera del tiempo de mi vida. Tabernas desconocidas en una ciudad desconocida, exótica y casi inexistente (fantasma de sí misma, de la que leía en el libro), tabernas ambientadas en la ilusión de una época falsa, que no le correspondía, que no correspondía a nada en realidad, debido a sus evidentes anacronismos. No obstante, a mí me servían para sentirme en ninguna parte. Ajeno. Fantasma yo también de lo que fui, de lo que dejé de ser por convicción y temor. Yo, en

Constanza, erguido al margen de una identidad que me llevaba a la destrucción (suicidio, crimen, locura), no era más que un fantasma.

En especial frecuenté una de esas tabernas, Dorinta, la que más me gustaba de todas. Pedía una botella de Goldessa, vodka rumano del que me enamoré al primer instante, y me quedaba solo, sentado a una mesa, arrullado por el crujido de las tablas de madera al ser pisadas por los parroquianos, e hipnotizado por las azoradas músicas atávicas de los zíngaros. A veces, se sentaba Giorgio conmigo, el pescador, y me amenizaba la bebida con sus curtidoras historias de alta mar. Un día me presentó a dos o tres pescadores amigos suyos, con los que compartí mesa en más de una ocasión; nos invitábamos a diversas rondas y conversábamos sobre nada. Yo inventaba relatos sobre mi pasado, sobre mis anhelos futuros. Les decía que estaba a punto de heredar un castillo en los Cárpatos y se reían de mí. Que tenía una ancestral ascendencia húngara que me emparentaba con el conde Lucanor (ellos, por supuesto, no tenían ni idea de quién era el conde Lucanor), y yo, borracho, les entretenía con las más disparatadas narraciones neogóticas que se me pasaran por la cabeza. Adoptaba un acento rumano imposible prolongando las erres hasta el paroxismo y sonorizando las fricativas como una serpiente, y parodiaba gestos histriónicos. Mezclaba mitos griegos y los escandalizaba con alguna historia de sexo perverso. Ellos quedaban encantados con mi exagerado acento y con esas narraciones, me daban palmadas en el hombro y me invitaban al triple de copas que yo a ellos. Yo no sabía si lo que les contaba lo había soñado o si era la estancia misma en la taberna lo que soñaba. O si Constanza entera era un sueño interminable.

Mis visitas a esa taberna se prodigaron con el tiempo, y debo reconocer que los minutos que más me delectaban de los que pasaba en ella eran los que podía disfrutar en soledad del grupo folclórico gitano. Cuando interpretaban sus bailes y sus músicas atemporales, me sumergía de lleno en esas melodías. Violines, acordeones, panderetas y otros instrumentos que no había visto en mi vida trenzaban sonatas que entreveraban la alegría más melancólica con una tristeza luminosa capaz de tensar los latidos del corazón, rasgar su piel hasta dejarlo en carne viva. Bebía vodka tras vodka en el interior de esa nube musical de otra época, de otra vida, e inyectaba los ojos en los bailes de las muchachas, que se derramaban fuera del escenario e irrumpían entre las mesas. Revoloteaban con sus faldas de vuelo, blandían incisivas sonrisas de dientes coronados en mudas carcajadas. Los rizos, ensortijados por toda clase de abalorios de cuero, pluma y papel, trepaban por el aire, el humo, la luz y los sueños (los sueños…). Los muslos morenos eran descubiertos en cada salto que daban, las faldas blancas y rojas se elevaban y chocaban entre sí, entre las nubes; los muslos que se perdían esbeltos hacia las bragas rojas de encaje que eran impudorosamente mostradas, con alegría, con arte, con canciones. Al ritmo de lo imperecedero. Esas músicas, esos bailes, marcaban el ritmo de lo imperecedero por ancestral, y también por inexistente, por etéreo. Sólo lo que no existe no puede perecer nunca… (Señor Sch desapareciendo inmortal, pariendo a su hermana gemela… Andrea Lucescu sin ser, Mičir, Miroslav Mičir. Miroslav Mičir… ¿dónde?). El ritmo de los muslos, su intersección en las nalgas, el sexo.

Llevaba más de medio año sin acostarme con nadie. El hervor del deseo, las posibilidades del sexo relegadas en mí a un imposible. El deseo llamaba a la puerta de mi entrepierna;

yo, borracho, ensombrecido, prestaba mi atención a una de las gitanitas que había posado su mirada en mí, sin recato, en numerosas ocasiones. Su mirada de ojos negros y risa descentrada. De sudor y movimiento. Una noche se la mantuve, la mirada, durante toda la actuación, en cada uno de los bailes. Ella se me acercó mientras agitaba la pandereta, la falda por los aires, por mis brazos, con una pierna a cada lado de la silla donde yo me sentaba.

—¿De dónde eres tú, extranjerito? —Acento de las profundidades de la tierra.

—De la tumba de mi destino —le contesté.

—Eso debería decírtelo yo, ¿no crees? —Acento de las profundidades de la tierra.

—¿Y quién eres tú?

—Yo soy la Bruja de Salem, extranjerito. —Acento de las profundidades de…

Siguió con su baile, mostrando más de lo que había mostrado ningún otro día, se acarició el cuerpo mucho más, se relamía los labios lascivos. La falda levantada… La Bruja de Salem. Durante las siguientes noches en las que fui a la taberna, si lo recuerdo, si no me lo invento, hubo más conversaciones, de únicamente dos, tres o cuatro frases, mientras bailaba, mientras yo bebía; siempre que no estaba acompañado por Giorgio y los otros, ella me susurraba su acento de infierno al oído.

También, durante esa época que precedió a la primavera, fui a visitar a Gica para conocer su opinión acerca de mis artículos. Afectado por la evolución del libro, de mis aventuras por las entrañas de Constanza, escuché agradecido lo que tenía que contarme.

—Amigo Ungría, ¡es usted un magnífico ensayista! Si me lo permite, y espero que no lo tome como una impertinencia, le diré que me parece usted aún mejor teórico que novelista.

Le comenté que las dos novelas que había publicado no eran, ni por asomo, mis dos mejores obras como escritor. Le hablé de mi poesía y a punto estuve también de confesarle que mi gran trabajo hasta la fecha era mi última novela, *Amanéceme*, pero un rubor inconsciente me impulsó a callarme.

—Será un placer y un orgullo para mí poder leer esos poemarios —me dijo—. Desafortunadamente, *Espacios ausentes* no llegó a Rumanía y no fui consciente de su publicación.

—Con mucho gusto le conseguiré un ejemplar de ese primer poemario y le entregaré un CD con el segundo, *Lento cataclismo* —le aseguré, y enseguida nos pusimos a comentar los artículos sobre Mičir que escribí para *Alter Eria*. Gica estaba asombrado con ellos, complacido de que por fin, tras George Bataille, alguien profundizara, son sus palabras, de una manera tan brillante en la obra de este gran autor.

—Ya era hora de que se rindiera homenaje a uno de los mayores escritores de nuestro tiempo. Sin duda, el mejor que ha dado estas tierras. ¡Y que haya tenido que ser un extranjero quien lo haga! Siempre ocurre lo mismo: no se valora lo que se tiene en casa.

Departimos durante un par de horas sobre aspectos concretos de los ensayos y contrastamos opiniones acerca de algunas de mis frases más atrevidas. Al finalizar, me propuso incluir esos artículos en una «humilde revista literaria que dirijo en equipo con otras bibliotecas del país y que se reparte de forma gratuita cada mes en distintos centros culturales. Si no tiene inconveniente, yo mismo los traduciré al rumano, con su aprobación final, por supuesto. Lo malo es que no podemos pagarle por ellos, como se merecería un escritor de su prestigio; el presupuesto de la revista no da para retribuir a los articulistas».

—Ningún problema, Gica. Usted me ha pagado más de lo que merecería por ellos con su información y con el préstamo del libro de Seifert. Además, será un placer compartir y ver difundidos esos artículos por los que tan poco respeto mostraron en España.

Unos días más tarde, minutos después de regresar de uno de los «pequeños refugios» de Mičir en la ciudad, llamaron a la puerta de mi buhardilla y me llevé una de las mayores alegrías que experimenté en Constanza. Me traían un paquete desde Barcelona; de Melissa. Lo abrí entusiasmado, preso de una ilusión infantil difícil de justificar. Pero ahí estaba yo, ilusionado como un niño abriendo el paquete que contenía el cuadro de Melissa. No se trataba de una fotografía enmarcada a tamaño real, tal como me había prometido, sino del cuadro original. Un latido pellizcó mi corazón al darme cuenta de la envergadura de su regalo. Antes de perderme en la orgía de colores que era el lienzo, observé su título escrito en la parte inferior del marco: *Autorretrato 2009 (Isolda, Melissa, Jan Ungría y tú)*. Me estremeció. Ese título logró ensartarme de nuevo en la urdimbre de enigmáticos señuelos que era la vida de Melissa.

Lo colgué entre el retrato de Mičir y la claraboya, de modo que en la pared se confeccionaba una cadena de ventanas que gradualmente viajaban de la forma a la desintegración, de la desintegración a la forma (retrato, dibujos sin figuras, aire-cielo, y viceversa). Contemplé el cuadro con detenimiento durante más tiempo del que quiero ponerme a calcular: un caos de verdes, azules y rojo; trazos pintados unos encima de los otros, sin compasión por la forma, por la geometría. La textura se apelotonaba gruesa en unos costados y en otros permanecía más ligera y aguada. Aquí y allá se sugerían unas pupilas, la figura insinuada de unos párpados, quizá la silueta de unos dedos o la línea de un horizonte imaginario. Tardé varios minutos en comenzar a distinguir esas supuestas formas, aunque cuanto más tiempo permanecí observando el cuadro, más figuras creía identificar. Hasta que, en un momento dado, cuando ya se me nublaba la vista o posiblemente me había quedado dormido, advertí claro y nítido, como una aparición, un rostro entero: el de Melissa, sonriendo, con los ojos cerrados, feliz, pero con un matiz diferente, una mueca distinta en su risa que tan bien conocía, en su mirada… Era ella, pero más clara, más libre, más inasible… ¿Su hermana gemela? ¿Isolda? Parpadeé unas cuantas veces como si despertara de una ensoñación, y vi de nuevo el cuadro tal y como se me apareció en un principio: una orgía de verdes y azules… y rojo. Me restregué los ojos y me tumbé en la cama para leer la carta que acompañaba al cuadro. ¿Qué decía esa carta? ¿Qué decía, en esa carta, Melissa?

«Barcelona, 12 de abril, 2009.

»Hola, mi genio.

»No sé por dónde empezar. Tengo tantas cosas que decirte, me gustaría contarte tantas cosas que estoy convencida de que no seré capaz. El caos habitual de mis pensamientos se multiplica cuando escribo, y nunca sé por dónde empezar, cómo continuar, cuándo finalizar con lo que bulle en mi cabeza. Empezaré por el cuadro. Por fin lo terminé; me ha llevado más tiempo de lo que pensaba porque no quería separarme de la sensación de estar pintándolo, pintándome, pintándonos… No quería quedarme sola sin ese estado. Como me he quedado tras acabar de leer tu novela. Pero eso te lo explicaré después, debo ir por partes.

Cuando empapaba mis manos en la pintura y me zambullía con ellas en el lienzo creía diluirme en él. Tocar literalmente mi rostro líquido pegado al de mi hermana, acariciarlo mojado: el rostro, la piel, los sentidos que se disgregaban más allá de los cuerpos, por la tela…, la vivía a ella en mí. Y a ti. Sí, a ti, mi genio salvaje. A ti también, a tus ojos, tus dedos largos y delgados de pianista de las letras. A ti, fundido en los colores, en la piel de Isolda, en la mía y en la de… ¿En la de quién más, mi genio? ¿Podrás resolver tú este nuevo misterio? ¿Quién más se desenvuelve sinuoso en ese cuadro? ¿Mičir, el Señor Sch, su fantástica hermana gemela? No sé, no lo creo, quizás algún otro. Cuando trastoqué, mudé y trastorné cientos de veces los rostros, dedos, cuerpos, sentidos, entraña; cuando la piel de mis manos no pudo soportar más las grietas y las arrugas de la humedad de la pintura, decidí darlo por concluido. Con todos sus errores, carencias, manchas, imperfecciones… No daba más de sí. No pude darlo más de sí. Cuánto me entenderás, tú que exploraste los límites hasta el paroxismo, que trataste de rasgar sus fronteras a través del exceso. Que lo abandonaste todo por esa causa, por no poder dar más de sí esos límites sin caer en la desesperación (sé que lo conseguirás, sabemos que lo conseguirás a pesar de todo, a pesar de que hayas desistido, de las consecuencias que vaticinaste, a pesar de ello nosotras sabemos que conseguirás transgredir esas fronteras). De modo que le puse el título al cuadro, lo firmé y decidí dejar la obra tal cual. Yo no soy pintora, no soy una gran artista como Mar, como tú. Sólo soy la que sueña, la soñadora; la que lee, la que contempla a su alrededor los signos de la vida; la que mira y cree, la que construye con esa creencia las cosas que lee, mira, descubre y contempla. Soy la que sueña con ello. La que cree en ti. Así que no importa que mi cuadro no sea una obra de arte, pero ese cuadro soy yo, somos nosotros, y quería regalártelo. Me pareció absurdo enviarte una reproducción. Deseaba que lo tuvieras contigo, que lo vieras y sintieras tal como yo lo contemplo en este momento, mientras te escribo estas líneas. Cuélgalo en tu buhardilla y míralo un ratito cada día. Isolda y yo te observaremos desde allí, tú mismo te contemplarás desde allí, enardecido, repleto, esperándote; *él* te mirará… desde allí. Y te alentaremos. Míralo un ratito cada día, y me harás feliz.

»Feliz como me has hecho al escribir esa obra maestra. *Amanéceme* es una obra maestra de nuestro tiempo, comparable sólo a las grandes obras maestras de la historia del arte. Podría gastar hojas y hojas y hojas en describirte lo que me ha hecho sentir, los significados que he hallado en sus páginas. Pero entonces no pararía nunca y jamás podrías recibir esta carta. Creo que en esta novela están diseminados la totalidad de los enigmas de mi vida; de mi vida y, pienso, de la humanidad entera. Me la estoy leyendo por segunda vez. Teniendo en cuenta que la primera la leí por triplicado, será mi cuarta lectura de la obra. Quiero aprenderla de memoria, entera, las 313 páginas. La experiencia catártica del Señor Sch es sublime, sublime sin interrupción, como decía Baudelaire. Su transformación en mujer, la cadencia de sus metamorfosis, el ritmo de su cuerpo al elevarse a la categoría 'mujer', barre, de una vez por todas y tajante como un hacha de placer, los feminismos y postfeminismos que pudieran todavía existir. Feminismos decadentes, viciados y ridículos. Jan Ungría, eres el único y último verdadero feminista de la historia. Y contigo se elimina el concepto para siempre. Nunca sentí de una manera tan extraordinaria, con tanto esplendor, la experiencia de sentirme mujer, y te aseguro que siempre había sentido un orgullo enorme por mi condición. Ahora sé que tú también eres una mujer; tienes que serlo, no cabe duda.

»He disfrutado sin reparo (y me daría demasiada vergüenza confesarte a qué me refiero con lo de "sin reparo") de la lectura, de la ascensión de Sch a los montes que colindan con el cielo, de su descenso (¡*Zaratustra transexual!*, inmenso, Jan, mi genio, soberbio) al pueblo de los hombres. Sus traspasos de fase en fase. Atas, como nadie, los eslabones difusos de cadenas simbólicas que todavía no tienen nombre. ¿Adónde me has llevado? Veo cosas, Jan. Perdona que interrumpa el comentario de tu novela, pero no puedo dejar de expresarlo ahora. Veo cosas, veo las consecuencias de tu libro en el mundo. Mis paseos nocturnos están aderezados como nunca por visiones que me llaman. Veo puertas, veo encajar mundos entre sí que me separan de éste. No sé dónde estás (¡Constanza!), ni qué piensas en estos momentos, pero veo cosas que se unen. Así como el Señor Sch enlazaba su destino mediante sus pasos (el destino inmortal de su presencia, ajena al universo), así veo yo encajar mis misterios en el mundo. Brillan. Aunque no sepa aún para qué ni cuándo. ¿Me lo acabarás diciendo tú, mi genio?

»Disculpa, se me va la cabeza. No sabes cuánto echo de menos, en momentos como éste, poder mandarte un mensaje al móvil y quedar contigo en nuestro bar, a altas horas de la madrugada, y charlar sobre estas cuestiones de las que sólo puedo hablar contigo. Y ver tus ojos poderosos, la elegancia de tus movimientos, de toda postura tuya, sentado a la mesa, escuchándome y luego derramando de tu boca las frases más adecuadas y mágicas, hechicero de la lengua.

»Pero no pasa nada, todo está bien como está. Tú debes estar allí, en Constanza, y hacer lo que has ido a hacer a ese lugar.

»He quedado intrigadísima con tus progresos. Me encanta la forma que tienes de relatarme tus aventuras allí, ya lo sabes: tus palabras me inflaman. Me he enamorado de la biblioteca de Gica. Daría todo lo que tengo hoy por adentrarme por sus vetustos pasillos y pasar una noche encerrada en ella. La playa, las tabernas, los cánticos gitanos. Estoy deseosa de conocer la vida de Miroslav Mičir, cómo prosigue su infancia, cómo llegó a ser lo que fue, o lo que no fue, cómo escribió sus libros. No dejes de contármelo. Sé que en ese libro se hallan las claves de tu vida; como yo he encontrado las mías en el tuyo. Vuelvo a hablarte de ella, de tu novela, aunque esté agotada de escribir. La parte final del libro es apoteósica. No podía dejar de llorar. Temblé hasta tener que abandonar el libro encima de la mesa cuando comprobé que Sch estaba embarazada y que el fruto de su vientre era su hermana gemela. No sabes lo que eso significó para mí. Alzada y deshecha, inmortal, exprimida de sí, parió a su hermana gemela. Amanecida… ¿En qué consiste ese nuevo amanecer, Jan? ¿Será el de Isolda, el de Isolda en mí? Así lo vivo, lo vivo y lo presiento. Isolda habita en mí. Me vuelvo loca. Como tú. No olvides mis últimas palabras al despedirnos… No debería haber dicho eso, lo siento (pero no lo tacho). Estuve fantaseando con la posibilidad de quedarme embarazada al acabar de leer la novela, ¿te lo puedes creer? Embarazada de Isolda… ¿Sabes lo que supondría? ¿Es ése el nuevo amanecer que me espera, la promesa por fin cumplida? Río y lloro a la vez. No sé ni lo que digo. Sé que no, que hay otras claves por resolver. El misterio está de nuestro lado, siempre. No lo olvides: creo en ti.

»Persiste, mi genio.

»Un beso desde este lado.

»Melissa

»P. D.: Hace dos semanas estuve con Mar, en Sevilla. Me invitó a pasar unos días con ella. Hicimos un montón de cosas juntas y nos pasamos horas hablando sin parar. Te lo dije: es un encanto. La magia le rebosa por las cejas. Y tiene un acento tan gracioso… Ella también trata de resolver las claves de sus enigmas, de sus historias. La de su hermano gemelo, que sueña que le robaron. ¿Lo recuerdas? También hablamos mucho de ti, me dijo que te pidiera permiso para dejarle *Amanéceme*, ¿puedo? Desea tanto leerla. Ha estado un poco enferma, pero ha resurgido con más fuerza y energía que nunca de su enfermedad y está preparando una nueva serie de cuadros sobre animales mitológicos. Me manda un beso para ti. Su voz huele a sal, ¿te lo puedes creer?».

10

Me acerco con cautela al final. He logrado encauzar la línea descascarillada de mi pensamiento y relatar lo acontecido. Avanzo, queda poco. ¿Cuántas cosas me habré dejado en el *tintero*? ¿Cuántos hechos relevantes? Ahora eso carece de importancia. Llego con la lentitud de mis pensamientos a la parte final de lo existido y no voy a retroceder. Esto es lo que he sido (he estado siendo), lo que me ha traído hasta aquí y de donde debo extraer el «motivo» que me impulse de nuevo al abismo.

El abismo me mira, blanco: la cuartilla quieta que espera el arrebato viril de quien la mancille, la inunde de tinta que engendre sentidos. ¿Sentidos? Más bien abortos, siempre abortos. Tan bien lo sabía, Miroslav. El universo es un aborto. Nuestros intentos por germinar de vida las hojas en blanco fueron en vano, al menos de vida para nosotros…, los que nos quedábamos fuera de esas páginas. ¿Qué vida? A vueltas con eso. ¿Dónde queda la vida?

Prosigo. No hay razón para detenerse y realizarse de nuevo las mismas preguntas de siempre. Me queda poco para concluir. La parte final. La noche de fuera no cede ni un retal de cielo a la luz. Es la noche. Continúo el absorto relato en mi mente. El cuadro y la carta de Melissa. Tanta pasión en cada uno de los actos y las palabras de ella. Toneladas de fe arrojadas sobre mí, abrumándome. Cada carta suya era como una mano que me aupaba a lo infinito; de donde yo pretendía alejarme, de donde yo, con más exactitud, pretendía resguardarme. Una mano que me aupaba y a un mismo tiempo desdibujaba corduras, como quien remueve en la arena un dibujo trazado con el dedo. Miedos, por encima de todo, lo que yo había tenido era miedo de acabar con lo que me rodeaba de la manera más trágica, por eso tuve que abandonarme, abandonarlo. Dejar que fuera Mičir, él, quien lo hiciera. Pero tenía que saber qué, qué es lo que había hecho. ¡Necesitaba saber hasta dónde podría haber llegado! Adónde me hubiera llevado la escalada de excesos delirantes de la escritura; qué clase de crimen, locura y… suicidio hubiera ejecutado. Sed. Mi salvación consistía en poder averiguarlo sin ponerme en riesgo. Miroslav Mičir se había sacrificado por mí cien años atrás, como un Cristo sacrílego, y yo tenía que vivenciar ese sacrificio, esa entrega, esa incondicionalidad a la escritura que yo había rechazado.

Pero aún queda un poco para eso. Sigo con el libro: Miroslav tiene catorce años. Acaba de iniciar sus estudios de Bachillerato, pese a lo cual, Vilem, su padre, lo obliga a trabajar con él en la herrería. Considera que debe aprender un oficio para ganarse la vida y que los estudios no van a garantizarle el pan en un futuro. Miroslav accede sin rechistar, y enseguida descubre en el hierro un mundo apasionante con el que complementar sus juegos y sueños.

En sus primeros escarceos con la herrería se quedó embobado con el fuego, con el baile de las llamas y con el poder que aquél ejercía sobre los distintos materiales; la manera como los moldeaba y se doblegaban ante su influjo etéreo e inmaterial. Disfrutaba con sólo contemplar el fuego líquido en los hornos, el acero ardiente retorciéndose, la sinuosidad de las formas previamente rígidas. Aparte de realizar el trabajo que se le encomendaba, Miroslav se quedaba unas horas más en la herrería forjando sus propias creaciones. Le costó esfuerzo y dedicación hacerse con las herramientas y manejarlas debidamente, pero en poco tiempo lo que eran ondulaciones caprichosas del hierro en sus manos se convirtieron en pequeños objetos delicados, en auténticas figuras que lo maravillaban. Los primeros de esos objetos (vasijas y representaciones de artilugios de la vida cotidiana) fueron expuestos de adorno en las repisas de su casa. Tanto la madre como la bisabuela alentaron la nueva afición del chico; sin embargo, Vilem consideraba que esos artefactos no servían para nada y que debía dedicar su tiempo al trabajo de verdad y a los estudios.

—Vilem, el muchacho ha sacado siempre muy buenas notas y nunca ha faltado un día al trabajo, deja que se entretenga con lo que quiera —le recriminaba Baruska.

—Lo único que digo es que el tiempo es muy valioso, y no hay que perderlo en cosas que no sirven para nada.

En esas conversaciones, que se repetían a menudo, solía intervenir la abuela Anna intercediendo en favor de Mirsolav. En cambio, él se mantenía al margen. Continuaba siendo un chico callado en casa, y no participaba de las charlas familiares, ni siquiera cuando lo tenían a él como protagonista. Con la única persona con la que todavía mantenía algunas conversaciones de larga duración era con su bisabuela, pese a que, desde que la nieta se lo prohibiera, jamás volviera a adentrarse en temas esotéricos o místicos.

Su pasión por la forja de objetos creció en la misma medida en que lo hacían sus habilidades. Con el paso del tiempo mejoró su técnica y fue capaz de moldear a su antojo cualquier material que cayera en sus manos, y pronto comenzó a realizar con esa materia auténticas esculturas. No se contentaba con imitar los objetos de su realidad circundante, sino que empezó a elaborar figuras de formas retorcidas difícilmente clasificables. Miroslav inventaba con esas esculturas aspectos de los mundos que lo esperaban, que estaban siendo vividos por él más allá de la muerte de esta vida. A su madre, estas nuevas creaciones no le gustaron y no quiso adornar la casa con ellas.

—¿Por qué no vuelves a hacer las figuritas que hacías al principio, Miroslav? —le preguntaba ella.

—Estoy creando.

—Sí. Pero podrías crear cosas que existieran de verdad.

—Creo cosas para que algo *por fin exista* de verdad.

Cuando las breves conversaciones entre madre e hijo adquirían esos matices, Baruska se apresuraba en darlas por terminadas.

El joven Miroslav almacenaba con celo en su cuarto las esculturas que realizaba, incluso las fallidas, «los pequeños abortos», como él los llamaba. Durante un mes se aplicó en exclusiva a elaborar un conjunto de formas parecidas a manos; manos con dedos extremadamente largos y delgados, raquíticos y estremecidos, que se alzaban al cielo o caían hacia el suelo en busca desesperada de un contacto que nunca recibían. Al final, se obsesionó con la creación de ojos, de las más diversas estructuras, formas y tamaños, pero siempre de un aspecto ondulado, frágil, inexacto. Una de estas figuras de acero la ató a una cinta de cuero y se la rodeó del cuello en forma de colgante: un ojo alargado, ondulado y con una gran pupila en espiral en el centro. Nunca más se separó de él.

Las únicas personas con las que podía hablar del significado de estas esculturas eran la abuela Anna, que siempre estaba presta para escucharlo y, sobre todo, su amigo imaginario, Andrea Lucescu. Andrea y él conversaban de cada una de estas creaciones.

—No sólo son objetos de esos *otros lugares* —le decía Miroslav—, también son sentimientos, gestos, pensamientos que sólo se viven allí. —Le enseñaba una escultura en concreto y continuaba—: Esto es una carcajada limpia, una carcajada que aquí no se entiende, que nadie puede emitir ni comprender. Eso otro es el llanto verdadero, el que te devuelve la tristeza. Y aquélla..., aquélla es una cosa que todavía no comprendo. Estas esculturas son la única manera que poseo, aparte de la escritura claro, para que *lo otro* exista aquí, en mí.

Andrea le respondía con pasión que captaba en cada detalle de cada una de esas figuras lo que él le explicaba. Le decía que entendía mucho mejor el mundo de esas esculturas, de sus poemas y de sus sueños que el mundo real, al cual no se sabía adaptar.

—¿Qué es el mundo real, Miroslav?

—Allí donde estamos siempre que deberíamos estar en otra parte.

—Qué farsa tan extraña ésta de la realidad, ¿no es cierto?

Pero, paulatinamente, Andrea Lucescu dejó de visitarlo. A lo largo de esos años de adolescencia, su presencia se redujo hasta casi desvanecerse. Andrea Lucescu se le desvanecía. De estar cada día juntos, pasó a verlo tres o cuatro veces por semana, luego una. Más tarde sólo una vez al mes. Y, por añadidura, cuando estaban juntos, su imagen no le resultaba tan nítida como al principio, ni su voz; ni su naturaleza le parecía tan sólida. En esos breves encuentros, sin embargo, mantenían todavía el más estrecho de los lazos y las más significativas de las conversaciones.

—Creo que me estoy yendo para siempre, Miroslav —le decía Andrea—. Del mismo modo que aparecí sin nacimiento, ahora desaparezco sin muerte. Qué cosa más extraña, la vida. ¿Dónde se vivirá?

—Siempre en el otro lado, Andrea.

—Cuando desaparezca por completo, te esperaré. Tú tampoco has nacido todavía, seguro que hay una vida que nos espera en la desaparición.

—Seguro que sí, Andrea. Mis esculturas, mis versos, mis sueños; todo ello contribuye para hacer efectiva mi desaparición definitiva en este mundo. Cuando concluya mi plan y desaparezca yo también, iré a tu encuentro.

Andrea Lucescu dejó de visitarlo de forma definitiva cuando Miroslav cumplió dieciséis años. Aun así, Miroslav continuó hablándole, ofreciéndole esculturas, explicándoselas. Siguió pensando en él, en las conversaciones que habían disfrutado juntos, en aquello que habían aprendido. «Construcciones», pensaba Miroslav, «todo son construcciones; sólo hay que ser lo suficientemente ingenuo y fuerte como para creer en ellas y luego ser capaz de edificarlas y sostenerlas. Todo son construcciones».

Dos meses después de la última conversación mantenida con Andrea, Miroslav vivió el momento más duro de su vida. Al volver de sus estudios, a la hora de comer, se encontró a su madre llorando en el salón. Nada más verlo, Baruska se arrojó a los brazos de su hijo y lo abrazó con fuerza. «La abuela ha muerto, cariño», le dijo. Y esa frase recorrió su entendimiento como lava hirviente. Una frase que se le grabaría a fuego en el corazón para el resto de sus días: «La abuela ha muerto, cariño». «¿Muerto?». «Sí, era muy mayor. Se le ha parado el corazón».

Muerto... Miroslav se despegó de su madre y se encerró en su cuarto. Fue incapaz de llorar. La rabia, la tristeza y la pena conformaban un coágulo de horror en su pecho que le impedía dar rienda suelta a lo que sentía. ¿Y qué sentía? Pensó en el juego que llevaba a cabo cuando era niño, la risa-llanto. En lo voluble que había conseguido que le resultaran los sentimientos, el enfado, la tristeza gracias a ese juego. En ese momento se propuso reír, como lo hacía de pequeño. Pero del mismo modo que no podía llorar, tampoco consiguió reír. «Muerte». Muerte... Muerte... Musitó unos minutos en ese estado catatónico: «Muerte, muerte, muerte...». Alzó una de sus manos, la miró. Miró las que tenía repartidas por su cuarto en forma de esculturas. «No estoy aquí», pensó, «yo no *puedo* estar aquí». Pensó en la abuela Anna, la recreó en su mente, su rostro tierno, su voz cariñosa, sus palabras que tanto lo ayudaron de niño, su amor inconmensurable. Pensó que nunca más la volvería a ver... y se derrumbó. Se tumbó en el lecho y, entonces sí, al cabo de una hora rió, rió en un llanto asfixiado. Se rió ante la vida, la muerte, el mundo, la realidad..., toda esa absurdidad. Carcajeó con la boca a punto de explotar; se arañó con desesperación la cara, y se durmió.

Sus padres no le hicieron ninguna pregunta acerca de las heridas de su frente. Ni de los gritos que profirió durante la noche. Baruska y Vilem dejaron que el chico padeciera la muerte de Anna a su manera y no se entrometieron cuando decidió no asistir al funeral. Durante una semana se encerró en la herrería y forjó un símbolo que le había visto a la bisabuela varias veces, entre sus libros, y bordado en algunos de sus vestidos. Un símbolo alquímico a buen seguro. Cuando quedó satisfecho con el resultado, se dirigió al cementerio y lo enterró junto a la lápida que llevaba su nombre. «Tú me enseñaste que toda muerte supone un nacimiento; yo te digo que no hay ni muerte ni nacimiento. Vuela».

Miroslav pasó unos meses meditabundo, más ajeno que de costumbre a lo que sucedía a su alrededor. Aun así, no desatendió ni sus estudios ni su trabajo en el taller del padre. Al cabo de poco tiempo, recuperó su carácter habitual, se enfrascó más que nunca en la lectura, la escritura y la escultura, y adquirió cierto brillo en los ojos que provocaba que muchos de los clientes de la herrería apartaran la mirada de él. Otros, sin embargo, quedaban hechizados. Una de estas últimas personas era una muchacha de quince años, hija del tendero de la esquina. No sólo no apartaba la mirada, sino que la mantenía fija en sus ojos, más de lo considerado normal. A Miroslav enseguida le gustaron sus facciones delicadas, los largos tirabuzones rubios que le caían por los hombros, el sombrero de ala ancha decorado con cintas azules que siempre llevaba, los delicados brazos movidos con tanta prudencia. Isabel iba a la herrería a recoger encargos de su padre, y siempre se demoraba más de lo estrictamente necesario a la espera de que apareciera Miroslav y fuese él quien la atendiera. Una tarde se citaron para pasear por la avenida que une el puerto con la playa y charlaron. Isabel se mostraba tímida y apenas contestaba a las preguntas de él, aunque su mirada dejaba traslucir un evidente interés por lo que Miroslav tenía que decirle. Se citaron varios días más, y la timidez de la chica fue desarmándose.

—Me gusta mucho ese colgante que llevas. Es un poco raro, ¿no?

—Lo he hecho yo.

—¿Ah, sí? ¿Y qué es? Parece un ojo.

—Sí, es un ojo que sirve para mirar las cosas que no se ven.

Isabel rió.

—¿Ah, sí? ¿Y qué cosas son ésas?

—La realidad es una farsa, Isabel. Lo que vemos con nuestros ojos, lo que captamos con nuestros sentidos, no es más que una imposición. El ojo que llevo al cuello es un símbolo de lo que veo más allá de lo que se ve a simple vista. De aquello que existe en otro lugar, donde mi vida cobra un sentido, y no aquí, en este mundo de mierda.

—Huy... —Isabel se tapó la cara con las manos, ruborizada, mientras Miroslav explotaba en una estridente carcajada—. Qué cosas más raras que dices. Si te escuchara mi padre...

—Muy pronto me escuchará, Isabel. Muy pronto todos los padres del mundo escucharán lo que tengo que decir, que es mucho. Todo el mundo, todos los padres; Dios, el primero.

Isabel se santiguó.

—Eres un blasfemo, Miroslav. —Pero lejos de pronunciar esa frase como un reproche, la chica lo hizo con amordazada lujuria.

—Sí, lo soy. Soy el mayor blasfemo de la historia de la humanidad. Y pronto se enterará el mundo entero.

—Me asustas. —E Isabel palpitaba de emoción.

—No tienes nada que temer. Todo ha ocurrido ya...

—¿Cómo que ha ocurrido ya?

—Sí, alguna vez, en alguna parte. Todo ha ocurrido ya... —La vista de Miroslav se perdió en algún lugar del infinito. Allí donde nacía una risa que iluminaba su rostro. El rostro de un muchacho cuyas facciones comenzaban a parecer las de un hombre.

—No entiendo nada de lo que dices..., pero me encanta escucharte.

—La herrería de mi padre está cerrada ahora —dijo él de pronto, al volver en sí—. No hay nadie y tengo la llave.

—¿Y qué? —Isabel miraba hacia otra parte.

—Puedo enseñarte algunos secretos de la forja de la materia.

—Ah.

—¿Quieres venir?

—Bueno...

Miroslav e Isabel entraron a la herrería. Él encendió algunas velas y alumbró su sonrisa de perfil. A ella sentada en el suelo.

—Me encantaría verte desnuda, Isabel.

—Qué cosas dices...

—Desnúdate para mí, por favor.

Miroslav nunca había visto a una mujer desnuda. Quería verla. Deseaba satisfacer un deseo que se filtraba, escurridizo, por las rendijas de sus sueños, de muchos de sus pensamientos y versos. Ondina... ¿Dónde estaba Ondina?

—Hazlo tú primero.

Miroslav se quitó la ropa. Se ruborizó. La chica rió excitada, con las manos medio ocultándose los ojos.

—Yo tampoco he hecho esto nunca, Isabel. Estoy tan asustado como tú. —Y no pudo evitar sonreír por dentro enervado y poderoso, a pesar de que lo que acababa de decir era absolutamente cierto.

Isabel se puso de pie. Se quitó el sombrero, los guantes, los zapatos, el vestido y las enaguas. Y se quedó desnuda, balanceándose sobre sí misma. Miroslav pensó que ver el cuerpo de una chica desnuda era glorioso; se aproximó y la abrazó. Y del recuerdo de ese primer contacto nacieron cientos de versos posteriores; del tacto, el calor, la textura, los latidos, las huellas, el sentimiento, la excitación, la ansiedad, el rubor, el éxtasis. Miroslav e Isabel, esa tarde, hicieron torpemente el amor entre risas, gemidos y quejidos. Pero tan sólo fue la primera de muchas otras tardes en las que perfeccionaron su técnica amatoria y en las que aprendieron a disfrutar del tesoro que acababan de descubrir. Al cabo de tres meses, Isabel, entre sus brazos, le dijo que lo quería.

—¿Tú no me quieres a mí?

—Todavía no sé muy bien qué responderte a eso...

Isabel se incorporó.

—¿Cómo que no?

—Yo te quiero, claro. Te quiero... mucho. Pero... —Miroslav pensaba en Ondina. Pensaba que Isabel le gustaba bastante, que parecía un ángel, que estaba a gusto en su presencia. Pero también pensaba que ella no comprendía nada de cómo era él en realidad—. Además, eres muy mayor para mí —acabó por decir, riendo.

—Cómo voy a ser mayor, ¡si tengo un año menos que tú!

—Lo sé, pero yo, en realidad, tengo catorce. No te lo he dicho nunca, pero tengo catorce años... y, además, ¡soy una chica!

—No empieces con tus tonterías. —Isabel se levantó y buscó su ropa para vestirse—. Empiezan a no hacerme gracia.

Sólo dos meses después, Miroslav decidió dejar a Isabel al ver que ella le exigía más de lo que él podía ofrecerle (aunque, en el fondo, la cuestión era al revés). A partir de ese momento, se dio cuenta de lo difícil que le resultaría encontrar a alguien de quien enamorarse. Alguien con quien compartir la vida. Durante esa época, tuvo varias relaciones más con algunas otras chicas de las cuales creía enamorarse perdidamente en un principio. Pero al cabo de pocas semanas, descubría lo poco que tenían en común con él. La imagen de Ondina, dibujada en el recuerdo, recreada en sus poemas, iba adquiriendo dimensiones más rotundas, y ninguna de las chicas que conocía estaba a esa altura. Por mucha pasión que él impusiera a sus escarceos, por mucha ilusión que derrochara en cada cita, siempre llegaba un momento en que algo se quebraba. Tanta expectativa siempre quedaba malograda por una u otra causa.

Así llegó hasta su último año de Bachillerato; cumplidos los dieciocho años, Andrea Lucescu era un melancólico recuerdo que espoleaba sus instintos más excéntricos y alguien a quien hablar cuando más solo se sentía; tal como los religiosos oran a Dios o van al confesionario, Miroslav invocaba la presencia del desaparecido Andrea Lucescu. Continuaba escribiendo sin parar, leyendo y construyendo esculturas. En ese año se dedicó a la creación de objetos físicos que representaban los sonidos ininteligibles del ser humano: una larga lista de onomatopeyas convertidas en materia; y cuando observaba esas esculturas sentía el significado profundo de esos sonidos. Salió con un par de chicas más y se extravió en sus «pequeños refugios» siempre que lo necesitó. Pero si aquel año estuvo marcado por un acontecimiento crucial, ése fue sin duda su encuentro con quien iba a ser, el resto de su vida, su gran amigo: Jaroslav Bejbel.

Jaroslav, un muchacho checo recién llegado a Constanza, se había incorporado al curso de Miroslav ese año. Nada más verlo, Miroslav percibió que se trataba de alguien diferente a los demás. De hecho, cuando entró al aula, los otros chicos lo miraron murmurando entre sí. Sus ropas eran extravagantes y su porte llamaba poderosamente la atención. Todo en él parecía marcado con un toque de distinción, era un auténtico dandi, de los que tanto había leído. Aquello sumado a su procedencia conformaba un conjunto que lo atrajo enseguida.

A nadie le extrañó que, desde los primeros días, Jaroslav se hiciera amigo del chico huidizo de mirada provocadora y cabello indomable que merodeaba a sus anchas por la ciudad. Eran tal para cual, solían decir en la escuela y en el barrio: dos mundos apartados de los demás que se atraían entre sí. Sus primeras conversaciones versaron sobre literatura y filosofía. Se daba el caso de que el padre de Jaroslav tenía varios negocios, entre ellos, una librería. De modo que el hijo había tenido acceso a un sinfín de libros durante toda su vida.

—Y no a los libros que se leen en la escuela o leen las señoritas, ¡libros de verdad! —Jaroslav le puso enseguida al tanto de los grandes nombres de la filosofía centroeuropea: Kierkegaard, Schopenhauer, Fichte, Schlegel—. Y el más importante de todos ellos, el que va a cambiar el transcurso de la historia del siglo xx —le decía, vehemente, Jaroslav—: Friedrich Nietzsche.

Le dijo que la verdadera poesía se estaba escribiendo actualmente en París. Que Lord Byorn, Eminescu, William Blake, Chateaubriand, Goethe estaban muy bien, pero nada comparado con Verlaine, Rimbaud o Lautréamont.

Pasaban las horas en la librería del padre y leían y comentaban esos libros; de esta manera se forjó entre ellos una amistad irreemplazable que duraría hasta el final de los días de Miroslav.

Mientras leía ese encuentro entre los dos amigos traspasé el ecuador del libro; me quedaba menos de la mitad por leer: 421 páginas. Miroslav se había adentrado en los cuerpos de las mujeres, en sus almas, desplegaba su fuerte personalidad en el mundo y acababa de conocer al que sería su amigo y confidente el resto de su vida, Jaroslav Bejbel: cómplice en la trama de la publicación heterónima de la tanatografía que estaba leyendo. Además, resultaba que Mičir había compaginado el arte de la escritura con el de la escultura: sorprendente descubrimiento.

Durante el tiempo que tardé en compartir con Miroslav ese fragmento de su vida, de los catorce a los dieciocho años, el verano llegó a Constanza, a «mi Constanza». La apacible ciudad portuaria se convirtió de la noche a la mañana en un enjambre de turistas que llegaron de los más diversos lugares del mundo y coparon las extraordinarias playas de su costa. El calor aligeró mi vestuario y también la pesadez de mis pensamientos, que correteaban por el cerebro sin descanso, frenéticamente, en busca de huecos vírgenes que inundar con imágenes de Miroslav Mičir. Imaginaba cómo sus delicados dedos moldeaban formas incoherentes con mi masa encefálica, esculturas mentales para expresar lo que no se puede decir con las palabras, para expandir el silencio estremecedor de las palabras. Su mirada fija, aunque esquiva, desde la pared, troceaba el sentido unívoco de mis percepciones y convertía mis sentidos en un crisol de posibilidades. Todo ello mientras pudiera alargar la lectura de ese libro. Mientras pudiera mantener encendida la llama de la incertidumbre, de lo por venir; intacta la promesa de una resolución de mis ansias, aunque estuvieran suplantadas por las suyas. La torpe esperanza de verme realizado en el final de esas páginas, llevado más allá de cualquier frontera; aquellas que yo no me atreví a traspasar.

Hacía mucho calor. Jamás pensé que en un país tan escorado al Este pudiera hacer ese calor, aunque fuera verano. Así que tomé por costumbre darme un baño al atardecer, hacia las ocho, cuando la plaga inmunda de turistas comenzaba a recoger sus ridículos bártulos playeros y se marchaba de vuelta a sus hoteles. Mi piel se habituó enseguida a las templadas aguas del mar Negro, que me acunaba en un abrazo cálido de destellos naranjas. Nunca vi un cielo igual; nunca de esa manera reflejado en la superficie marina. Retozaba en esas aguas como quien deja el mundo de lado y olvida su existencia en la tierra. Exactamente eso es lo que hacía. Nada me importaba. Imaginaba cómo el pequeño Miroslav buceaba entre mis piernas, debajo de mí tras su Ondina imposible; lo perseguí cientos de veces, buceando yo también al rebufo de las estelas de los sueños irrealizables, de las fantasías nunca llevadas a cabo, pero tan bien construidas. Y luego regresaba mojado a casa, y bebía o leía o miraba el rostro de Miroslav, el cuadro de Melissa; la mayoría de las veces hacía todas esas cosas, sin saber en qué orden; de tal manera se disgregaban las fronteras de mis actos. ¿Quién miraba a quién? ¿Qué miraba quién? ¿Quién leía qué? ¿Quién a quién?

Visité en un par de ocasiones más a Gica. Entre nosotros se creó un curioso vínculo de amistad, nacido sin duda de intereses comunes que no importaban a nadie, pero también de un afecto franco que, desde un principio, mostramos el uno con el otro. Su rostro transparente, adornado siempre por una limpia sonrisa incuestionada, despertaba en mí una franca ternura, y escuchar sus palabras era siempre un placer. Compartí con él la sorpresa que me produjo que Mičir fuera también escultor, y quedé defraudado al corroborar en su voz, como imaginaba, que nadie había visto jamás ninguna de esas esculturas. Después analizamos juntos mis dos poemarios y, con gran expresividad, Gica me comunicó lo mucho que le habían gustado. Alabó efusivamente algunos poemas como lo mejor que había leído en muchos años y comentamos largo rato distintos aspectos teóricos a colación. Para finalizar, me ofreció orgulloso un ejemplar de la revista que dirigía, en él aparecía el primero de mis artículos sobre Miroslav Mičir y, por supuesto, agradecí tanto sus palabras sobre mis libros como la inclusión de mi artículo en la revista.

Sin embargo, el lugar que frecuentaba con más asiduidad continuaba siendo la taberna Dorinta. El influjo de su atmósfera, los crujidos de los tablones de madera, la decoración, el vestuario de sus camareras, su vodka y, por encima de lo demás, el grupo folclórico gitano ejercían sobre mí la presión hipnótica que buscaba para esos días. Entraba allí y Constanza se diluía en esos escasos ciento cincuenta metros cuadrados donde yo también acababa desleído. Una noche, mi bailarina rumana, así la llamaba yo, la Bruja de Salem, se hacía llamar ella, volvió a acercarse a mí. Solía hacerlo una de cada tres o cuatro veces que iba y me veía sin la compañía de los pescadores. Mirarme, lo hacía siempre. Mirada de gata enferma de celo, rubricada de lengua que sacaba sin recato. Se aproximó y bailó, como de costumbre, alrededor de la mesa, haciendo revolotear su pandereta y su falda en torno a mi cara. Cada día aproximaba más sus muslos a mis brazos, hasta que aquel día los tocó, los frotó y me acarició con una mano la mejilla. Con la boca jadeante en mi oído expulsó su aliento ardoroso en forma de palabras.

—¿Has encontrado lo que buscabas, extranjerito? —Ese acento hirviente.

—Estoy en ello.

—¿No quieres que te eche una mano…? —dijo, caliente, mientras paseaba sus dedos por mis labios.

—Tal vez —contesté yo, tembloroso, al margen de mi pensamiento, de lo que era capaz de hacer conmigo mismo.

Ella se rió, miró hacia una esquina del bar y continuó bailando a saltos: brincos de melena rizada y pies descalzos, tintineo de tobilleras y pulseras. Miré hacia donde ella había dirigido sus ojos mientras se alejaba, y vi a un hombre de altura considerable. En unos segundos, ese hombre se ocultó en una sombra junto al pasillo que conducía a los baños; al rato apareció de nuevo entre las sombras. Medía cerca de metro noventa, llevaba puesto, a pesar del calor del verano, una larga gabardina negra y una gorra del mismo color, y su cara estaba deformada por una cicatriz que le cruzaba el rostro en diagonal. El vodka que había ingerido, el ruido, el humo y la penumbra me impedían ver sus facciones con nitidez, pero cuando se puso a caminar hacia el interior del bar, creí vislumbrar que su rostro no estaba estigmatizado por una cicatriz, sino que llevaba puesta una máscara. Una curiosa máscara del color de la carne que se ajustaba a la perfección a su cara y que la partía, diametralmente, de forma oblicua. No di crédito. Traté de ajustar mi mirada mareada al hombre a medida que, pensaba, éste se me aproximaba. No obstante, cuando lo tuve a menos de cinco metros de distancia, noté que alguien posaba su mano en mi hombro. Perdí la concentración y me giré sobresaltado a la espera de ver a Giorgio o a alguno de sus amigos pescadores. Sin embargo, a quien vi fue a una mujer. Devolví la mirada por un momento al lugar donde estaba el extraño, pero había desaparecido. De modo que centré mi atención en la chica que tenía a mi lado, de pie.

—¿Eres Jan Ungría? —Era una mujer de menos de metro sesenta y cinco, con una larga melena que le caía en copiosos mechones negros hasta casi la cintura. Me hablaba en español.

Sorprendido le contesté que sí, que era yo. Enseguida, su particular acento andaluz la delató, y el corazón me dio un pequeño vuelco.

—Soy Mar, Mar Ariam, la amiga de Melissa, la pintora que expuso en la galería de Sonia.

Nunca imaginé que alguien que realizaba aquellas poderosas pinturas de coloridos y temáticas tan impactantes pudiera tener una voz tan pequeña y dulce. Estaba atónito; no podía dejar de pensar que los planos de la realidad se entreveraban en esa taberna (en esa ciudad). Mar no podía estar ahí.

—¿Qué…, qué haces tú aquí, en Constanza? —le pregunté.

Ella rió.

—Pues no lo sé muy bien, la verdad. Es una larga historia.

Yo correspondí a su risa, la invité a sentarse a mi lado y le pregunté qué quería beber.

—Lo mismo que tú, un vodka me irá bien. —Y su forma de decir «vo*h*ka», con ese acento entre sevillano y gaditano, me enterneció por completo.

—Tenemos todo el tiempo del mundo, Mar. Aquí no existe el paso del tiempo, ni el discurrir de la vida. Así que cuéntame lo que desees.

Ella se quedó callada, con una sonrisa que nacía de una calma plácida, instalada en un rostro de niña envejecida, mimoso como una muñeca de peluche. Me clavó la mirada en los ojos, tranquila y profundamente; y en el fondo de esos ojos negros, contemplé el fondo de todos los océanos. Al cabo de unos segundos, como si lo recordara de repente, empezó a hablar:

—Tenía muchas ganas de conocerte, Jan. Me han hablado tanto de ti y te he leído de una forma tan intensa.

—Yo también sentía mucha curiosidad por ti —le confesé.

Mar le dio un sorbo a su copa, carraspeó un amago de risa y comenzó a contarme su historia, lentamente, como si el tiempo, también a ella, le resultara un concepto ajeno.

—Sufro una enfermedad degenerativa desde los veinticinco años —me dijo—. Llevo desde entonces trastabillada, de médico en médico, rebotada de hospital en hospital sin que nadie sea capaz de diagnosticar qué es exactamente lo que origina mis síntomas. Por más que investigan, no descubren cuál de las enfermedades que describen los manuales de la medicina actual me acarrea estas disfunciones. Desde hace diez años padezco panuveítis en ambos ojos: una inflamación de la úvea, la capa que cubre parte del globo ocular; esto dificulta mi visión y me ocasiona episodios de dolor extremo en los ojos. A raíz de eso, se me manifestó también una neuritis óptica, una inflamación del nervio óptico que me produce temporadas de neuralgias insufribles y, lo que es peor, una pérdida paulatina y progresiva de la visión. Para una persona común, ir quedándose ciega es un trauma, pero para una pintora, para alguien que dedica su vida a los colores es... —Mar hizo una pausa, bebió y continuó su explicación—. Como no hallan la causa que provoca estas dolencias, han estado utilizándome como conejillo de Indias: experimentan conmigo toda clase de medicamentos que acaban atacando a mi organismo y provocándome efectos secundarios que pueden llegar a ser catastróficos e incluso letales a la larga. Y lo peor es que estos fármacos no me curan, sólo retrasan el más probable de los finales... Para qué contarte más.

»En ocasiones aciertan con la receta y logran mitigar un poco los síntomas: veo mejor, el dolor disminuye y pienso que las cosas van a ir bien; pero tarde o temprano vuelvo a la rutina de siempre: ver cómo la realidad queda cubierta por un velo gris, casi transparente; sombras que mi mirada persigue y que provocan que el tamaño o los colores de los objetos se mezclen a su antojo originando efectos ópticos que, si no asustaran, podrían resultar incluso divertidos. En fin, hace poco pasé por una de estas épocas intolerables: casi dos meses sin salir de casa, de la habitación al baño y a tientas; pensé que esta vez iba a quedarme ciega de verdad... Pero al final todo volvió a la normalidad, al menos a la normalidad a la que puedo aspirar en mi estado. Mi última doctora parece haber atinado con una nueva combinación de fármacos y llevo unos meses sin dolores insoportables y con un grado de visión aceptable. Así que decidí aprovechar para comenzar una serie de cuadros sobre animales mitológicos, y luego tomarme unas vacaciones.

»Y con ello llego al final de la historia que me ha traído hasta aquí. —Suspiró y me miró con su dulce sonrisa—. Como Melissa me ha hablado tanto de ti y de tu viaje a Constanza, mi revoltosa imaginación llegó a crear una especie de mito legendario de esta ciudad y de tu presencia en ella. No tenía ningún destino prefijado y, como puedes imaginar, nunca había visitado Rumanía. Así que sin pensarlo demasiado cogí un avión y me planté aquí. Durante el trayecto fabulé sobre la posibilidad de encontrarte y de lo que te contaría, pero jamás imaginé que eso ocurriera en la primera noche de mi estancia en la ciudad. Y fíjate: entro a una taberna cualquiera, echo un vistazo a su interior y te veo a ti, sentado solo, bebiendo y con los ojos en blanco. —Mar soltó entonces una risotada de bebé, idéntica a las que me tenía acostumbrado Gica, tanto que llegué a asustarme.

Hice un comentario acerca de las casualidades y el azar y a continuación le pregunté por particularidades precisas de su enfermedad y por cómo afectaba ésta al desarrollo de su pintura.

—La enfermedad ha llegado a formar parte de mí misma, de la forma como percibo ahora mi entorno. Ten en cuenta que no sólo afecta al grado de visión, sino también a la percepción de la textura y de la dimensionalidad de lo que veo. Lo que antes era un verde esmeralda, por ejemplo, ahora es... otra cosa; el mundo a mi alrededor ha cambiado tanto que incluso pienso que ahora estoy más vinculada a lo que siempre ha sido un mundo propio. He llegado a pensar que mi enfermedad le confiere una masa, una tonalidad, una esencia propia que me une más con mi interior, en definitiva, con ese mundo utópico que persigo desde pequeña. Puede percibirse en la evolución de mis cuadros, en sus colores, en cómo se van difuminando los contornos. A medida que se desdibujan las formas de mis pinturas, se cristaliza mi mundo interior.

—Háblame de tu nueva serie de cuadros —le pedí—, la de los animales mitológicos. Melissa está encantada con ella.

—Ay, Melissa —Ella rió de nuevo con esos gorjeos infantiles—. Son cuadros en los que expongo una visión muy personal de las diferentes variedades de animales mitológicos. La mitología es una de mis pasiones, como habrás podido comprobar. Recreo dragones, unicornios, fénix, grifos…, y de ese modo los integro en mi mundo; de ese modo logro que éste se expanda.

—Me encantaría verla. Supongo que te lo habrá contado Melissa, pero aquella primera exposición que presentaste en Barcelona me causó un fuerte impacto. Todavía soy capaz de vislumbrar, con toda clase de detalles, algunas de las pinturas. Sentí como si yo viviera dentro de esos cuadros.

—Esa sensación es exactamente la que yo experimento cuando leo tus libros, Jan.

—¿Ah, sí?

—Sí. Melissa me dejó tu última novela, *Amanéceme*. Pese a la irritación de mis ojos y el dolor que sentía al leer, no pude evitar devorarla en una semana. Yo no tengo la capacidad sadomasoquista (o ¡tántrica!) de Melissa para alargar tanto las lecturas. Una vez empecé el libro, no pude parar hasta terminarlo.

—Entonces ¿te gustó? —inquirí con falsa modestia.

—¡Que si me gustó! —Negó con la cabeza, con su risa—. Me volví loca con ese libro, Jan. Tus poemas, en su día, me robaron un pedacito de corazón; sentí una conexión brutal con tu forma de expresarte. Tus otras novelas también me gustaron mucho, aunque sé por Melissa que no estás muy satisfecho de ellas. Pero este libro… *Amanéceme* es algo fuera de lo común. Encontrarlo fue para mí como lanzar una aguja desde el cielo y ver cómo se enhebra, certera, y entra por el agujero de un botón colocado en la tierra. Encontrar a alguien que exprese y sienta cosas inimaginables que pensaba que solamente se encontraban en mi interior, saber que hay algo fuera, alguien, que también ve y siente de esa manera… es una epifanía sólo comparable al ejemplo que te acabo de citar. Veía docenas de mis cuadros dibujados en tus páginas. Y la escena final… La escena final es arrebatadora. No lo dudes: la pintaré y te la regalaré.

—Uf… No sabes lo que eso significa para mí.

—Pues anda que para mí… —Mar enmudeció, se acabó el vodka y pidió dos más, uno para cada uno. Me sonrió con su rostro indefinible y siguió hablando con su voz de susurros—. Desde pequeñita siempre he pensado que pertenezco a otra raza. Que infiltrados entre los seres humanos racionales, adustos, superficiales y toscos, existimos unos cuantos seres de otra raza en peligro de extinción. Que nuestro verdadero mundo está en otra parte, en un lugar que no se ve y del cual sólo conservamos vestigios de recuerdos. Algunos artistas pertenecemos a esa raza y, con nuestras obras de arte, intentamos acercarnos a ese mundo desaparecido, construyendo pedacitos de él que vamos recordando en sueños, visiones, intuiciones… Por eso no encajamos aquí. Por eso siempre estamos en las nubes, alargando manos imaginadas tratando de alcanzar esas tierras desconocidas que se nos escapan. Y cada vez somos menos; por lo que encontrarnos en el mundo es un privilegio. Tú, Jan Ungría, eres otro de esos seres.

¿Yo? ¿Quién era yo? Yo, que no era nadie, ni de esta raza ni de ninguna otra. Yo, que había renunciado a escalar los peldaños de la escritura en busca de un infinito de locura, crimen y suicidio. Yo, que había visto desvanecerse mi entorno. ¿De qué otro mundo me hablaba? ¿De qué otro mundo me hablaban Mičir y Mar desde posturas tan diferentes? ¿Y Melissa…? Mensajera de prodigios, ¿cuál sería el último eslabón de tu cadena de azares?

Continuamos la conversación sin prisa alguna, bebiendo sin parar. A veces simplemente nos mirábamos a los ojos, callados, y yo creía bucear en un mar de colores imposibles, en un océano de distancia y seres inconcebibles. En un momento dado, le pregunté por Sonia. Tenía que hacerlo. No había vuelto a saber nada de ella desde que me fui y sentía cierta preocupación. Me contestó que estaba bien. Mar se había enterado de nuestra separación a pesar de que no mantenía una comunicación fluida con Sonia. Lo último que había sabido de ella era que había estado viéndose un par de meses con un fotógrafo, pero que la cosa no funcionó. Luego, Mar me obligó a hablarle de mis investigaciones en Constanza, y le conté lo que había descubierto respecto a Mičir, le expliqué que había tenido que marcharme de Barcelona y abandonarlo todo a causa de cuestiones existenciales (no me explayé demasiado en mis explicaciones), que estaba en camino de encontrar en Constanza lo que había ido a buscar. Y que pronto se desvelaría el único sentido de mi vida; por lo que, solucionado eso, no necesitaría nada más. No tendría nada más que hacer allí. Me quedaría en esa ciudad hasta que se me llevara el viento, el viento o el mar, o el propio Mičir después de levantarse de su tumba imaginaria. Ambos reímos a gusto con mi perorata.

—Melissa tenía razón. Eres un ser adorable y no podía haber dejado de conocerte —le confesé.

Mar se ruborizó, achispada. Más que achispada, borracha.

—Melissa siempre tiene razón. Jamás vi una persona con tanta energía y tanta fe en sus convicciones, ni con tanta imaginación e inteligencia para asociar sucesos; para interpretar los acontecimientos del mundo. En realidad, ha sido ella quien nos ha juntado con su insistencia. Y debo decir que eres tal y como te describió. —Rió con la sonrisa de Gica.

—¿Ah, sí? ¿Y cómo soy?

—Eso me lo reservo para mí. —Y me guiñó el ojo.

Luego me contó lo que hicieron los tres fines de semana que pasaron juntas. Lo mucho que se habían reído y hablado. Las ideas y los sentimientos que compartieron. Al final me confesó, sin darle mayor importancia, que se habían acostado juntas, varias veces; y a mí no me sorprendió.

—En los latidos de su cuerpo puedo escuchar el corazón de su hermana gemela. No te rías, pero es así. —No me reí—. Cuando me tumbo desnuda con ella y apoyó mi cabeza en su pecho, lo escucho latir. Y en ese pálpito siento otro pálpito lejano que pronuncia promesas de existencias felices más allá del mundo conocido. Y yo sé que es Isolda. Se lo digo, y ella ríe. Y me acaricia el pelo como nunca antes nadie me ha acariciado el pelo. No te imaginas lo dulce que puede llegar a ser. Bueno, creo que sí lo imaginas.

Yo la escuchaba como desde el fondo de una caracola, borracho, notando la resonancia de su voz en las cavidades de la atmósfera del bar. Y su voz, efectivamente, olía a sal.

—Cada una vamos en busca de algo que hemos perdido para siempre, somos conscientes de ello; y en la intersección de esas búsquedas, nos hemos encontrado y nos hemos hecho compañía. Ella sueña y siente a Isolda, del mismo modo que yo invoco con mis cuadros a ese ser, gemelo mío, que siento que me arrebataron al nacer, y que me espera en el mundo donde nació nuestra raza. En donde todo fue posible alguna vez. Melissa está convencida de que estamos llegando a alguna parte. ¿Tú qué crees, Jan?

Eso es. Buena pregunta. Una pregunta buenísima. ¿Qué es lo que yo creía? ¿Qué pude haber respondido en ese momento? ¿Qué es lo que yo creía, y adónde me dirigía?

—Creo que la solución del enigma, invariablemente, nos conduce a un estado insostenible.

—¿Insostenible?

—Sí. —Y creo que le conté, entonces sí, mi experiencia con la escritura, mi miedo a desembocar en la locura, el crimen... si sobrepasaba los límites de lo real. Le dije que...

—¿Y no crees que estamos construyendo algo con nuestras obras donde poder sostenernos? —insistió ella.

—¿Hasta cuándo, Mar? ¿Hasta cuándo podrán, podrían sostenernos nuestras construcciones? Yo llegué al límite de esa construcción y frente a mí sólo había abismo. Un paso más y...

No sé cómo cambiamos el rumbo de la conversación. Yo me perdí en mis mareas. Ella estaba al alcance de mis ojos, pero la veía difuminada entre las aristas de una realidad temblorosa. No sé en qué momento nos levantamos y nos fuimos, y nos perdimos y seguimos con nuestra charla por las calles.

—¿Hay sirenas en tu colección de cuadros sobre animales mitológicos? —le pregunté al azar.

—¿Sirenas? —Mar carcajeó—. ¿Y tú me lo preguntas? La sirena no es ningún animal mitológico. Lo sabes perfectamente. —Y rió más y yo me hundí en esa risa, de su brazo hacia no pensar, hacia dejar de ser yo de una vez por todas y, en mi lugar, ser un cuadro de ella, ser la fe inquebrantable de Melissa, un verso exquisito de Mičir. Yo tan sólo quería ser eso, y nunca más yo.

Cogidos del brazo, con alas de vodka, llegamos a mi buhardilla. Ella se quedó embobada ante la fotografía de Miroslav Mičir.

—Es…, es…. No tengo palabras. Más que una cara es un sueño. Es tremendo… Me tiemblan las rodillas sólo de verlo.

Yo saqué otra botella de vodka, me acerqué a su espalda, le ofrecí un vaso y le señalé el cuadro de Melissa. Desde sus fronteras rectangulares, nos miraban Isolda, Melissa, yo o quienquiera que fuera yo, y la presencia gatuna de una mirada escrutadora que barría las otras miradas. Los colores se salían del lienzo e impregnaban de cielos verdes la penumbra de velas con que había decorado la estancia.

—Lo vi en su casa un día —me dijo ella mientras se quitaba la ropa—. Aunque hoy lo veo totalmente diferente. Es como si hubiera alguien más, como si estuviera en continuo movimiento. Es increíble lo que puede hacer esta chiquilla con sus manos, sin técnica alguna.

Mar se giró, desnuda por completo. Y caminó hacia mí con sus pequeños miembros, su pecho insuficiente y sus contoneadas caderas. Y se tendió en la cama. Yo me desnudé también y me tumbé a su lado. Bebimos de los vasos de vodka y nos acurrucamos el uno en el cuerpo del otro. Sin darnos tiempo a movernos, nos fuimos quedando dormidos; pero antes, entre que ella derramaba uno de los vasos sobre la sábana y apagaba la llama de una de las velas, creí ver cómo de su cintura nacía una cola de sirena en lugar de sus dos ligeras piernas.

La vi dos noches más, tal vez, eso es lo que creo recordar, si es que no fundo su presencia en Constanza con alguno de mis sueños y me confundo. Si la volví a ver durante esas dos o tres noches, dibujamos arabescos desconocidos en nuestras pieles con el flujo de nuestros cuerpos. Dedos húmedos y pegajosos que caminaron por nuestra piel caliente, dibujando figuras irreconocibles. Quizá fue eso lo que sucedió.

Cuando ella regresó a Sevilla, yo me zambullí de nuevo en las páginas del libro al cual había consagrado mi vida entera; mi vida y mi muerte: el sentido de mi existencia. *Tanatografía de nadie*, página 578. La vida adulta de Mičir.

11

Mičir halló en Jaroslav Bejbel el compañero de aventuras y confidencias que había sido Andrea Lucescu años atrás. Durante aquel último año de Bachillerato, encontró por fin una persona del mundo exterior con quien sincerarse y profundizar en aquellos aspectos de la existencia que tanto lo subyugaban; además, esta relación le sirvió para practicar el idioma checo, cuya sonoridad tanto amaba, y que con el tiempo su familia había dejado de utilizar. La otra única persona con la que había mantenido conversaciones tan largas era su bisabuela, y ahora ella estaba muerta; de modo que la mayor parte del tiempo libre que tenía lo pasaba junto a su nuevo amigo. A pesar de ello, Mičir continuaba adorando su soledad y visitando sus «pequeños refugios» diariamente, y todavía se abstraía de su entorno por medio de sueños y de juegos solitarios, de la escritura y de la escultura.

Jaroslav Bejbel fue la primera persona a quien se atrevió a enseñarle sus desordenados escritos. Después de pasarse horas y horas leyendo con él, comentando los versos y los ensayos de Goethe, Byron, Shelley, Leopardi, Hegel y comprobar la afinidad que sentían en gustos, valores y opiniones, decidió mostrarle algunos de sus poemas.

—¡Son extraordinarios, Miroslav! —Ésas fueron las primeras palabras que le dijo. Y por primera vez, Mičir sintió recorrer la excitación del orgullo por su espina dorsal. Nunca olvidaría esas frases—. ¡El mundo tiene que conocer estos poemas!

—Yo también lo creo.

Bejbel sacudió la cabeza y se la golpeó con la palma de la mano.

—Y yo que creía que mis versos eran buenos. —Rió—. Son pura basura comparados con los tuyos. —Se puso en pie y, a su manera grandilocuente y elegante, como si se dirigiera a un gran público (Bejbel siempre se comportaba como si cientos de personas lo observaran), aseguró—: Por fin he descubierto cuál será mi misión en este mundo. Y no se trata de ser poeta, tal como imaginaba, sino dar a conocer la obra del más grande de los escritores rumanos de nuestra época: ¡Miroslav Mičir! —Ambos muchachos se enlazaron en una carcajada compartida, como solían hacer, y continuaron con sus libros.

Cuantos más poemas le leía Mičir a su amigo, más maravillado se mostraba éste y más convencido de que tenía delante al mejor poeta rumano del próximo siglo. Jaroslav le insistió en que tenían que viajar a París, que era allí donde se estaba gestando la poesía que iba a cambiar la estética literaria universal para siempre. Sólo si iban allí, podrían conocer a los grandes artistas de ese final de siglo y conseguir sus libros. Le habló de Rimbaud, de Lautréamont y de Mallarmé como los grandes nombres de la poesía finisecular.

—Yo sólo he podido leer algunos de sus poemas; la mayoría de estos libros no los ha podido conseguir ni mi padre. Tenemos que ir a París, Miroslav, y empaparnos de futuro.

Bejbel fantaseaba a menudo con esta clase de viajes: París, donde vivir como dandis; Berlín, para acudir a las clases magistrales de los grandes filósofos alemanes... Pero todavía tenían dieciocho años, y debían acabar el Bachillerato.

Cuando esto ocurrió, sus caminos se vieron forzados a separarse. A Bejbel le esperaba la Facultad de Letras en Bucarest, mientras que la familia Mičir no podía permitirse el lujo de pagarle esos estudios a su hijo. Aun así, gracias a sus excelentes notas y a la influencia de uno de sus maestros, que le profesaba una gran admiración, pudo colocarse de redactor en el único periódico que se editaba en Constanza. Para despedirse, decidieron organizar una fiesta especial en la herrería de Vilem, a escondidas, donde probaron por primera vez la absenta. Allí prometieron mantenerse en contacto y explicarse cada una de las novedades de sus vidas. Miroslav, animado por el efecto del ajenjo, le confesó aquella noche el único gran secreto que le quedaba por compartir con su amigo: la existencia de Andrea Lucescu durante su adolescencia. Hablaron de las conversaciones que mantenía con su amigo imaginario durante una hora y Bejbel se mostró fascinado ante lo que denominó una capacidad asombrosa de proyección.

—Algún día haré algo por él. Algún día lo relataré, le daré sentido —concluyó Mičir.

A la postre, los dos amigos sólo tuvieron tiempo de intercambiarse tres cartas, puesto que, menos de cuatro meses después de marcharse, Jaroslav regresó de Bucarest harto de la universidad y convencido de que no volvería a pisarla nunca más. Aquello supuso un escándalo familiar mayúsculo.

—¡No pienso volver a esa facultad de momias! —gritaba, exasperado, a quien quisiera escuchar—. ¡Viven anclados en el siglo XVIII! No tienen ni idea de lo que sucede en el centro de Europa. Siguen con sus manuales anquilosados, enseñando la vida y las obras de autores que llevan más de doscientos años muertos y que no han significado nada para la historia de la literatura. ¡Están acabados! ¡Jamás regresaré a ese lugar!

Miroslav brindaba con él y apoyaba cada una de sus frases. Reía y elevaba su espigado cuerpo para entrechocar las copas.

—Además, echaba de menos el mar. ¡El mar y a ti, por supuesto, mi querido amigo!

Mičir, gracias a su trabajo en el periódico, vivía solo en un pequeño apartamento junto al puerto y Bejbel se instaló en una casita propiedad de su padre, quien le había retirado la palabra.

Para celebrar el reencuentro ambos amigos se fueron una noche a beber por las tabernas de Constanza. Tenían sólo diecinueve años pero (Miroslav por su altura y su mirada y Bejbel por su distinción) aparentaban mucha más edad. Durante esa noche, Miroslav le habló del primer libro homogéneo de poemas que había escrito.

—Éste será mi primer libro, Jaroslav. Aquello que he escrito hasta hoy queda resuelto en él. Aquí está mi primera obra.

Bejbel la recogió y leyó uno por uno los poemas de *Conversaciones en el desierto de tu voz*, un poemario donde se habla de un amor imposible, irrealizable.

—Es Ondina, ¿verdad? De la que tanto me has hablado.

—Ondina, yo… Es la idealización de lo que no puede ser. De lo que hubo de haber sido pero no fue.

—No tengo palabras, amigo. Es una obra maestra.

Bebieron, hablaron y recitaron. Bejbel le contó algunas de sus aventuras con las chicas de la capital y le explicó con detalle las contestaciones que le daba a uno de los catedráticos en particular, cómo lo sacaba de quicio con sus opiniones sobre la religión y el arte. Al final, le confesó que en realidad lo habían expulsado de la universidad. Y ambos carcajearon a voz en grito.

—En cualquier caso, tarde o temprano me hubiera ido por mi propio pie. No te quepa duda.

Cuando se despedían, al amanecer, la conversación retomó el hilo del poemario de Mičir.

—Deja que me lo quede —dijo Jaroslav—, te prometo que en menos tiempo del que te imaginas, tu libro estará en las mejores librerías del país.

En menos de cuatro meses, gracias a las influencias del padre de Bejbel (que se había reconciliado con su hijo) y al nombre que Miroslav había empezado a hacerse en la ciudad gracias a sus artículos en el periódico, una pequeña editorial de Constanza publicó doscientos ejemplares de *Conversaciones en el desierto de tu voz* y los distribuyó por media Rumanía. Como tenían por costumbre ante cualquier acontecimiento relevante, los amigos fueron a celebrarlo por las tabernas de la ciudad. Llevaron consigo uno de los ejemplares y lo recitaron por las calles y los establecimientos; y yendo hasta arriba de absenta decidieron que esa noche visitarían uno de los burdeles de la ciudad, algo que, incomprensiblemente atendiendo a las ansias de ambos por experimentarlo todo, aún no habían hecho. Entraron al local borrachos pero envestidos de la elegancia gestual que su porte les confería. Enseguida, la Madame se aproximó a ellos.

—Hombre, dos muchachitos nuevos. ¿De qué tenéis ganas hoy?

Mičir y Bejbel se embriagaron de la decoración de aquel lugar: el terciopelo, los rojos brillantes, las cortinas de seda, los cojines por el suelo, las mujeres a medio vestir recostadas sobre sí mismas o sobre algún cliente, luciendo una ropa interior de encaje que no habían contemplando en sus vidas…

—Señorita, ¡tiene ante usted al gran Miroslav Mičir, el más grande de los poetas de nuestro tiempo! —alardeó Bejbel señalando a su amigo y al libro—. Y yo soy su mecenas.

La Madame desató una risa indecente, los cogió a ambos del brazo y los llevó hacia el salón.

—Pueden elegir a quien deseen, distinguidos artistas —bromeó la mujer.

Y allí los dejó, a la vista de media docena de chiquillas que revoloteaban por la estancia. Bejbel abrió el libro y se puso a recitarlo allí mismo, en medio del corro de las prostitutas, y enseguida se organizó una algarabía de risas, gritos y besos. Entonces, en un arrebato inesperado, Mičir se elevó sobre sí mismo, más allá de su propia altura, le arrebató el ejemplar a su amigo y se recitó con los ojos incendiados y la voz en carne viva: desprendiendo brasas de su boca cuando los versos ascendían en espiral hacia el techo. Miroslav perdió el mundo de vista. Las putas enmudecieron de golpe, Bejbel lo contemplaba admirado, boquiabierto. Cuando por fin acabó de leer el poema, se desplomó sobre uno de los sofás, con media sonrisa líquida esbozada en la boca carnosa, y simuló un desmayo. Todo el mundo se acercó a darle aire, envueltos en diversión, pero ligeramente preocupados ante el estado del poeta.

—¿Aquí cuándo se folla? —fue lo que Miroslav dijo, al cabo de cinco segundos.

Los dos amigos compartieron un par de prostitutas, descubrieron facetas del acto sexual que con ninguna de sus anteriores amantes habían podido desarrollar y, recién llegado el alba, se fueron a sus casas a dormir la borrachera.

Las ventas de ese primer libro, aunque lejos de constituir un éxito, fueron lo suficientemente abundantes como para que la editorial le ofreciera a Miroslav la oportunidad de publicar un segundo poemario. Miroslav respondió con alegría, pero les dijo que necesitaba un tiempo para reflexionar acerca de la dirección que quería otorgarle a su escritura.

Durante los dos años que transcurrieron hasta la edición de su segundo libro de poemas, Mičir continuó trabajando en el periódico, se acercaba de vez en cuando a la herrería de su padre para trabajar en alguna escultura y hacerles una visita a él y a su madre y se relacionó con los jóvenes escritores de la ciudad. Cuando Bejbel y él compartían mesa con alguno de esos autores que, por otra parte, vendían muchos más libros que Mičir, acababan discutiendo con ellos. Más que eso, Miroslav y su amigo se burlaban de los poemas de esos grandes nombres de la literatura rumana contemporánea. Ridiculizaban su afectación, su incapacidad y las noveluchas insignificantes que escribían. Al poco tiempo, dejaron de ser invitados a las reuniones y las fiestas literarias, y Mičir fue declarado persona non grata en esos cenáculos, más cuando tuvo lugar el altercado que provocó su expulsión inmediata del periódico. Mičir, tras estudiar a fondo la postura política conservadora de Eminescu, el gran poeta romántico, vate de la literatura rumana, decidió escribir una diatriba contra él en su sección. Se cuidó de que fuera incluido sin ser leído previamente por los directores del periódico, y los mil ejemplares del diario fueron distribuidos al día siguiente con ese artículo difamatorio. El consiguiente escándalo originó la cancelación del empleo y del sueldo de Mičir y puso en peligro la publicación de su siguiente libro. Cuando Bejbel se enteró (Miroslav lo mantuvo en secreto hasta última hora), estalló en un acceso de júbilo y, cómo no, lo celebraron a lo grande.

—Vámonos de aquí, Jaroslav. Vámonos a París —le rogó Mičir, entre absenta y absenta.

—Mañana mismo, amigo mío.

En noviembre de 1897, los dos amigos, con financiación casi en exclusiva proveniente de las arcas de la familia Bejbel, se instalaron en la capital francesa. Allí vivieron la *bohème* parisina durante ocho largos meses y por fin pudieron leer, gracias a los conocimientos adquiridos de lengua francesa en el Bachillerato, los libros de quienes serían sus grandes modelos literarios: *Les chantes de Maldoror*, de Lautréamont, *Une saison en Enfer*, de Rimbaud, *Les amours jaunes*, de Tristan Corbière, y la última obra, recién aparecida, de Stephane Mallarmé, *Un coup de dés*. Miroslav quedó fascinado con estas lecturas. Descubrió que había otros escritores que investigaban en su misma senda literaria, se empapó de sus versos, languideció entres sus palabras. A partir de ahí, dio la vuelta de tuerca definitiva que necesitaban sus poemas y escribió, casi de un tirón, *Periscopios en la tumba* y *Los murmullos del silencio*. Cada vez que empuñaba la pluma temblaba, se distorsionaba.

Jaroslav y él visitaron los lugares emblemáticos de la noche parisina: sus burdeles, sus opiarios, los puentes del Sena. En uno de esos rodeos por las entrañas de la ciudad, Miroslav descubrió el láudano. Tumbados en el sofá de la habitación que tenían alquilada, Mičir le enseñó un frasquito azulado a su amigo.

—Con esto vamos a viajar a otro mundo. Esto nos va a llevar a visitar a Ondina y a Lucescu, a mi yo abortado, allá donde se extiende lo inasequible, mi querido Jaroslav.

Bejbel puso dos copas encima de la mesa sobre un tapete negro, colocó dos cucharillas con sendos terrones de azúcar en equilibrio sobre las bocas de los vasos y derramó el líquido verde de la absenta encima. Acto seguido, ambos flambearon los terrones húmedos con la llama de una vela y dejaron que se derritieran sobre el líquido, lo removieron y, entonces sí, instilaron un par de gotas de láudano en cada brebaje. Alzaron las copas y brindaron.

—Por el mejor poeta que dará el siglo XX, Miroslav Mičir.
—Por ti, mi querido amigo, el acicate de mi obra.

Saborearon el alcohol y la droga. Infinitas llamas de sentido se deslizaron por sus esófagos, como pequeñas agujas hirvientes. La habitación comenzó a dar vueltas y una burbuja de sentidos ajenos a los cinco habituales los aupó en el centro de la sala.

—Por fin he descubierto el sentido de la verdadera escritura —comenzó a decir Mičir.
—Cuéntame.
—Lo que había escrito hasta ahora, incluido *Conversaciones en el desierto de tu voz*, eran simples esbozos, bocetos torpes que trataban de dibujar el mapa de misterios que por fin ahora consigo trazar. —Bebió—. Ahora sí, amigo mío, con mis dos nuevos libros inscribo las líneas ambiguas que diseñan ese mapa. Empiezo a hacerlo con estos versos.
—Desde luego se nota una madurez notable en ellos; la evolución es asombrosa, te lo aseguro.
—Es más que eso, Jaroslav. Construyo por fin lo que me separa definitivamente de mí de una manera gloriosa, decisiva…, para poder alcanzarme de verdad. —Mičir se inclinó sobre su amigo, reclinados como estaban sobre el sofá—. No quepo en mí. No puedo caber en mí…, ni por asomo. Sólo las letras, las palabras, siempre lo he intuido, nos salvan de la cárcel a la que nos somete el propio lenguaje. ¿Y sabes qué es lo más gracioso? —Sonrió de lado, bebió más—: Que ni siquiera hay cárcel, ni siquiera existe esa cárcel; ni la cárcel ni la libertad, nada de eso existe. Hay que dejar de ser.

Bejbel lo observaba con fijeza.

—Entonces ¿qué *seremos* si dejamos... de ser? —le preguntó.

—¿«Qué seremos»? —repitió Miroslav, dejando que la frase flotara en la tiniebla del alcohol—. Escúchame; te he hablado cientos de veces de Andrea Lucescu, pero ¿sabes qué creo al respecto? Últimamente pienso que en realidad era yo el amigo imaginario de él, cuanto más lo analizo más convencido estoy. Yo era su amigo imaginario y él la persona real que descubrió al fin una existencia sólida donde prevalecer. Yo soy el que desapareció de su vida. Soy una cadena de desapariciones que me conducen del vacío al vacío, del vacío de ningún nacimiento al vacío de ninguna muerte. Y entremedio, vertebrando esa cadena, ¿sabes qué hay, amigo mío?

—Dime.

—Mi poesía, la escritura, mis esculturas. Para sostener ese vacío. Para burlarlo, habitarlo ajeno de mí y «aparecer» en la desaparición absoluta.

—¿«Aparecer en la desaparición absoluta»? Madre mía, Miroslav; ¡eres un poeta! No sé si estoy más drogado por el láudano, por la absenta o por tus palabras. Con ellas eres capaz de arrancarle un sentido al sinsentido de la vida. Esas proclamas apocalípticas suenan en tu voz como brillantes hitos de esperanza delirante. No sé cómo lo consigues.

—Yéndome de mí... ¡Te lo acabo de decir!, lo consigo con el mapa de misterios que trazo con mis versos. El mapa que me conducirá afuera de mí mismo, allá donde resto abortado, sumado a mí mismo. Allá donde nunca, en lo imposible, donde habita Ondina, donde me habito ajeno de mí. —En este punto, Mičir soltó una ostentosa carcajada que volcó gotitas (hadas) verdes sobre el sofá, sobre la levita de su amigo—. Sólo tengo que concluir ese mapa ambivalente. Estoy en camino...

—Magnífico, Miroslav. —Tambaleante, Bejbel lo abrazó—. No sabes el orgullo que siento de ser tu mejor amigo. El mejor amigo del mayor genio de nuestro tiempo. No podemos irnos de París sin que te conozcan Mallarmé y los demás. Eres uno de ellos. —Jaroslav se quedó mirando las poderosas facciones de Mičir, de hito en hito, a escasos centímetros de él, ladeados en esa burbuja que flotaba más allá de la habitación, de París y de la realidad. Se acercó y lo besó en los labios. Mičir respondió a ese beso y tanteó despacio con su lengua la lengua de su amigo, le asió la cara con ambas manos, la separó de la suya y le arrojó una mirada taladradora: fuego de galaxias lejanas en esos enormes ojos, tan lejanos y profundos que se ahogaban en el vacío de la existencia. Entonces lo besó con furia, su lengua atacó incisiva la boca de Jaroslav y cayeron al suelo por el ímpetu de esa incursión. Rieron como siempre. Se abrazaron y se dieron pequeños besos por la cara, al tiempo que se despojaban de sus ropas. Las velas incendiaban el cuarto. Reflejos verdes de la botella de absenta se inmiscuían entre las caricias de los hombres.

—No somos nada, Jaroslav. Nada ni nadie. Aprovechémonos de ello —le susurró Miroslav.

Tumbados en el suelo, ya completamente desnudos, Mičir buscó el sexo erecto de su compañero y lo abarcó con su delgada mano de largos dedos, comprobó la rugosidad de su textura caliente y lo acarició, lo movió y luego lo besó y lo chupó. Después se tumbó sobre su cuerpo y los dos sexos se juntaron; Bejbel lo agarró de las nalgas y lo atrajo hacia él, ambos se removieron y se frotaron. Se lamieron, jugaron con sus endurecidos falos, hicieron lo que les apeteció hacer, sin ruborizarse ni un solo instante, riendo la mayor parte del tiempo, susurrándose locuras de Mičir, versos de Mičir. Hasta que se corrieron, uno sobre el otro, y dibujaron con los dedos caminos blancos sin destino en sus torsos.

A finales de ese mismo año, sin un solo franco en los bolsillos, decidieron regresar a Constanza. Bejbel logró convencer a su padre para que contratara a Miroslav como dependiente de la librería, mientras que él, gracias a los contactos familiares, consiguió un empleo de oficinista en una renombrada empresa. En diciembre, se publicó *Periscopios en la tumba*, y al año siguiente, *Los murmullos del silencio*. Ambos libros pasaron desapercibidos entre el público, en buena medida por el boicot al que fueron sometidos por parte de los círculos literarios de la ciudad. Aun así, algunas publicaciones de Bucarest se hicieron eco de estos poemarios con críticas sorprendentemente positivas, lo que permitió que su nombre se hiciera más conocido por la capital. En cualquier caso, el plan de Jaroslav Bejbel era reunir el suficiente dinero como para crear su propia editorial y difundir la obra de su amigo como se merecía.

Una vez publicados esos poemarios, Miroslav se interesó por la prosa y comenzó a escribir una trilogía de ensayos que le ocuparían los siguientes treinta meses, entre 1899 y 1901, a la espera de acometer la gran obra poética que tenía en mente escribir a continuación: *La derrota del inmortal*. Mientras tanto, él y Bejbel continuaban enfrascados en sus conversaciones, compartían lecturas de autores cada vez más marginales y buscaban, sin conseguirlo, el amor verdadero en los corazones de las muchachas de Constanza. Se pasaban las horas en las tabernas o en el burdel, y en más de una ocasión acababan desnudos en la playa, bañándose en las aguas del mar Negro. En una de estas ocasiones, los detuvo la policía por escándalo público y los retuvo en el calabozo un día entero. Muertos de risa y tiritando por el frío se burlaron a escondidas de los guardianes de la ley con chanzas que sólo ellos entendían. Cuando se quedaron a solas, Miroslav se aferró a los barrotes de la celda.

—No veo estas rejas, Jaroslav —le dijo a su amigo—. Se me desvanecen de las manos; las manos se me desmenuzan de la vista, la vista, de la conciencia, y la conciencia, del ser. Articulo en la nada el desdoblamiento de toda cosa conocida y me hundo en ello. Creo que voy a explotar, Jaroslav. Creo que, de un momento a otro, voy a explotar y que con ello voy a reventar el universo.

Bejbel se le acercó por detrás, lo abrazó con furia por la cintura y apoyó la cabeza en su hombro. Un policía los miraba de reojo.

—Voy a reventar el universo —continuó Mičir—. Voy a reventar cualquier límite conocido… y no sé qué es lo que va a pasar.

—¡Reviéntalo todo! ¡Haz que todo salte por los aires! ¡Sí, hazlo! —le susurraba Bejbel a gritos.

—¿Sabes? Andrea Lucescu está a punto de regresar. —Miroslav sonrió, se giró y le sostuvo la cara a su amigo con las dos manos—. Cuando acabe de escribir mi tercer ensayo, *La materia del sonido*, iniciaré una novela con él de protagonista, narrada por Dios, y que no tendrá parangón alguno en la historia de la literatura.

La editorial que había publicado sus anteriores libros editó también los tres ensayos, sin embargo, los dos últimos fueron confiscados por el departamento de censura del Gobierno de Dimitrie Sturdza. Este último hecho, sumado a los boicots promovidos por la clase literaria y la prensa de la ciudad, empujó a la casa editorial a negarse a seguir publicando sus libros. Mientras tanto, Mičir escribió, a dos bandas, *La derrota del inmortal* y *El hombre que dejó de ser un hombre*. Bejbel, por su parte, como cabía esperar, no ahorró el dinero suficiente para fundar su empresa editora. Pero de nuevo con la ayuda de su padre, logró abrir una imprenta que le permitió, a principios de 1902, imprimir quinientos ejemplares de cada libro. Subcontrataron una casa distribuidora que los colocó por las librerías de Rumanía y también de Praga, puesto que, entre ambos, tradujeron ambas obras al checo, así como su primer ensayo, *Elogio de la risa*, del que hicieron una reedición en este idioma. A partir de ese momento, sus obras poéticas fueron escritas y publicadas en ambos idiomas, salvo el último de sus poemarios: *Memorias sin memoria*, escrito, curiosamente, sólo en checo.

Sólo 207 páginas para acabar el libro. Qué grandeza. Miroslav Mičir a punto de estallar, de reventar las volubles estructuras del universo. Qué fuerza en sus palabras. Qué manera de entregarse a su sino sin contemplaciones; o mejor dicho, de deshacerse de lo que el destino le había impuesto en este mundo sin objeto, esta no-vida sin sentido, para luego arrancarse de sí, estallar y traspasar las inimaginables fronteras de lo cuerdo, lo vivo y lo moral.

Y yo era su espectador más fiel, el actor que abandonó el escenario por puro terror y que ahora lo observaba ajeno al peligro de los trascendentes actos irreparables que se ejecutaban en escena. Espectador catártico cuya sangre se sublevaba ante cada página leída. Deseoso de sumergirme en el mapa que era la obra de Mičir, de reseguir el camino trazado y desaparecer. Qué poco hace de aquello… y todavía no sé muy bien si recuerdo lo que recuerdo o si me extravío en la tiniebla laberíntica de mis pensamientos.

La habitación en la que estoy encerrado respira. Siento una respiración externa que activa mis pulmones; seca, monótona. Un latido oxigenado del más puro vacío. A mi izquierda la puerta permanece, absurda, como si estuviera pintada en la pared con intenciones grotescas. El techo. La ventana. Si la miro fijamente, a la ventana, a ese paisaje negro, no puedo sino pensar que también está pintada, pintado, en la pared. Las hojas en blanco… La primera hoja en blanco permanece encima de la mesa, como la puerta de entrada a un pasadizo secreto para escapar de… allí. Llego al final de la narración pensada de mi vida hasta hoy.

Cuanto más leía, más afectado me sentía por la lectura del libro; cuando pensaba que no podía estar más involucrado en sus páginas, de repente me sorprendía al dar otra vuelta de tuerca en mi inserción en él. Lo poco que hablaba con las personas que pudiera encontrarme lo hacía con las palabras de Mičir, mi mirada se mezcló con la suya y se extendió al bies por las calles de Constanza, por los rincones de mi habitación. Había logrado con creces aquello que me había propuesto al viajar a Constanza. Lo único que me quedaba por hacer era concluir el libro y experimentar con mi hermano, ¡mi querido hermano Mičir!, las consecuencias de su grandeza, el paso definitivo que yo no me había atrevido a dar.

Durante aquella época, el verano abandonó su reinado de sol, calor y días extensos para que el otoño arrasara de forma definitiva con los turistas que habían invadido la ciudad. Así que por las mañanas pude pasear de nuevo sobre la arena de las playas, y se me hacía más agradable perderme entre las calles sin tener que apartar a las masas a mi paso. Visité a Gica, como de costumbre, en más de una ocasión, y ante la insistencia de mis preguntas el hombre me comentó que de la vida de Jaroslav Bejbel no se conocía gran cosa. Había documentación que certificaba que él era el dueño de la imprenta que editó los consabidos libros de Mičir, pero no se disponía de ningún otro dato sobre él. Al final, decidí espaciar mis visitas a la biblioteca ante la creciente preocupación de Gica por mi estado. Era indudable que mis nervios estaban a flor de piel, mi excitación supuraba en mis actos y debía de ser palpable para la sensibilidad del bibliotecario. Yo disimulaba como podía, pero lo cierto es que no tenía ganas de fingir un estado de ánimo más calmado frente al cúmulo de sensaciones que me provocaba la lectura de *Tanatografía de nadie*.

En el transcurso de esos días, también me asaltaron ciertos brotes paranoides. En cada esquina que doblaba, por cada puente que cruzaba, creía ver a los dos amigos, hombro con hombro, recitando poemas, gritando, carcajeando. Los veía, los perseguía y desaparecían; y entonces me despertaba de esa ensoñación, o no despertaba y continuaba mis pasos hacia el puerto o la playa, donde me sentaba y dejaba la mente en blanco, la conciencia en negro… No en pocas ocasiones también creí ver la menuda figura de Mar a lo lejos, paseando por la orilla de la playa; cuando me acercaba a ella y descubría mi error me reía. A Melissa también imaginé verla en contadas ocasiones, de espaldas caminando por las avenidas o en el interior de cualquier establecimiento. Veía su sonrisa cuando cerraba los ojos, y cuando los abría creía ver su castaña melena de rizos deslavazados agitarse frente a mí. Escuchaba cómo su voz de susurros pronunciaba sentencias esperanzadoras, cómo me alzaba a la categoría de ángel, espada luminosa de letras en ristre para salvarla a ella, a Mar, a Isolda, a mí, al mundo…, al «tú» del título de su autorretrato, ese «tú»… Pero yo distaba una eternidad de ser un salvador. Yo en realidad era un farsante; eso es, lo comprendía a la perfección: era un farsante, refugiado en la desesperación de mi propia farsa, que mendigaba algo de verdad, de sentido, en los libros (¡la vida!) de un escritor de finales del siglo XIX.

Sin embargo, estos arrebatos paranoides de los que hablo estaban plenamente justificados. Al menos desde mi punto de vista, puesto que, desde que viera por primera vez a aquel hombre extraño, alto, de la gabardina y la gorra negras y la supuesta máscara, se me fue apareciendo a intervalos regulares en los lugares más insospechados: en las tabernas que frecuentaba, sentado en una roca, observándome mientras caminaba por la arena, en los museos, entre los muelles del puerto... Siempre a una distancia prudencial, pero me dejaba clara su presencia, me observaba erguido con su informe rostro inidentificable y se marchaba. Yo corrí tras él docenas de veces, pero nunca logré darle alcance. Incluso, una vez, creí ver su reflejo en los cristales esmerilados de mi claraboya. Pero eso es imposible; eso sí que no podía ser. Traté de olvidarlo: me concentraba en otros asuntos y era entonces cuando veía a Mar o a Melissa, y las más de las veces a Mičir y a Bejbel armados de su distinción. No obstante, en ningún momento me preocupé por estos acontecimientos; nada me importaba, nada de lo que pudiera sucederme tras haber escogido ese camino con pleno conocimiento de causa. Estaba llegando al final y me dejaba arrastrar por esa corriente sin ningún tipo de freno. Aun así, sentía una incipiente curiosidad por conocer la identidad de aquel enmascarado.

Una noche, muy de madrugada, atisbé su silueta penetrando una bocacalle que nacía de una de las amplias plazas de la ciudad. Yo estaba borracho y decidí que esa noche no se me escaparía. Corrí hacia él por los diversos callejones que cruzaba; el extraño no daba la impresión de caminar muy deprisa, pero cada una de sus zancadas valían por dos de las mías. Al fin, en la confluencia de dos cortos pasajes, estuve a punto de alcanzarlo; pero justo en ese momento, un grupo alborotado de gitanos interceptó mi carrera. Enseguida reconocí en ellos a varios de los músicos de los que tocaban en la taberna Dorinta. Me rodearon y, a pesar de la hora, tocaron sus panderetas a mi alrededor, entonaron sus cantos atávicos y algunas bailarinas me zarandearon del brazo con la intención de hacerme bailar. Yo perdí el equilibrio (en buena parte a causa de la cantidad de vodka ingerido durante la noche) y caí de espaldas sobre el cuerpo de alguien que me recogió. Ese alguien me sujetó y me murmuró al oído.

—¿Qué haces tan tarde por aquí solo, extranjerito? —Su acento de las profundas grutas de la tierra me permitió identificarla al momento. Quise girarme, pero ella no me dejó. Los demás gitanos, envueltos en su parafernalia de risa, melodía y brinco, se alejaron en la oscuridad. Y nos dejaron solos.

—Me diluyo en las sombras, desaparezco en el vacío, mi bailarina rumana —acerté a decirle, todavía de espaldas a ella, quien no reprimió una risa indecente.

Noté la caricia de su cabello en mi mejilla, mientras impedía con sus manos, sujetas a mis brazos, que me moviera. Podría haber intentado desasirme, claro, pero no tenía fuerzas ni ganas para removerme; además, era una mujer atlética y tampoco me hubiera resultado fácil librarme, a tenor de la energía con la que me inmovilizaba.

Volvió a susurrarme:

—¿Quieres que te eche las cartas y te lea la mano? ¿Deseas que te ayude en tu camino? —Entonces sí me soltó. Me volví y la miré de frente a sus ojos de fuego. La gitana sonreía con la malicia de quien acaba de colocar una bomba en el corazón mismo del universo y escapa caminando, calmada, sin importarle nada el mal que provoca. Me sostuvo la mano y comenzó a bambolear la cintura, a agitar su otra mano dibujando ochos dementes en el aire—. ¿Quieres o no?

—Sí —le contesté—. Échame las cartas, lee mi destino. Léeme la mano. Léeme entero, exprímeme y abandona la cáscara... Léeme —acabé diciendo para mí: «Léeme».

La Bruja de Salem me condujo de la mano por un sinfín de calles que no había visto nunca, pese a tener la convicción de haber recorrido la ciudad de cabo a rabo en esos meses. Descendimos unas escaleras medio ocultas en un pasaje interior y me introdujo en un sótano iluminado por decenas de velas. Qué hacían encendidas esas velas allí, en ese cuarto vacío, era un misterio para mí.

—Pasa y siéntate, extranjerito.

La habitación estaba decorada del modo en que uno imagina el cuarto de una echadora de cartas, con estanterías repletas de artículos de superchería y magia: bolas de cristal, pirámides, barajas de cartas, libros alquímicos y cabalísticos... Una docena de varas de incienso aromatizaban la estancia con una fragancia embriagadora y diversas cortinas de hilo con flecos separaban unas minúsculas estancias de otras. Y en el centro, una gran mesa redonda con un tapete rojo y blanco presidía la sala con una enorme bola de cristal en medio.

Me senté. Ella se ocultó detrás de una de las cortinas y, al cabo de cinco minutos, apareció con una larga túnica blanca con varios estampados que no supe identificar. Una tiara roja le coronaba la frente. Se sentó frente a mí y me recompensó de nuevo con una de sus sonrisas impagables. Posó las manos sobre la esfera de cristal y cerró los ojos. Yo me mareaba. El influjo hipnótico del incienso, junto al del alcohol, estaba a punto de hacerme caer al suelo en redondo.

—Vienes de muy lejos, extranjero. Y no me refiero simplemente a otro país —me dijo. Abrió los ojos y me clavó la mirada. Su sonrisa se desvaneció—. ¡Has venido hasta aquí desde una distancia incalculable! —La Bruja de Salem elevaba el tono de voz—. Veo algo en tu interior, algo de lo que no puedes ni podrás desligarte jamás y que acarreas desde esa lejanía. Algo de suma importancia que te constituye, que define tu alma. El alma que ha habitado todos tus cuerpos durante los diferentes ciclos de la vida y de la muerte.

Yo ya no sabía qué era lo que escuchaba.

—Para saber de qué se trata —prosiguió la gitana—, debo echarte las cartas.

Apartó la bola de cristal y extrajo de un cajón de la mesa un tarot. Mezcló los naipes, colocó la baraja sobre el tapete y me dijo que la cortara. Cogí un montoncito de cartas, sensiblemente mayor al que dejaba sobre el tapete, y lo deposité a un lado. Ella los unió y fue mostrando, uno por uno, hasta siete naipes sobre la mesa. Jamás en mi vida había visto una baraja como aquélla. Los dibujos que mostraban las cartas no correspondían a ningún tarot que yo pudiera reconocer.

—Aquí está —dijo ella—. El ahorcado, el ahorcado junto al diablo y la luna invertida, y bajo la luna, el loco. —Volvió a clavarme sus ojos negros, más que en las pupilas, en la retina, en el nervio óptico, en el quiasma, en el centro mismo de mi cerebro. Y allí sembró su mirada de informes fuegos fatuos. Y sonrió—. Es la locura, extranjerito. La locura es lo que está dentro de ti sin remedio. No puedes huir de ella porque está dentro de ti. —Recordé entonces las palabras de Melissa al despedirnos hacía más de un año; mi otra bruja, mi mensajera de azares—. La locura está en tu corazón, impregnando tu alma. La distancia desde la que has llegado hasta aquí sólo ha podido recorrerse a través de ella, y sólo con ella podrás llegar a donde crees dirigirte, extranjerito. Estás condenado. No tienes escapatoria. Vive, pues, tu condena. ¡Vívela! —La gitana se levantó de un salto; de repente, las velas se apagaron y yo perdí el conocimiento, ¿o sólo fue la visión y lo percibí como una pérdida de conciencia? Al poco rato, escuché el sibilante chasquido de una cerilla al prenderse y vi su llama resplandeciente lamiendo el pabilo de una vela. Luz otra vez, penumbra al menos. Me encontraba tumbado en el suelo, ella, mi bailarina rumana, La Bruja de Salem, gitana maliciosa, estaba sobre mí a horcajadas, sentada en mi estómago, completamente desnuda. Su piel morena y dura me excitó al instante. El vientre con los músculos marcados, los pechos redondos y los pezones negrísimos, los muslos férreos apretándome la cintura, el vello negro de su sexo… Me arrancó la camisa y vertió sobre mi torso desnudo gotas de cera caliente. Yo no sentía nada. Me quemaba, me desmayaba, me desleía, soñaba. No lo sé. No lo sabía. No sé lo que llegué a sentir…

—Extranjerito, has cruzado los límites. Has sobrepasado las fronteras. El abismo te espera. Vive tu condena, tu locura.

—Léeme… —No sé por qué dije eso. No sabía si era dueño aún de mí mismo…, ¿mí mismo?—. Léeme, sigue leyéndome, no pares de leerme. —Acercó más la vela a mi pecho. Me quemaba—. Ah… —Por fin la dejó a un lado. Entonces se agachó, hundió sus voluminosos pechos en la cera derretida que me quemaba la carne y me besó en la boca con su lengua de gata golosa.

No sé cuánto tiempo duró. No puedo estar seguro de si concluimos el acto sexual o no. Recuerdo sombras, su silueta, su movimiento felino y flexible. Sus palabras fustigándome: «La locura está dentro de ti. Enloquécenos. ¡Enloquécenos!». Recuerdo buscar con mis manos las partes de su cuerpo que más deseaba, mi sexo a punto de derramarse. Pero lo recuerdo como si fueran fotografías alternas de una trama por enlazar.

Finalmente, se encendió una luz artificial. Una lámpara pequeña que colgaba del techo de la estancia. Ella se vestía de espaldas a mí, y yo estaba en el suelo. Justo antes de que me fuera, me agarró del brazo y, con su sonrisa de siempre, su mirada de siempre, su acento infernal y caliente de siempre, me dijo que, al menos, le debía una copa.

—Tres o cuatro, más bien diría. No lo olvides, extranjerito.

Pensé entonces en pagarle por… leerme la «buenaventura». Pero temí que ella interpretara que lo hacía por haberse acostado conmigo y que, por tanto, la consideraba una puta. Así que no le di dinero.

—Por supuesto, gitanita. Te invitaré a lo que quieras —respondí, sin gracia alguna.

Dos semanas después de mi encuentro inexplicable con la bailarina, recibí la última carta de Melissa. Me tendí en la cama, abrí el sobre con cuidado y extraje los folios azules impregnados de tinta negra. Me abandoné a su lectura imaginando la voz entusiasmada de Melissa pronunciando las frases que leía; su mirada de ojos verdes y oblicuos deshaciéndome la conciencia.

«Barcelona, 8 de noviembre de 2009.

»Hola, mi genio.

»La otra noche hizo justo un año que nos despedimos y que nos vimos por última vez. Para conmemorar la fecha, fui a nuestro bar (no había vuelto a pisarlo desde aquel día), me llevé tus libros y pedí mi cóctel y un vodka con mucho hielo para ti. Me puse a leer, a beber y eventualmente miraba enfrente, hacia la ubicación de tu vaso de Absolut, y en más de una ocasión te vi removerlo con tus delicados dedos de relojero semántico. Bebí y leí sin parar, toda la noche, y te hablé. Tuvimos largas conversaciones de distinta índole y nos reímos, carcajeamos como siempre hacíamos, como tan bien sabía Miroslav Mičir que debíamos hacer.

»Cuanto más lo pienso más claro tengo que las distancias son una tontería. Es curioso, suelo pasarme horas y horas manteniendo larguísimas charlas imaginadas contigo; sin embargo, cuando me enfrento con el papel, siento como si algo me atenazara y me impidiese expresar todo lo que quiero explicarte. Da igual, no hagas caso, continúo:

»No sabes lo importante que se han vuelto tus cartas para mí. Cada vez que recibo una, organizo una fiesta en casa en tu honor. Convierto sus lecturas en un ritual y me zambullo en ellas como quien va en busca de las pistas que desentrañan la ubicación del mayor de los tesoros. Tú no lo sabes, crees haber abandonado la escritura; sin embargo, estas cartas que me envías son también escritura, pura literatura. Ellas están burlando tu decisión inquebrantable; sin darte cuenta, tu escritura ha encontrado una válvula de escape en estas cartas, y se expresa en ellas. Es (sería) un drama si alguien como tú dejara definitivamente de escribir. Tarde o temprano tendrás que volver a hacerlo. Pero no voy a adelantarme, creo que de eso quiero hablarte al final de esta carta.

»Tal como lo cuentas, me parece que estás viviendo una aventura de ensueño allá en Constanza: las tabernas medievales, las bailarinas rumanas, la biblioteca de Gica, el mar…, Miroslav Mičir por doquier. Me puse a temblar como una hoja escuálida cuando me contaste la relevancia que cobró mi cuadro en medio de esa aventura. Pienso mucho en él, y al hacerlo creo regresar al interior del lienzo, aguada en las pinturas, desde donde no dejo de observarte en tu buhardilla. No sé si tú compartirás la misma sensación que yo, pero, pese a que hace más de un año que no nos vemos, no tengo la impresión de que nos hayamos distanciado; es más, creo que nuestros lazos se estrechan con el tiempo. Es probable que sea una sensación sólo mía y que tú no opines igual, pero deseaba compartirla contigo.

»He pensado mucho en los breves resúmenes que me envías en tus cartas sobre la vida (muerte, no-vida, lo que sea) de Miroslav Mičir. Me han impactado de especial manera sus relaciones con el esoterismo y la alquimia mediante la abuela Anna. Pese a que ella, desde que Miroslav era muy pequeño, como me cuentas, no le hablara del tema, pienso que en su obra y en aspectos que me relatas de su entrada en la adolescencia y la juventud se palpa esa influencia. Hace unas semanas y, como no podría ser de otra manera, por puro azar, encontré en una vieja librería un volumen de Y. K. Centeno que trata sobre la influencia del ocultismo en la obra de Pessoa: *Fernando Pessoa y la filosofía hermética*. Pues bien, no he podido evitar ver cierta relación entre lo que se cuenta en este libro acerca de la heteronimia de Pessoa y la de Mičir (con la heteronimia de Mičir no sólo me refiero a la creación de Vladimir Seifert, sino también a la del propio Andrea Lucescu). La idea de fragmentariedad de la identidad en ambos es muy similar: esa huida de uno mismo hacia la desintegración hallando en ella cierta… paz; el abandono de la propia personalidad para encontrase a sí mismo. Todo ello es muy alquímico. He investigado a fondo el tema y no paro de encontrar relaciones sin cesar. Jan, no puedo dejar de ver vínculos entre unas cosas y otras, y no sé adónde puede llevarme esto. Es como si el mundo estuviera descosido y sólo necesitara de un tejedor tenaz que enhebrara señal tras señal, hito con hito, texto con texto, para acabar urdiendo la tela interpretativa que nos sostenga más allá de este caos. Pero no tiene fin, la tela no tiene fin…

»Recordé lo que me contaste un día sobre el Punto Supremo, a cuenta de nuestra conversación sobre *Nadja*, el azar objetivo y el surrealismo. Ese punto que André Breton trataba de alcanzar en el cual se resolvían todas las antinomias, en el que se disolvían las distancias entre los contrarios: sujeto/objeto, vida/muerte, cordura/locura… Creo que esto también está muy relacionado con el camino de Mičir y con el de Pessoa, con el ocultismo esotérico que ahora estudio. Pessoa buscaba el sosiego definitivo en la abolición de la Naturaleza, en la anulación de los sentimientos mundanos. Estos estudios describen con exactitud, además, la clase de estado que me provocan las visitas de Isolda: esa carencia de fronteras sólidas que delimitan un estado y lo separan de otro. A medida que pasa el tiempo siento a Isolda fundirse en mí misma, o yo en ella. Pronto no quedará ningún cabo suelto, mi genio. Tú estás en la cúspide de este entramado, tú atarás el último cabo, lo coserás con tu escritura, mi loco, para acabar por tejerlo todo y construir con ello un nuevo universo sin antinomias, sin distancias, sin identidades precisas… ni dolor. Oh…, qué locura. ¡Qué locura tan grande!

»Estoy excitada las veinticuatro horas del día ante estos acontecimientos. La gente me observa cuando camino por las calles con mi sonrisa tatuada en la cara, indeleble. En el trabajo me miran como a un bicho raro (más que de costumbre). Y nada de eso me importa.

»Los pensamientos circulan en mi cabeza mucho más rápido de lo que lo hacen las palabras escritas por mi mano. No quiero releer nada de lo que he escrito. Sigo hacia delante; sigo, quiero contarte todo lo que se me pasa por la cabeza. Mar... ¡Qué alegría tan inmensa cuando me contó vuestro encuentro en Constanza! Me encantó contrastar las dos versiones de lo sucedido: la suya y la tuya (mucho más escueta) descrita en tu última carta. Me entusiasma comprobar cómo unos mismos sucesos son narrados desde diferentes puntos de vista. Es tan sólo una prueba más de lo múltiple que es la realidad. En ningún momento dudé de lo mucho que ibais a disfrutar juntos; tenéis tantas cosas en común que no es de extrañar que hablarais tantas horas seguidas. Ya te dije lo especial que es esta mujer. Escucharla hablar de ti es una de las cosas más bonitas que he vivido nunca. Te lo digo completamente en serio. Escuchar cómo describía la entonación de tu voz, tus gestos, tus risas contagiosas; cómo te dibujaba en esas calles, en esas tabernas que había visto esbozadas en tus palabras; que me comunicara cómo te vio, tu estado y comprobar que, pese a todo, la llama incendiaria de tus ojos continúa viva; ver tu energía avasalladora descrita en sus frases andaluzas; y conocer otras cosas que me contó de ti... y que no te voy a revelar. Fue maravilloso. Es un secreto (bueno, medio secreto), pero ahora mismo ella está enfrascada en un trabajo que te va a encantar, creo que te hizo algún comentario al respecto. Cuando lo veas, vas a desmayarte.

»No paro de soñar. Eso suele ocurrirme en las épocas en las que estoy muy excitada y activa. Me paso las noches soñando y, al despertar, soy capaz de recordar cada uno de esos sueños con una asombrosa exactitud. Es como si viviera en muchos mundos a la vez. La otra noche soñé que me convertía en la matriz de Mar. Como en uno de sus cuadros, me acurrucaba en su vientre y me quedaba allí dentro, visible desde cualquier punto desde el que se observara su cuerpo. Y yo, desde su útero, también podía contemplar el mundo exterior a través de su carne transparente, un mundo de azules y de verdes, de cielos y mares, de inconcebibles seres mitológicos y humanos que pululaban a nuestro alrededor. Yo misma también me vi allí dentro desde fuera, aovillada como un feto, succionando de una placenta turquesa que me unía a las entrañas nutritivas del cuerpo de Mar…, que era el propio mar, un inmenso océano de plata. Me quedaba allí a la espera de mi propio nacimiento y te leía. Te leía, Jan, mi genio, mi loco. Leía *Amanéceme* en la matriz de Mar, esperaba la llegada del final del libro para salir, nacer, amanecer, ser amanecida por Mar, parida por ella. Y, quizás, en ese nuevo nacimiento, convertirme de una vez por todas en Isolda, en mi hermana gemela. Pero antes de que eso sucediera, desperté.

»En otras ocasiones, sueño con esa misma situación pero dentro de la matriz de Mar estamos las dos: Isolda y yo, juntas, vivas en un mismo feto, compartiendo la vida pre-natal consciente que nunca pudimos disfrutar, y soy feliz. Y notamos cómo Mar se palpa el vientre con las manos, cómo se acaricia, acariciándonos… Cuando despierto de estos sueños, siento una felicidad inagotable, me envuelve un estado de calma que llega a desgarrarme. Aunque luego perciba el dolor de la pérdida, de no estar ahí, de no abrazarme a Isolda.

»Le he contado estos sueños a Mar y se ha reído, con esa risa que tiene, ya sabes. Me ha obligado a explicarle minuciosamente cada detalle mientras tomaba notas y realizaba bosquejos; dice que también los va a pintar, mis sueños, ¿no es un encanto? ¿Qué clase de ser encantador haría eso? Mar es una gestadora, una madre, una niña-madre. Como el propio mar, una diosa de la fertilidad, como la Luna. Yo lo veo así. He fantaseado con el tema. ¿Recuerdas que te conté que había pensado en quedarme embarazada tras leer *Amanéceme* para poder gestar en mi cuerpo a Isolda y darla a luz? Pues he llevado mi fantasía más allá. A raíz de estos sueños que te he relatado, he pensado en fecundar uno de mis óvulos para que lo geste Mar; para que nazca de ella un hijo mío, un nuevo amanecer. ¡Qué locura, eh! Por supuesto, no le he dicho nada a ella todavía. Sólo se trata de fantasías, de sueños, de ocurrencias. Después me puse a pensar en quién podría ser el donante de esperma... ¿Te imaginas, Jan, quién podría ser? ¿Te imaginas, un hijo tuyo y mío gestado por Mar? Me estoy volviendo loca. No sabes cómo carcajeo ahora mismo, del mismo modo que, imagino, lo haces tú, al unísono de esta semana de distancia que separa la escritura de esta carta de su lectura en tu buhardilla de Constanza. Mi imaginación se desborda gracias a vosotros, mis artistas, vosotros creáis los cimientos de los mundos en los que yo creo; yo únicamente tengo que creer en ellos para verlos florecer en mis pensamientos. ¿Qué habéis hecho conmigo? ¿Qué has hecho conmigo, mi loco?

»Sé que me deshago y no puedo más que disfrutar de ese proceso. Deseo que prendas en mí la chispa de tu nueva escritura. Porque sé (y ahora sí que enlazo con el principio de mi carta), sé que tienes que volver a escribir, prenderme con tu escritura. Signifícame en ella. No puedes dejar al mundo sin tu don. Recuerda: debes seguir tejiendo los misterios para que yo pueda creer en ellos y hacer posible... el sueño.

»No sé si he hablado más de lo debido; es probable que sí. Aunque me da igual.

»Tengo unas ganas locas de verte. Sin embargo, sé que todo está bien, que todo sigue su curso: tú en esa Constanza, yo aquí, Mar entre mundos, Miroslav Mičir en ese libro recorriendo los tiempos, cabalgando entre siglos.

»Sigo a la espera. Mírame, Jan. ¡Mírame!».

Y la miré, clavé los ojos en su cuadro nada más acabar de leer la carta, preso de una taquicardia de incertidumbre y pasiones estranguladas. Miré a los ojos del cuadro, a sus ojos de Isolda que se arrojaban sobre mí desde el lienzo. Nos miramos en una trenza afilada que trepanaba las profundidades en espiral. ¿Qué profundidades? ¿Qué clase de vacíos insensibles? «Isolda, Melissa, Jan Ungría y tú». Nos miramos y, a un lado, Miroslav Mičir, quien parecía reírse desde su inmortalidad, se miraba a sí mismo. Tanto esfuerzo para huir de la locura… y tal vez era cierto, la locura estaba dentro de mí, incluso hallándome yo tan alejado de mi escritura.

12

Al día siguiente retomé, ciego, la lectura de *Tanatografía de nadie*; encaré la última parte del libro, la que debía desvelarme los misterios de la vida-muerte de Mičir, su desaparición; la que me permitiría experimentar, desde la barrera, el salto al abismo que tanto miedo tuve yo mismo en ejecutar. ¿Adónde le había llevado a Mičir la escritura? ¿Adónde me hubiera llevado a mí de continuar con ella? ¿Qué clase de locura? La ansiedad me impidió alargar la lectura de esas últimas 207 páginas como lo había hecho con las anteriores 792. En tres semanas concluí el libro y, en ese intervalo de tiempo, cumplí los treinta años. Voy a por ello, rememoro mentalmente (¡mentalmente para quién!) esas últimas páginas. Los tres últimos años en la vida de Miroslav Mičir.

Al abrigo de la expansión de las corrientes simbolistas francesas que tuvo lugar en Praga y en Bucarest durante los primeros años del siglo xx, *La derrota del inmortal*, sobre todo, y no tanto *El hombre que dejó de ser un hombre*, tuvieron cierta buena acogida en ambas capitales; al menos en los reducidos grupúsculos de la avanzadilla intelectual de la zona. Lo suficiente, eso sí, para que Mičir viajara a Praga en varias ocasiones junto con Bejbel a codearse con dicha élite. Aunque lo cierto es que, al final, el máximo provecho que extrajeron de esos viajes fue pasear a orillas del Moldava, atravesar sus magníficos puentes y embeberse de la magnificencia de esa ciudad.

En el transcurso de esas estancias, aprovecharon para visitar a un joven amigo de Jaroslav, hijo de un conocido de su padre, con el que compartieron largas jornadas. Su nombre era Franz, aunque ellos lo llamaban Z, una broma de ambos por la manía que tenía el chico de denominar «K» a los protagonistas de sus incipientes relatos. Durante ese año de 1902, a Miroslav le hicieron varias entrevistas para algunos rotativos intelectuales de Bucarest. En una de ellas, un crítico reputado en las esferas literarias le recriminó que siempre utilizara las mismas palabras: mar, cielo, aborto, imposible, nunca… y similares temáticas en sus textos.

«Mi obra es como un rompecabezas, un ilimitado rompecabezas sin principio ni fin. Mi obra está a merced de los encajes de las piezas que lo componen. Cada libro, cada estrofa, cada verso, cada palabra, cada silencio, cada ausencia de silencio en el silencio… son pequeñas claves que ajustar a otras, para ir construyendo ese rompecabezas inacabable. Para eso es necesario conocer, investigar y explorar todas las facetas de cada pieza, para saber de qué manera (si es posible) debe encajar con alguna de las otras y seguir avanzando, así, de manera infinita. Por lo tanto es imprescindible que agote las singularidades de una palabra, de un concepto, de una imagen con el objetivo de conocer la totalidad de las facetas que la componen y descubrir de ese modo dónde, cómo y cuándo pueden y deben encajar con las otras piezas de mi rompecabezas vital y literario, que es la obra que vengo desarrollando desde que tengo uso de razón.

»Yo me debo a un fin y nada ni nadie harán que me desplace un milímetro de ese camino».

La respuesta de Mičir no debió convencer al crítico porque semanas más tarde éste publicó una reseña negativa sobre el conjunto de su obra; una reseña, por otro lado, que entusiasmó tanto a Miroslav como a Bejbel.

—Cuanto peor hablen de mí esos gaznápiros del arte, más seguro me sentiré de estar en la senda adecuada.

—Brindo por eso, amigo. Además, quienes debían hablar bien de *La derrota del inmortal* tanto en Praga como en Bucarest lo han hecho. Fíjate, en la revista *Kvtěy*: ¡te sitúan en la órbita de Nietzsche!

—Sí..., pero la novela ha pasado desapercibida. Andrea Lucescu se sentirá triste.

—El mundo no está preparado para ese tipo de narración, es demasiado novedosa. Nadie ha entendido nada.

—Nadie entenderá nunca nada, amigo. Nadie entenderá jamás nada de lo que sucede en el universo.

A medida que pasaba el tiempo, Mičir iba ausentándose con mayor asiduidad de sí mismo, en las conversaciones, los paseos, allí donde estuviera. Se acariciaba el colgante en forma de ojo que pendía de su cuello y esbozaba en su rostro una eterna sonrisa inamovible. Una tarde, solo en el mar, tendido sobre sus aguas, bajo el sol vespertino del verano de 1903, se hizo el muerto. Sonreía y se hacía... el muerto. En esa postura se quedó dormido. Los rayos de sol que fulguraban en sus párpados encendieron retazos de sueños que Miroslav moldeó a su gusto. Y allí mismo, tendido sobre las aguas del mar Negro, vio revolotear a su alrededor un coro de seres angelicales que lo llamaban por su nombre. «Ven, Miroslav. Ven con nosotros, con nosotras, ven adonde nunca más sea necesario *ser*, Miroslav, ven a ser tu nombre, ven a conocer tu verdadero nombre, Miroslav. Ven a pronunciar con nosotros la palabra que te salve, la última palabra del universo». Vio a los seres revolotear y luego bucear bajo su espalda. Vio reflejos de Ondina, y en esos reflejos se veía a sí mismo, de diferente manera: ángeles que no eran ángeles; sirenas que no eran sirenas… «Escapa de una vez, te estamos esperando», le decían. «Arranca la apariencia voluble que te envuelve e intégrate en el vacío. Te esperamos en esa huella de ausencia». Sin darse cuenta, despertó. Y el despertar fue tan fluido (tan poco brusco), ese despertar estuvo tan hilado con el sueño, que no hizo nada, sólo dejarse hundir hacia el fondo del mar, donde los (las) volvió a ver…, a Ondina en cabeza, agitando las melenas de su cuerpo, las miradas de sus ojos, expandiendo sus pieles en el mar…

Cuando no pudo respirar, batió brazos y piernas y emergió, inyectó los ojos en el sol y sonrió. «Me voy, me iré de aquí, de mí, a mi encuentro imposible, desgarro las fronteras del ser, del ser del mundo…».

Miroslav, tambaleándose por la ciudad, fue al encuentro de su amigo para relatarle la experiencia vivida. Sin embargo, en el momento en que éste lo vio aparecer por la puerta de su apartamento, se abalanzó a sus brazos, radiante de felicidad, sin tiempo para que Miroslav abriera la boca.

—Mi buen amigo, ¡la he encontrado! ¡Al fin! —Cogido a los hombros de Miroslav, casi con lágrimas en los ojos, Jaroslav Bejbel le contó que había hallado al amor de su vida, el ángel que iluminaría las noches venideras hasta su muerte, sin ningún género de duda.

Miroslav sonrió; esa sonrisa se expandió por su interior como una ola de calor, y experimentó la felicidad, la ternura y la melancolía de quien observa la alegría de un niño que juega con ese regalo que ha esperado durante toda la infancia.

—Enhorabuena. Lo mereces más que nadie —le dijo, obviando lo que había ido a contarle.

—Nicoleta es de otro mundo, como nosotros, Miroslav, lo puedes creer. No tiene nada que ver con las chicas pánfilas que hemos conocido en Constanza. Ella es de Bucarest, es culta y... preciosa.

A la noche siguiente, concertaron una cita en el piso de Bejbel para que Nicoleta y Miroslav se conocieran. Tal como le había adelantado su amigo, Miroslav pudo comprobar por sí mismo que se trataba de una chica excelente, que rebosaba virtudes y apenas dejaba traslucir los defectos que pudiera tener. Su elegancia natural se ajustaba como un guante a la distinción de Bejbel, así como su belleza. Y no sólo eso, sino que también podía seguir la conversación de ambos muchachos sin quedarse atrás ni bostezar, como les ocurría a menudo a muchas mujeres que los acompañaron. Mičir se sintió henchido de satisfacción por la victoria de su amigo.

—¡Jaroslav y Miroslav! —Nicoleta carcajeó acentuando la rima de sus nombres—. ¡Los dos amigos, tal para cual! Cuando Jaros me habló de ti, nunca imaginé que en realidad seríais tan parecidos.

Bejbel le estrechó los hombros a Mičir.

—Somos hermanos, Nicoleta. ¡Mi hermano de sangre y tinta! Ni te imaginas las aventuras que hemos vivido juntos.

—¡Estoy deseando escucharlas!

Mientras Jaroslav le explicaba a su novia sus correrías por París, los burdeles de Constanza, los callejones de Praga, sus enfrentamientos con la élite literaria de las distintas ciudades..., Miroslav preparaba ensimismado tres absentas con láudano, como solía hacer desde hacía tanto tiempo. Brindaron, llevaron a cabo los rituales típicos reservados para la bebida de las hadas verdes, como era conocida, y bromearon.

—Nicoleta ha quedado fascinada con tu obra.

—Oh, sí, Miroslav —interrumpió la chica—. Eres un poeta magnífico. *Los murmullos del silencio*, en especial, me ha parecido soberbio. —Mičir agachó la cabeza, abrumado, a modo de agradecimiento—. ¿Estás escribiendo algo nuevo? Cuéntanos.

Él alzó los ojos, entrecerrados y aun así enormes; clavó esa mirada suya, que hacía temblar, en los ojos de sus compañeros. Bebió un sorbo de absenta, la saboreó con deleite y contestó con una voz cadente, inmemorial.

—Estoy a punto de acabar un nuevo poemario y de comenzar otra novela.

—Oh, eso es magnífico —contestó, al unísono, la pareja—. Háblanos de ello —acabó diciendo Nicoleta.

—La colección de poemas se titulará *El dilema de la noche* y probablemente constituya mi obra menos semántica. —Las velas de la estancia amueblaban de sombras el rostro infinito de Miroslav—. No hay nada, amigos míos, no hay nada en ninguna parte, ni siquiera hay escritura. La escritura tampoco es nada. Lo único que podemos hacer es redactar esa nada con los restos de escritura que nos quedan: con los vestigios de silencio que le arranqué a las palabras en *Los murmullos del silencio* he construido este libro. He conseguido redactar la nada como un taquígrafo sordo y mudo, e instalarme en ella. Eso es lo único que puedo, que podemos, hacer mientras siga siendo posible; me temo que hasta dentro de no demasiado tiempo.

Miroslav cerró los ojos y bebió.

—¿Te lo dije o no te lo dije, Nicoleta? Este hombre es único.

—¿Puedes recitarnos algo, como adelanto?

Mičir se levantó sin abrir los ojos, con la copa en la mano y una sonrisa torva que se balanceaba entre las sombras. Recitó con una voz que no era la suya, y Bejbel, como siempre que lo veía en ese estado, se quedó boquiabierto, hipnotizado. Cinco segundos después de que Miroslav pronunciara el último verso, él y Nicoleta aplaudieron como locos, extasiados y con la piel de gallina ante la reverberación que el poeta propagaba en la estancia. Luego se sirvieron otra ronda de absenta y continuaron profundizando en el sentido de esos poemas.

—Me diluyo en mis versos y mis versos en la nada —Miroslav hablaba lento, con los ojos entornados—, y como consecuencia de esa disolución atómica se originará una explosión en el centro del universo conocido. No hay nada, amigos míos, el mundo tiene que darse cuenta de eso. No hay mundo; no hay nada. Hay que desvelar la farsa con esa explosión. Sólo entonces, cuando eso ocurra, habrá un lugar… para no ser y, por fin…

Mičir dejaba suspendidas en el aire de forma habitual algunas de sus frases. Cuando esto ocurría, el silencio resultante tenía una carga energética de tal densidad que costaba respirar. Al final, ese silencio se exprimía y acababa adherido sin remedio al corazón de aquellos que lo escuchaban, como una invisible huella de sentido inexplicable.

Conforme el alcohol, la droga y el ajenjo invadían la sangre de los tres jóvenes, los vaivenes temáticos de la charla cobraban vida propia. Jaroslav se levantó del asiento en un momento dado y, a punto de caer sobre la mesa que sostenía las velas y las botellas, propuso un brindis con media lengua.

—¡Escuchad! Quiero brindar por las dos personas más importantes de mi vida. Y que lo serán el resto de mis días. Mi amigo y hermano, el mayor poeta de la modernidad, el genio de este maldito siglo que comienza: Miroslav Mičir. Y mi ángel en la tierra, el hada mágica que se transformó en mujer para seducirme, Nicoleta Eliade. —Se aproximó a ellos e hizo chocar su copa con las suyas. Los abrazó sobre el sofá y los besó, a cada uno de ellos, en los labios—. Os quiero... ¡Os quiero tanto! —Risas entrecortadas ascendieron por la habitación; las bocas que las propagaban estaban situadas unas al lado de las otras, conformando un triángulo equilátero de vértices blandos. En un único gesto, Jaroslav acercó las cabezas de Nicoleta y Miroslav una a otra y ellos se besaron, casi sin darse cuenta en un principio; no obstante, ante la mirada aprobadora de Bejbel, finalmente se fundieron conscientes en un lento y prolongado beso. Enseguida, Jaroslav introdujo su lengua en ese beso y los tres lamieron labios, lenguas y mejillas, ansiosos pero serenos. En un instante, los tres se miraron a los ojos, en silencio, y sonrieron. Las tres sonrisas tan y tan y tan... distintas entre sí.

—Os quiero tanto —pronunció Jaroslav, y los abrazó de nuevo.

Los tres se quitaron la ropa con delicadeza, unos a otros. Nicoleta, en medio, sujetó los dos sexos erguidos y los acarició mientras ambos amigos le besaban los pechos y se besaban entre sí. Se hundieron en los cuerpos, entrelazaron miembros, se deslizaron sudorosos por las pieles ajenas y se besaron; lamieron y jadearon. Y, al cabo del tiempo, de las caricias, de los flujos compartidos, de los abrazos sólidos... se durmieron juntos, sobre el suelo, enredados.

Mičir fue el primero en despertar. En silencio, empezó a vestirse con la intención de marcharse, pero antes de que pudiera hacerlo, su amigo, desnudo, se levantó y lo rodeó por el hombro. Iluminados por los primeros rayos trémulos del alba, tuvieron una breve conversación en pequeños susurros, con Nicoleta durmiendo a sus pies, boca abajo y desnuda.

—Pronto encontrarás tú también a tu Ondina, amigo mío. Estoy convencido de ello. Y lo celebraremos los cuatro por todo lo alto; ascenderemos las cotas de este mundo insensible y gritaremos a los cuatro vientos nuestra felicidad.

—Gracias —le contestó Miroslav—. Agradezco sin límites tus buenos y sinceros deseos. Pero yo no hallaré ni a Ondina ni el amor en este mundo. Jaroslav —dijo tras una breve pausa—, sólo hay amor en la locura… Sólo existe el amor verdadero en el interior de la locura. Sólo en ella se puede experimentar el amor al que yo aspiro. Un solo atisbo de cordura impediría su realización, puesto que ese amor es imposible. Únicamente la locura me permitiría ver y vivir esa imposibilidad. Y allí me dirijo, mi querido amigo. No sufras por mí y disfruta de tu existencia, de tu amor en la tierra. —Al finalizar su respuesta abrazó a su amigo con fuerza, con un sentimiento que provocó el llanto de Bejbel. Y se marchó.

Durante los siguientes meses, Miroslav se encerró en su apartamento para escribir su segunda novela, *El hombre que habitó la locura*. Entretanto, se publicó *El dilema de la noche* en rumano y en checo, pero Mičir no quiso asistir a ningún tipo de acto promocional del libro. De eso se encargó su amigo Jaroslav que, por aquellas fechas, contrajo matrimonio con Nicoleta. A finales de ese año de 1903, Mičir acabó la novela, la cual fue también editada por la imprenta de Bejbel sin ningún tipo de repercusión.

—Ya no camino, Jaroslav —le decía Miroslav a su amigo, sentados en una taberna a principios de 1904—. Floto… Floto por el mundo, siento que el suelo no me toca, ni el aire, ni los objetos de la realidad. Nadie ha entendido nada de mi última novela. Andrea Lucescu ha tenido el mejor de los homenajes posibles, y nadie es consciente de ello. Porque no hay nadie.

—Nicoleta, Franz y yo, y muchos de los articulistas de las mejores revistas de Praga y Bucarest, la valoramos como una obra maestra —le contestó Bejbel—. No desesperes.

—No desespero. Más bien lo contrario, camino por la calle Mayor de Constanza y siento que transito por una senda azul en medio del cielo. Nada me toca... Nadie. Nada me satisface. Los límites de la realidad me parecen una tontería. Reventarlos, transgredirlos de la manera que sea, no me supondría ninguna carga. ¿Me entiendes, amigo? Estoy fuera del alcance de todo. Quiero arrancarle la piel a alguien, los ojos, rasurar los latidos de un corazón para ver cómo palpitan al margen de esa carne. Quiero hundir mis manos en las entrañas de los hombres para ver qué hay, si es posible que haya algo ahí dentro de verdad. Siento que al extender los brazos toco con la yema de los dedos los confines del universo, los horizontes habidos; y que puedo partirlos cuando quiera: quebrar las fronteras de la existencia...

—Sería capaz de enloquecer junto a ti, amigo mío. Todo lo que dices me subleva el espíritu.

Al cabo de unos días, Jaroslav Bejbel se propuso acabar con el estado melancólico de su amigo. Consideraba que tenía la responsabilidad de aplacar su angustia con diversiones y placeres que él todavía no hubiera experimentado; se lo debía. Por esa razón, se lo llevó al burdel que solían frecuentar en Constanza, lo dejó sentado en uno de los salones y se dirigió a solas al lugar donde la Madame recibía a los clientes.

—Quiero una chica de catorce años, para Miroslav. Es imprescindible que tenga catorce años porque ésa es la edad que él tiene.

—¿Ah, sí? Pues eso te va a costar muy caro, cariño.

—No me importa el precio.

Bejbel condujo a un cuarto del salón a su amigo y le dijo que esperara, que tenía una sorpresa para él. En breves segundos, apareció con la niña.

—Es para ti, una niña de catorce años. Como tú, que también tienes catorce años y eres una niña, para que disfrutéis así juntas. —Cerró la puerta y los dejó solos.

La chiquilla se quitó la ropa frente a Miroslav, se aproximó a él y lo besó en las mejillas, en la frente, en la boca.

—¿Quién eres tú, de dónde has salido?

—Soy tu sueño privado —le contestó ella.

Miroslav acarició el menudo cuerpo de la cría, palpó cada centímetro de su piel, apretaba en según qué zonas y a punto estuvo de estrangularla en más de una ocasión.

—Chúpame, lámeme hasta que desaparezca de la faz de la Tierra gracias a tu lengua —le dijo a la niña. Ésta rió y chupó... y lamió, pero Miroslav no desapareció del mundo.

—¿Y tú, cuántos años tienes? —le preguntó a él otra niña, en otro momento, en otra sucesión de tiempo.

—Yo, catorce; como tú.

—No —rió ella—, yo no tengo catorce años, yo sólo tengo nueve.

—No, pequeña, tú tienes catorce. Como yo, como Ondina, como mamá; somos niñas de catorce años a punto de besarse los sexos como una sola flor de infinitos pétalos jugosos, un ósculo donde gestar el embrión de la desaparición del universo, pequeña.

—Ay, ¡no entiendo nada de lo que dices!

—Bésame aquí, pequeña, bésame aquí..., que yo lo haré allá. Verás qué bien.

Sus manos palparon vísceras humanas, arrancaron pieles tiernas con las que se abrigó en invierno. ¿Por dónde? ¿En qué momento lo haría Miroslav Mičir? Cuando se le pasaba por la cabeza.

En octubre de 1904, Miroslav, Jaroslav y Nicoleta paseaban por uno de los acantilados de las afueras de la ciudad. Tras no pocas tentativas, Bejbel lo había convencido para hacer una excursión con la siempre agradable compañía de su mujer. En un momento concreto de la caminata, el poeta se aproximó a los salientes de las rocas y bordeó en equilibrio ese caminito de piedra que lo separaba del precipicio. El matrimonio lo observaba, precavido.

—Nada me asusta. No tengo ningún miedo. No temo a ningún peligro —decía a media voz, mientras se balanceaba con los brazos extendidos—. Estoy a punto de evaporarme definitivamente. Y es lo mejor que puede ocurrirme. Mirad. Mirad allá, a lo lejos. —Mičir señaló un punto indeterminado en el mar—. ¿No veis esa trampilla? Veo una trampilla entre el cielo y el mar por la que *voy a escaparme*. La veo desde hace semanas, lúcida y brillante. Una trampilla que lleva inscrito mi nombre en su líquida madera azulada. Pero no este nombre, Miroslav Mičir, sino otro, mi verdadero nombre, aquel que, al pronunciarlo, me permita atravesar la trampilla e irme de aquí. Desaparecer. —Miró a sus amigos y sonrió—. No le temo a nada. No hay nada, nadie. No existo. Podría dejarme caer y nada ocurriría porque no existo, ni yo ni el acantilado ni el mar ni el cielo… ni siquiera la trampilla azul por la que pretendo escaparme…

En ese instante, Mičir pareció perder la concentración, vaciló, perdió pie y a punto estuvo de caer al vacío, de no haber sido por la mano salvadora de Nicoleta, que lo atrajo hacia ella.

Días más tarde, los dos amigos comentaron el incidente. Bejbel le comunicó los temores de Nicoleta de que acabara suicidándose.

—Yo ya me suicidé, mi querido amigo. Parece mentira que tú precisamente me digas eso. Todas mis muertes sucesivas fueron suicidios. El aborto fue un suicidio. El advenimiento de Ondina, bajo el mar, fue otro suicidio. Cuando entregué mi existencia a la escritura, con mi primer verso certero y decisivo en *Periscopios en la tumba*, me suicidé para siempre. He cubierto el cupo de suicidios. No puede suicidarse más alguien que lo ha hecho tanto. Se acabó la frágil defección del suicidio. Ahora ocurrirá otra cosa. —Ambos enmudecieron unos segundos, luego Miroslav prosiguió—: Mira, Jaroslav, no sé cuánto tiempo más podré seguir engañando a la realidad, a mí mismo, a las propias palabras. El grado de elaboración del mapa que trazo es tan complejo, su construcción es tan dificultosa, que no puedo llevarla más allá. No sé si entiendes lo que trato de explicarte. Acabo de terminar mi último poemario y con este libro doy por zanjada mi obra poética: *Memorias sin memoria*. Es mi adiós a la poesía. Lo dejo en tus manos.

—Pero eso... ¡Eso no puede ser! La escritura es tu vida, ¡no puedes abandonarla!

—Y no lo haré, mi querido amigo. Tengo algo en mente. Algo crucial, único, maravilloso, apocalíptico... Mi auténtica despedida.

Durante algunas semanas no se volvieron a ver. Miroslav se encerró en sus «pequeños refugios», donde pergeñaba una trama que unía todos los rastros de su obra anterior. Llegó el año 1905, y Jaroslav y Mičir tuvieron un encuentro decisivo.

—Por fin está en marcha. El más grande de mis proyectos literarios, el punto culminante de mi obra; la rúbrica del mapa que he estado dibujando y que me sacará de aquí. Más que un libro será un puro sortilegio.

—Me emociona verte así de entusiasmado; habías llegado a asustarme.

—No hay que asustarse de nada. Nada puede asustarnos ya. Escúchame con suma atención. —Miroslav aferró la cabeza de su amigo con las dos manos, como solía hacerlo cuando tenía que comunicarle algo de vital importancia. Y le clavó las pupilas en los ojos—. Me voy, Jaroslav. El 1 de octubre me iré de aquí. Voy a escribir una novela en la que narraré esta despedida del mundo, en la que narraré la trama que han hilado los hitos que conforman las claves de mi existencia. Y el 1 de octubre, cuando acabe de escribir la última página, el libro me engullirá y desapareceré, por fin, de este mundo, de esta vida que nunca me tuvo ni me acogió. Reapareceré en la desaparición, prevaleceré en el no-ser, destartalaré los cimientos del universo y provocaré con ello que se desmorone. ¡Me voy, amigo mío! Seré el marinero del cielo y me iré escrito en ese libro llamado precisamente así: *El Marinero del Cielo*.

Jaroslav no daba crédito a lo que oía y no supo cómo reaccionar. En los siguientes meses apenas se vieron. Mičir permanecía día y noche en su casa, en sus refugios, escribiendo. Se lo veía de vez en cuando en los burdeles y algunas voces aseguraban haberlo sorprendido con las manos y la boca manchadas de sangre. Miroslav escribió sin descanso para dibujar el final del mapa que debía salvarlo. Al aproximarse la fecha del 1 de octubre, Jaroslav y Nicoleta trataron de hablar con él y conocer de primera mano cuál era su estado. Después de muchos intentos, sólo lograron arrancarle esta respuesta:

—Nunca he estado mejor, ahora que sé que me marcho por fin; ahora que he reunido el valor y el sentido suficiente. No le temo a nada.

El 27 de septiembre de 1905, insospechadamente Miroslav fue a visitar a Bejbel y se lo llevó a una de las tabernas favoritas de ambos. El aspecto de Miroslav era el de siempre, si bien todavía más exaltado, más luminoso, más tremendo que de costumbre.

—Llega la hora, amigo mío. Y necesito que me hagas un último favor —le dijo sin ningún tipo de preámbulo.

—Lo que sea.

—Atiende bien a lo que voy a decirte: el domingo, día 2 de octubre, entrarás a mi casa, recogerás la novela que te dejaré sobre la mesa y la publicarás: *El Marinero del Cielo*. En ella se narran mis indagaciones más allá de los límites de la experiencia, mi viaje a través de las fronteras que delimitan los mundos y, cómo no, la despedida definitiva. Sólo me quedan dos capítulos que acabaré de escribir en estos días. Prométeme que harás lo que te digo con alegría y que no llorarás por mí. Al contrario: la noche del 1 de octubre deseo que Nicoleta y tú celebréis una fiesta en mi honor, la más grande y maravillosa de las fiestas. Traed prostitutas, magos, artistas, lo que queráis. Bebed toda la absenta y el láudano que os quepan en el cuerpo. Recitad todos mis poemas, desde el primero del primer libro, hasta el último del último. Y cuando acabéis de hacerlo, quiero que folléis como locos, que practiquéis todas las perversiones que se os ocurran, lo más depravado que se os pase por la cabeza, y que os améis profundamente, amaos hasta el infinito. Y dedicádmelo, hacedlo por mí.

Miroslav se levantó, agarró del brazo a su amigo, que estaba atornillado a la silla sin poder decir palabra, y lo abrazó. Y luego lo besó en los labios.

El 1 de octubre de 1905, Miroslav Mičir acabó de escribir su novela *El Marinero del Cielo*, cerró el círculo de su obra, completó su mapa imposible y ambivalente, inacabable, y describió su propia desaparición, la inserción definitiva en la locura. El aborto del 25 de noviembre de 1875 respiró y se deshizo en el silencio. Ningún nacimiento, ninguna muerte para esa existencia. Miroslav Mičir se puso en pie sobre el punto y final de su obra póstuma, la solución final de su mapa, y miró hacia el infinito. Allá, vestida de mar y cielo, lo esperaba Ondina, con catorce años, niña, como él, que a medida que daba el paso definitivo iba descubriendo su nombre, su propio nombre: Andrea Lucescu, tal vez Andrea Lucescu. El infinito, entonces, lo succionó como un remolino de vacío. El universo explotó en ese instante y desapareció, y en su centro, como una huella de ausencia, el punto y final de *El Marinero del Cielo* prevaleció albergando a Ondina-Mičir-Lucescu-tú..., a nadie. A nadie, nunca.

Nunca se halló el cadáver de Miroslav Mičir.

Cerré el libro, ¡el libro!, y un remolino de vértigos se apoderó de mi conciencia. El libro cerrado, concluido, a un lado de mi escritorio. Más de un año de lectura terminada. Se acabó. Lo cogí de nuevo, ¡el libro!, lo acuné como si se tratara de un bebé; y un torrente de lágrimas se vertió desde mis ojos escocidos. Reflexioné sobre sus capítulos finales, las claves que ofrecían, los puntos de apoyo. Misterio tras misterio... Había vivido *en* Miroslav Mičir, y en ese momento, finalizada la lectura, me encontraba nuevamente solo, más acabado que nunca. Reflexioné. Analicé la naturaleza de los excesos de Mičir, me vi en ellos, en las regiones desconocidas que habitó tras superar todo límite, empujado por lo que su escritura había hecho de él: las regiones del suicidio, la locura y, probablemente, el crimen. Pude realizar algunas analogías evidentes entre lo que yo había vivido (en definitiva, adonde pensaba que me hubiera visto abocado de continuar con la escritura) y las experiencias finales que relataba Mičir. Las degusté, las asimilé y digerí. Pero no quedé satisfecho; en el libro no acababa de explicarse nada de ello de una manera extensa y su conclusión no sació en absoluto mis ansias. Quizá lo mejor, sus incursiones más extravagantes y delirantes, menos justificables, se describieran en esa última novela: *El Marinero del Cielo*.

Me pasé el resto de la noche pensando en las distintas posibilidades que se abrían. La primera deducción que realicé fue que esa autobiografía póstuma era, en realidad, *El Marinero del Cielo*. Es decir, que la obra a la que se dedicó Mičir durante esos últimos ocho meses fue, precisamente, *Tanatografía de nadie*. Y que fue ésta, y no otra ni ninguna más, la que encargó a Bejbel que publicara. En ella, de hecho, se describe su desaparición final como cuenta que sucede en *El Marinero del Cielo*, y dejar una puerta abierta (una trampilla azul entre el cielo y el mar) por la que escapar en forma de novela imaginada y nunca escrita como señuelo para lectores futuros de su obra, era muy de su estilo. Un enigma más que descifrar y sumar a su vasto mapa insoluble de misterios. Miroslav Mičir se habría quedado para siempre, ajeno al nacimiento y a la muerte, a la vida y a la identidad, suspendido en esa novela que no habría escrito nunca: *El Marinero del Cielo*.

La segunda hipótesis que contemplé fue que, pese a lo que él afirmaba, no había abandonado el mundo el 1 de octubre, sino que esa fecha fue la escogida para aislarse por completo, huir a otro país por ejemplo, y entonces sí, escribir *El Marinero del Cielo* desde una perspectiva culminante de su existencia, en la cúspide total de la locura. Sin embargo, a pesar de lo que indicaba la frase final del libro, Gica me confirmó que su cadáver fue hallado una semana después, el 8 de octubre, en la orilla de la playa de Constanza. Una semana parece poco tiempo para escribir una novela, y eso suponiendo que hubiera muerto el mismo día en que lo descubrieron. En cualquier caso, la fecha de su muerte nunca pudo ser comprobada porque, antes de que se le pudiera practicar la autopsia y enterrarlo, el cadáver desapareció. Otro misterio más que sumar a la larga cadena. También es plausible que el cadáver que hallaron no fuera el suyo. Según Gica, no hay demasiados informes al respecto. Si eso fuera cierto (que no hubiera muerto en realidad), sí que se habría podido dedicar a escribir esa novela en un estado y una ubicación desconocidos. Puede que, incluso, el propio Jaroslav estuviera al corriente y le sirviera de aliado para fingir su muerte. Él podría haber reconocido el cadáver de otra persona de sus mismas características, que ellos mismos hubieran arrojado al mar, y más tarde haber robado el cuerpo. La explicación parece muy rebuscada, pero ¿qué no lo fue en la vida de Mičir? De todas maneras, de ser cierta esta hipótesis, ¿dónde estaría esa novela?, ¿y adónde fue a parar él?

La tercera opción me la sugirió Gica en su día: que ambas obras, *Tanatografía de nadie* y *El Marinero del Cielo*, fueran escritas al mismo tiempo (o una detrás de la otra durante esos ocho últimos meses) y encargadas a Bejbel para su publicación, pero que, por la razón que fuera, su amigo sólo se decidiera a publicar una de ellas. Se me antojaba muy difícil pensar en las razones que pudieran haber llevado a Bejbel a publicar una y no la otra. ¿Era posible que aun al propio Bejbel le escandalizara lo que se describía en *El Marinero del Cielo* y no se atreviera a sacarla a la luz? Después de haber publicado en *Tanatografía de nadie* sus relaciones homosexuales con él, las orgías con su mujer, la más que probable paidofilia de Miroslav…, ¿habría algo todavía más escandaloso que lo persuadiera de hacerlo público? Otra opción es que la hubiera extraviado…, pero esto último era lo que menos claro veía.

Mareado, medio borracho como siempre, aturdido de tanto pensar, de lo leído, de lo sucedido en Constanza durante los últimos meses, quizá ya loco, ¡loco del todo!, antes de que asomara la aurora por mi claraboya, pensé en una cuarta opción. Aventuré que sí, que Miroslav Mičir escribió esa novela en el transcurso de esos últimos meses y que, tal como contaba, se incluyó en el punto y final de esa obra, se desvaneció en ella y la obra con él, en la huella de ausencia que el universo dejó al estallar. Y que permanece ahí, a la vuelta de la esquina del vacío, de la nada, escrito en esa novela, en ese otro lugar, «otro mundo», del que siempre hablaba.

Me levanté en la oscuridad iluminada por una porción raquítica de luna, me acerqué a la fotografía de Mičir y alumbré sus ojos con una vela. Los esquivos y gigantes ojos que sonreían al vacío. Y le inquirí: «¿Dónde estás? ¿Dónde estás, Miroslav Mičir? ¿Adónde fuiste a parar? ¿Dónde está la vida por vivir, la vida vivible, al margen del nacimiento y la muerte?». Había acabado el libro y no se me había desvelado, al menos de una forma definitiva, el final del trayecto de la escritura…, de la locura. ¿Qué clase de crimen final, de suicidio extravagante…? Y lo peor es que no me quedaba donde insistir o investigar. Había llegado al fin.

Me arrojé a las calles de aquella Constanza mía, muda, que no vociferaba los versos de Miroslav, que no reverberaba en ecos delirantes las carcajadas de Mičir y Bejbel, cuyos cielos no exprimían trampillas imposibles por las que escapar de un vacío a otro. Busqué con ojos acuosos una sorpresa más, hilvanar un eslabón más de azar que prolongara mi camino, que lo mantuviera en pie. Mar, mi bruja bailarina gitana, una grieta en medio de la calle…

Anduve sin remedio al tiempo que la noche deshacía su negrura en un tapiz de blanca luz lechosa. Constanza. Por las calles de Constanza. ¿Qué era Constanza? ¿El doble de la ciudad que había estado leyendo? ¿Qué clase de Constanza?

Anduve, y mientras lo hacía procuraba evitar las calles más conocidas por mí, con el fin de no ir a ninguna parte. Constanza era ya en sí misma ninguna parte, lo sabía. Quería ir a ninguna parte de ninguna parte... y lo conseguí. Una esquina tras otra fui perdiendo la orientación. Doblaba esquinas, descendía y ascendía travesías, hasta que topé de frente con él. El espigado hombre extraño de la gabardina, la gorra y la máscara. Lo tenía frente a mí, casi choqué con su cuerpo. Miré su rostro sin facciones, oculto tras esa careta partida oblicuamente por la mitad, y no tuve más remedio que sonreír. Luché por vislumbrarle la cara, los ojos con los que me miraba, pero no tuve éxito, no vi nada en esa máscara que se ajustaba como látex a los huesos de su rostro.

—¿Quién eres tú? —le pregunté.

El hombre se sacó una de las manos del bolsillo; abierta, la colocó sobre la máscara y, lentamente, se la quitó. El mundo, alrededor, comenzó a perder consistencia; una luz oscura me rodeó como un halo de moho. El hombre apartó la máscara de su rostro y allí, en el lugar que ocupaba dicha máscara, no vi nada. No sé si fue antes o después de mirarlo de frente, pero un desmayo sostenido de vahídos trasladó mi consciencia a otra parte. Perdí el mundo de vista. Sólo vi nada, un rostro vacío y un sinsentido de vértigos que se apoderó de mis miembros. Al final, o al principio, o al cabo de ciento veinte mil millones de siglos (de años luz) perdí, por fin, completamente, el sentido.

TERCERA PARTE
UNGRÍA EN INFINITOS

13

Amanecí, por decirlo de alguna manera, tendido sobre un sofá forrado en terciopelo rojo, en el interior de un salón circular no demasiado amplio pero sí muy alto; el techo estaba a unos seis metros de distancia. Varios estantes con libros rodeaban la sala en cuyo centro había una gran mesa de roble. Sentado a ella, en una ornamentada silla presidencial también forrada en terciopelo rojo, el hombre de la máscara, impertérrito, miraba hacia ninguna parte que yo pudiera averiguar. El lugar me recordó enseguida a la habitación privada de Gica, en el interior de la biblioteca municipal.

Tardé en reaccionar, pero al cabo de unos minutos analicé mi situación: deduje que aquel hombre, provisto de algún tipo de gas somnífero, me había inmovilizado y llevado hasta allí por alguna razón que yo ignoraba. Lo cierto es que me sentía como si no estuviera en ninguna parte, como si hiciera una cantidad de tiempo inconmensurable desde cualquier hecho acaecido en mi vida. Cualquier recuerdo, incluso de la noche anterior, de mi lectura de *Tanatografía de nadie*, se me desvanecía en la mente como un sueño lejano.

Me incorporé en el sofá, todavía aturdido, y me restregué los ojos. Miré hacia la tersa e impersonal máscara de aquella figura enigmática y, antes de que yo pudiera decirle ni preguntarle nada, me habló sin mover un músculo de su cuerpo, de su rostro sellado.

—Ante todo debo pedirle disculpas por el modo tan poco cortés en que le he conducido hasta este lugar. —Me habló en un español correctísimo, pero con un acento tan neutro que parecía difícil que fuera su lengua materna; y tampoco logré hallar en ese acento ningún matiz que lo emparentara con nacionalidad alguna que yo conociera—. No se me ocurrió una manera menos drástica de traerlo. Debe de sentirse sorprendido; no obstante, la situación, por lo que a usted respecta, es muy sencilla. Voy a explicársela de la forma más escueta posible y con la máxima claridad. Llevo unos años investigando su vida. Usted sólo me ha visto durante los últimos meses, pero lo cierto es que lo sé todo de usted desde hace más tiempo del que pueda imaginarse, muchísimo más tiempo... del que pueda imaginarse. —Repitió esta frase agravando una octava su monótono timbre de voz—. Conozco al completo su obra escrita, incluidos los libros no publicados. En especial, su extraordinaria última novela, *Amanéceme*. No voy a extenderme en ello porque creo que usted mismo es perfectamente consciente de la magnífica narración que construyó. —Quise interrumpirle, decirle que era imposible que poseyera esa novela, pero con un gesto autoritario de su voz me hizo callar—. La tengo y la he leído, es así de simple. Todo es mucho más sencillo de lo que parece, mi querido amigo. Hágase a la idea de que es así y prosigamos la charla, ¿le parece bien? —Asentí, y él continuó su monólogo—. Bien, como le iba diciendo, no me voy a extender en arduas explicaciones e iré directamente al grano. Tengo una hija. Como comprenderá, ella es lo que más adoro en este mundo. Por extrañas circunstancias que no vienen al caso, desde hace algún tiempo ella vive en un estado de…, en fin, para resumirlo y que se haga una idea, digamos que mi hija ha quedado… paralizada. Y sólo existe una manera de insuflarle de nuevo la vida. Lo crea o no lo crea, esa forma está directamente relacionada con su escritura. Debe volver a escribir. Tiene que escribir una nueva novela y con ella mi hija despertará a la vida. Usted, y sé esto con una exactitud milimétrica, abismal, es la única persona que puede ayudarla. Gracias a su siguiente novela, la que prosigue a *Amanéceme* en la evolución que ha llevado a cabo en su proyecto literario, ella se recuperará y podrá volver a ser lo que era. Es así. No puedo explicarle nada más. Lo he secuestrado para que escriba esa novela. Si no lo hace, morirá. Es decir, lo mataré.

No daba crédito a lo que escuchaba. Lo que estaba ocurriendo escapaba a mi entendimiento. Aquello me superaba, pero ¿desde cuándo? El hombre de la máscara, esa habitación irreal, mi llegada allí, el desmayo…, y si continuaba hacia atrás…: la Bruja de Salem, la visita de Mar, el cuadro de Melissa, el libro de Seifert, la fotografía de Mičir. ¿En qué mundo había ocurrido eso? ¿Me había vuelto loco por fin? No lo sabía. No sabía nada.

—Eso que me cuenta es imposible. No puedo creerle.

—Hágalo, Jan Ungría. Hágalo, por su propio bien.

—Además, he dejado de escribir. Hace un año y medio que no escribo una palabra. —¿Un año y medio?, pensé. Tenía la impresión de que hacía por lo menos dos lustros que puse el punto y final a *Amanéceme*, dos lustros o dos milenios, o tal vez cien años, exactamente cien años…—. Decidí dejar de escribir para siempre. Las consecuencias que se pueden derivar en mi salud mental, en mi existencia, si regreso a la escritura son…, son imprevisibles. No puedo arriesgarme a recaer en ello.

El hombre se levantó del asiento. Se acercó a mí con paso calmado, puso sus manos sobre mis párpados.

—No tienes alternativa, pequeño Jan.

Y me desvanecí.

Cuando volví a abrir los ojos, me encontré en este cuarto, sobre el camastro pegado a la pared, la mesa enfrente con su silla; sobre ella, los flexos y las tremendas y relucientes hojas en blanco, los bolígrafos. A la derecha, la ventana que se asoma a la negritud total de una noche eterna, aciaga. Abajo, muy abajo, la silueta de un bosque y el murmullo cristalino de un río invisible. A la izquierda, la puerta cerrada a cal y canto que nunca he visto abierta. La carencia de tiempo. La ausencia de estímulos.

En un principio, intenté poner en orden el desastre caótico de mis pensamientos con el fin de intentar enfrentarme al escenario en que me veía inmerso. Pensé en las únicas personas que en teoría habían leído o disponían de una copia de *Amanéceme*: Francisco Swartz, Melissa y Mar. La opción de que mi editor hubiera conspirado contra mí desde la distancia me parecía ridícula, y ni siquiera la contemplé. Luego recordé la insistencia con que Melissa en su última carta me exhortaba para que regresara a la escritura; lo convencida que estaba de que eso debía ocurrir por su bien, por el bien de… no sé quién más. Sin embargo, enseguida consideré absurda la idea de que ella pudiera haber organizado este… secuestro con el único objetivo de que me pusiera a escribir una nueva novela y descarté su implicación. ¿Y Mar? ¿Qué interés podía tener ella en colocarme en esta situación? Más tarde, pensé que quizá le había entregado una copia a Gica, el bibliotecario, y que él estaba al frente de este tinglado. Pero esa posibilidad, en el fondo, me resultaba tan extraña como las demás.

Me di cuenta de que no iba a llegar a ninguna conclusión convincente, de modo que me enfrenté a los hechos. Me senté en la silla frente a la hoja en blanco y pensé en la posibilidad de… Sí, de escribir. De arrojarme de lleno al abismo. Desatar por completo los arrestos que me atenazaban y arrojarme en busca de Mičir; abandonar mi privilegiado y cómodo asiento entre el público, frente al escenario de la aventura demente, y avanzar hacia el estrado. Hacia esos estados desconocidos que Mičir visitara y que me esperaban si finalmente tenía la valentía suficiente para dejarme llevar. Al fin y al cabo, todo el mundo me lo decía: la bruja gitana, Melissa, el propio Mičir con su mirada imposible, Mar entre líneas: yo había cruzado el umbral, ciertos límites, la locura ya estaba dentro de mí, ¿no? ¿Era así? Entonces ¿por qué tanta reticencia? Lo había abandonado todo. No tenía ninguna responsabilidad con nada ni con nadie, ni conmigo siquiera; yo era el último al que le debía explicación alguna, con quien menos tenía que responsabilizarme. Yo ya no era yo ni nadie. Así que me puse a pensar, a buscarle un sentido a esta existencia deslavazada que había habitado. ¿Qué clase de vida?, ¿desde qué nacimiento? ¿El origen habría que buscarlo en Mičir, en mí, en el amor? ¿En el primer verso que…? Hice el gran esfuerzo que acabo de concluir para ordenar cronológicamente mis pasos con el fin de hallar un sentido, una trama, una escapatoria, ¡una trampilla azul!, un cabo suelto desde el que iniciar mi definitivo descenso a los abismos del vacío, de la nada, de la escritura. El exceso, la transgresión de las fronteras de la experiencia, el ser y la materia conducen a la nada… Pues ahí iba a ir yo.

He rememorado mi camino, pensándolo, para reunir las claves, enhebrar los enigmas, urdir los misterios... Y hasta aquí he llegado. Aquí estoy... yo, o lo que demonios quiera decir este yo, esta identidad voluble que me domina.

No deja de ser de noche. No sé qué ha pasado con el tiempo. Toda esta *noche* para *pensar* mi trayectoria vital íntegra. Estoy frente a la hoja en blanco, he reunido el valor, las incógnitas, el sinsentido, la fuerza, ¡la desesperanza! para arrojarme al vacío. Sostengo el bolígrafo con los temblorosos dedos de mi mano derecha, con el tembloroso espíritu que se abalanza hacia esa mano derecha. La hoja en blanco me mira a los ojos, me seduce, me llama por mi nombre, ¿qué nombre? Encaro la hoja. Aproximo con mi mano derecha la punta circular manchada de tinta negra en la hoja en blanco. Tiemblo tanto que olvido el significado de la quietud. Me voy. Adiós. Comienzo:

Capítulo 1.

Fue a partir de entonces cuando Alberto comenzó a visitar aquel cementerio. Visitaba con regularidad las tumbas precisas y regresaba tranquilo a su casa, con la serenidad de quien realiza aquello que debe hacer. Alberto visitaba las tumbas y colocaba flores junto a las lápidas. Luego regresaba a casa con paso lento, como si ninguna distancia fuera a ser recorrida por sus pasos, y pensaba en lo que había dejado atrás. El recuerdo perdía consistencia conforme se adentraba en la memoria, y no le extrañaba; se decía que era mucho mejor así, que no debía ser de otra manera. Porque Alberto asistía al abandono de sí mismo.

Hacía unos días que había reunido en una caja la totalidad de su obra escrita. Cientos de hojas que comprendían trece poemarios, un relato largo (o novela corta), tres obras de teatro, una obra infantil, un libro de relatos sobre sexo y cuatro novelas y media.

Con treinta y cuatro años ésa era su producción literaria; nada de ello había sido publicado y nada le importaba ya. En el transcurso de la narración de su última novela, Amanecer, nadie y tú, *Alberto se había escindido de sí mismo y nada le importaba ya. Por fin, después de diecinueve años de escritura, había llegado al momento culminante en que, merced a ella, se había separado gloriosamente de sí y se zambullía satisfecho en esa distancia. Poco le importaba dejar sin terminar esa última novela.*

Acarreó la caja, fue con ella al espigón más largo y alejado de la costa de Sitges, donde vivía, y arrojó el conjunto de su inédita obra literaria al mar.

Fue a partir de entonces cuando Alberto comenzó a visitar aquel cementerio.

Sin ofrecer demasiadas explicaciones, dejó su trabajo de profesor asociado en la Universidad de Barcelona y canceló sus esporádicas colaboraciones como externo con las dos o tres editoriales a las que ofrecía sus servicios de corrección y traducción. Y se abandonó.

Alberto.

Entonces, sujeto a la levedad que lo deshacía, decidió dedicarse a una tarea quimérica. Alguien que ha quedado escindido de sí mismo y asiste a su propio abandono de manera feliz, pensó, no puede hacer más que dedicarse con fruición a un objetivo quimérico, quimérico como esa escisión.

No le resultó muy difícil hallar tal empresa, puesto que, en realidad, se trataba de un asunto en el que había pensado a menudo a lo largo de su vida. En ese momento, simplemente, se daban las «circunstancias» adecuadas para enfrascarse en ello. Alberto siempre había admirado, hasta unos límites insospechados, la obra de un autor rumano del siglo XIX llamado Miroslav Mičir. Era, con mucho, su escritor favorito, el que más le había influido y con quien más había disfrutado. La vida de ese autor estaba trufada de un sinfín de episodios enigmáticos, que comenzaban con su nacimiento (un aborto, según el médico que atendió el parto) y acababan con su muerte, vaticinada por el propio escritor y ocurrida no se sabe a ciencia cierta en qué circunstancias. Entre estos misterios, el más destacable y sugerente se cuenta al final de su biografía apócrifa, Tanatografía de nadie, *de un tal Vladimir Seifert. Según este libro, Miroslav Mičir, antes de morir, dejó escrita una novela póstuma en la cual se narran los secretos de su existencia y su desaparición. Esta novela, llamada* El Marinero del Cielo, *nunca fue publicada ni se conoce a nadie que diera cuenta de haberla visto, y mucho menos leído. Es decir, se trata de una novela fantasma, muy probablemente inexistente. Pues bien, Alberto estaba decidido a encontrar ese libro y leerlo. A eso iba a dedicarse a partir de ese instante en que se marchaba de sí, después de que su escritura lo hubiera separado del mundo y de su persona y careciese de cualquier arraigo material, existencial o vital.*

Para semejante aventura no fue necesario siquiera preparar maletas. Cogió el primer avión que cazó al vuelo y se dirigió a Constanza (Rumanía), donde había vivido durante casi toda su vida Miroslav Mičir y donde Alberto pensaba encontrar los indicios que lo condujeran a su novela póstuma, El Marinero del Cielo.

Fue a partir de entonces cuando Alberto comenzó a visitar aquel cementerio.

¿Adónde vas, Alberto? ¿Quién eres y adónde te crees que vas, Alber..., Alberto?

Alberto ajustó sus sentidos a aquella nueva ciudad. Silabeó su nombre para otorgarle consistencia: Cons-tan-za. ¿Qué es Constanza? Acaparó geométricamente sus puntos cardinales y dijo: «Mar Negro, Constanza se asoma al mar Negro», y vio las playas que bañan ese mar, e imaginó que sus aguas serían muy cálidas y lo dijo: «Me bañaré en las cálidas aguas del mar Negro, cuando llegue el buen tiempo». Lo siguiente que hizo fue alquilar una pequeña buhardilla en lo que, supuso, debía de tratarse del barrio judío y se instaló allí a la espera de trazar un plan para hallar El Marinero del Cielo. *Disponía de todo el tiempo del mundo. Todo el tiempo que se sintiera capaz de derrochar.*

Durante esos primeros días, le asediaron pensamientos de diversa índole: la dimensión de lo perdido, lo dejado atrás; la envergadura del tránsito recién experimentado... *¿Adónde va quien ha sido escindido de sí mismo, Alberto?* Alberto amueblaba a su gusto la habitación y pensaba en quién abandonó a quién en su última relación de pareja; en las circunstancias que envolvieron a sus anteriores relaciones. *¿Qué clase de pozo estancado de amor es un corazón? ¿En qué clase de pozo de amor caducado convertiste tu corazón, Alberto?* «Ya me fui. Ya me he ido». Alberto se había ido de Barcelona, de su tierra, lo había abandonado todo: su trabajo, su casa, su corazón de amor gangrenado, a sí mismo, fruto de una tremenda escalada en espiral de su escritura.

Alberto acariciaba, como a un gatito recién nacido en su regazo, a su locura. «Qué bonita es Constanza. Qué ciudad tan maravillosa para desaparecer». El sol de otoño se filtraba, rojo, por la esmerilada claraboya y jugaba con sus párpados. Alberto abandonó su mirada a los rayos de ese sol y vio cosas que sólo se ven cuando no se ven más que luces raras cegado por el sol. Y lo acarició con los dedos, a lo que vio.

Tenía todo el tiempo del mundo. De hecho, para ser más exactos, habría que decir que el tiempo se había detenido. Cuando uno se escinde de sí, alzado por un cúmulo de frases escritas, detiene el tiempo para siempre en esa escisión. *¿Es así, Alberto? ¿Es así como ha sucedido?* Nada por aquí, nada por allá... Se esfumó el tiempo, y Alberto...

Alberto acaricia a su gatito con las manos teñidas de sol. «Lindo, mi lindo gatito», dice. Analiza en la textura de esas manos, en la ternura de sus caricias, el fruto de sus crímenes. ¿Qué *hiciste antes de marcharte, Alberto? ¿Qué ignominias llevaste a cabo en el mundo, con las personas, en tu entorno? ¿Adónde condujiste la escalada de tus odios, de tus frustraciones, de tus carencias? ¿Qué hiciste con esas manos?, dime, Alberto: ¿qué crímenes inenarrables llegaste a cometer con tus pequeñas manos antes de irte definitivamente? Alberto acaricia, con las manos teñidas de sangre menstrual, a su incipiente locura como si fuera un cachorro de gato. «Mishu, mishu, mischu…». «No hace falta gritar», dice.*

Alberto comprende que se hará de noche, que se hará de día. Se dice a sí mismo que debe encontrar un supermercado barato donde comprar alimentos y esa clase de cosas. Entonces se ríe, se ríe sin estridencias, más con los dientes que con los labios o la garganta o la voz. Se ríe de la noche, se ríe del día, del supermercado, de la comida y del gel de baño. Se ríe del callejero que indica el nombre preciso de las avenidas. «Constanza es un sitio tan bonito para dejar de ser un hombre cuerdo… Qué bonita es Constanza con sus… y sus… y las… Qué cálidas son las aguas del mar Negro».

Alberto piensa en lo que ha sido su vida; en cómo se ha ido desarrollando ésta desde su nacimiento. En lo ocurrido cuando era un niño. Recuerda los juegos infantiles, cómo los sueños desbocados se derramaban más allá de la almohada y se impregnaban en la pared como humedad mohosa. Los años turbulentos de la adolescencia, cómo la grandeza desmedida supuraba de sus gestos sin remedio. El enconamiento de sus deseos, las ansias insaciables al acecho de su espíritu rebelde. La juventud, la colección de pérdidas, de fracasos; las colisiones certeras y destructivas con el mundo. Los equilibrios funambulistas sobre las líneas frágiles y roídas de sus versos, siempre a punto de caer al abismo. Las luchas denodadas por hacerse un hueco en la realidad. La tortura del amor cotidiano royendo las paredes roñosas del corazón. El suicidio de los latidos. La tortura del amor imposible siempre fuera del alcance, ajeno a la existencia. La monotonía, el entierro grave y decadente de la juventud. La degradación paulatina del cuerpo. La consolidación terminal de la resignación. La escritura como un faro criminal e imposible encendido en la medianoche de esa resignación. Como un faro incendiado a lo lejos, en un horizonte difuso y sin línea, siempre a un paso. A un paso inarticulable...

Y, por fin, ese paso... articulándose en el vacío.

¿Cuántas veces has tenido que matarte para llegar hasta aquí, Alberto? ¿Cuántos asesinatos has llegado a cometer para poder articular ese paso en el vacío? ¿En qué ha consistido ese paso en la nada que te ha escindido de ti, Alberto? ¿Cómo has logrado ejecutarlo, articularlo? ¿Fruto de qué clase de escritura o no-escritura?

Alberto se relaja, desperezándose sobre la butaca; se cierne sobre sus pensamientos más ocultos. «¿Cuántas veces he tenido que matarme, cuántas veces he tenido que matarte, que mataros..., para llegar hasta aquí?». El cansancio se apodera de los huesos de su cráneo, de los músculos de su pensamiento. Acaricia, con una sonrisa aviesa, la locura que se agazapa en su regazo. «He venido para encontrar un libro y leerlo, para conocer los secretos más profundos de la indescifrable existencia y desaparición de Miroslav Mičir: El Marinero del Cielo. Eso es lo que he venido a hacer a Constanza, fuera de mí, de la vida. Eso es lo que haré». Con cuidado, Alberto deposita al gatito en el suelo y se levanta de la butaca. Camina hacia el cuarto de baño y el minino lo persigue entre sus piernas. Alberto se mira en el espejo. Recuerda entonces que se rapó la cabeza antes de... Antes de irse. Mira su cabeza rapada y la frondosa barba que le cubre la mitad del rostro. No reconoce a nadie en el espejo. Se mira las manos. Observa manchas de sangre seca que no se van con el agua. Por más agua y jabón con los que quiera lavarlas, esas manchas de sangre no desaparecen. Alberto sonríe. ¿Quién eres, Alberto? ¿Quién... eres tú?

Fue a partir de entonces cuando Alberto continuó visitando aquel cementerio. Deambulaba por sus senderos de piedra y *depositaba flores en las lápidas. Las leía, acariciaba sus aristas, las losas frías, y musitaba. Musitaba murmullos de sonidos que, sólo a veces, dejaban interpretarse en dos o tres palabras inteligibles. Alberto pasaba largas horas sentado junto a esas tumbas o paseando por sus aledaños, en aquel cementerio. Alberto… ¿Quién eres tú? ¿Quién eres, Alberto?*

Con esa duda palpitando en mis sienes, aparto el bolígrafo de la hoja en blanco y mi mente de la nueva historia en la que me he imbuido. He dado rienda suelta a mis estímulos más íntimos y ahora no hay posible marcha atrás. Voy a entregarme a esta nueva aventura literaria convencido de ello, independientemente de la imposición a la que me somete ese hombre enmascarado. Alberto está dentro de mí… y las consecuencias que se deriven de escribir esta novela en cuanto a mi salud mental y mis actos posteriores me traen sin cuidado.

Deposito el bolígrafo en la mesa, contemplo las hojas garabateadas con mi caligrafía y sonrío, y me excito. Mirar mis letras negras deslizadas sobre ese universo blanco me produce una excitación difícil de describir. Apenas se trata de cinco o seis páginas, pero el esfuerzo me ha dejado agotado, agotado y enervado, como en los viejos tiempos.

Me levanto de la silla y pienso en los pasos que… Alberto dará por su Constanza (doble de la mía, triple de la de Mičir). Me dirijo hacia la ventana y, con cierto asombro, descubro dos o tres estrellas pincelando la noche negra, dotándola de una pizca de luz. El río suena en la lejanía con un vigor renovado e, incluso, las siluetas de las copas de los árboles parecen mostrar un levísimo ajetreo. ¿Dónde estoy? ¿En qué apartado escondrijo de cualquier lugar conocido?

Un pequeño ruido a mi espalda, encerrado en esa fortaleza de silencio, me sobresalta. Me doy la vuelta y veo cómo se abre la puerta del cuarto con un delicado chirriar de sus goznes. La figura alta y pausada de mi anfitrión cruza el umbral y se planta delante de mí, tal como lo he visto siempre, con su gabardina negra, la gorra y esa máscara que no parece una máscara. Durante unos segundos nos contemplamos el uno al otro, aunque yo me siento como si me encontrara delante de una estatua sin vida. Por fin, sin que ninguna parte de su cuerpo lo denote, el hombre me dirige la palabra.

—Veo que has empezado a escribir.

No sé cómo puede haberlo visto o imaginado. Le digo que sí, que he iniciado una nueva novela, pero que me llevará tiempo.

—Supongo que no hace falta que te lo diga —prosigue él— y que lo habrás deducido por ti mismo, pero te aclaro que aquí dispones de todo... el tiempo... del mundo.

Nada más concluir esa última frase me recorre un escalofrío por el cuerpo. Su voz se expande por mi cerebro como si me hablara desde dentro mismo de mi mente. Me sujeto la cabeza con las manos.

—Siéntate. —El hombre señala la silla junto a la mesa mientras él se acomoda en el borde de la cama. Hago lo que me ordena y atiendo—. Mi hija está muy contenta ante tu primer avance. Dice que le gusta mucho el inicio de la novela.

—¿Cómo ha podido saber que he empezado a escribir? —le cuestiono desconcertado.

—Oh, qué pregunta... Ella lo sabe, y lo sabrá cuando concluyas. Vaya si lo sabrá.

Trato de no pensar en lo que me dice; deseo concentrarme sólo en el libro que he empezado a escribir. En lo que voy a construir, en lo que será de mí.

—Y yo, por supuesto, también estoy muy satisfecho de ver que te has puesto a ello desde un principio, sin montar ninguna escena ni revelarte a tu único destino. La verdad es que no esperaba menos de ti.

No puedo reprimir soltar una cínica risotada ante la palabra 'destino' vinculada a mí. Aun así, me quedo callado. No sé quién es este hombre, no sé qué hago aquí ni adónde he ido a parar. Lo único que sé es que, después de lo que ha pasado en mi vida, ¡la vida!, después de las experiencias que he acumulado, después de Miroslav Mičir, me he despojado al fin del temor a lo inevitable y he iniciado una nueva novela, sin duda mi última y definitiva obra. Y me voy a entregar de lleno a ella hasta que, por fin, reviente de locura, de incontinencia..., me pegue un tiro o me diluya sin remedio en el vacío.

—Cuando necesites comida o cualquier otra cosa, no tienes más que hacer sonar la campanilla —dice el hombre al tiempo que extrae del bolsillo una minúscula campana y me la entrega—; estoy a tu disposición.

—Gracias... —le respondo, desconcertado—. Ahora que lo dice, si pudiera ser, me gustaría que me trajera una botella de vodka... y una cubitera.

—Por supuesto. Aquello que requieras será inmediatamente concedido. ¿Tienes alguna otra pregunta que hacerme antes de que te deje solo con tu trabajo? Me temo que no fui muy amable en nuestro primer encuentro y quisiera resarcir esa falta de modales.

La actitud de este hombre no deja de sorprenderme. Lo miro con fijeza a la máscara, me mareo.

—¿Quién eres? ¿Quién eres tú? —acabo pronunciando.

—Oh... —El hombre ríe tras esa careta que distingo a media luz, se pone a reír con una voz que no nace de ninguna parte—. ¿Y tú me lo preguntas, Jan Ungría? ¿Quién es tú? ¿Quién eres yo? ¿Quiénes somos él? ¿Quién es nadie, pequeño Jan? Eso, ahora mismo, no reviste ninguna importancia. Estás aquí, escribiendo. Concéntrate en ello y acaba tu novela. Mi hija se salvará, yo estaré feliz y tú habrás cumplido tu cometido.

Ante esta respuesta, decido desistir de inquirirle sobre el lugar al que me ha traído. Desde que este hombre ha entrado en el cuarto, he empezado a percibir unas repugnantes ondas vibrando en el ambiente y quiero que se marche; su presencia me violenta, me incomoda. Siento como si este hombre violara espacios privados de mi conciencia.

—¿Alguna pregunta más? —dice. Y en su voz creo detectar un rictus legamoso de ironía. Sudo. Me cuesta trabajo ubicar los atributos de mi cuerpo en mi cuerpo. La máscara partida que me mira me absorbe; siento que esa careta succiona todo mi ser hacia él. Me mareo. Quiero que se vaya, que se marche ahora mismo de aquí.

—No, nada más. Si puede dejarme solo, por favor, continuaré con mi trabajo.

—Por supuesto.

El hombre se levanta y, como si se deslizara por el suelo en lugar de caminar, abre la puerta y desparece de la estancia.

Vuelvo a quedarme solo. ¿Cuánto tiempo llevo en este cuarto en el que siempre es de noche? No siento hambre ni ganas de ir al excusado. Da igual. Prefiero no pensar en estas cuestiones. Miro por la ventana y me entretengo en observar las tres o cuatro estrellas que por fin titilan en el firmamento. Las saludo con una mano torpe y me quedo con el absurdo gesto colgando del aire, durante unos segundos. A lo mejor he desaparecido. Tal vez haya desaparecido ya. Quizá no me retiré de la escritura a tiempo y... La poderosa llama de la escritura, precisamente, me llama la atención desde el interior de la profundidad más angosta de mi cuerpo. Ahora que he empezado no podré detenerme. Me vuelco. Me arrojo sobre el pecado mortal de las hojas en blanco. Me entrego. Continúo… escribiendo.

Escribo durante horas que me parecen días (o días que me parecen horas en esta noche interminable) que Alberto se acomoda en Constanza, que visita lugares irreconocibles donde investiga por el paradero de esa enigmática obra póstuma de Miroslav Mičir. Conoce amables mercaderes que lo dirigen en sus pesquisas a ciertos edificios emblemáticos, a alejadas viviendas de sabios ancianos. Alberto investiga y pierde pie en la superficie de su pasado. Alberto tiene una buhardilla donde sueña y delira. Todo eso escribo. Y más:

Capítulo 5.
Alberto regresa, como es habitual desde hace días, del cementerio donde ha cuidado de las flores que adornan según qué tumbas. Ha pronunciado letanías en voz tan baja que nadie hubiera podido escucharlas de haber estado allí. Pero en ese cementerio no hay nadie más que él, nunca. Alberto, dime, ¿a qué cadáveres visitas en ese cementerio?
Alberto regresa con su paso desmadejado hacia la buhardilla donde ha instalado su hogar. Para ello atraviesa algunas calles, se cruza con ciertas personas y asciende la travesía principal. La travesía principal. A continuación sube por las escaleras del edificio de ¿cuatro, cinco? plantas que alberga su buhardilla y entra en ella. Cuando al mirarse en el espejo ve a un hombre con la cabeza rapada y una copiosa barba, se ríe.
Alberto se despide de los recuerdos de su pasado: de los espigones de Sitges, de los libros de teoría literaria, de sus propios libros escritos, de los besos calientes y tiernos de las mujeres humanas.

Alberto parpadea, y cada parpadeo dispara una fotografía de su vida en la pantalla desmigajada de su conciencia. Fragmentos que se funden en negro cuando, definitivamente, abre los ojos y contempla el interior de su cuarto en Constanza. ¿A quién mataste para llegar hasta aquí, Alberto? ¿Qué perversiones ejecutaste con esas manos que acarician dulcemente a la locura? El gatito se arrellana en sus muslos mientras es acariciado por Alberto con una ternura golosa rayana en el dolor. «Qué loco estoy, qué loquito…», dice. Se levanta. Se había sentado en el suelo un rato antes; digamos que Alberto se había sentado en el suelo un rato después de contemplar su absurda imagen en el espejo y que ahora se levanta. Y al levantarse se da cuenta de que, en la pared de la buhardilla, justo al lado de la claraboya, hay un cuadro y una fotografía ampliada y enmarcada. Alineados. Los tres: la claraboya, el cuadro y la fotografía. Primero fija su atención en la instantánea; se trata de un busto en blanco y negro con el pelo largo y rizos desordenados, castaños, que enmarcan un rostro vacío, liso, sin facciones, pero que Alberto sabe, siente en lo más profundo de sí mismo, que lo observa. «En lo más profundo de… mí mismo», dice y ríe, y se rasca la barba con la mano izquierda, su tupida barba. Después contempla el cuadro. En él se muestra un paisaje marino de potentes tonalidades verdes y azules; del mar emerge un rostro de una belleza inconcebible, cuyo género es imposible discernir. El rostro, de una manera difícilmente describible, se mira a sí mismo. A sí mismo y al cielo. No está firmado, pero tiene un título escrito con discretas letras en la parte inferior del marco: Autorretrato 2010: He venido a por ti, a por mí.

Alberto mira por la ventanita. El cielo adivina la intención de sus ojos y enseguida adquiere una textura de crepúsculo. Alberto lo mira y piensa en lo bien que sabe dibujar, dibujar y pintar. Piensa que es un gran pintor, uno de los mejores arquitectos y un excelente cirujano. ¿Qué has pintado con tus manos llenas de sangre, Alberto? ¿Qué dibujaste en qué lienzos, en qué tierra, en qué cuerpos? «Pinto y coloreo», dice él. «Pinto lo nunca visto». Y abraza a su locura, la abraza hasta casi asfixiarla, como a un gatito de peluche vivo: un abrazo que corta la respiración de puro amor, de entrega incontrolable. El gatito de peluche ronronea y ese ronroneo es el calor del cuerpo de Alberto. Es el motor que estimula el calor, la temperatura de Alberto. Y Alberto, como es natural, se entusiasma ante ese ardor.

Así de acalorado decide ir a pasear por la playa. Baja a la arena y camina por la orilla. Alberto pasea por la orilla de la playa. Sus pies desnudos se regocijan con las cálidas aguas que las olas del mar Negro le acercan. Pinta el cielo de rojo y dice que, en Constanza, los cielos desprenden una particular tonalidad rojiza, y se recrea en ello, en esa visión.

Su gato merodea por la línea del horizonte. Qué lejos está la línea del horizonte, ¿verdad, Alberto? ¿Cómo es posible que puedas tocarla? Con las manos. Alberto transita con los dedos tras su gatito por la línea del horizonte. Mira hacia lontananza y no ve más que Constanza, el lugar al que ha ido a parar tras un libro que lo espera como una quimera abierta, por descifrar. ¿Qué te dijeron los lugareños, los mercaderes? ¿Qué información recabaste sobre el libro en tus visitas a las viviendas de los viejos sabios de la ciudad? Nada relevante. Nadie sabe nada de ese libro. Nadie pudo darle a Alberto ninguna información útil sobre el paradero de un libro, a todas luces, inexistente. Pero él sabe que el libro lo espera. Sólo una quimera puede encontrar a otra quimera; y él, al escindirse de sí mismo, en el transcurso de la narración de su última novela, se ha convertido en eso: una quimera.

Alberto avanza con los dedos tras su gato, que bordea la línea del horizonte, en equilibrio, como un buen gato, sin miedo alguno a caerse. Partículas de lo dicho, lo escrito y lo pintado cristalizan en un punto que no se ve a simple vista. Alberto pasea por *la orilla de la playa. La playa de Constanza, una ciudad rumana situada en la costa del mar Negro, cuyas aguas son muy cálidas... Y su gato delinea con sus pasos de funambulista la línea del horizonte. Alberto mira, desliza los dedos de su mano hacedora de prodigios y pecados entre el pelaje de su gato, como si introdujera los dedos de su pensamiento en las entrañas mismas de la locura. Y ve lo que su locura hace. Ve a su gatito saltar sobre un punto indeterminado entre el cielo y el mar, donde se abre una trampilla ¡azul! El animal da un brinco y se cuela por ella. Y Alberto va tras él. Se cuela de un salto felino por dicha trampilla y allí, sobre un cojín de terciopelo rojo, junto al gatito que lo lame, lo ve. Forrado en cuero azul, inasequible, sobre un cojín rojo que flota en un espacio inefable, vacío, sinsentido: el libro, lo ve. Lo pone ahí, en el libro. Con letras gigantes y refulgentes:* El Marinero del Cielo, *por Miroslav Mičir. Por fin ha hallado su utopía. El libro que andaba buscando. Su gato lo ha llevado hasta él. Se acerca, lo acaricia, lamido por la lengua rosada y áspera de la locura. El libro que leerá, que le explicará los secretos de la existencia de Miroslav Mičir.*

Alberto bucea junto a su gato que bucea, con el libro aferrado bajo el brazo. Sonríe delicioso ante la aventura que le espera en el interior de esas páginas. El mundo se gira, se da la vuelta, nada está donde aparece. Alberto camina por la calle (de Constanza) que le conduce directo a su buhardilla. Allí acomoda la estancia, afirma la composición de su cuarto. Observa espejo, cuadro, fotografía y claraboya, no se olvida de echarle un vistazo a la claraboya. Se tumba en su cama o se tiende en la butaca, cierra la puerta..., la puerta y, antes de que su mente comience a decirle otras cosas, con su gato recostado en las costillas, se dispone a leer El Marinero del Cielo, *la novela póstuma que Miroslav Mičir dejó escrita antes de abandonar este mundo el 1 de octubre de 1905.*

«*Capítulo primero.*

»*Andrea Lucescu ultima los preparativos de su embarque. Ajusta las amarras. Arría las velas. Templa el timón. Acaricia el lomo de su barco, que ha bautizado como* El Marinero del Cielo *y del cual es el único pasajero. Y se hace a la mar... Andrea Lucescu hace cuentas con los nudos de las sogas que ató en su día y recorre las distancias oceánicas. Tanto mar como cielo despliegan su ajuar de colores intensos, de distancias inabarcables, y acogen al* Marinero *como una madre en su seno haría con su hijo. Respira el aire. Piensa que el sol de la mañana es el oxígeno; y el atardecer, una cortina de caricias que atravesar.*

»*Andrea Lucescu tiene un mapa... Sí, Andrea Lucescu posee un mapa de incalculable valor. En él está trazado el camino que debe seguir para arribar a su destino: el puerto glorioso que lo salve de la perdición de haber vivido en el mundo. Y no se trata de un mapa común. Las líneas de este mapa están dibujadas con versos; este mapa está confeccionado con metáforas, sinécdoques, metonimias, hipérboles y palíndromos; con aliteraciones, paranomasias, pleonasmos, anáforas e hipérbatos. Y no se acaba nunca. Es un mapa que no se acaba nunca y que se recorre a medida que se lee. Y exige mucha atención. Andrea Lucescu debe permanecer ojo avizor a cada quiebro, cada cesura, cada encabalgamiento del mapa si no desea extraviarse para siempre jamás. Lo sabe, él conoce a la perfección las características de ese mapa porque quien lo diseñó fue su mejor amigo: Miroslav Mičir, su amigo imaginario de la infancia y la adolescencia.*

»*Así que Andrea, confiado, se hace a la mar. En una mano, el timón; y en la otra, su mapa. Enérgico, comanda su embarcación hacia horizontes desmadejados como sopas de letras. Andrea Lucescu, el hombre que dejó de ser un hombre, que dejó de ser él mismo para abandonar el sufrimiento. El hombre que habitó la locura, que* habita en *la locura y sustituye al narrador que lo dirige, que lo narra. Andrea Lucescu acomete esta última y maravillosa aventura siendo inaprensible, desasido, enarbolado por la locura y el suicidio de todas sus vidas: el suicidio de su nacimiento y el suicidio de su muerte. Andrea Lucescu se interna en el océano según las indicaciones de su mapa».*

Alberto lee durante jornadas inacabables que Andrea Lucescu, sin ser hombre, navega por las aguas eternas a bordo de El Marinero del Cielo. *Lee que duerme tendido sobre las tablas de su barco, bajo una colcha de estrellas. Lee que se masturba con los pensamientos que genera su cerebro descosido. Lee las particulares experiencias de quien busca el final salvífico de su trayecto en una trampilla azul entre el cielo y el mar. ¿Estás a gusto leyendo esto, Alberto? ¿Es esto lo que tanto deseabas leer? Alberto sigue leyendo:*

«*Dos, tres nudos corredizos, cadenita de sogas, trescientos cuarenta y siete grados sur-suroeste. Andrea contempla una isla. El mapa lo expresa claro. Es la isla de las esculturas onomatopeicas. Gobierna la embarcación hacia ella y la ancla al socaire de unas rocas. Andrea camina por la superficie escarpada de la costa y enseguida comprende que los habitantes de la isla son esculturas de extravagantes formas; de las más variadas composiciones y estructuras. Camina hacia ellos y, al verlos, su mente se llena de sonidos, balbuceos, gorjeos, susurros, tañidos, chasquidos que inundan su conciencia de significados que escapan a cualquier armazón conceptual que conociera. Lucescu los saluda con la cabeza, ensaya gestos extraños con las manos y los pies, saca la lengua e improvisa una suerte de sonidos con cejas y orejas, párpados y labios que lo sumen en una profunda y caótica carcajada.*

Los habitantes de la isla de las esculturas onomatopeicas varían entre sí de forma, intercambian sus esculturas (que son sus cuerpos) unos con otros y se expresan, de este modo, de miles de maneras distintas. Lucescu se sacia de esos significados que jamás había aprehendido, enloquece junto a ellos y profundiza en matices del sentir y de la existencia que siempre se le habían pasado por alto. ¡Qué contento está Andrea Lucescu! Los habitantes de la isla lo invitan a pernoctar. Encienden una hoguera cuyas llamas oscilan en el aire a merced de unos movimientos que no obedecen ley física alguna; por debajo de la leña, incluso por debajo de la leña, bailan las llamas, por debajo de la tierra. Y esos seres cantan y bailan a su alrededor haciendo Uuuk, *haciendo* Ngjjj, *haciendo* Jjhaak, *haciendo nada que pueda ser representado gráficamente y que los zambulle en mundos inimaginables del sentir y de la forma. "Qué algarabía, qué Maravilla", pronuncia Andrea Lucescu.*

»Al amanecer, con cierto pesar en su corazón, Andrea parte de la isla. Les dice a sus habitantes que debe proseguir su camino; que tiene un mapa y un objetivo marcado en él al que poner rumbo. Es su destino, les dice a las esculturas onomatopeicas, y éstas le responden con abrazos de sonoras formas, haciéndole prometer que otro día iría a visitarlos».

Te gusta esto, ¿verdad, Alberto? Estás disfrutando con esta lectura, ¿no es cierto? ¿A que te encantan estas locuras, estas cosas locas que escribió Mičir en su libro? Esto es lo que a ti más te gusta. Alberto prosigue con su lectura en su cama, su butaca, con su gato, en la buhardilla. Andrea navega y visita más islas, según el itinerario indicado en el mapa.

«*Cuántos nudos recorridos. La distancia es un pasatiempo para las velas de* El Marinero del Cielo, *para las manos de Lucescu aferradas al timón de madera azul, de madera azul. Otros grados como burbujas. La luna, como un faro en el cielo: hostia consagrada que lamen nubes negras, que lamen nubes negras…*

»*Una isla a babor se recorta en la penumbra de la noche. En el mapa hay una cruz en este punto, que hay que visitar. Hacia allá va el barco, sibilante; como una sombra que huye de la luz, atraca en un resguardado rincón de roca. Andrea desciende por la escalerilla de su barco y pone pie a tierra, donde escucha el ulular sanguinario de aves desconocidas. Andrea se adentra en la vegetación, asciende una colina. El ulular agudo y escalofriante cada vez se oye con más intensidad. Lucescu, al escalar la colina, va dejando atrás la vegetación, la copa de los árboles, y cuando al fin se halla en lo alto de la meseta, logra contemplar el origen de esos gañidos ululantes. No son pájaros ni otra clase de animales. La isla está cosida, entre árbol y árbol, entre planta y planta, entre risco y risco, por heridas. Su perímetro está descarnado de heridas abiertas que gritan de dolor y provocan ese estremecedor ulular que Andrea Lucescu ha sufrido en sus carnes. El marinero aguza la vista: en la colina de enfrente, con los brazos en cruz y una larga túnica negra, un hombre declama a voz en grito. Es el Inmortal, el pastor de heridas, que vocifera a su rebaño el dolor acumulado por los siglos. Las heridas lo aclaman henchidas de lamento. El Inmortal, seco de llanto, recita blasfemias encendidas contra Dios:*

»*"Contempla mi herida, animal, contémplala a cualquier hora de tu eternidad. Yo te maldigo, Padre abdicado, en el nombre de todas mis ausencias, en el nombre de la sucia sangre que derramaste de tus venas, de tu miembro viril cuando engendraste este aborto de mundo en el que me sobrevivo y te sobrevives. Escupo sobre tu corazón ensanchado con un fórceps de odio y envidia. Qué asco de ti, qué…".*

»*Las heridas silban sus plañideras oraciones. El Inmortal enerva su prédica… y Dios, en un rincón de la isla, incapaz de escapar de ese lugar, condenado por las palabras insuficientes del Inmortal, se agazapa en su sombra y se esconde bajo una piedra como una puerca y ladina sabandija.*

»*La luna, hostia consagrada, ennegrece con la saliva de las nubes negras; faro negro que en el cielo se esconde, oculta su rostro que lamen nubes negras. Andrea Lucescu aspira el odio a Dios que emana del ulular del rebaño sangrante. Saluda ceremonioso al Inmortal, el pastor de heridas, y sin que éste se haya percatado de su presencia, abandona la isla en su barco, y vuelve a hacerse a la mar.*

»*Mientras tanto, no se sabe en qué punto indeterminado, ajeno a las tribulaciones de Andrea Lucescu, pero inferido en su Aventura, se produce un suceso determinante. En el fondo abisal, una medusa fosforescente traza con la tinta de su veneno un marco sobre el lecho marino. El marco parpadea en la total negrura y enciende un lienzo entre sus límites, bien amplio. En el fondo del océano, pinceles invisibles comienzan a trabajar sobre ese lienzo y lo cubren de los colores del mar, del propio mar en el que están, pese a la negrura proyectada por la profundidad. Verdes y azules y turquesas y cobaltos y añiles y esmeraldas se mezclan en trazos vigorosos e intensos para conformar un mar en el mar,* otra *mar en el mar. Una vez coloreado el fondo de esa manera, un pincel con forma de dedo delgado, finísimo, delinea con la punta de su uña una figura en el cuadro. Esa figura es un ser de apariencia mitológica: una mujer menuda, con una larga y desordenada melena negra, los ojos fragmentados en cien mil colores imposibles, sonrisa y mofletes de bebé, pecho breve, piel morena y… cola de sirena. Ese ser transparenta su cuerpo. En lugar de pulmones, posee branquias y, encajado en ese aparato respiratorio, late un inmenso corazón azul donde habita un ser idéntico a ella pero masculino: su hermano gemelo. Bajo las branquias, el pincel dibuja un útero y en su interior, un feto en el que descansa una criatura. La sirena sonríe al notar las pataditas de su bebé, porque el cuadro es móvil; las pinturas, en el lienzo, se mueven. Y, al cabo de nueve versos que el mar pronuncia* sottovoce, *la criatura se desliza por entre las piernas de la cola de sirena y nace en el cuadro, feliz, sin llanto, sonriente, y se acurruca en el pecho de su madre. Es una niña delgada, pequeñita, tiene una escandalosa melena rizada de color cobrizo que envuelve su cuerpo desnudo. Sus rasgados ojos verdes tintinean y derraman miradas entusiasmadas por la piel de su madre. Su rostro encantador, sonriente y tremendamente vivo lo salpican unas cuantas pecas. La sirena amamanta a la pequeña con peces de plata. En la esquina inferior derecha, ese mismo pincel rubrica el cuadro con una firma: Mar. En el marco hay inscrito un título:* Autorretrato infinito de nosotros.

»Andrea Lucescu prosigue, incansable, su singladura. Recorre las olas erguido en la proa de su barco y a veces canta. A veces tararea y otras veces recita. Simula el vuelo de las gaviotas e imita el sonido característico de sus cantos. Andrea se integra en su embarcación, en su camino, en su mapa, y avanza con rumbo firme hacia donde éste le indica.

»Al cabo de otra suerte de nudos, de días y noches en los que se duerme y se sueña, a cincuenta y siete grados a estribor, contempla el perfil de otra isla, perfectamente señalada en el mapa.

»Es media tarde, media tarde o mediodía; mitad y mitad. El Marinero del Cielo *se interna en un desfiladero que la curiosa orografía de la isla configura. Su capitán y único pasajero, Andrea Lucescu, lo amarra en ese improvisado puerto natural y desembarca. Lo primero que le sorprende de esa nueva isla es que la tierra que pisa, la roca que toca son blandas, acolchadas. Andrea camina por ese suelo inestable impulsado por un leve rumor que, desde que puso pie en tierra, lo arrulla. Camina y pronto se da cuenta de que no camina, o sí que camina pero que el lugar que transita ha dejado de ser el que era. Camina como si estuviera quieto y fueran la tierra, los árboles, la llanura, la playa los que se movieran en lugar de él. Pronto se percata de que es ese murmullo que ha sentido desde el inicio lo que en realidad mueve y condiciona su entorno.*

Más aún, llega a la conclusión de que es el propio murmullo lo que ve. Pero ¿qué ve? Andrea Lucescu cierra los ojos, imagina que se tiende y, entonces, lo comprende todo. Ese murmullo que ha estado escuchando y que ahora, literalmente ve, es el silencio. Un silencio vivo, preñado, que impone su huella y malea su entorno de modo que no puede asir ninguna forma ni sentido, ninguna presencia tangible. Lucescu contempla el silencio y se nutre de él. Y cuando ha escarbado lo suficiente con su mirada en ese silencio, avista las palabras huecas de las cuales nace ese silencio. Y Andrea se tapa la boca. Y cuando ha escarbado todavía más en ese silencio, descubre las nuevas palabras impronunciables que nacen de ese silencio. Y si escarba en otras direcciones de ese mismo silencio, advierte los espacios en blanco germinados entre palabra y palabra que susurran murmullos... de silencio. Andrea Lucescu se calla. Medita, mudo y henchido. Se vacía. Medita, vacío, y ejecuta movimientos con la boca, la lengua y la glotis sin emitir sonido alguno. Y al final se ríe, sonríe y se ríe mucho. Andrea Lucescu allí sentado, acunado por los murmullos del silencio, se arropa con su mapa y se queda dormido, dulce y apaciblemente dormido».

Alberto abandona el libro tras no sabe cuántos días de lectura. Ha estado durante ese tiempo en su buhardilla, encerrado en ese libro, El Marinero del Cielo, *y no ha salido a ninguna parte, de ninguna parte. Es esto lo que estabas buscando, ¿verdad, Alberto? Lo has logrado. Ahora sólo tienes que leer, nunca más escribir.*

Alberto extiende sus miembros entumecidos. La luz anaranjada que le llega desde la claraboya lo aturde. ¡Qué luz! Observa lo que hay a su alrededor, en la buhardilla. El gatito, que maúlla, da un salto y trepa por su cuerpo hasta acomodarse en sus brazos. Alberto mira la fotografía del rostro vacío que posee esa mirada muda y ciega que se le clava en los ojos de la mente más íntima. ¿Dónde está, qué es tu mente más íntima, Alberto? ¿Qué clase de caos la alberga? «*Deshago trizas de ser, deshago trizas de ser mientras pienso. Soy un gesto de mi mano*». *Alberto contempla ahora el cuadro que hay junto a la fotografía, al lado de la ventana, y lo que ve le hace sonreír y besar a su gato (que le devuelve el beso como si la locura lamiera retazos de su conciencia, la conciencia: consagrada luna de cordura que lamen nubes negras, que lamen nubes negras). Alberto ve el cuadro que acaba de contemplar en el libro. Ve una sirena en el fondo del mar pariendo una criatura de cobriza melena rizada, de rasgados ojos verdes. Ve la firma (M.) y que, en ese instante, su título es* Autorretrátame: Estoy a un paso (definitivo) de ti, de mí. *Y Alberto se pone a temblar.*

El bolígrafo cae y rueda sobre la mesa; yo, rendido sobre el respaldo de la silla. Abro la boca, los ojos me escuecen. Masajeo mi dolorida mano derecha. Hojas y hojas escritas de un tirón se apilan junto a la pared. Mi mano palpita de dolor, entumecida; cualquier movimiento que efectúo con ella, por pequeño que sea, me lancina los huesos y los tendones. Así que la dejo apoyada, medio muerta, sobre la superficie de madera.

Estoy ahí, en el interior de esas páginas que amontono frente a mí. Yo también me escindo para siempre (si no lo había hecho ya). La misma sensación que se apoderara de mí mientras escribí *Amanéceme* se repite redoblada ante la narración de esta novela terminante. No podré volver a vivir en el mundo después de esta experiencia. Estoy ahí, me entrego a esta ¿póstuma? narración. Si alguna vez saliera de este cuarto oscuro, el ansia, la imposibilidad, el sinsentido cubrirían mi mente. Yo estaría inscrito en este último libro y quien me sobreviviera dentro de mí quedaría atrapado en la locura. No podría soportar el mundo. No podría hacerlo y, quizás entonces, se pegaría un tiro o se lanzaría por un balcón desde el que volar hacia el horizonte, la simpática línea que separa el cielo y el mar, en busca de… —Sonrío, qué bien me sienta el cinismo—. En busca de una trampilla azul. O eso o se desgarraría por completo, transgrediría los límites de los actos humanos y buscaría en los cuerpos de los seres del mundo satisfacer la expansión de esos actos cayendo en el crimen. En los cuerpos de los seres humanos o en la tierra o en el mar, en el cielo, en las aristas temblorosas de la realidad.

Siento crecer dentro de mí, como un huracán adormecido que despierta, la incipiente locura que me pertenece. Sí, Melissa; sí, brujita gitana: acepto, la locura está dentro de mí y la desato por medio del ejercicio paranoico de mi escritura. La alimento creando vidas y mundos imposibles a los que huir, en los que ser (ajeno al nacimiento, a la muerte); eso es lo que hago. Enloquezco y vibro; enloquezco y me disuelvo…

Me incorporo y camino por la pequeña habitación para distender la musculatura de mi cuerpo. Realizo algún ejercicio de estiramiento y visualizo cada rincón de la estancia que me encierra. No huele a nada, no se escucha nada. Llego a la conclusión de que este cuarto no está ubicado en el mundo, de que se trata solamente de un compartimento de mi locura en el cual estoy encerrado. Eso es. Dentro de mí que me voy. Me siento en la cama y dirijo porciones de mi pensamiento (del pensamiento deslavazado que he logrado hilvanar mediante la historia de mi pasado) hacia Melissa, Mar, Sonia…, hacia mi infancia. El niño que juega en el patio del colegio a ser un héroe, el mayor de todos los tiempos. Sonia, la mujer humana del mundo de la que me enamoré y a la que deseché. Mar, la pintora de sueños que me alentó en Constanza. Y Melissa, la mensajera del azar, la radiadora de prodigios, la soñadora de los mundos que los artistas construyen. Melissa, la que cree en mí, igual que Mar, igual que… ¿quiénes más? ¿Quiénes creéis en mí? ¿Quién soy yo?

Me masajeo los párpados con las palmas de las manos. Vuelvo a levantarme y a dar vueltas por el compartimento. Me aproximo a la ventana y contemplo a su través. A las dos o tres estrellas que viera la última vez que me asomé, las acompañan ahora una docena más de ellas. La negritud insana de la noche ha adquirido ciertos matices de claridad de un índigo muy oscuro, dotándola de un aspecto mucho más natural. Adivino entre el follaje ráfagas discretas de viento que se columpian entre las ramas. Respiro. Dentro de esa habitación no hay ni una mota de oxígeno; o al menos eso es lo que me parece. Intento abrir la ventana, pero es inútil. Todos mis esfuerzos son en vano: está cerrada a cal y canto.

Decido tumbarme en la cama para descansar un rato antes de seguir escribiendo. Dormir me sentaría tan bien. Dormir un poco, sólo unas horas. Tal vez, al despertar, habría amanecido, y podría ver la luz del sol por la ventana, la composición exacta del bosque allá abajo, el río cantarín que lo cruza. O tal vez despertaría en mi buhardilla de Constanza y todavía me quedaría por leer cierta parte de *Tanatografía de nadie* que se me hubiera pasado por alto. O quizá, mucho mejor, amanecería en casa de mis padres, con doce años, un sábado de invierno, con la ilusión de concluir el campeonato de fútbol de aquel videojuego que dejara a medias la semana anterior.

Pero no ocurre nada de eso, porque el sonido de unos nudillos al golpear en tres ocasiones la puerta desvela mis ensoñaciones.

—Adelante —pronuncio por inercia.

La puerta se abre y aparece una muchacha ataviada como una criada del siglo XIX con una bandeja repleta de platos en las manos.

—He traído comida y la botella de vodka que pidió el señor.

Había olvidado por completo la comida. ¿Cuánto tiempo llevo sin probar bocado? La chica deja la carne y la verdura con los cubiertos sobre el escritorio, lejos de las hojas y los bolígrafos; y el vodka y una cubitera, al pie de la mesa.

—Si el señor no desea nada más… —La joven agacha la mirada, pero deja traslucir una sonrisa que no combina en absoluto con sus gestos tímidos y serviciales. Me asaltan tantas preguntas ante su presencia.

—¿Quién eres tú, cómo te llamas?

—Soy Frieda, la doncella de la casa —dice, haciendo una reverencia—. ¿Desea algo más, señor?

Dudo.

—Sí. ¿Puede decirme si existe alguna forma de abrir la ventana, por favor?

La chica, Frieda, sonríe más, casi ríe.

—Señor, la ventana *ya* está abierta. —Se gira, cierra la puerta y se marcha.

Sacudo la cabeza y decido reírme. Me río. Todo me da igual: la ventana; este cuarto, donde demonios esté este cuarto; el hombre enmascarado y su misteriosa hija. Todo me da igual. He atravesado los límites de la cordura. Me voy. Me voy en mi escritura. Y si ese hombre decide matarme cuando acabe de escribir la novela, se lo agradeceré.

Me siento en la silla y me como lo que… Frieda me ha traído. Pero antes me sirvo y me bebo un par de vodkas con hielo. Añoraba el fuego de esa bebida helada abrasándome el esófago, las entrañas. Aparto los platos. Me sirvo otra copa. Estoy ebrio de Andrea Lucescu, *mi* Andrea Lucescu, de Alberto, Al… berto. ¿Quién eres tú, Alberto? Sonrío. Me embriago de incertidumbres, de incontinencia y de imposibilidad. «Melissa, estoy escribiendo, sumo misterios a tu cadena de azares, estoy volviéndome loco». Quiero seguir escribiendo mi última novela. Quiero no dejar de hacerlo nunca y olvidarme de mí... Sí. Me aferro al bolígrafo, cojo otra *hoja en blanco* y prosigo:

Capítulo 6.
Alberto duerme; sueña con cosas inverosímiles y se entretiene. Sin darse cuenta, se despierta. Está en una buhardilla que conserva las tonalidades flexibles y amables del sueño. La luz de la mañana es un alegre acicate para sus manos, que efectúan gestos en el aire como si estuvieran a punto de echar el vuelo. A continuación, sus piernas ejecutan en el suelo pasos de baile de una coreografía orate, al servicio de los maullidos que su gato profiere desde esos propios pasos. Alberto se imagina a sí mismo, calvo y con su larga barba desarreglada, delgado como un cadáver, bailando de ese modo afectadamente femenino, y cae preso de una corriente interminable de carcajadas. ¿Qué otros actos te ha impelido a hacer el movimiento, Alberto? ¿A qué otras actividades indescriptibles te ha transportado el ansia de mover tus miembros más allá de las leyes del movimiento?

Alberto se tumba en el suelo bajo la luz cálida de la mañana, agotado por tanto esfuerzo motriz. Estira su brazo y palpa sobre las baldosas pero no encuentra lo que busca. El gatito, que continúa bailando, se lo trae agarrado de los hocicos: lo que busca, el libro. El Marinero del Cielo, *de Miroslav Mičir. Y tumbado, con la puerta bien cerrada (para que nadie lo moleste, piensa Alberto), la ventana entreabierta y los ojos entornados, sigue leyendo por donde lo dejó... anoche:*

«*Andrea Lucescu atraviesa las estaciones al mando de* El Marinero del Cielo. *Los equinoccios se parten y los solsticios se reparten en esta singladura oceánica que traza a medida que enhebra los hitos de su mapa de versos. Los versos que Miroslav Mičir,* su querido amigo imaginario de la infancia, dejó escritos para la posteridad. Andrea Lucescu piensa que la posteridad es la desaparición, la desaparición final y verdadera en el puerto al que conduce el mapa, la desaparición de sí mismo y del mapa, de Miroslav Mičir reaparecido. Y no puede dejar de reír ante estas cavilaciones. "Sólo permanece inalterable en la eternidad lo que vuelve a no existir". Andrea se sacia de la luminosidad, del colorido que exprimen los cielos y el mar para él. Se siente en casa al navegar por el cielo y el mar, por los versos de Mičir, por esos mundos reconstruidos. Y avanza.

»A las gaviotas las acompañan otras aves escurridizas que son palabras; graznan silenciosos chirridos que no compiten con los de las gaviotas, sino que flotan en el aire y caen sobre Lucescu. Palabras nuevas y vírgenes que aletean entre las nubes y dicen cosas que no se entienden: se saborean, se palpan, se disfrutan, se beben, se acarician, se sonríen, pero no se entienden. Por allí nada Boruvka; por ahí vuela Svatojánská, y por aquí, Nikdy. Se posan en el hombro de Lucescu, le susurran secretos al oído y continúan su camino. A veces, se juntan en bandadas por el cielo y componen frases magníficas que lo estremecen, que lo encantan, que lo dejan con una suerte de pálpito en la punta de la lengua que no puede ser articulado. Entonces, Andrea suspira, o se zambulle en el mar o se tumba en los tablones de madera de su barco y sueña.

»Mientras tanto, en aquel lugar indeterminado que no obedece a parámetro alguno en el fondo abisal del océano, del cuadro enmarcado por la tinta del veneno de una medusa fosforescente, la criatura que es amamantada con pececillos de plata por una sirena que es el Mar se despega de los brazos maternos. Besa en los labios a la madre que le ha dado la vida, se desliza por entre los verdes y los azules oleosos del mar de ese cuadro y se desprende del lienzo. La criatura de la escandalosa melena rizada y cobriza, de los oblicuos *ojos verdes, bucea por ese nuevo mar, por el fondo marino, ante la atenta mirada de su madre, que la despide con un gesto tierno de su mano. La criatura asciende por los kilómetros de mar, agitando brazos y piernas, melena y ojos, con tal agilidad y elegancia que los habitantes subacuáticos deben apartar la mirada, hipnotizados, ante la maravilla de ese movimiento. La criatura nada desnuda, se aproxima a una isla que ella misma dibuja con la yema de su dedo, y se tiende en la arena de la playa, bajo el sol, ajena a cualquier tipo de predicción.*

»*Andrea Lucescu despierta. Recorre la eslora de* El Marinero del Cielo *y se maravilla de sí mismo ante su porte frente al timón. Consulta el mapa y comprueba que el destino final de su espiral inacabable no está lejos. Y se arma de valor. Ve un hueco, un espacio en blanco. La ausencia de un espacio en blanco. Un agujero blanco en el universo de su mapa como pliegue que conduzca a lo desconocido. Ve dibujado un signo de interrogación en ese lugar vacante: un atajo que lo llama. "¿Por aquí, Miroslav? ¿Es por aquí?". Andrea Lucescu emboca la embarcación hacia ese punto y se deja arrastrar por la corriente invertida que lo succiona...*

»*Entonces* El Marinero del Cielo *emerge, ronza en otras aguas. Todo es igual que antes. Andrea se palpa. Avista una playa en dirección sur, la playa de una pequeña isla que, en este instante, se añade al mapa; no estaba antes. Allí va. Andrea ancla el barco a escasos metros de la orilla, se lanza de cabeza y nada hacia allí. Mojado y electrificado por los puntos, las rayas y los trazos de su mapa prodigioso, camina hacia la arena. Pasos. Y enfrente, tendida, ve lo que nunca nadie vio. La ve. Ahí está. Con una sola mirada temblorosa y perdida la reconoce. "Es ella. Existe. Mi salvación completa". Se aproxima y se arrodilla junto a su cuerpo desnudo. Ella abre los ojos, se apoya con su codo sobre la arena, la cabeza reposando en una mano. El cabello rizado espolvoreado por la piel blanca. De lado, desnuda, sobre la arena.*

»—*Ondina… ¿Eres tú, Ondina?*

»*La ondina ríe, expulsa de cada poro de su piel toneladas de vida que almacena en su interior. Ondina es la vida, la vida que nace más allá del mundo, del universo.*

»—*Soy Ondina.* —*Su voz es el mar. Su voz no pronuncia las palabras; su voz pronuncia el mar*—. *Y tú eres el Marinero del Cielo, Miroslav Mičir encarnado en Andrea Lucescu encarnado en la locura encarnada en una narración inacabable encarnada en la salvación de nuestro nombre final.*

»—*Qué cosas dices, Ondina.*

»*Ondina lo abraza, lo desnuda. Ondina es una niña de catorce años recién nacida que se ríe.*

»—*Ámame, ahora que por fin es posible, Marinero. Después de todos estos siglos de literatura.*

»*Ondina y Andrea Lucescu caminan por un bosque de esa isla ajena al universo e injerida en el mapa. Por un bosque que no se debe descubrir ni relatar. Andrea piensa en el amor, en las palabras de Ondina. Piensa en sus relaciones de amor frustradas en la tierra, en la imposibilidad del amor en la tierra. Andrea dice:*

»—*Sólo hay amor en la locura.*

»—*Claro que sí, Marinero.*

»—*Sólo la locura es verdad.*

»—*Claro que sí, Marinero.*

»—*Sólo si se pierde la noción de la realidad, de la estructura fija de los cuerpos; la noción del tiempo lineal, de las noche y los días, de lo que ocurre con las horas cotidianas, de su extensión y su mutabilidad; sólo si se pierde la cordura, la consistencia de la presencia en el mundo, sus consecuencias en la materia; sólo si se olvida uno de la noción de sí, de sus incapacidades. Sólo si se consigue desterrar todo eso de la mente, es posible el amor. El amor está en la locura, ¡es! la locura. Sólo hay amor en la locura…*

»—Por eso estás loco, mi marinero. Mi marinero celeste. Por y para enamorarte de mí, de tu ondina y vivir, ¡vivir!, al fin esta historia de amor, en el borde, al final de los Tiempos. Mira quién eres. —Ondina le señala el cuerpo y Andrea Lucescu observa que él es, también, una niña de catorce años. Salta loco de alegría y se toca, con la mano, entre las piernas. Dedos púrpuras de menstruación turbadora son chupados con deleite. Andrea dice: "Sólo la locura es verdad". Y abraza a Ondina, la estruja con su cuerpo delicado; los pezones recién endurecidos y formados se frotan graciosos contra ella; las caderas estrechas; las nalgas tersas, redondeadas y pequeñas son aferradas con fuerza, azotadas con gracia.

»Están en un bosque, en el océano, están en el borde del universo que está a punto de reventar. En equilibrio sobre ese abismo que se hundirá. Retozan, hacen el amor como niños, como animales, como locos. Extravían las manos en la piel, en las bocas, sin miedo.

»—Qué bien, qué alegría poder hacer por fin estas cosas, Ondina.

»—Hazlo. ¡Hazlo todo!

»—Cuando empecé a hacerlo en el mundo, me manchaba siempre las manos de sangre y de gritos, ¡y de gritos, Ondina! Tú no gritas, ¡tú gimes! Ja, ja, ja. Sí, hacía esto mismo que te hago a ti con mis manos y mi boca, con mi tímida y alegre polla dura, y todo se llenaba de sangre, de piel derramada y de gritos. Y ahora, no sucede nada de eso. Ahora puedo hacer lo que quiero y es una maravilla, ¿verdad, Ondina?

»—Sí, Marinero, hazlo todo, ¡todo!, que a mí me encanta.

»—Qué bien... Cómo disfruto hundiéndome en tu cuerpo de niña, hundiendo mi cuerpo de niña en tu cuerpo de niña...

»—Crea. Crea nuevas formas de caricias, Marinero, Miroslav, Andrea. Crea nuevas formas de acariciarme, de morderme, de atarme, de violarme, de ultrajarme, de matarme, de enloquecerme...

»—Oh, sí, ¡sí! —Andrea se excita y hace con un cuerpo aquello que le resultó tan difícil en el mundo.

»Andrea Lucescu y Ondina se hacen muy pequeños, se transforman en niños aún más pequeños, en pura infancia, y continúan con sus juegos. Se desdoblan en varias decenas de otros cuerpos y continúan con sus juegos. Eso es lo que hacen, locos, en la noche de los Tiempos».

Alberto cierra el libro. Sus ojos están empapados de Maravilla. Las imágenes recién leídas se derraman indecorosas por la geografía de su mente. Andrea Lucescu transita, en su lugar, hacia los inimaginados horizontes que se le desmenuzaron entre las manos. Y Alberto se jacta de ello: de haber sido capaz de hallar un libro fantasma (¡el libro que contiene los mayores secretos de la existencia!) y de tener la suerte de poder leerlo. Leer, ahora que dejó de escribir; y flota en un limbo de sí mismo, empujado por las corrientes de aire de su locura, de Andrea Lucescu al mando de El Marinero del Cielo. *¿Adónde vas, Alberto? ¿Adónde te crees... que vas?*

Alberto se incorpora del lugar al que hubiera ido a parar en el transcurso de su lectura. Acaricia con su mano, en tanto que camina, las paredes de su cuarto para asegurarse de su presencia. ¿De la buhardilla o de la tuya, Alberto? Se viste. Se coloca encima ropa que trajo de su lugar de origen. Con aspavientos se pone un pantalón; con melindres se enfunda una camisa. Y así sale hacia las calles de Constanza. Constanza está en Rumanía, piensa; es una bella ciudad portuaria. Tras de sí deja el cuarto donde se halla un cuadro. De ese cuadro, la criatura que era parida por una sirena de Mar bucea encantadora hacia un rincón del marco, y por ese vértice se escabulle y desaparece. La sirena sonríe, lanza un beso al vacío y su corazón azul, donde habita su ser gemelo, late tremendo provocando que retiemble el lienzo.

Alberto redobla las esquinas de las calles. Él, que está encerrado en un libro. Describe miradas hacia el cielo claro o hacia los edificios alineados. Eso es lo que hace Alberto, con su nuevo corazón hinchado por los latidos de Lucescu; la sangre de las venas revolucionadas por los latidos marineros, marineros... Abre la boca y se le escapa un eructo de sal.

Recorre el entramado de calles, la avenida de las..., la playa de..., el museo donde..., hasta que avista una taberna que le causa buena impresión. «La taberna en la que entro», dice. La taberna donde mujeres y hombres brindan, donde grupos folclóricos ¡húngaros! descorchan canciones y bailes para la algarabía del público. Alberto busca un lugar donde sentarse y halla una mesa vacía en un rincón del recinto. Allí se acomoda y puede ver a las personas moverse con sus brazos y piernas, risas y ojos, como si se tratasen de guiñoles de un teatrillo de barrio. Al fondo, el grupo gitano entona melodías inciertas y expone sus danzas sensuales a cámara lenta. Las notas se detienen en los giros de las muñecas, en las rodillas que ascienden, en los tobillos que permanecen en vilo, en el aire. Así ocurre. Su pequeño gato maúlla en su regazo.

Una rolliza camarera, de abultado escote, se interna en ese cuadro y se aproxima a él para preguntarle con una radiante sonrisa qué va a tomar. Una cerveza mexicana. Alberto pide una cerveza mexicana en una taberna de corte medieval situada en Constanza, Rumanía. «Con dos rodajitas de limón, por favor». ¿En qué lugar te encuentras, Alberto? Alberto piensa que podría estar en el interior de un barco que flotara en alta mar y con rumbo hacia lo imposible, un rumbo estrictamente marcado en un mapa de versos, de narraciones. ¿De Miroslav Mičir... o de quién? Piensa que las corrientes de aire son sus brazos; el horizonte, sus ojos; el cielo, su mente; las velas áuricas, sus poemas;

el timón, su corazón. Eso es lo que piensa Alberto, en esa taberna de Constanza, docenas de pasos más allá de sí mismo y sostenido por un libro del que le queda una sexta parte por leer. ¿Por leer, Alberto? ¿Seguro? ¿Por... leer?

Alberto bebe su cerveza mexicana. Observa el contoneo pélvico de las bailarinas, el ajetreo motriz de los músicos, y su gato bufa, ¡buh!, y se arrastra por el suelo... ¿de qué taberna? La mirada. ¿Qué miras, Alberto?

Como una serpiente de mar, entre las personas que se agitan como si las dirigieran hilos invisibles desde el techo, una muchacha se desplaza. Como si nada la rozara en ese deslizarse, se aproxima undosa hacia donde Alberto la aguarda. Su gato se tensa, se eriza en el suelo, la muchacha está a tres pasos. La muchacha se zambulle en la mirada de Alberto, que es un mar desencajado de la corteza terrestre. Así de profundamente es observada la muchacha: una criatura pequeña, de escandalosa melena rizada y cobriza, ojos rasgados y verdes, sonrisa de ensueños, rostro pecoso.

—¿Puedo sentarme contigo? —dice ella con su voz gorgoteante.

El gato le contesta que sí, que puede sentarse junto a Alberto. ¡Alberto!

La taberna gira como un caleidoscopio. La música, las voces, las luces, los silencios; todo da vueltas en torno a la mesa donde Alberto y la muchacha están sentados. Alberto se mesa la barba, la mira con fiereza.

—¿Quién eres tú, en este momento?

—Yo soy Isolda. Y he venido a buscarnos. —Un escalofrío tensa el cuello de Alberto, que permanece oblicuo (como el de un gato) durante unos segundos. ¡Qué taberna!—. Ahora que te has alejado de ti, que te has escindido de lo sido, ahora vengo a buscarnos. A nosotros.

Alberto abre media boca y cascabelea con los dedos que alza a la altura de la oreja. Su gato se le sube al regazo. ¿Quién eres tú, Alberto?

—¿Quién eres yo?
—Soy nuestra hermana gemela, Alberto.
¡Alberto!
—¡Alberto! —dice Alberto. Y aplaude con los párpados. Se eleva sobre la punta de los pies y gira imitando a una bailarina húngara que imitara a una danzarina de un ballet ruso. «¡Alberto!», dice su gato—. Enloquezco...
—Enloquéceme...
¡Alberto! ¿Qué has tenido que hacer para llegar hasta aquí? ¿En qué te has convertido, por fin? ¿Desde qué distancia tan improbable?

Las manos que aletean en el aire, en un soplo, se transforman en caricia. Isolda reacciona a la caricia acariciando con su mejilla la mano que la acaricia.

—Pero yo te he visto antes, Isolda. Tú eres Ondina. Tú estás en el libro que estoy leyendo, ¡en El Marinero del Cielo! Tú estás en un libro...
—¿Y dónde te crees que estás tú, mi loco?
—¿Yo? —Alberto secreta humores cristalinos de su voz. «Shhh», dice su gato.
—Además, ese libro, El Marinero del Cielo, está dentro de ti, ¿no lo ves? Me has invocado desde ese libro que lees... A mí, que me dejaste a medio hacer, y por tanto eterna, en tu última novela inacabada. Desde allí vengo a buscarte, a buscarnos, mi loco. —Isolda le clava los ojos. Cicatrices en las pupilas de Alberto—. A ti, que te elevas más allá de la palabra escrita, que surges de tu novela inacabada escindido de ti. Desde allí te vengo a buscar, ahí te voy a buscar. Para tenerte, ¡tenernos!, por fin más allá de la palabra escrita, de la escritura, mi loco. La locura te salvó

de concluir la novela, de concluirme. ¿Lo ves, mi loco? Estás fuera de ti..., de ti.

Alberto maúlla. Su gato se aúpa a la mesa y relame el eco de las palabras de Isolda esparcido por el aire. «¿Así que me disgrego...?». La mira. Isolda refulge como una estrella estallada. Alberto la mira y ve en ella la luz infinita y poderosa de una estrella que muere a años luz de distancia. En los rizos de su pelo hay caracolas, hipocampos, algas y paramecios. En su pelo hay enredada una golondrina que aletea y se escabulle hacia el cielo con dos cabellos suyos en el pico. ¿Adónde va, Alberto? ¿Adónde irá esa golondrina? La taberna es un remolino de distancias, y Constanza, una ciudad ideal donde esconderse para siempre. ¿Dónde está el universo?

—¿Adónde hemos ido a parar?

—Dímelo tú, mi loco. Dímelo tú con tus manos ensangrentadas de cielo, de la sangre del universo. Dime que...

—Sí, ¡te lo digo yo! —grita Alberto de pronto—, que violé a Dios con el falo incendiado de mi odio... Ahh. —Alberto se levanta y el mundo, alabeado, se postra a sus pies. Alberto agita la cajita de los truenos de su mente enferma de prodigios—. ¡Ahh! —¡Qué risas, qué carcajadas!—. Te lo digo yo, con esta voz de palabras afiladas que rasgan la piel de la existencia (¡la piel de mi voz que sangra, gotea y germina el clamor póstumo de mis últimos versos, con esa sangre, en la tierra de los hombres!). Rasga la epidermis del universo, sí, desgarra el ano uterino de Dios, por el cual nos parió. ¡Qué loco estoy, qué loquito! Me inundo con la voz del Inmortal, de la singladura de Andrea Lucescu ¡y deshago las coordenadas de la realidad!

Alberto se cae, apoya su mano en el lodo viscoso de las heridas del mundo.

—Lámeme con tu lengua embadurnada de sangre. Desaparéceme. Enloquéceme, mi niño. Enloquécenos a todos.

Alberto observa que en los ojos de Isolda se reflejan sus gestos. Aquellos que imagina hacer, pero que sus manos, sus miembros, nunca fueron capaces de interpretar. Alberto ve, en los ojos de Isolda, que sus pupilas se extienden como yemas de huevo y se restriegan en el iris. ¡Qué colorido! ¿Cómo logras contemplar esas proezas, Alberto? Alberto coloca las manos tras la espalda. Constanza se sacude como en un terremoto. Isolda se eleva desde sí misma, lo abraza, se le engancha al cuerpo. Brazos y piernas adheridas a su cuerpo.

—Somos insectos. Insectos de amor y de placer. De locura y crimen —le dice.

—Mi amor, Isolda, nuestra hermana gemela, cesárea ambulante... Yo te digo que somos crisálidas envenenadas, somos un tumor infinito ¡e inmortal! en el corazón del universo, en la polla de Dios, en el cerebro de los hombres. Somos crisálidas de delirio envueltas en la gasa transparente de tu semen de niña, Isolda, tu semen menstruado de niña de catorce años. ¡Qué digo! Ay..., qué escalofrío tan raro ante estas cosas que digo. Me mareo...

—Sigue; sigue así, mi niño. Me encanta verte con esa cara desencajada de loco que pones. Me encanta ver esa boca medio abierta y medio cerrada expulsando fechorías de la garganta, con los ojos hinchados como ovarios, la cara desencajada...

—Y lo digo... Lo estoy diciendo. Lo estoy...

Te estás mareando mucho, Alberto. Pierdes el mundo de vista; las distancias, de las manos. Alberto se desploma, pero está mejor que nunca. Su gato le lame la mejilla e Isolda la entrepierna. No se sabe cuál de los dos parece más un gato o es la locura. Alberto parpadea desde el inconsciente. ¿Quién eres tú, Alberto? ¿Hasta qué punto serás capaz de enloquecer antes de desintegrarte? ¿Hasta qué punto vas a enloquecernos a todos antes de que podamos seguir explicándolo? ¿Quién eres tú?

La golondrina que porta dos cabellos de Isolda en el pico atraviesa cielos, fronteras y designios... y vuela.

Me duele mucho la cabeza. Tanto… Tanto exprimir los restos de mi cerebro degenerado en estas hojas me está destrozando la cabeza. Tanto escribir. No atino a ser cuando dejo el bolígrafo de lado. Esta huida no tiene marcha atrás. No atino a *serme* cuando dejo de escribir, y me da igual; todo me da igual. ¿Qué escucho? No se escucha nada en esta habitación vacía, en este pensamiento angosto que no calibro. Me duele mucho la cabeza. Me toco la frente con la mano abierta y la siento arder. Debe de ser la fiebre. La fiebre que viene a visitarme, a poseerme, a sustituirme. Me voy en lo que escribo. Me arde la cabeza.

Hola, Melissa, ¿Melissa, estás ahí? Tengo mucha fiebre. Me duele. Estoy sentado. Te he hecho caso, Melissa: ¡escribo! Y no sólo eso, sino que además te he hecho el más grande de los regalos. Te he traído a Isolda, a tu hermana gemela. La he traído al mundo de la escritura para ti, el único mundo verdadero, para ti, tú que crees en ese mundo y lo refundas. Para que la tengas tú también, a Isolda. A Isolda. Y también he traído a otro ser, otro personaje que es un absoluto misterio para mí. ¿Quién eres, Alberto? ¿Adónde nos llevas?

Me duele mucho la cabeza. Alguien que nunca haya escrito no puede entender la tensión que se acumula en el interior del cerebro cuando se escribe tanto y desde esta posición límite; cómo esta tensión estruja las arterias del cerebro, del sentir, cuando uno se entrega a la escritura desde el más profundo vacío de uno… Transfusión. Como si al cerebro lo vaciaran en una transfusión de sentido que va a parar, asimismo, al vacío: hermano moribundo que siempre necesita una transfusión (de sentido, de lo que sea), pero que nunca se sacia. El vacío, nuestro hermano moribundo. El vacío: la hoja en blanco. Hermano moribundo que acaba por arrancarnos la vida, él que nunca perece ni se salva.

Estoy delirando. La fiebre produce este efecto, lo sé. Me incorporo de mi silla, sujeto la frente que arde con la palma de mi mano. Me duele mucho la cabeza. Me acerco a la ventana casi sin fuerzas. Veo por fin nubes en el cielo, y un buen puñado de estrellas. La noche aclara, una pizca de azul nítido por el Este, un atisbo, sólo un guiño. Veo, como una aparición, un pequeño pájaro descender de lo alto y posarse en la copa de uno de los árboles. Y, tal vez, distingo que los árboles son abetos, y que sus ramas me saludan con agrado. Pero no tengo fuerzas para creer en ese movimiento. Me siento en la cama. La tensión me empuja de nuevo hacia las hojas, para seguir escribiendo, para seguir con esa historia que me provoca taquicardias, que, literalmente, se me escapa de las manos, de los ojos, de mi mente deshecha. No concibo desde dónde la estoy escribiendo.

Pero no tengo fuerzas, no me queda una gota de tinta de donde eyacular. Río sin fuerzas, con una de esas torvas sonrisas partidas a las que mi cinismo me tiene acostumbrado. Entones, escucho un chirrido de goznes. La puerta de mi izquierda se ha desplazado unos centímetros y ha dejado una rendija abierta. Me levanto, arrastro mis pies hacia allí y la abro de par en par. Ante mí observo un pasadizo de roca iluminado por antorchas. Muy idóneo. Camino por él como si estuviera en las catacumbas de un castillo, eso es, en las mazmorras confinadas en las entrañas de un castillo. Con la salvedad de que mi cuarto está en las alturas. Camino sin dejar de pensar en estas ironías hasta que me topo con una escalera que me conduce a un descansillo. Un corredor continúa unos metros más allá, pero en una de las paredes hay una puerta entreabierta y decido asomar la cabeza por ella. Mi mirada me desvela la misma sala en que tuve la primera conversación con el hombre enmascarado: la habitación circular de altas estanterías, con una mesa en el centro y las sillas aterciopeladas. Sentada en una de esas sillas hay una pequeña silueta, ataviada con una capa negra y encapuchada, que lee un libro. Me quedo hipnotizado ante su presencia, no respiro ni parpadeo, y pienso que, quizá, yo haya estado toda mi vida aquí, en esta posición, desde el principio de los tiempos.

Cuando menos me lo espero, puede que cuando ya me dispusiera a morir, la silueta se gira y me mira. Es una chiquilla, jovencísima, casi sin facciones de lo joven, lo prematura que es. Me mira con unos ojos impensables y tengo que cerrar la puerta, alterado, y salir corriendo de allí, porque siento como si hubiera visto algo que nunca debiera haber visto. Tan prohibido como contemplar tu propio funeral, tu concepción, tu cuerpo desvencijado en una operación a corazón abierto. Algo mucho peor: tu madre violándote, tu hija seduciéndote, tu sexo amputado devorado por cien mil gusanos inmundos.

Desando el camino, trastabillado. Me choco contra las paredes y me quemo con las antorchas. Corro y no veo el pasadizo por el que corro. Me extravío en un laberinto recto que me conduce a mí mismo, a mi cuarto, al único sitio en el que debo estar. Abro la puerta, entro, la cierro. Estoy otra vez dentro, con mi escritorio, las hojas escritas apiladas, el camastro, la ventana… Estoy sin aliento, hinco las rodillas en el suelo, las palmas de las manos. Respiro con dificultad y recreo en mi mente la visión recién contemplada. Y, entonces sí, en una inversión viciada de los acontecimientos, saboreo con un placer que me repugna y me excita a la vez lo sentido al mirar a esa niña: mi funeral, mi concepción, mi cuerpo abierto ultrajado por bisturís dementes, mi madre violándome, mi hija seduciéndome, mi sexo amputado deglutido por cien mil alimañas repulsivas…

Estoy loco. ¡Qué aventura extraerse a uno de sí! No quiero saber nada del mundo. No pertenezco al mundo. Nunca más perteneceré al mundo. Me arrojo hacia mi novela, me abalanzo sobre las hojas en blanco… Hasta que mi cabeza estalle de una vez por todas.

Capítulo 7.
Alberto coge de la mano a Isolda. La traslada, en equilibrio, por la línea masacrada del horizonte y le indica que mire allí, que mire allá, que mire hacia acullá. Los ojos de Isolda se posan allí y ven una serie de iglesias, mezquitas y sinagogas pasto de las llamas. Isolda posa sus ojos allá y observa que ciento trece tornados arrasan miles de universidades y laboratorios científicos. Isolda orienta su mirada hacia acullá y contempla decenas de miles de mujeres embarazadas que apuntan a sus vientres con un revólver de color rosa, disparan y se revientan las entrañas.

—*Qué bonito, mi loco. Cómo me gusta esto que me muestras.*

—*Todo es cosa mía, Isolda. Todo lo provoco yo con el poder de mi demencia. Para ti, para nosotros. Para acostarnos en una cama construida con las cenizas de todos los dioses, con las ruinas de todo el absurdo conocimiento de los hombres, con la sangre de todos los fetos asesinados. ¿No te parece precioso? ¿No consideras que esa cama es lo más hermoso que se ha fabricado nunca?*

—*Claro que sí. Me corro sólo con mirarte la cara de entusiasmo que pones al pronunciar estas aberraciones.*

—*Ja, ja, ja. Qué bien, qué locura, qué bonito. Follaremos encima de esa cama, cariño mío. Haremos el amor, ¡el amor! Nos correremos encima de las religiones, de la ciencia, de los fetos abortados. Eso haremos y mucho más.*

—*Vamos. Llévame allí, llévame ahora, ¡mi loco!*

Alberto coge en brazos a Isolda. ¿Qué aúpas en tu regazo, Alberto? ¿Qué articulas en tus movimientos desabridos? Alberto vuela con Isolda en brazos y aterriza con ella en esa cama recién descrita. «Qué bien», dice Alberto. «Qué a gusto me siento en esta tesitura».

Isolda es una niña que se tumba en el colchón. El gatito camina sobre su cuerpo desnudo y le clava las uñitas creando un precioso sendero rojo de huellas de sangre de locura.

—Sigue así… Me encanta. Horádame con tus pasos, haz de mí un colador de tu locura, por el que se filtre la demencia del universo. Quiero gotearla desde mí misma hacia el puto mundo que está a punto de reventar.

—Hablas con mi voz, Isolda, ¡con mis palabras! Qué cosa tan graciosa, qué impacto sin igual.

—¡Oh, sí! Mi loco, qué me haces, qué me estás haciendo, ¡qué nos estás haciendo!

Alberto la mira, se mira. Observa a su derredor: la buhardilla de Constanza en la que se siente ubicado. La cama donde retoza con su amor, su gran amor, su verdadero y único amor. Por fin, Alberto, por fin una vida y un cuerpo vivibles para ti. Eso es lo que piensa. Rememora retazos de su vida pasada como vetustas fotografías de siglos atrás. De esa vida en la que la existencia, los cuerpos, las personas no eran vivibles. En la que no se podía llevar a cabo ni expresar nada de los deseos y actos que se le ocurrían, que se le pasaban por la cabeza. No se podía hacer nada de lo que ahora está a punto de hacer, de lo que ya está haciendo. Remembra los juegos fallidos, los movimientos encarcelados de sus miembros, las relaciones truncadas, los pasos, la colisión con la materia, con el mismo cielo; recuerda los cuerpos que no se ajustaban a sus deseos, las personas con las que no podía vocalizar lo sentido, las ciudades, las calles, los edificios… Todo aquello no vivible que deja atrás.

—*Isolda, mi vida vivible, mi cuerpo vivible, por fin.*
—*Arrójate sobre mí y destrózame. Efectúa sobre mi cuerpo el infinito de tu imaginación, de tus anhelos, de tus perversiones, de tus ansias, eternízanos en ese infinito hasta quedar agotados, hasta que quede agotada la imaginación. ¡¡¡Víveme!!!*

Alberto suspira. Se derrite por dentro y se cae, con la boca abierta, en el cuello de ella. Alberto muerde el cuello de Isolda. Aprieta con los dientes y rasga la carne. De ese mordisco se derraman burbujas de sangre que flotan en el aire como globos oculares. Viajan por el cielo y se introducen en el ano de Alberto, viscosos. Alberto grita de placer. Globos oculares de sangre que lo sodomizan: la sangre del cuello de Isolda.

—*Víveme. ¡Víveme, mi loco!*

Alberto la mira a los ojos, tendidos en la cama..., esa cama antes tan bien descrita. La mira a la cara. A la cara de su amor.

—*Eres tan bonita que no me basta con besarte la cara, lamerla, penetrar tu boca o correrme en tu rostro; necesito más, necesito reventarla, arrancarla, destrozarla a golpes de mis delicadas manos infantiles. Estoy loco. Tengo que destrozarte la cara con mis caricias ensangrentadas de amor.*

—*¡Hazlo, mi loco! ¡Hazlo, no dejes de hacerlo nunca!*

Alberto abofetea a Isolda como si fuera un pianista. Le revienta la cara a base de caricias como un pianista demente arrancando notas salvajes de un piano, ejecutando la más excelsa de las sinfonías. Alberto la coge del pelo, de la escandalosa melena de rizos cobriza y la arrastra por el cielo. ¡La arrastra! La decapita y se la folla por la boca.

—*Cuánta sangre...*

Alberto hunde la mano en el colchón. La hunde en el interior de las matrices aniquiladas de las mujeres filicidas y la empapa de la sangre de esos fetos. Y con la mano así de lubricada, masturba a Isolda. Con esa mano acaricia el coño abierto de su amor, encharca de fetos muertos su clítoris, le introduce los dedos y se desliza por la vagina con esos abortos que se eyaculan directos a los óvulos de Isolda.

—¿Qué estamos haciendo, amor? ¡Qué cosas tan graves! Ja, ja, ja.

Isolda se retuerce de placer. Gime, y de la baba que se le derrama por la boca cuando jadea, se escuchan balbuceos de bebés estrangulados diciendo «Ngah..., anghhh..., gnagah...». Alberto le lame esa saliva con una lengua de perro, de gato, de animal de las cavernas.

—Qué loco me estoy volviendo.

Isolda se retuerce de placer. Araña el colchón, araña el brazo de la mano con la que Alberto trastea en su coño.

—No me sueltes, mi loco. No me sueltes.

Qué más, qué más vas a hacer, Alberto. ¿Qué más puedes hacer?

—¿Quiénes somos, Isolda?

Isolda se incorpora. Isolda, vestida de flujo y sangre, de lamento de bebé estrangulado, se levanta y tumba a Alberto sobre la cama. Lo coge de la barba. ¡Qué barba, Alberto! ¡Qué barba te dejaste crecer! Isolda es una niña. Isolda lame la barba de Alberto, y Alberto tirita. Alberto es, ahora, una niña de catorce años, como ella, como Andrea Lucescu, como Miroslav Mičir, como Ondina, ¿como quién más? Son dos niñas de catorce años, Alberto e Isolda. Se tocan por primera vez. Nunca antes habían visto el cuerpo desnudo de la otra. Son tan pequeñas que podrían tener doce, diez años. Se tocan. Se tocan los labios con las puntas de los dedos, los pezones. Se tocan el vientre escalofriante. ¿Qué hay, qué habrá entre las piernas y qué se podrá hacer con ello? Dedos húmedos se pierden por pliegues carnosos en el interior del sexo. ¿Qué les ocurre a vuestras rodillas? ¿Por qué tiemblan y provocan que caigáis? «¿Qué gemidos me susurras al oído?».

—Isolda, quiero que seas mi hija, mi hermana, mi madre; quiero ser tu madre, tu hermana, tu hija y follarte desde todas esas perspectivas.

Alberto es una niña de catorce años.

—Condéname, mi loco.

Alberto folla con su hija, que es Isolda; Alberto folla con su hermana gemela, que es Isolda; Alberto folla con su madre, que es Isolda. Los dedos troceados de las caricias amputadas de los bebés de los hombres acarician los orgasmos de Isolda. Isolda se corre sobre la cara de Cristo, Yahvé y Alá. Isolda, que se folla a su hija, que es Alberto; a su hermana gemela, que es Alberto; a su madre, que es Alberto.

—Qué bonita noche de bodas —dice Alberto—. ¡Qué clamor!

Tumbados en la cama, Alberto abraza y apoya en el hueco de su hombro a Isolda. Le acaricia, con lentitud y las uñas, la piel suave de la espalda: delinea espinas dorsales alternativas en esa espalda a las que estremecer, con las que vertebrar los cuerpos imposibles de Isolda.

—Quiero enloquecer a tu lado —le dice ella— hasta que perdamos el mundo de vista.

El mundo tiende a perderse de vista. La locura es un instante. La locura, siempre, es un instante, piensa Alberto. Y su gato, erguido frente a la claraboya, observa a través de los cristales esmerilados cómo todo se desvanece.

—Vamos a dar un paseo —dice él.

No es de noche ni de día. Alberto, con un gesto de su mano, provoca en el cielo de Constanza las tonalidades que más se ajustan a sus estados de ánimo.

—Vamos a vivir la vida vivible, Isolda.

Los dos pasean por las calles abrazados por la cintura; esas cinturas que tan bien han contoneado para provocar los más fogosos orgasmos. Cierta mano se apoya en la cadera. El gatito dirige el trayecto unos cuantos metros por delante. ¿En qué mundo, Alberto? ¿A qué lugar? El mundo se pierde vista. No hay ningún movimiento que preceda o suceda a otro. ¿Desde dónde te elevas, Alberto?

—Me gusta que tu corazón lata dentro del mío como el reloj de una bomba siempre a punto de estallar —dice Alberto—. Me encanta ser el ataúd que envuelve tu cadáver eterno. Que mis ojos se abran sólo cuando estás delante de mí. Me gusta abrazarte y sentir cómo se caldean los órganos del interior de mi cuerpo. Mirar cómo pisas con tus delicados pies desnudos los sexos amputados de los hombres. Me encanta ver que el cielo amanece cuando abres los brazos; y que cuando parpadeas cientos de estrellas explotan y perecen. Me gusta comprobar que tu sonrisa es provocada por mis extravagancias, que te tocas maliciosa entre las piernas cuando me ves orinando sobre la tumba de Dios. Me encanta verte reflejada en los lagos de mi piel, y acariciarme así. Ver que te desnudas en el fondo del mar y un maremoto destruye poblaciones enteras. ¿Qué más puedo decirte?

Isolda sonríe, parpadea, y cuatrocientas quince supernovas se expanden en el infinito. Uno de los fragmentos incandescentes, de alguna de ellas, cae y prende su pelo, lo incendia.

—Ahora sí que tu melena es escandalosa.

Isolda se agacha, camina a cuatro patas, como el gatito que ronronea a su alrededor, y se frota contra las piernas de Alberto. Se agacha más, le quita los zapatos y comienza a chuparle los pies. A lamerle entre los dedos de los pies con su lengua larga y rosada. Y Alberto camina sobre esa lengua, sobre sus lamidos, como si fuera un nestinari sobre brasas ardientes que lo colman de placer.

—Te chupo los pies, mi loco. Los pies que han dejado de caminar por el suelo de los hombres. Los que han efectuado los pasos que nunca nadie dio, los concluyentes. —Le lame la planta de los pies—. Los pies que flotan en el cielo y caminan por el mar. Los que dieron el paso, que quebró el devenir de los acontecimientos, desde tu última novela a medio terminar hasta mí, mi loco.

Isolda asciende por las piernas, aún de rodillas, las abre, se apoya con las manos en las caderas y, con esa lengua suya, le lame el coño a Alberto.

—Me encanta tu cuerpo de niña, mi loco.

La lengua lame y absorbe jugos, y Alberto tiembla con una mano apoyada en el cielo (que se derrumba). La otra empuja hacia dentro la cabeza felina de Isolda. ¿Qué más sois capaces de hacer? ¿Cuántas más perversiones se os pueden ocurrir? Isolda le da la vuelta, a Alberto. Isolda, que se ha puesto de pie y pone a cuatro patas a Alberto delante de ella.

—Me encanta ver que eres una niña tan pequeña —le dice.

Isolda, con el gato en un brazo y una mano sujetando la cadera de Alberto, se saca el miembro erecto y lo introduce delicioso en el culo de él, que es una niña tan pequeña, con un culito tan pequeño. Isolda lo sodomiza, embiste con el ansia disparatada de los maullidos del gato que a su vez araña sus pechos.

—Dame, Isolda. Dame más.

Isolda se lo da. Todo. Hasta que una descarga inunda su culito. Isolda eyacula pegajosa crisálida de mar en su interior y Alberto explota de placer. ¿Dónde estáis y quiénes sois?

Alberto e Isolda están abrazados entre tiempos y son su hermana gemela.

—Estamos a punto de desaparecer… Nadie debería explicar esto jamás —dice Alberto—. Esto no debería ser narrado. Habría que callarse.

—Nos callamos, mi loco. Voy a ser tu secreto más profundo, tu misterio más insoluble. Nadie, nunca, nos resolverá…

Alberto enmudece. La locura es un instante. Con las manos empapadas de sí restriega el rostro de Isolda. «Eres tan bella que no reconozco facción alguna en tu rostro».

—*Yo no existo.*

—*Qué bonito, qué bien.*

El gato se aproxima adonde están tendidos, camina alrededor de la cabeza de Alberto y, de un solo zarpazo, le arranca los dos ojos. Alberto gime. Se levanta con el pelo enredado, anudado y pegajoso del semen de Isolda. «*Nada más bonito que te corras en mi pelo*»*. Caminan de nuevo por las calles de... Cons-tan-za, cogidos esta vez de la mano.*

—*Qué ojos tan bonitos tienes, mi loco.*

—*Son para verte mejor.*

Caminan por la principal avenida de la ciudad, aquella que conduce directamente a la playa. Los cadáveres de los seres humanos se hacinan en las bocacalles, en las esquinas, y cada vez que los pisan se regocijan en la intimidad.

—*¿Cómo acabará el libro?* —*dice Alberto.*

—*¿Qué libro?*

—*El que estoy leyendo,* El Marinero del Cielo.

—*Ah, pensaba que te referías a...*

—*¿Cómo acabará?* —*insiste Alberto. Y tras una pausa*—: *¿Quieres que vayamos a comprobarlo, mi vida? ¿Quieres que regresemos a casa y acabemos de leer el libro?*

—*Todo lo que tú quieras son deseos para mí. Vamos, volvamos a casa y terminemos de leer* El Marinero del Cielo.

Isolda y Alberto llegan hasta el final de la avenida que los conduce directamente a su buhardilla. Allí se desnudan y buscan el libro, que está abierto sobre la cama por la página precisa. Se tienden. Un cuadro en la pared de enfrente muestra una orgía de colores verdes y azules (una pizca de rojo) en el que se distingue un gran corazón azul, con un ser dentro que ríe y grita: ¡MAR! ¡MAR! ¡MAR! La sirena es, ahora, el propio cuadro.

Alberto, con su portentosa voz infantil, le lee a Isolda los últimos capítulos de El Marinero del Cielo. *Le lee que Andrea*

Lucescu y Ondina recorren a bordo de su barco las siguientes etapas de su singladura, que visitan un par de islas más: una fraguada en el movimiento y donde se entregan a una bacanal jamás imaginada; y otra donde la totalidad de los seres extinguidos del universo se reúnen para relatar historias olvidadas. Así llegan a la parte final del camino, las dos últimas páginas del libro, instalados en la más profunda de las locuras:

«Ondina duerme desnuda sobre el barco de Andrea Lucescu, que es como decir que duerme desnuda encima de la propia piel de él. El calor de su cuerpo se mezcla con el de los rayos del sol que no han cesado un instante de incidir, abrasivos, sobre ellos. Andrea otea el infinito, resigue las indicaciones del mapa y descubre que se halla al final del trayecto previsto. Allí donde él mismo, su barco, su singladura y la narración de esta singladura deben insertarse como parte misma del mapa... y desaparecer. Y salvarse. Andrea Lucescu reflexiona sobre lo acontecido. Rememora su vida desde su infancia. Se explaya en los recuerdos de Miroslav Mičir, las conversaciones inacabables con su amigo imaginario, tumbados en cualquier rincón del mundo que quisieran inventarse. Uno a uno repasa los hitos: trazos, versos, líneas, metáforas, cesuras y silencios del mapa que tan minuciosamente construyó Mičir durante su existencia; esa existencia imaginaria que no empezó con ningún nacimiento ni acabó con muerte alguna. Se hunde por milésima vez en los laberintos de palabras y sentidos que conforman ese mapa, en lo que significaron en su día y en lo que se han convertido ahora que lo surca: en ese mapa que tiene entre manos y, a un mismo tiempo, ha surcado por las aguas infinitas de este océano inexplicable. Ondina duerme dentro de él, la salvación completa. El ángel que no es un ángel, el hada que nunca fue hada. Ondina, la aparición final que dota de sustancia a la desaparición definitiva.

—*Ven aquí, Ondina.*

Ella despierta. Canta con su voz de mar una melodía sin palabras que suena como el reflujo de las olas en la orilla. Se aproxima a la espalda de Andrea Lucescu, lo abraza por la cintura y apoya la cabecita en su hombro. Él la coge de las manos.

—Ya llegamos, mi amor. Mira hacia allá. —*Ondina no tiene la necesidad de mirar hacia ninguna parte*—. El mapa lo dice claro. Allí nos dirigimos. —*El mapa se estremece entre las manos de Lucescu, las manos que continúan abrazando las manos de Ondina. El océano íntegro se estremece, así como el cielo, que imperceptiblemente se desliza desde lo alto y desciende a flor de agua.*

El Marinero del Cielo *avanza hacia allí, un punto que palpita en el mapa, en el corazón de Andrea Lucescu, en la entraña marina. Que palpita al ritmo de la sangre que bombea dentro de las venas de Ondina. Un libro sin páginas tropieza con una nube y cae al mar. Andrea tiene tiempo para leer su título:* Memorias sin memoria. *Allí donde cae no deja nunca de caer, atraviesa el mar y la tierra que hay debajo del mar, y el mar que vuelve a haber debajo de la tierra... y el cielo que hay debajo del mar. Tropieza con una nube y cae.*

La embarcación avanza. Andrea Lucescu contempla el puerto final al que se dirige: una trampilla azul que la confluencia del cielo y el mar dibuja en un horizonte desaparecido.

—Allá vamos, Ondina.

El Marinero del Cielo *se acerca a la trampilla. El mapa inacabable dibuja en sus líneas el trayecto que el barco ha recorrido, inscribe la narración en su interior y se da la vuelta. El mapa inacabable se da la vuelta... y comienza.*

—Ya llegamos, Miroslav. Estamos a punto...

El Marinero del Cielo *atraviesa la trampilla azul. El mundo entero, el universo, se desploma, es demolido bajo la incursión del barco. Todo se destruye. Andrea Lucescu se eleva con Ondina en su regazo; ella, que es la sustancia viva de esa desaparición.*

Andrea desaparece entonces, mientras atraviesa la trampilla, y en ese desaparecer reaparece Miroslav Mičir, en ese punto exacto y ausente, con ellos dos en su interior. No hay nada. Nada existe. La trampilla azul se cierra, se sella, el mundo ha desaparecido, la singladura, el barco y el libro. La trampilla, cerrada, encoge, se contrae, se convierte en un círculo negro. Un punto. Un punto y final. Un punto final.»

Alberto deja de leer. Isolda lo abraza con fuerza. Has acabado de leer tu libro, Alberto, tu quimera. E Isolda está a tu lado. ¿Qué significa esto? ¿Qué haces tú, Alberto, tumbado en esta cama, en esta buhardilla de Constanza junto a Isolda, tu Ondina? Alberto suspira. Sonríe, gira la cabeza y le da un beso tierno en la frente a Isolda. «Qué locos estamos».

Qué loco estoy. El intenso dolor de mi mano no hace justicia a lo que escribir está provocando en el interior de mi cerebro. Siento retortijones dentro de mi cerebro. Los más espantosos retortijones. Mi corazón es una olla a presión de taquicardias. Qué loco. Las palabras fluyen de mi cerebro como una diarrea incontinente, producto del dolor de esos retortijones… y cuando son al fin evacuadas, ardiendo, un íntimo placer me desfallece. Estoy loco, desfallecido. Mi corazón es…

Alberto, ¿saldremos de ésta? ¿Con quién hablo? Alberto… Miro alrededor en mi estancia. El cuarto de siempre. El cuarto que soy. Llevo todo el tiempo del mundo aquí encerrado. Y pienso en eso, en que estoy aquí dentro, encerrado en esta vida que no es una vida, ajeno a mí. Y contrasto este pensamiento con lo que un día, hace cientos de vidas, estimé como imposible y como mi única salvación, es decir, permanecer las veinticuatro horas del día escribiendo o leyendo. Eso es. Fantaseo con esa posibilidad, ahora que no tengo, por fin, ninguna vida.

Ahora que mi vida es este cuarto angosto, con su ventana, la cama que, pienso en este instante, nunca he llegado a utilizar para dormir, el escritorio, las hojas en blanco, mi cuerpo, ¡mi cuerpo! ¿Cuánto hace que no me miro en un espejo? ¿Qué aspecto deplorable debo de ofrecer? ¿Qué cuerpo en qué vida? Veinticuatro horas escribiendo, eso es lo que pienso, a lo que me he entregado; en donde me diluyo para siempre. He inventado, de la mano de un personaje que me desasosiega, ¡Alberto!, la obra que Miroslav Mičir nunca se supo si dejó escrita. *¡El Marinero del Cielo!* Carcajeo. Estoy orgulloso de ello, ¿qué pensaría Gica de esta proeza? ¿Gica? ¿Era ése su nombre de verdad? Vuelvo a perderlo de vista en mi mente. El bibliotecario... He desvelado el secreto profundo, ¡el más grande misterio de Mičir! Carcajeo de nuevo. ¿Es eso lo que he hecho? Sólo me queda desear que él hubiera estado contento con esta interpretación mía. ¿Adónde nos llevas? ¿Adónde nos llevaste, Mičir, a bordo de *El Marinero del Cielo*? Y carcajeo por tercera vez.

Miro a mi alrededor. Las hojas están frente a mí; un buen puñado que he logrado amontonar. ¿He dejado de escribir o todavía estoy haciéndolo en estos mismos momentos? ¿He abandonado el bolígrafo encima de la mesa? Qué preguntas. Una nueva hoja en blanco me espera, incansable, infinita. Mi mente en descomposición, diarrea de pensamientos... Veinticuatro horas sin parar de escribir. Me tiraré alegre y feliz por la ventana cuando acabe. Cuando acabe ¿qué? De pronto veo unas cuantas bandejas esparcidas por el suelo con restos de comida. He comido. Frieda ha estado viniendo de vez en cuando a traerme más alimentos. Varias botellas de vodka se agolpan en los rincones del cuarto. ¿Por qué esa mujer no lo ha recogido cuando ha traído una nueva bandeja? Qué desorden. No siento el sabor del vodka en el paladar. Me lleno un vaso, me lo bebo. La ventana… La ventana por la que me tiraré. Miro por ella. Las estrellas desaparecen. El cielo se abre blanco por el Este, la noche se esfuma. Puedo ver un atisbo de reflejo líquido entre el bosque: es el río. El bosque frondoso de abetos que se agitan. Hay una luz delgada en la atmósfera que vaticina el final de la noche. Estoy loco. Me rechina la mirada. ¿Qué veo en realidad? ¿Qué escribo? No quiero saber nada de esto: lo he dicho y lo diré mil veces. Estoy a punto de acabar mi novela, a lo sumo le quedan dos o tres capítulos más, y me dedico sólo a eso. Me duelen tanto la mano, el brazo, la cabeza que no sé si lograré mi cometido. Sufro. Sufro y enloquezco de placer ante este salto estratosférico al abismo, ante esta transgresión brutal de todo límite conocido. Me pierdo en la nada. Lo sé. No hay nada más allá. Lo repito una vez más: Me voy.

Capítulo 8.
Amanece en la buhardilla de Alberto, situada en Constanza, la ciudad que ha escogido para dejar de ser él mismo y alcanzar la eternidad. ¿Qué nombre te sostiene en vilo, Alberto? Trenzas de luz (amarillo, rojo y azul) se cuelan por la ventana y enredan en los ojos de Isolda, que despierta y desplaza luz con el movimiento de su cuerpo ambivalente. Se reclina sobre Alberto y le roza los párpados con las yemas calientes de los dedos. Los párpados de los ojos que arrancó el gato.

—*Te amanezco* —*le dice ella; se lo sopla sobre el rostro. Y cientos de susurros derretidos cristalizan bajo sus párpados recreando irises.*

Alberto abre los ojos.
—*Qué ojos tan bonitos tienes* —*le dice ella.*
—*Son para verte únicamente a ti.*
El gato ronronea feliz al pie de la cama, en tanto que mastica los ojos que le arrancó a Alberto.

Amanece. Las manos se despliegan en lo alto del cielo, cosen dedos y tejen un manto de caricias para arroparse. Qué bonito, ¿eh, Alberto? Qué cosas tan bonitas sois capaces de hacer.

—Nadie debería relatar nunca esto —dice Alberto.

Isolda lo abraza y le susurra al oído un secreto profundo, un misterio insoluble, y Alberto sonríe. Se despereza. Ciento trece arañazos en la piel dibujan trazos rojos que le encantan: cicatrices en relieve que se toca con gusto.

—Vamos a hacer el desayuno —dice Isolda. *Y Alberto carcajea como quien ríe solazado ante un buen chiste. Ella camina desnuda, con su culo redondo de niña, hacia la pequeña cocina de la buhardilla. Pero antes se detiene junto a la pared que hay frente a la cama. Donde antes había un cuadro, ahora no ve nada y, al lado, contempla una fotografía ampliada en blanco y negro.*

—Se parece mucho a ti, mi niño. Es idéntico a ti —le dice.

Alberto se levanta, desnudo, con su culito de…, y se acerca a la fotografía. La ve igual que siempre: un busto con desordenado pelo largo y rizado que cae sobre los hombros y un rostro vacío. Alberto sonríe. Sonríe y le dice a la fotografía: «¿Quién eres tú?». *Reflexiona un rato acunado por esa mueca y enseguida marcha tras Isolda, al interior de su minúscula cocina. ¿Quién eres yo? ¿Quién eres yo, Alberto? Alberto descubre a Isolda con las manos bañadas en yemas de huevo, la boca manchada de chocolate y las nalgas espolvoreadas de azúcar. Dándole la espalda, trajina sobre un bol.*

—Te vas a chupar los dedos —dice ella.

Alberto le tapa la boca con la mano y, poco a poco, le introduce los dedos entre los labios y los dientes. Ella no para de amasar harina en la yema de huevo.

—Chupa, cielo, chupa… —dice Alberto. *E Isolda chupa los dedos con la erección de él invadiendo las regiones interiores de sus dulces nalgas.*

—*Qué desayuno tan agradable* —*dice ella, con los dedos de Alberto en la boca y la lengua teñida de chocolate.*

Éste es el desayuno que corresponde a este amanecer. Isolda y Alberto desayunan tirados en el suelo cálido de sol de la buhardilla. Comen la comida del otro de su boca, de sus manos. Allá donde se ahuecan los cuerpos hay platos de los que comer. Lamen como gatos, como el gato que lame los cuerpos y vomita silencios rellenos de lenguaje. Como si la locura digiriera su propio lenguaje descompuesto y lo vomitara en forma de silencio donde dormir: donde acostarse para dormir y desaparecer. Tu gato, Alberto, tu locura.

El sol me deslumbra. Un raquítico rayo de sol que se pega a mi ventana sobra para deslumbrarme. La noche se desvanece. No me lo puedo creer, pero es así. Está amaneciendo también para mí. La noche eterna se termina. Un atisbo de sol se aferra a mi ventana y se desliza moribundo por el cristal. Desfallezco. Me siento como un náufrago en el desierto frente a un oasis, un espejismo sin duda. No sé qué hago. En estos momentos no puedo detenerme, me queda tan poco. Aparto la ventana de mi vista, la insinuación de sol que se abalanza sobre mí, regreso al papel y prosigo. Concluyo este capítulo y escribo otro más. Alberto e Isolda se desayunan, se meriendan, se amanecen; el mundo se pierde de vista. Se abrazan y exprimen sus cuerpos hasta que su jugo se expande por la tierra; jugo corrosivo que la hace desaparecer. Alberto e Isolda releen juntos, desde el principio, *El Marinero del Cielo*, y lo interpretan en el interior de la buhardilla con vestuario y decorados que inventan, con la estelar aparición del cálido mar Negro como telón de fondo. Eso escribo, comienzo el último capítulo. Estoy a punto de acabar el libro, pero un ruido proveniente de la ventana me distrae. El bolígrafo tropieza con un punto y coma y cae. Mis ojos se vuelven hacia el cristal. Amanece, casi distingo el disco solar por el Este. La última estrella desaparece invadida por el azul y busco en el cristal el origen de ese ruido que me ha despertado de mis ensoñaciones literarias.

Me levanto, abandono las hojas en blanco, las hojas escritas, y voy hacia la ventana. Enseguida lo descubro. Amanece. El ruido lo provoca una golondrina; una golondrina que aletea sobre el cristal de mi cuarto. No puedo reprimir pensar en los ridículos versos de Gustavo Adolfo Bécquer y sonrío con el cinismo enfermizo que me caracteriza. Pero inmediatamente realizo otra asociación de ideas inevitable. Observo más de cerca el pico de la golondrina y constato que de él asoman dos cabellos. Dos cabellos de color cobrizo. Extiendo la mano, trato de abrir la ventana envuelto en un acceso de delirio incontrolable. ¿Qué es esto, dónde estoy? La golpeo, me doy cabezazos contra ella. No domino ni uno solo de mis músculos, ni uno solo de mis pensamientos.

—¿Qué haces, escritor? —Una voz templada y dulce a mi espalda me hiela la sangre.

Me giro y la veo. No puedo describirla. No atino a definir sus contornos, sus facciones, pero la reconozco sin necesidad de atender a esas nimias cuestiones. Es ella. Lo es.

—¿Me buscas a mí? —dice.

Enmudezco con la voz, el pensamiento, los músculos y la conciencia. Mi cordura se ha desvanecido. Sólo la locura me sostiene en pie. ¿Quién soy?

—¿Quién eres? —pronuncio, estúpido, casi sin querer.

—Ya sabes quién soy. Ondina, Isolda, Quimera… ¿Qué más da el nombre?

—¿Cómo has venido hasta mí?

—¿Y tú me lo preguntas, escritor? ¿No lo ves? Salto de narración en narración, inasible, para llegar hasta ti. Desde la página 143 de *El Marinero del Cielo* hasta la 113 de tu nuevo libro, y desde la 113 de ese libro hasta la 345 de esta otra narración.

—¿Otra narración?

—Todo son narraciones, escritor. Ya lo sabes. Yo salto de una a otra para sobrevivir. Para poder encontrarte un día más allá de la escritura y vivirte, vivirte al fin, mi escritor. ¿Me ves?

—Te veo. —La veo. Una vida vivible también para mí. ¿Es eso así, Alberto? ¿Es así?

—Está amaneciendo. ¿Lo ves? —Lo veo—. Acaba tu libro y amanecerá por completo. Estoy aquí, he saltado de tu libro para vivirte. He venido a la página 345 de este otro libro para seguir viva, para seguir siendo posible, para continuar buscando la manera de burlar a la escritura y vivirte, más allá de ella, más allá de narración alguna. ¿Lo comprendes? Cómo no vas a comprenderlo, si lo escribiste tú. Amanece... Nos amaneces. *Sácanos de aquí.*

—Estoy loco.

—Persiste.

—¿Estoy loco?

—Si persistes yo seguiré ahí, saltando, hasta hallarte y vivirte más allá de la escritura.

—Entonces, ¿no estás, todavía?

—¿Me ves?

—Te veo.

—Amanece...

Despierto. Abro los ojos. Tal vez me he quedado dormido. Tal vez he soñado este encuentro. ¿Qué diferencia puede haber, en este estado en el que me hallo, entre el sueño y la vigilia? Era ella, lo sé. Ha logrado encontrarme en el mundo para vivirnos, más allá de la escritura, ¿es eso así? Como tú, Alberto; como tú e Isolda en el libro que escribo.

¿Es eso así? ¿En qué mundo? ¿Este cuarto es un mundo, una vida? (Donde escribo las veinticuatro horas del día, sí. Carcajeo. Carcajeo... Carcajeo). Amanece. ¿Dónde amanece? Trastabillado me arrojo a la silla, sobre el escritorio. Apago los flexos. Existe suficiente luz como para que pueda escribir sin necesidad de ellos. La luz del día que amanece. Vamos, Alberto. Vámonos. Un par de páginas y concluimos la aventura. Salta, Isolda. Me debo a esto. El enigma se sella, el misterio se calla, se oculta. Shhh. Silencio, se escribe:

Isolda piruetea de puntillas sobre el ombligo de Alberto. Recita frases de Ondina a ras de su piel. La buhardilla. Constanza. Alberto. ¿Quién eres yo, Alberto? La fotografía en blanco y negro de la pared con su rostro huero lo mira fijamente a los ojos y le dice que todo es posible. Le dice que en el punto y final de los libros hay trampillas azules a través de las cuales escapar infinitamente. Todo eso le dice, a Alberto, que dejó a medio terminar su última novela para escindirse de sí, de la narración inacabable; para huir de su pasado que ya no le pertenece. A él, que alzado sobre su obra inconclusa, destilado, de hecho, por esas últimas frases deslavazadas, descosidas de cualquier final, flotó hasta Constanza, convertido en quimera en busca de otra quimera: un libro inexistente que leyó. Y del cual amaneció su amor verdadero, su quimerita particular, su vida visible. Con la que está: Isolda. A él, Alberto, que vive con ella más allá de la escritura...

—*¿Dónde estará Miroslav Mičir? —pregunta Isolda.*

—*En un mapa. Un mapa que conduce a sí mismo, más allá del mundo y la cordura.*

—*Qué bien —dice Isolda.*

«Sí, qué bien», piensa Alberto. Y se extiende. Mira por la ventana. El mundo ha desaparecido. No queda nada, sólo la buhar-

dilla, Constanza y ellos dos. Alberto abraza a Isolda como si fuera lo último que fuera a hacer jamás. La estruja hacia sí. E Isolda responde de igual manera. Todo se nubla. El gatito, la locura de Alberto, se hace grande y los abraza a los dos, los rodea con un maullido desarticulado.

—¿*Crees que habrá un lugar donde tú y yo seamos reales, mi niño?* —*dice ella.*

Alberto piensa, mira el rostro vacío de la fotografía. Lo mira a los ojos. El gato maúlla.

—*Recuerda las palabras de Andrea Lucescu* —*dice Alberto*—. «*Sólo la locura es verdad*».

—*Eso es.*

Se abrazan. Alberto e Isolda se besan.

—*No dejes nunca de ser mi secreto más profundo* —*le dice Alberto*—, *nunca de ser mi misterio más insoluble.*

Isolda sonríe. Sonríe y lo besa.

En aquel cementerio, que Alberto había empezado a visitar desde entonces, sopla una suave brisa de silencios. Todo se calla. Así debe ser. Sólo el murmullo de una frase permanece reverberante no se sabe dónde: «¿*Crees que habrá un lugar donde tú y yo seamos reales?*».

Amaneció. Apocalipsis.

Punto y final. Eso es. El punto y final de mi última novela. Se acabó. Todo se ha acabado. Otra vez. Miro el montón de hojas escritas a mi izquierda y, otro montón del mismo tamaño, de hojas en blanco, a mi derecha. Suspiro deshecho. Alberto… Alberto, ¿qué hemos logrado? ¿Qué he hecho de ti? Agarro una cuartilla y escribo el título que, de repente, considero idóneo para la novela: *El libro que nos condenó*. No hallo ningún ser dentro de mí. Sólo cansancio. Estoy exhausto. Me acerco a la ventana y contemplo el amanecer: el cielo azul, las nubes blancas, el sol radiante a media altura. Veo el bosque inmenso que se pierde en el horizonte y el río que serpentea entre los árboles, de un verde intenso. Los pájaros cantan y vuelan de nido en nido, de rama en rama. Un auténtico espectáculo visual y sonoro. Observo cómo las golondrinas, pinceladas de negro en el cielo, surcan las distancias. Pero ninguna de ellas se aproxima a mi ventana con dos cabellos cobrizos en su pico. No se me ocurre qué debo hacer en este instante. La fiebre ha menguado, la tensión que estrujaba mi cerebro se atenúa. He acabado de escribir, ¿veinticuatro horas…? He acabado de…

Cierro los ojos, el paisaje continúa tras los párpados. Alberto, ¿qué hacemos ahora, Alberto? Nada. Porque oigo el sonido de la puerta al abrirse: los goznes chirriar. Abro los ojos de golpe. Mi corazón se multiplica por cien. Las hogueras de mi mente se atizan, me giro enloquecido esperando verla a ella, esperando… Pero no es ella a quien veo, sino al alto hombre enmascarado, tocado con su gorra y con su gabardina negras. El extraño me mira desde el silencio de su rostro mudo. Avanza las palmas de las manos, y aplaude.

—Bravo. ¡Bravo! Lo has logrado en un tiempo récord. Has conseguido completar una novela todavía mejor que la anterior. ¡Bravo! ¡Eso es magnífico! —Sus entusiastas palabras, sin ir acompañadas de una gestualidad acorde con ellas, resultan grotescas—. ¿Has visto? Ha amanecido…

—Sí, me he dado cuenta —digo con la espalda apoyada en el cristal.

Transcurren unos instantes en los cuales ambos permanecemos a la espera. Ha amanecido, pero el tiempo continúa inamovible.

—Creo que merezco algunas respuestas —prosigo, sin estar situado en la conversación, promovido por una curiosidad objetiva que no siento, que se me escapa. A mí, que no me hallo en ninguna parte.

—Dime, Jan Ungría. ¿Qué quieres saber?

—No sé. ¿Quién eres? ¿Dónde estoy? ¿Quién ha...?

—Creo que ya sabes quién soy. Pero si decírtelo hará que te sientas más satisfecho, te lo diré.

El hombre se echa la mano al rostro y, con una lentitud informe, se quita la máscara. Tras ella, como sospechaba, sigue sin haber nada, otra máscara más idéntica a la anterior, cruzada oblicuamente por una cicatriz.

—Yo soy Alberto, Jan. Tu amigo imaginario.

Me río. Chasqueo los labios y le doy la espalda.

—Está usted loco —digo. Y el hombre carcajea hasta ensordecerme.

—Claro que estoy loco, Jan Ungría. ¡Cómo no iba a estarlo! Yo no existo. Sólo soy tu amigo imaginario.

Me quedo callado, de espaldas, miro por la ventana, pero no veo nada en ese paisaje claro, recién amanecido.

—Aunque si lo prefieres —prosigue el hombre—, puedo decirte que soy Miroslav Mičir, que llevo esperándote cien años, en un limbo de existencia, para concluir mi plan. Un plan que urdí para salvarme de la vida y de la muerte. Un plan que inicié con mis primeros versos y que he desarrollado más allá de mi supuesta muerte, y que consistía en que un hombre del futuro debía empaparse de mi obra hasta las últimas y determinantes consecuencias: tú, querido Jan Ungría. Para llevar a cabo el plan he utilizado a ciertas personas (Melissa, tu editor, Gica...) con el objetivo de conducirte a esa situación límite, bajo cuya única influencia era posible que escribieras (como si fueras yo mismo) esa obra que sólo dejé insinuada, esbozada, en *Tanatografía de nadie*. Es decir, te he empujado a escribir *El Marinero del Cielo* (dentro de esta última novela tuya) con la finalidad preconcebida por mí de prevalecer en esas páginas más allá de todo nacimiento y toda muerte. Una vuelta de tuerca más al laberinto de misterios que fue mi vida.

»¿Te gusta más esta explicación, Jan Ungría? Desde luego, ficcionalmente funciona mucho mejor que la otra. Sería un apasionante final para una novela de ciencia ficción, ¿no te parece? —Callo—. A mí me da igual. Si lo deseas, optamos por esta resolución de la trama, nada cambiaría; pero no hay quien se la crea...

Vuelvo a girar sobre mis talones. Lo miro otra vez de frente. Le insto a que continúe con su explicación.

—Sígueme —me dice, al tiempo que abre la puerta y me invita a pasar.

Camino tras él por la misma galería de corredores por la que me deslicé ¿días? atrás. Descendemos las escalinatas y nos detenemos frente a la puerta donde viera aquella aparición lectora. El hombre enmascarado abre la puerta y me incita a mirar. Con un nudo en el estómago, en el corazón, en los ojos y en la mente asomo la cabeza y la contemplo de nuevo. Una menuda chiquilla, vestida en esta ocasión con un sobrio vestido negro, que lee... Cien mil escalofríos me recorren las entrañas y la espina dorsal.

—Es mi hija, Jan Ungría. La hija de Alberto, tu amigo imaginario. —Hace una pausa. Espera que yo hable, pero no digo nada—. Está leyendo tu libro, permanentemente lo lee: *El libro que nos condenó*. Por cierto, me encanta el título; muy apropiado. —Calla de nuevo. Yo no puedo decir nada, estoy amordazado ante estos acontecimientos. No estoy en mí. No sé qué sucede—. Yo, como escribiste, abandoné la escritura. Necesitaba, entonces, que alguien la salvara por mí.

—¿A quién?

—A mi hija, Jan. ¡A nuestra hija! ¿Todavía no sabes quién es? Piensa un poco, Jan, piensa un poco.

No sabía qué decir.

—Ella es la escritura. Tuve que aparecer fuera de ti, enfundado en tu delirio. Yo, tu amigo imaginario desde siempre, desde que empezamos con esta «nueva aventura», esta nueva narración. Para que volvieras a escribir, a crear una nueva novela a partir de mí, salvado yo de tener que escribirla y donde poder, así, encontrar a mi Isolda y vivirla, más allá de mi escritura.

»Mírala, mírala cómo *nos* lee...

—Pero..., pero tú habías dejado de escribir y fue en la inconclusión de tu última novela, en esa escisión, donde pudiste hallar a Isolda. Ella me busca precisamente más allá de la escritura, donde te encontró a ti.

—Claro. Pero eso ocurrió, porque *tú lo escribiste* en esta nueva novela. Trucos, todo son trucos. Yo estoy dentro de ti, este cuarto, este edificio, ella, la hija que nos lee. Todo está en tu cabeza, no olvides eso. Todo son trucos. Yo, Alberto, dejé de escribir, sí, pero sólo en el interior de otra novela, la tuya.

»Un enigma sin fin, un laberinto de misterios. Es así. Lo aprendiste con Miroslav Mičir. Tú me lo hiciste decir en *El libro que nos condenó*. Ella nos busca, te busca de narración en narración, no lo olvides. De narración en narración hasta que, como nos dijo Isolda, consigamos burlar a la escritura, nuestra querida hija que lee, o burlarnos a nosotros mismos para vivirla, a Ondina, a Isolda, a Quimera. Sólo *somos* en la escritura (sólo la hallamos allí), y sólo podemos vivirnos y vivirla más allá de la escritura. Ésa es la paradoja. ¿Dónde está la salvación, Jan Ungría? En que nos escriba *otro*... ¿Lo entiendes ahora?

»Por eso te necesitaba a ti…
—¿Desde dónde me miras, Alberto?
—¿Desde dónde me miras, Jan Ungría?

Veo a Miroslav Mičir y a Andrea Lucescu en uno de sus «pequeños refugios». Los dos charlan animadamente. Se cuentan un sinfín de historias, de secretos y nuevos enigmas que descubrir. Se abrazan. Veo a Mičir en una fotografía ampliada en blanco y negro que me mira a los ojos. Y a Lucescu a bordo de *El Marinero del Cielo*. Veo a Alberto y a Isolda sobre su cama de pecados practicando las más sucias perversiones. Veo a Mičir, en equilibrio, sobre el punto y final de *El Marinero del Cielo*, llamándome. Agita su mano y con ella me indica que vaya hacia allá. Allá, a ese punto que desaparece, donde están todos… Todos, que son solamente él. Veo hojas de libros abiertos agitarse como los pliegues de un acordeón rumano. Y la veo a ella. A *ella*, mi amor visible, mi vida visible. Salta como un ángel de libro en libro, de narración en narración, hacia mí, en mi dirección. Vocaliza algo que no logro oír, una frase que flota en el aire y se impregna en mi corazón a medida que se aproxima en ese flotar. Es una pregunta, dice así: «¿Habrá un lugar donde tú y yo seamos reales?».

Entonces me deshago. Me deshago y me despierto. ¿Soñaba? Abro los ojos. Lo primero que pienso es que estoy loco, y me río. Estoy despierto. Con los ojos abiertos compruebo sin voluntad el lugar donde me encuentro. Estoy tumbado en mi cama. Miro al techo y reconozco, enseguida, mi buhardilla de Constanza. Me restriego los ojos, confundido, pero sobre todo alterado. Me incorporo. Veo frente a mí el cuadro de Melissa y la fotografía ampliada de Miroslav Mičir, inquietante como siempre. No sé qué ha sucedido conmigo. Con lentitud… y dolor, reconstruyo mi estancia en el cuarto del hombre enmascarado, como un sueño, como algo más que un sueño. Pienso en lo ocurrido en Constanza durante los días anteriores, en cómo lo rememoré en el interior de mi cabeza, en el interior, ahora lo sé, de mi locura. ¿Qué clase de locura? Sigo dándole vueltas. De repente, como en un estallido de lucidez, me abalanzo sobre el escritorio... y allí, encima de la mesita, lo veo. ¡Sí! Oh, ¿será posible? ¡Mi libro!, mi nueva novela, con su título, *El libro que nos condenó*, terminada. La he escrito yo, inmerso en la más profunda de las locuras. Me estremezco. Miro a Miroslav Mičir. «¿Hasta dónde me has conducido? ¿Hasta dónde en tu espiral de misterios y prodigios... y locura?». Me siento en la butaca, estoy exhausto y alterado, trastornado por completo. «Alberto, ¿dónde te he dejado?». Sonrío. De inmediato, me pongo a leer y a corregir la novela. Hasta llegar al final. El punto y final de *El libro que nos condenó*. «Amaneció. Apocalipsis». Miro por la ventana. Anochece con los colores extravagantes de esta ciudad. Salgo a la calle y, mareado como una peonza loca, busco en cualquier lugar un indicio que me muestre la fecha de hoy. En un periódico la encuentro: 29 de septiembre de 2012. Hace dos años que me fui de Barcelona. Aproximadamente, diez meses desde la visita de Mar.

Regreso a la buhardilla. En Constanza. Busco por el piso como un tonto, alegre, un pequeño gato. El gato que encarnó la locura de Alberto. Y, evidentemente, no encuentro más que polvo. Nadie viene a buscarme, a salvarme. Cada vez estoy más lejos. Al alcance de nadie. Por tanto, sólo al alcance de ti. Eso es. Ése es mi éxito. Creo que me prepararé un desayuno, ahora que anochece. Me desvanezco. Estoy sostenido por el vacío, por la sustancia del vacío, y todo a mi alrededor, el mundo, la vida..., todo eso no es nada, mucho menos que este vacío que me sostiene. Sí, estoy loco, ¿y qué? Haré según qué cosas, tramaré ciertos pasos sobre este vacío; pero lo dejaré para mañana o para pasado mañana... Me tiendo en la cama de mi buhardilla de Constanza. Estoy loco. Me quedo dormido. Todo ha terminado para siempre. Qué bien.

14

Son las diez y cuarto de la mañana. Melissa hunde sus manos en el barro y moldea con su finos dedos cierta figura irreconocible. Está en el amplio salón sin muebles de su casa que emplea como taller de pintura y escultura indistintamente. Melissa lleva puesto un mono tejano y una camiseta de manga corta debajo. En algún momento, esa camiseta debió de ser blanca; hoy está acribillada de pintura de diferentes colores y de barro. La melena le cae por encima y también se mancha de barro. Melissa nunca se recoge el pelo en una coleta.

Suena el timbre del interfono. La muchacha, sorprendida porque nadie suele llamar a su piso, se levanta, se lava las manos y contesta. Una voz impersonal le comunica que tiene un correo certificado. Melissa aprieta el botón correspondiente y, al cabo de cincuenta segundos, el cartero aparece en el rellano y le entrega un pequeño paquete. Nerviosa, Melissa se afana en cogerlo, firma donde le indican y se despide del hombre. Cuando ve el nombre de Jan Ungría en el remitente, su cara se ilumina de placer y conmoción. Melissa abre el paquete con manos que parecen arañas; desgarra el papel y descubre un libro y un sobre. El libro es *El libro que nos condenó*, de Jan Ungría. Se trata de una edición oscura, agresiva y de diseño poco común; nada minimalista, como marca la moda. Sin embargo, tampoco es recargado. A Melissa está a punto de caérsele el ejemplar cuando se percata de lo que tiene entre las manos. Al fin coge el sobre, lo abre y lee la carta que hay en su interior.

«25-3-2013.

»Mi pequeña mensajera de prodigios:

»Antes de nada, debo pedirte disculpas por tardar tantísimo tiempo en responder a tu última carta, pero sé que sabrás perdonarme. Al final te he hecho caso, y eso, supongo, contribuirá a tu seguro perdón. Sí, mi pequeña soñadora, como has podido comprobar, he vuelto a escribir.

»No quiero explicarte gran cosa en esta carta; tampoco creo que pudiera hacerlo, puesto que nada en mí es predecible. Prefiero que leas el libro, que me leas ahí y me disfrutes de esa manera. Yo... No sé adónde he ido a parar. Ni sé si volveremos a vernos. No sé nada. Pero debe ser así.

»En estos momentos, lo único que adquiere relevancia es que he escrito este libro, el libro que nos condenó, y que, con él, en cierta forma, he saldado una cuenta pendiente, doble, contigo. Cuando lo leas, sabrás por qué. Con él añado un eslabón más a tu azarosa cadena de enigmas, pequeña. Un peldaño más en el abismo. No dejes de contarme a dónde te lleva. Cuéntamelo todo, de la manera que sea que puedas contármelo.

»La historia de su edición es muy sencilla. Me puse en contacto con Gica, el bibliotecario, y él enseguida se hizo cargo de los trámites para que una editorial rumana publicara el libro. Como creo que comprenderás, yo no tenía ganas en absoluto de establecer contacto con ningún editor. No estoy en el mundo, Melissa. El bibliotecario, a sus ochenta y dos años, se encargó de lo principal. Es una persona extraordinaria, mi único amigo en… Constanza. Además, me produce una satisfacción especial que esta novela sea editada por una editorial rumana. En cuanto a lo que se derive de ello, me trae sin cuidado. Gica y los editores saben que no estoy disponible para nada. No estoy al alcance de las personas…

»¿Sabes, Melissa? Resulta que he enloquecido. La locura, como tú decías, estaba dentro de mí y, al fin, he enloquecido por completo. Ahora estoy loco, mi pequeña niña. Bastante loco. Por eso no sé nada de lo que va a pasar, o de lo que está pasando, ni la razón real de ese libro en el mundo. No sé qué será de mí, si permaneceré aquí para siempre, una vez que todo ha terminado, o si no sé. No lo sé. No sé si volveré a verte, pero te llevo tatuada en las yemas de mis dedos. No lo olvides: a ti, a Isolda…

»Esta ciudad, Constanza, ha resultado ser un lugar idóneo para esta suerte de desaparición. Si alguien me dijera, de repente, que no existe ninguna ciudad con este nombre, lo creería a pies juntillas. De hecho, estoy casi convencido de que es así, de que Constanza no existe. Estoy loco, pequeña. He vivido sucesos extrañísimos y no sé qué va a ser de mí. Ni siquiera si voy a continuar con la escritura o si me encerraré en un cuartucho a escribir durante veinticuatro horas al día, o a leer, o si lo estoy haciendo ya. A pesar de todo, hay una cosa que tengo clara, un deseo. Se trata de un ruego que debo hacerte, Melissa. Una petición que te realizo desde la entraña eviscerada de este vacío que me aúpa: Melissa, no dejes de leerme. Nunca dejes de leerme. La cadena de azares, los escalones en el abismo, el mapa insondable de Miroslav Mičir, mi locura... Todo ello se sostiene porque tú lees, aunque yo ya sea insostenible, insoportable... No dejes de leerme nunca.

»Y no me culpes si no vuelvo a escribirte ninguna carta (piensa que te escribo siempre, mientras me lees), porque en realidad siempre estoy a tu lado. No olvides que Isolda nos mira desde lo inconcebible y nos hace posibles. Isolda siempre tiene la última palabra. Isolda siempre tiene la última palabra...

»Quiero también que le des un beso y un abrazo gigantes a Mar de mi parte. Quiero que le digas que ella es parte fundamental de esto. Lo acabaréis de comprender cuando leáis el libro condenado. Dile a Mar que se salvará, que ella es la madre de un nuevo mundo por descubrir. Abrázala, ámala.

»Por último, debes saber que he dejado una señal, un misterio más por resolver en esta urdimbre laberíntica, al estilo Mičir (*muy* al estilo de Mičir). Eso es porque debo de estar loco. Sé que te encantará investigarlo. Estos desdoblamientos, tal vez, al final, nos lleven a alguna parte. Algún lugar donde...

»No dejes de leerme, pequeña, ¿de acuerdo? ¿Lo harás? Cree. Cree y no dejes nunca de leerme.

»Tu amigo imaginario,

»¿Jan Ungría?

»P. D.: "Sólo la locura es verdad"».

Unos días después, Melissa camina por las ruidosas y desagradables calles del centro de Barcelona a primera hora de la mañana. Luce una sonrisa escalofriante y unas profundas ojeras.

Pasea despacio con una larga falda negra y una camiseta ajustada azul marino. En las manos manchadas de pintura lleva una cinta con la que juega.

Al cabo de unos minutos se detiene frente a la librería que buscaba y entra en ella. Repasa las estanterías con minuciosa lentitud, como suele hacer habitualmente, hasta llegar a la sección de narrativa española. Allí busca el libro de Jan Ungría. Cuando lo encuentra se entretiene hojeándolo y sonríe. Antes de llevarse el libro y comprarlo (quiere darle una sorpresa a Mar), sus ojos la conducen unos centímetros más a la izquierda en el anaquel. Separado del libro de Ungría por un par de ejemplares de Francisco Umbral, descubre el título de un libro que, inmediatamente, le llama la atención: *Amanecer, nadie y tú*, de un tal Alberto Trinidad. Lo coge y lee la sobrecubierta:

«Alberto Trinidad nació el 25 de noviembre de 1975 y desapareció el 1 de octubre de 2005 en extrañas circunstancias. La totalidad de su obra escrita ha permanecido oculta hasta el día de hoy, así como cualquier referencia a los asombrosos y extraordinarios acontecimientos que rodearon su existencia. La editorial xxx se propone recuperar la obra de este atípico y enigmático escritor con el fin de difundirla entre los lectores, tanto de su país, como del resto de Europa. Nos hemos decidido a iniciar esta aventura por el final, con la publicación de su inacabada novela póstuma, *Amanecer, nadie y tú*, un libro que pretende remover los cimientos sobre los que se han construido durante los últimos siglos los conceptos universales de verdad, identidad y cordura. En los próximos años, nos comprometemos a publicar el resto de su obra respetando el orden cronológico en el que fueron escritas. La primera de ellas es un poemario que data del año 1996: *Viajes entre tanto y tanto y nada*, que verá la luz el próximo mes de noviembre».

Melissa comprueba que esa editorial es la misma que ha publicado el libro de Jan Ungría y se le escapa una excitada sonrisa. Coge ambos ejemplares y, suspendida en el delirante caos de sus sueños, dispuesta a sumergirse en ese nuevo enigma que Jan Ungría le presenta, se dirige al mostrador para comprarlos.

Melissa, durante los siguientes días y años, se dedica a leer. No para de leer.

Concluida en septiembre de 2010.